黔北作家论坛

第一辑

遵义市文联
遵义师范学院人文与传媒学院
遵义市文艺理论家协会
遵义市作家协会

编

西南交通大学出版社
·成都·

图书在版编目（CIP）数据

黔北作家论坛. 第一辑 / 王刚总主编；遵义市文联
等编. 一成都：西南交通大学出版社，2017.7
ISBN 978-7-5643-5585-2

Ⅰ. ①黔… Ⅱ. ①王… ②遵… Ⅲ. ①小说评论 – 中
国 – 当代 – 文集 Ⅳ. ①I207.42-53

中国版本图书馆 CIP 数据核字（2017）第 167813 号

黔北作家论坛

（第一辑）

遵义市文联
遵义师范学院人文与传媒学院　　编
遵义市文艺理论家协会
遵义市作家协会

责任编辑　　李晓辉
助理编辑　　郑丽娟
封面设计　　何东琳设计工作室

出版发行　　西南交通大学出版社
　　　　　　（四川省成都市二环路北一段 111 号
　　　　　　西南交通大学创新大厦 21 楼）
邮政编码　　610031
发行部电话　028-87600564
官网　　　　http://www.xnjdcbs.com
印刷　　　　四川煤田地质制图印刷厂

成品尺寸　　185 mm×260 mm
印张　　　　14
字数　　　　304 千
版次　　　　2017 年 7 月第 1 版
印次　　　　2017 年 7 月第 1 次
定价　　　　88.00 元
书号　　　　ISBN 978-7-5643-5585-2

序

　　2014年，遵义市文联与遵义师范学院签署了举办"黔北作家进校园""黔北作家论坛"活动的协议，每年请1~2名黔北知名作家进大学校园作一场讲座，由遵义市文艺理论家协会与遵义师范学院人文与传媒学院组织一次研讨会。为了便于聚焦研讨，前三场分别请了著名的仡佬族作家肖勤、王华、赵剑平来校作讲座，由遵义市文艺理论家协会与遵义师范学院人文与传媒学院为他们各组织了一次研讨会，共组织了三次研讨会，本论文集就是这三场研讨会的成果。

　　仡佬族是贵州的"古老族""地盘业主"。"仡佬仡佬，开荒辟草"，是仡佬族最早在贵州开拓发展的表述。务川与道真是全国仅有的两个仡佬族苗族自治县，全国仡佬族60万人口的80%居住在这两个自治县，紧邻务川与道真的正安县虽然没有被冠以仡佬族自治县的称谓，但也是仡佬族的聚居地，也是仡佬族文学的重镇。

　　20世纪以前，仡佬族文学以民间文学为主。罗懿群等人于20世纪70年代末开始仡佬族民间文学的搜集整理，出版了仡佬族古歌《叙根由》，编印了《仡佬族文学资料·传说集》《仡佬族文学资料·劳动歌集》，出版了《仡佬族民间故事选》。中华人民共和国成立以前的文人创作以诗、词、曲、联、赋与散文为主，如周渔璜、申绍伯、聂树楷、龚植三、李英才、龚煌、申云根、王廷弼、蔡世金、申晋芳、徐致和等，他们是进士、举人、贡生、秀才或留学生，既为官也为文。

　　仡佬族写小说最早的是寿生（申尚贤），他于20世纪30年代在胡适主办的《独立评论》上接连发表十篇小说，胡适对每篇小说亲自写按语进行评论、推荐。接着就是20世纪80年代的戴绍康与赵剑平了。那时，著名作家何士光、石邦定、李宽定等奠定了黔北文学的柔美格局，在全国享有声誉。而戴绍康与赵剑平却以壮美的风格崭露头角，为黔北文坛注入新的元素。20世纪90年代，仡佬族女作家王华以长篇小说《桥溪庄》登上文坛，展示不凡的才华；进入新世纪，又一位仡佬族女作家在文坛频频亮相，引起关注，她就是曾获得全国少数民族文学骏马奖的肖勤。自20世纪80年代以来，一大批仡佬族作家活跃在文坛，如骆长木、司马玉琴、赵伯鸿、陈智武、骆礼俊、冯其沛、罗遵义、夏世信、陈南水、安汶华、邹进扬、雷霖、吴明泉、伍小华、黄华娟、申国华、骆德平、雷贤圣、王少龙……仡佬族有了以戴绍康、赵剑平、王华、肖勤等为代表的作家群。本论文集选择 20 世纪 80 年代、20 世纪 90 年代及 21 世纪初登上文坛的赵剑平、王华、肖勤为评论对象，可以理清新时期以来仡佬族文学发展的脉络，凸现新时期仡佬族文学在不同时期的创作热点及艺术倾向。

从 20 世纪 30 年代寿生开创仡佬族现代文学的创作，到 20 世纪 80 年代赵剑平承续寿生描写乡土的传统，相隔半个世纪的仡佬文学得到延续，并且渐成声势，蔚为大观。因此，赵剑平可以说是仡佬族现代文学承前启后的代表作家。赵剑平开始创作之时，正是新思潮喷涌的年代。他从农村来到城市，以现代眼光审视熟悉的乡土，从古朴宁静中看到新思潮的激荡。他深入民众的内心，写传统与现代在沉睡山乡的搏击，将笔触来往于人与自然、传统与现实之间，将神思驰骋于民众思想潜流和时代主流精神之上。他的主要作品有：中篇小说集《远树孤烟》，短篇小说集《小镇无街灯》，中短篇小说集《赵剑平小说选》《乡里笔记》，长篇小说《困豹》等。人民文学出版社 2014 年出版了六卷本的《赵剑平文集》。赵剑平是贵州省作家协会副主席，曾担任遵义市文联主席，作品多次获奖。

女作家王华于 20 世纪 90 年代末开始创作，已经在《人民文学》《当代》《中国作家》等刊物发表多部中长篇小说。长篇小说《桥溪庄》（《当代》2005.1）用夸张、变形等手法，描写农村在现代化进程之中脱胎换骨的蜕变和阵痛，荒诞的表层描写中蕴含着真实的本质。其主题意象、语境营建、表意方式等方面，受到现代小说的影响，表现出在艺术上的创新。《桥溪庄》获《当代》2005 年文学拉力赛第一站冠军、全国第九届少数民族文学骏马奖。长篇小说《傩赐》演绎了一个在现代文明背景下的荒诞故事，一段悲泣在"白太阳"之下的尴尬人生，向我们展示乡村底层人民生存的恶劣环境和他们艰苦挣扎的历程，用她特有的角度和方式，唤醒人们的良知，表达对社会弱势群体的终极关怀。

肖勤在《人民文学》《新华文摘》《小说月报》《十月》《中篇小说选刊》等刊物发表小说百余万字，代表作有《暖》《云上》《潘朵拉》等，曾获得全国少数民族文学骏马奖等多种奖项，现任遵义市文联党组书记。肖勤有乡镇工作的经历，在孤独的乡村的夜，肖勤把对生活的感觉放大，把对社会的思索放大，把对人性的追问放大，真实展现弱势人群的生存困境，书写民族意识与民族记忆。她以悲悯的心态、冷静的目光审视历史、社会、人生、人性，表现出一位身处基层的女性作家的人文关怀与忧患意识；同时，又能跳出民族写作的局限，用更开放的视野和更宽广的心胸来弘扬和发展民族文化，重构当代少数民族作家的文学理想与写作使命。肖勤借助文学的力量，在从容的叙事、诗意的书写中让作品的人物小等、荞麦这些卑微的生命，在精神的世界高高地飞翔。

若要深入地了解三位仡佬族的代表作家，就请阅读论文集的文章，我就不在这里赘述了。

王　刚

2017 年 5 月 30 日

目 录

上编 肖 勤 论

中编 王 华 论

下编　赵剑平论

上编 /

肖勤论

《金宝》的叙事分层与叙述矛盾

黎　铎

【摘　要】肖勤小说《金宝》的叙述分层有四个故事，构成了作品内涵的多层次性，而层次与层次间的相互包容和递进，扩张了作品的意义空间。在叙述过程中，写作主体和叙述主体不同的聚焦点，产生了不同的叙述视觉及叙事的矛盾，这种矛盾与作者社会认识和社会实践、反映现实与表达理想之间的焦灼感密切相连，隐含了作者的现实思考。

【关键词】肖勤；金宝；叙事分层；叙述矛盾

肖勤的小说《金宝》[1]无疑是一篇现实主义的作品。它叙述了郑老四超生了一个男孩，取名金宝，为此，郑老四"打脱"了工作，但郑老四觉得"值"，因为金宝不仅是儿子，还长得眉清目秀，深得街坊邻居的喜爱，也成为郑老四最大的希望。后来金宝因未考上大学被上了大学的女同学抛弃，精神受挫，而后又暗恋上信用社的何小苟，变成花痴。何小苟的被杀，使金宝受到了极大的打击，并被带到派出所讯问，由此变成了痴呆。这也造成了郑老四心理的失衡，他要上访，要将失衡的心理找一个存放处，于是，不断的上访最后成为缠访，而作品中涉及此事的三个主要人物也在这连绵不断的缠访中沦入悲剧性命运：派出所所长李春被撤职贬到边远地区；金宝再度变傻；郑老四倾家荡产并彻底绝望。

小说写了一个上访的故事，金宝不过是这个故事的一个引子。从表面上看，《金宝》似乎不是肖勤最好的作品，与《暖》《返魂香》等作品相比，它并未引起读者和批评者较多的关注。但就作品反映的内容看，上访无疑是当今中国突出的社会问题之一，作为基层政府领导的肖勤怎样看待，又怎样来叙述这一问题呢？如果我们将《金宝》仅仅视为一篇反映现实、描写上访事件的小说，显然未能真正把握这一作品的价值和意义。为此，笔者从叙述学视角仔细地阅读该作品，发现其中交错着不同的叙述者视角，呈现出不同的意蕴。

一、《金宝》叙述分层

（一）金宝的故事

清俊明秀的金宝在恋爱失败的刺激下变得痴傻，转而暗恋上信用社新来的姑娘何小芍，"金宝的眼神直勾勾的，嘴角笑得有点痴"。"今天取一百元，明天又存一百元，何小芍的柜台前人再多，他也排着队等何小芍给他办业务，趴在柜台上，眼睛盯着何小芍就不放，把何小芍看得头扭到一边，白净的脖子窘得通红。"

这种情况，"镇上人陆续看出了不对劲"，知道金宝患"花痴"了。人们渐渐习惯了这样的金宝，在何小芍值班的夜晚，"他坐在街口，头发梳得顺顺的，像英俊的王子，坐在他的小芍公主窗下，咿咿地唱歌"。在一个夜晚，何小芍值班时被杀了。面对躺在血泊中的何小芍，金宝的爹郑老四不由得想到自己的儿子，"眼前突然出现金宝一刀刀砍向何小芍的画面，吓得面色青白，回身就往家里奔"。紧接着派出所所长李春也来到金宝家，把金宝带到派出所协助调查，"半夜时分，李春开着派出所的车把金宝送回来了。灯下，郑老四发现儿子有点不对劲，儿子以前只有提到何小芍或看到何小芍时眼神才发直，但现在儿子从下车一开始眼神就是直的，不拐弯，那眼神穿过郑老四的身体，像一枚子弹，直直地打透过去"。金宝疯了。之后便是家人的痛苦，在心理上寻找补偿、治病等，这个故事并没有什么特别的意味。有意味的是故事在这里拐了一个弯，由金宝的故事转为郑老四的故事。

（二）郑老四的故事

应该说，郑老四的故事是整个小说叙述的核心。好不容易生了个儿子，郑老四还为此丢掉了工作，但他并不后悔，相反，郑老四心中充满的是骄傲，这是一个人见人爱的儿子呀，是郑家代代相传的根。所以，金宝没考上大学，他并不生气，但金宝一句"你真要和我分手，我就去死"，对郑老四却惊吓不小，"整个人便齐头齐脑地摔倒在地"。好在金宝没死，而是恋上了镇上信用社新来的何小芍，但随即郑老四发现了儿子的不对劲，"看见儿子依旧痴痴地站在那里，看着何小芍，一动不动。心头有根针，带着细长的线穿过郑老四的神经，郑老四想起了这些日子以来儿子许多特别的举止，他在家里对着镜子照来照去时无声的笑容和偶尔独坐时妩媚迷茫的眼神，一时间，全浮现在郑老四忽略的记忆褶皱里"，以致何小芍被杀，郑老四自己都怀疑与儿子有关。当确认儿子不是杀人凶手后，郑老四心中如释重负。在这部分，讲郑老四的故事也就是在讲金宝的故事，两个故事是缠绕在一块的。但随着情节的发展，故事的主角就完全由郑老四承担了。

自金宝被叫到派出所询问回来后，郑老四发现金宝的痴呆更严重了，长期以来积压在心底的失落、不安、担忧、恐惧和无奈，使他本能地想找一个"替罪羊"发泄，"你们把我儿子怎么了？"一直逃避现实的郑老四抓住一根救命稻草：儿子的病是由于派出所抓押而致的，要由派出所负责。这在心理学上，本来是一种"自我防御机制"下的"环境借口"，是可以理解的。但李春的生硬态度引发了郑老四更大的不舒服："你儿子本来就不对头。"这不仅当众伤害了郑老四的"自尊"，而且将郑老四的心理防御机制砸得粉碎。于是，他的心理发生裂变，自尊迅速转化为虚荣，还要转嫁自我的痛苦——讹派出所。于是，他开始了漫长的上访、缠访。于是，小说增加了李春的故事。

（三）李春的故事

李春的故事实际上代表了政府处理民间事端的态度。作为派出所所长的李春，因为何小芍被杀一案到郑家带走嫌疑人金宝询问，并在案情弄清后"开着派出所的车把金宝送回来了"。本来是一件很正常的事情，因为公民有协助公安机关破案的义务，但他忽略了他带走的本身是一个病人，而在面对家属询问时又大大咧咧，以执行公务的"正义性"忽视了一个父亲对儿子的爱："你别胡搅蛮缠啊！我们又没打他吓他，你自己问去！金宝昨晚上跑到何小芍那里去晃悠过，镇上人谁不知道？我们把他带回去配合调查，是合法的，公民都有配合公安调查案件的责任和义务。案子那边的事情还多得很，你不要妨碍公务。说完，推开郑老四，开车走了。"紧接着破案了，"李春心踏实了。局里下半年要提一个副局长，论资排辈正该是李春的份儿"。但李春万万没有想到，他的生硬态度引发了郑老四的纠缠，"郑老四牵着金宝进来了，扫了众人一眼，青寒着脸说，李所长，你要给我个交代，我丢了工作砸了饭碗才换得个儿子。现在人傻了，你们不把他医好，我和你们没完"，由此带来了郑老四的上访。从本质上说，李春并不是一个"坏人"，甚至连"官僚"主义都说不上。但是，长期的基层工作，琐碎而又复杂的事务，造成了他对公民的心灵缺乏关怀，缺乏悲悯情怀，因此显得冷漠而坚硬，对前来纠缠的郑老四，他只是觉得"有病"，"你儿子有病你也有病？你当派出所什么地方了，你给我回来！"将工作部门的正义性当成了自身的正义性，结果带来的是郑老四无止无休的缠访和李春提副局长希望的破灭。

（四）赵德的故事

小说中郑老四无休无止的缠访与赵德密切相关。小说在前边几个故事之外又加入了赵德的故事。如果说郑老四的上访最初是源于希望的破灭和对自尊心的维护，甚至于郑老四被欲望扭曲，"得给儿子留点啥"，都是在写人性中善恶的交替和发酵，而赵德的介入使问题简单化了。一个专门教人上访的专业户，"帮人上访，访成了，我三你七，访不成，分文不收。我给你个号，你想通了，找我"。在郑老四拿到政府给金宝治疗的两万元费用后，赵德并不急于收郑老四的欠款，而是将两万元中的一万四千八百元作为"帮忙"的各种费用收走。致使郑老四在金宝的病治好后，"觉得有点亏"，为上访借赵德五万元的事心中打怵，赵德也借此将郑老四操纵于手中。以致"没人能劝得回郑老四，能劝回郑老四的只有一样东西，那就是县里镇里发放给郑老四的'困难救助金'、'误工费'或'下岗职工生活补助'"。这些费用，除了"得给儿子留点啥"外，更重要的是还五万元的"借款"。"我再去一次就回来，就这一次！"面对亲人的阻拦，郑老四仍然固执上访。也正是他的固执，捅破了他心中那张没破的纸，儿子再次病了，郑老四的精神防线彻底垮了——这一切与赵德的促访密不可分。在此，作者力图解释郑老四缠访的原因，安排一个赵德出现，减轻郑老四缠访的不合理性，从而想表明每个人的心中都有一种善，只是坏人的出现才让他们的善消隐了。这样的结局，不仅掩饰了人性的裂变，消减了作品的悲剧效果，也减轻了作品的社会批判力度。

从小说的分层叙述中，我们可以看到，作者在故事套故事的叙述中，使故事围绕着金宝，但又不仅仅是金宝的事件得以继续发展。如果说郑老四的上访是源于对金宝希望的破灭，他的缠访则是由于各种原因激发了人性中的丑恶；如果说最初的吵闹还在于维护面子和希望侥幸获得补赏，李春被冤屈后没有更多的解释，造成了沟通不畅，更坚定了郑老四上访的决心。而稳定压倒一切的工作思路和社会环境，使基层政府不得不在上级压力下对一次次的缠访无原则地妥协，这也激发了郑老四等缠访者的欲望和信心。于是，一个事件紧接着另一个事件，从而构成了作品内涵的多层次性，而层次与层次间的相互包容和递进，又扩张了作品的意义空间。

二、《金宝》叙述视角

肖勤在《金宝》的叙事中采用的是全聚焦视角，但又出自几个不同的聚焦主体，聚焦对象各不相同，但又互相关联。第一个聚焦点是叙述主体的聚焦点，它关注的是金宝，从感知方向上看，我们可以认为这是在写一个超生子女成长的故事，在讲述故事时，该作者是冷静、客观、忠于现实的。作者有条不紊地讲述人见人爱的金宝怎样变成了痴呆，其中也有一些营造气氛的描写，如对金宝外貌的刻意渲染，但整体上作者并未流露明显的思想感情。另一个聚焦点是郑老四，一个对儿子充满爱和希望的父亲，在儿子疯狂后，由于爱、痛、无奈、自尊纠集而扭曲。作者在叙述这一人物及相关故事时，作为女性，观察的细致和情感的细腻丰富，使她流露出天然的悲悯情怀。但随着情节的深入，作品中出现了另一种声音，开始强调郑老四的固执、无聊，加之赵德这样的上访专业户怂恿，表现出一种矛盾的情感色彩。实际上，作品中隐含了作为乡镇干部在处理这类事件中的无奈、烦躁和厌恶。这种厌恶与本性中对善与美的固守又有矛盾，于是，内隐的叙述者就逸出全聚焦视角，表达自己对"上访"的态度，这就形成了第三个聚焦点：基层干部对"上访"的处理方式以及在此过程中产生的各种变异。由此实现对现实的思考：缠访形成的原因是什么？缠访中人性发生了怎样的变异？三个视点形成了三个相互依赖又有区分的三种角色，共同建构文本，让读者看到叙述者渴求交流的强烈愿望。

（一）写作主体的视角

肖勤的小说是她参与生活、认识社会、表达自我的重要载体。作为 2000 年后具有代表性的黔北年轻一代作家，她的创作始终交织着三重身份：从职业的角度讲，她是乡长，后来又走上副县长的岗位，这一角色使她必须以上级的指示和要求为行为准则，理性、灵活地处理各种突发事件，保持地方的稳定；但另一方面，作为女性，天生的敏感带来的感性思维方式，使她慨叹于社会生活中每天发生的悲喜剧，以纤细的女性情感感知着人情世态，在悲天悯人中融合着母性的温柔，叙说着她心中的喜怒哀乐和关怀，使她的小说具有了人性的温暖；同时肖勤还是仡佬族作家，仡佬民族在历史上所经历的苦难及其存在方式，在作家心中积淀为无意识，使她极力想发出民族的、自我的声音。三种身份，带来了她创作的三大资源：农村生活的经验，女人生活的经验，民族生活的经验。而长期的乡镇干部经历，使她对农村、乡土底层尤为关注："乡土是五味杂陈的……我想给大家一个真实的农村，一个灵动的、鲜活的、与泥土一样富有多种生命元素的农村。然而，写作与理想之间总是有差距——我也经常不知道自己该如何把握乡土叙事中苦难与光亮之间的关系。"[2]作为写作主体的肖勤，真实地反映了生活于底层的百姓的生存状态，思考和关切人的存在与人性的变迁，是她一直的努力。因此，关注农村、关注底层是肖勤向来的视角，她不仅关注着小等等农村留守儿童，也剖析玛丽莲这样的堕落者，当然也见过不少郑老四式的人物。在叙述这些人物和故事时，作者的身份总是自觉不自觉地显现于其中。《金宝》的叙述也同样交错着写作主体身份的暧昧与焦灼。

（二）叙述主体的视角

现实是复杂的，当写作主体将她体验到的世界转化为语言叙述世界时，必然会打上"我"的印记。卢伯克在《小说技巧》中说："在小说技巧中，整个错综复杂的方法问题，我认为都要受到观察点问题，也就是在其中叙述者相对于故事所站的位置的关系问题所制约。"[3]作为现场事件的见证者，肖勤冷静、客观地打量着她看到的金宝，超生的金宝、清秀英俊的金宝、恋爱的金宝、失恋的金宝、痴傻的金宝，以及金宝的邻里；她眼看着郑老四的欣喜、失落、绝望，无休无止的上访，在上访专业户赵德的怂恿下走上了缠访之路，人财两空；她见证了派出所所长李春的强硬与无奈，以及被贬他乡的无助与凄凉。作为这些杂乱无章的事件的见证人，她在叙述这一系列事件时，将描写的焦点放在郑老四上访过程中各方势力的交锋与博弈上，从三个视角来叙述故事。

第一个视角来自郑老四。他"从骰子筒里启出一个金宝来，把郑老四欢喜得满太和乱窜"，有了儿子，他的生命中便有了阳光。他关注儿子的一切举动。当儿子金宝高考失利，失恋叫着"我就去死"时，郑老四"整个人便齐头齐脑地摔倒在地"。他把全部的希望放在儿子身上，以致何小苟被杀，他马上联想到暗恋何小苟的儿子；派出所将儿子叫去询问后，他眼里仍是儿子；以至于后面固执地缠访，也不过是为金宝的下半辈子提供一个可以安身立命的保障。这一视角虽然游离于焦点之外，但对整个小说的进程而言，形成了一条贯穿小说的基本线索。

第二个视角关注的是事件的焦点。郑老四因儿子被李春带走询问回来后"眼神发直"，"像一枚子弹，直直地打透过去"，不得不面对现实，承认儿子"不对头"，但这与他对儿子抱以极大希望的心理有着巨大的落差，他要将这种心理落差转嫁于他人。"你不给个说法就别走。是不是你们打他吓他，把他吓傻了。"横蛮的背后是要将李春作为转移痛苦的对象。为此，郑老四与李春及他所代表的政府开始了漫长的较量，从转移痛苦的上访到为儿子提供生活保障的缠访，郑老四的心理发生了巨大的变化。李春是这一变化的见证人，他为了工作提走金宝，但并没有对金宝采取任何过激行为，他怨怼郑老四的讹诈，恨郑老四不讲道理四处上访，愤恨郑老四多次上访造成了他前途受阻最后遭到贬谪。在目睹郑老四上访的全过程中，他承担了全部的委屈、无奈、焦急、愤怒、失落，最后在郑老四不可理喻的上访中被调离事件中心而归于平静。这是一个内外交错的视角，作为一个故事的讲述者，她理解郑老四，理解一个父亲对儿子的心痛，理解一个固守着"养儿防老""传宗接代"观念的中国人对儿子的期望。但是作为乡镇干部的肖勤，不知处理过多少次类似的事件，也许现实更为惨烈。作为一个乡长，她也不可能对维稳提出异议，但作为一个有思考的作家，她对维稳政策有着自我的思考，于是，叙事的矛盾产生了，这种矛盾与肖勤社会认识和社会实践、反映现实与表达理想之间的焦灼感密切相连。

于是，作品中出现了另一视角，即公共伦理视角，这一视角是隐含作者的视角。太和镇的人都知道，金宝确实是"有问题的"，但大家都小心翼翼地不捅破蒙在金宝父母心里的那层纸，这表现出太和镇人的老好、善良。其实，郑老四和他的妻子也清楚地知道这点，但在心理上他们不愿承认儿子有病，或者说他们希望儿子没病，并把这种希望当成了事实。当他们不得不面对时，就只有自私地想到怎样为儿子的今后做打算："给金宝要上五万十万的精神赔偿费，金宝以后的日子就算安顿好了。"于是郑老四开始连续不断地上访，上访的目的是谋利，这也就注定了事件将走向一个无解的结局。无论有没有赵德的出现，我们都可以看到，郑老四被金钱撕裂的人性得不到公众伦理的认可。所以，当有糖尿病的李春在再次接回郑老四的途中满脑门虚汗地吃饼干时，内心的愧疚让郑老四心痛了。但"随着战线的拉长，郑老四发现自己的上访成本越来越高，不但达不到理想效果，窟窿反倒越来越大。这让郑老四陷入一种困惑、茫然、焦灼和急迫中，思维和理智仿佛已经陷入一个漩涡，完全失去了控制，让他根本无法脱身"。"他坚信，金宝不进派出所就绝对不会傻，可他一个人坚信不算，他得让全太和镇街道的人都坚信，是派出所不对！"丧失理性的郑老四一味虚荣，使他离公众道德越来越远，而生活在公众道德视野中的郑老四一家，又不能不受着这种公众道德的牵制。特别是郑老四的妻子，在经历了整个事件之后，为了儿子后半生的幸福保障，她纵容了郑老四的缠访；但从良心和理性出发，她清醒地意识到，上访并没有给自己带来更多的利益："自己男人忙了整整一年半，人都瘦成竹竿了，居然全是在给赵德赚钱——家里拿到手的钱倒是有八万，可一转手给赵德的就是六万多，而自己家欠赵德的五万块欠条还在赵德手里，一分没还。"她深知上访得不偿失，既让人笑话，又对不起李春。矛盾心态的交织，使她最后站出来坚决制止郑老四的缠访。在这里，叙述主体虚构了一个伦理的视角，让故事的主人公在道德的审判中溃败。

"作为叙事作品讲述者的叙述者，客观上都不可避免地与思想价值、意识形态等产生着某些内在的关联。"[4]《金宝》的叙述，传达了肖勤在生活中的个人经验和生命感觉。上访是一种社会生活中的客观存在，特别是自身如果曾亲历其中，其感觉与感情上的五味杂陈非一般人所能体会。叙述从同情、理解到反感郑老四，主体认识到这不应该是一个基层干部应有的态度，于是，安排了一个赵德作为郑老四的救赎，感知到的表象和实际的思考出现了裂痕，一个具有社会深度的故事就消解在"好—坏"二元对立的简单模式中了。

作者简介：

黎铎，男，贵州遵义人，遵义师范学院教授。研究方向：贵州地方文化。

参考文献：

[1] 肖勤. 金宝[J]. 民族文学，2010（8）.

[2] 肖勤. 扎根于泥土的写作[J]. 民族文学，2010（3）.

[3] 卢伯克. 小说技巧[M]. 方土人，罗婉华，译. 小说美学经典三种. 上海：上海文艺出版社，1990.

[4] 赵毅衡. 当说者被说的时候：比较叙述学导论[M]. 成都：四川文艺出版社，2013.

平民姿态与女性视角

——肖勤小说创作评析

孙建芳

【摘　要】近年来崛起于黔北文坛的仡佬族青年女作家肖勤，以非官方的平民姿态和女性视角写作，把她感触到的个人痛苦、民众困惑、社会病变、理性思考等通通付诸文字，敷衍成文，在城市的喧嚣嘈杂中隐现乡村的贫穷困苦，在遥远闭塞的乡村书写中牵扯都市的繁华诱惑，千丝万缕，环环相扣，深沉地表达着剪不断、理还乱的"人生长恨"——既有无能为力、力不从心的个体孤独感，也有哀其不幸、恨铁不成钢的时代悲愤感。

【关键词】肖勤小说；平民姿态；女性视角

近年来崛起于黔北文坛的仡佬族青年女作家肖勤，挟风裹雨，"来势汹汹"，在短短一年时间里，先后在《民族文学》《青年文学》《十月》《当代》等重要文学刊物上发表了《暖》《寻找丹砂》《金宝》《好花红》《上善》《黑月光》等一系列中短篇小说及散文、随笔、诗歌，并被《小说选刊》《中篇小说选刊》《新华文摘》等多家刊物选载。中国作家协会民族文学杂志社主编叶梅撰文："盘点近两年的中国少数民族文学，仡佬族女作家肖勤无疑是大家公认的最引人关注的新秀之一……其作品浓烈的生活气息以及独到的见解让人耳目一新，也让文学界对这位突然冒出来的女作家感到格外的惊喜。"①

仿佛真是"突然冒出来的"，肖勤初登文坛便气势如虹、引人注目，她以初生牛犊的无惧无畏，招摇着自己的才气和灵气，势如破竹、勇不可挡。一行行耐人寻味的文字，一段段曲折生动的故事，一个个栩栩如生的人物，肆意地张扬着叙事技巧的高超和驾驭语言的能耐——《潘朵拉》对人性善恶的剖析，《暖》对留守儿童不幸命运的关注，《云上》对人格扭曲裂变的揭示，《寻找丹砂》对仡佬族民俗及爱恨生死的描绘，《霜晨月》诗意叙事下令人窒息的感伤，《我叫玛丽莲》中现代都市的诸般病变，《好花红》夜郎国大娄山密林深处的猎人与匪患。凡此种种，几乎无一例外是由对生活、生命的切身感受而凝结成令人感动的文字，传递出超越时空的对社会、人生及其人格尊严的哲理思考。至此，我以为，对肖勤而言，工作仅仅是她的职业，文学才是她真正的事业。

一、其文其人：女乡长的乡村书写

都说文如其人。我惊讶于肖勤小说语言的表现力和穿透力，佩服其文字背后对复杂人性的挖掘与展示，在更多的阅读中不禁心生困惑：这么老辣沧桑的文字，作者该有怎样酸甜苦辣的人生，怎样悲欢离合的身世，才能让这冰冷抽象的符号，透出如许的生命力度和生活厚度？料想必定是位年过半百、饱经磨难的智慧老者，却不料是风华正茂、活泼开朗的漂亮女性。我很诧异，以她如此年轻单纯的人生经历，何能在如此气定神闲、仪态万方中见出风霜雨雪、刀枪剑戟？

和她不多的几次接触，只远远观察，不带偏见，没有利害。老实说，她的雷厉风行，她的谈笑风生，她的精明干练，甚至，她的八面玲珑，都不是我欣赏的女性类型。我固执地认为，豪放和爽朗固然可亲可爱，却也少了一份成熟女性应有的优雅和恬静，而且，这和她文字的滞重老道似乎也相去甚远。再说，身为基层干部，琐细繁杂的行政工作会占去她太多的时间和精力，更何况，她的美丽与时尚，和乡村、苦难、沧桑似乎根本就风马牛不相及。那么，是怎样的梦想和勤奋，怎样的操守和良知，才能使她在这个喧嚣浮躁的时代，一边脚踏实地地履行乡长之职，一边义无反顾地坚守文学的寂寞清苦？

终于忍不住私下问她。她说，文学是她的挚爱，是绝望的宣泄，也是理想的寄托。意料之外，又在情理之中。是了，这就是答案。肖勤的写作只能在乡长工作之余进行。乡长，这个中国最基层的"官"，每天面对老百姓衣食住行、吃喝拉撒的生存需求，处理家长里短、养猪喂牛的日常琐事，鸡零狗碎、鸡毛蒜皮而又千奇百怪、千头万绪，这使她能够零距离地触摸现实的贫病伤痛，感受包括她自己在内的无助无奈。于是，她的小等永远定格在12岁的梦里等待母爱的温暖；荞麦无辜牺牲了女人宝贵的清白却最终于事无补；霜月安睡在儿子刻意雕饰的花坟，而这却是父子隔阂生死离分的投影和象征；玛丽莲原本清纯，为拯救家庭却不幸沉沦为城市"这座森林里的污染源"；谷雨沦为她不爱的男人的生育工具，却又遭所爱男人背叛与伤害；桑子至善至美，却因表面的玩世不恭被所有人误读和曲解；还有小红帽、何秀枝、金宝、庄三伯、毛小顺、苏东坡、周好土……肖勤以非官方的平民姿态和女性视角写作，把她感触到的个人痛苦、民众困惑、社会病变、理性思考等通通付诸文字，敷衍成文，在城市的喧嚣嘈杂中隐现乡村的贫穷困苦，在遥远闭塞的乡村书写中牵扯都市的繁华诱惑，千丝万缕，环环相扣，深沉地表达着剪不断、理还乱的"人生长恨"——既有无能为力、力不从心的个体孤独感，也有哀其不幸、恨铁不钢的时代悲愤感。

著名文学评论家雷达毫不吝惜对她的欣赏："作为仡佬族青年作家，肖勤……奇迹般地展现着哲学意义上的人文关怀，向着文学的普遍性主题深化、扩延，她尤其关注老人、儿童和妇女等弱势人群，在《云上》《暖》等新作中出色地表现了偏僻山乡的生存的艰辛和人性的尊严。……这与她长期沉入底层有关，也与她的艺术天赋有关。"[2]肖勤自己则说："作为一个少数民族作家，在民族文学创作与乡土文学创作上……不必时时回避苦难，但要心存应有的光亮；不必处处体现民族文化，但要延展民族记忆；不必篇篇体现乡土气息，但要立足于泥土中写作。最后，要以笔为灯，辉映出少数民族文学真正的意义——向善、向爱、向民族大义。"[3]

二、《暖》的寒意：全民聚焦的社会苦难

"暖"本该给人以暖融融的舒适和惬意，温暖、温润、温柔以及温馨，可肖勤的《暖》却是"暖"的极度缺失，是一个农村小女孩对这一切人间温情的无尽渴望和落寞等待。这个 12 岁就"当家的小等"，被因超生而流浪打工的父母遗弃乡下，独自一人撑起破败不堪的家，不仅要洗衣做饭养活自己，还要照顾年老多病、已经疯癫、连亲孙女都不再认得的奶奶，甚至还靠稚嫩的身子种起自家的田土，学会了柴米油盐的精打细算，练就了一分一厘的讨价还价。都说穷人的孩子早当家，的确，贫穷是一所催人早熟的魔法学校，当同龄女孩还在父母怀里撒娇的时候，懂事得与年龄极不相称的小等，却过早地挑起了生活的全部重担。她是那样惹人怜爱和同情，没有人不为这个乖巧伶俐、柔弱可怜的小女孩深深感动和叹息——她的勇敢倔强、勤快能干令人动容动情，她的孤独寂寞、恐惧害怕令人唏嘘慨叹，她的善解人意和悲惨遭遇更是令人扼腕伤心。

《暖》无疑是一篇颇有深度和力度的优秀之作。小说刻意营造了一种诡异神秘的氛围：奶奶神志不清、半人半鬼的疯话和梦魇，妈妈被贫穷苦难磨砺得粗糙坚硬的柔情和母性，民办教师庆生面对未醒人事的女孩拼命克制情欲的尴尬难堪，村干部周好土执行政策开罪于人却百口莫辩的窝囊郁闷，乡村暗夜电闪雷鸣中彷徨无助的小等关于山妖鬼魅的恐怖臆想，山路上跌跌撞撞无家可归的小等手接电线面带微笑的最后一刻……电影镜头般的画面和质感，都集中指向和暗示了亲情的极度缺失对一个小女孩的严重伤害。

自古以来，上至帝王将相，下至黎民百姓，人人都渴望爱与被爱，而妈妈怀抱的温暖，是一切人间温情中最天然、最美好的记忆。对平民草根而言，"老有所养，幼有所依"是再自然、简单不过的人生理想，这是每个人、每个时代、每个社会都迫切需要的"安全感"，也是我们如今大力倡导的和谐与稳定。早在两千多年前的《礼记·礼运》中就有"使老有所终，壮有所用，幼有所长，鳏寡孤独废疾者，皆有所养"的语句。这是古人单纯的社会理想，也是对今天社会保障体制的深刻拷问。

肖勤在《暖》的创作谈中说："我工作在基层，'三关'工作是近年来乡镇增加的一项重要内容——关爱留守儿童、关心外出务工人员、关怀空巢老人。这三类人员名单，一年年总在增加。走进村寨，田野显得那么空落，偶尔听到一声劳作后的咳嗽，那声音也是空洞而年迈的。青年们都离开了，留下老人和孩子，在孤独中无力地彼此支撑、无助地彼此温暖。"[4]

这篇以留守儿童为主人公的小说，反映的是当下全民热切关注的焦点问题。作者敏锐地聚焦社会苦难，用一个意味深长的名字，让人"等"得心疼、心酸、心焦：小等还能等多久？我们还要等多久？结尾处火石电光的一瞬，小等完成了她的"成年礼"，如花的生命永远绽放在 12 岁，却有一股驱之不散的寒意弥漫在全篇的字里行间。肖勤的模仿不着痕迹，读者会不由自主联想到丹麦那个卖火柴的小女孩，不禁要问：是什么让宝贵的生命灰飞烟灭？该向谁讨还生存的权利？该如何捍卫每一个卑微生命的尊严？作者说："长期与乡村、农民和泥土打交道，我看到了他们的焦躁与不安，我也清楚地意识

到……乡村缺乏的是来自整个社会的真情与关爱……成了一个只能自己珍爱自己、自己心痛自己的世界。但更多时候，乡村连自己心痛自己的力气也没有了，因为城市抽走了它们的肋骨——那些壮年的男人和女人，留下老人和孩子，在孤独中无力地彼此支撑、无助地彼此温暖。"⑤

苦难成就文学。文学是心灵自由的牧场，可以驰骋情感、放牧思想。让视界天高地远，让想象海阔天空，就会有更大的惊喜和更多的发现，就如叶梅在《肖勤的发现》一文中所说："从她的笔下，人们开始读懂乡村和乡村的人，包括孩子。在乡村的留守儿童那里，缺失的不仅是热腾腾的食物，抑或书本和铅笔盒，更为缺失的是妈妈温暖的抚摸，那只有妈妈的手才能带来的温暖。肖勤的发现和开掘让许多读者动容，那不仅是文学的发现，也是肖勤作为一位负有责任的乡长、一位深怀母爱的女人的发现。"⑥

三、《潘朵拉》魔咒：人性善恶的阴阳两极

在古希腊神话中，潘朵拉是给人类带来灾难的女人。普罗米修斯不顾禁令盗取天火，天父宙斯欲图报复，命火匠神用泥土做了个漂亮的女人来惩罚人类。"潘朵拉"意为"具有一切天赋的女人"，她得到一个装满灾难、疾病、瘟疫、战争、贪婪、悲愁、痛苦的礼盒，并被送给普罗米修斯的弟弟做妻子。貌美性诈的潘朵拉在新婚之夜突然打开盒子，各种灾祸迅疾飞出，隐身于世界的每一个角落，而藏在盒底的美好"希望"却被永远关住，人类从此饱受灾难、瘟疫和痛苦的祸患与折磨。

这就是著名的"潘朵拉魔盒"，比喻带来灾难和祸害的东西，或造成灾害的根由。古老的神话诠释了人性恶的根源，包括人力无法抗衡的大自然的灾难与邪恶。肖勤的《潘朵拉》显然借此寓意，所写内容不只是官场内部权术阴谋的勾心斗角、明争暗斗，更是人性背后无以言表的复杂微妙、风云突变。善恶混杂，美丑并立，共同潜伏在人性的未知深处，寄身一具具充满欲望的鲜活肉体，相安无事、和睦共处却又蠢蠢欲动、伺机待出。当某种外在诱因唤醒它们沉睡的灵魂，蛰伏的邪恶便如火山爆发喷薄而出，一发而不可收拾，一旦失控，就会给别人也给自己带来无穷祸患，甚至灭顶之灾。

小说《潘朵拉》生动形象地写出了这一人格裂变的痛苦过程：官家子弟柳天宇因难以言喻的情场失意而愤世嫉俗、玩世不恭，"把自己变成了一把锋利的刀，尖锐地割伤自己，也割伤了别人"，"傻得不知道谁对他好谁对他坏"，因为他"心里有泪，只有酒知道……"；一直对自己"悲惨而卑贱的往事"耿耿于怀的苏东坡，无论怎样飞黄腾达，甚至在和当年的"恩人"地位调了个个儿后，仍"始终忘不了读书时的困窘和柳天宇居高临下的关怀"，所以"明带笑暗藏刀"，一边装成感激涕零、知恩图报的道德君子，一边暗中使绊、装神弄鬼，不仅抢去恩人的恋人当老婆，让恩人给自己当司机，还暗下黑手阻止有水平、有能力，既是"恩人"又是同学、同伴、同事的升职……

犹如潘朵拉开启的魔盒，苏东坡一旦释放出心中的恶念，就使涉事之人个个痛苦、人人遭灾——柳天宇、小红帽、朱云朵，当然也包括他自己。苏东坡守护尊严没有错，但这被无限夸大的"穷人的自尊"，其实只是可怜至极又难以摆脱的自卑、自伤、自怜以及

自恋。骨子里，苏东坡是永远不能蜕变的苏富贵，苏富贵也是无法升华的苏东坡。笑里藏刀，两面三刀，这张人格面具阴晴难定，这场灵魂激战神鬼莫辨。贫穷不是罪恶，却是衍生罪恶的温床。在社会底层苦苦挣扎时，人性中最丑陋的那部分——虚伪、仇恨、嫉妒、冷漠、自私、阴险、狡诈等极易滋生并泛滥成灾，在泯灭真善美的混战中往往使人变得迟钝、麻木、冷漠、绝情而又残酷。

然而，人性并非永远只有善恶美丑的阴阳两极，更多时候是不好不坏、半好半坏、可好可坏、亦好亦坏的中间状态，而这也正是人性的复杂和可贵，是人之为人，并使社会得以稳定平衡的固态常态：小红帽桀骜不驯的强硬外表和渴望爱情的柔软内心，苏东坡"文"得犯酸的官名和苏富贵"土"得掉渣的小名可笑至极又浑然一体，柳天宇慷慨施恩却浑然不觉无意中伤害别人脆弱的自尊，朱云朵在真心爱她和只要占有她的两个男人间懵懵懂懂、浑浑噩噩……他们无法用传统意义的好人、坏人来界定，而是亦正亦邪，有善有恶，这一切既无关诗意的浪漫，也不是唯美的感伤，而是生活的五颜六色，人生的酸甜苦辣，就像雨果在《克伦威尔序言》中阐释的那样："丑就在美的旁边，畸形紧靠着优美，而粗俗则隐藏在崇高的背后，善与恶并存，黑暗与光明相共。"

中篇小说《云上》和《我叫玛丽莲》与此有异曲同工之妙，都写了贫穷以及随之而来的直接恶果：前者写人性扭曲的悲剧，即便远离凡尘的"云上"，也绝非不食人间烟火的世外桃源：名与利的纷争，权与钱的交易，爱与恨的更替，生与死的错位，"天下熙熙，皆为利来，天下攘攘，皆为利往"。后者写人性光亮的可贵，即便沦为"三陪"，每日晨昏颠倒、醉生梦死，却在灯红酒绿的欢场，充满自我牺牲的动人光彩——对家人的无私奉献，对爱情的无限憧憬，对生命的无比眷恋，对一切人间美好事物的无尽真诚，而这，是一个年轻女子用生命付出的代价。

四、醍醐灌顶：好评如潮的潜在隐忧

搜索网络，肖勤的创作态势使舆论几乎没有悬念地一边倒，她的故事、人物、语言，她的短篇、中篇、散文，无一例外地让人津津乐道。面对一颗冉冉上升、光华熠熠的文坛新星，不禁惊中有喜，忧惧参半。惊的是肖勤实在太年轻、太有冲劲、太夺人眼球，喜的是她才华横溢、锐气逼人、勇不可挡，忧的是这么一棵不可多得的好苗子，如何给予适量的春风夏雨，适时地修枝剪叶，适当地除草施肥，使之花红叶茂、果实累累？怕的是一路高歌唱下来，眼见着年轻的作者欣欣然、飘飘然"找不着北"，志得意满时跌下云头伤了元气，从此昏昏然、浑浑然，白白浪费了上苍的一份厚爱。

这种担忧不无道理。作者风头正健，读者期待日高，理论界亦是好评如潮。这使人在欣喜赞赏之余进一步思索和反省：只栽花不挑刺是否正常？有几种可能的后果：在正面的肯定和粉丝的拥趸下，肖勤一如既往地健康苗壮、冲锋陷阵；单纯的赞美喝彩软刀杀人，风光无限中折损一代才女的锋芒灵性，毕竟，我们有揠苗助长的惨痛教训，有江郎才尽的历史悲剧。

因此，务实冷静，客观公平，既不溺爱"捧杀"，也不冷酷"棒杀"——"捧杀"比

"棒杀"更残忍无情。要爱才惜才，还要护才助才。肖勤还很年轻——年轻可以稚气，可以浅薄，可以初生牛犊任人指指点点、品头评足；年轻也是资本，可以有足够的时间丰富阅历、深刻思想、打磨技巧、修炼文章。当然，这也并非要作者一味谦虚低调、虚怀若谷，甚至是拿腔捏调、故作姿态。作为有更高期待的读者、更理性批判的批评者，无论如何，我们有责任也有义务——醍醐灌顶，当头棒喝。

其实，对于肖勤的强势崛起，读者的赏识与评论界的追捧一样，充满了对优秀的当代文学的热切呼唤和殷殷期待——"真正的当代文学的意义在于具有对现实加以总体化的叙事能力，由此，它创造出一种关于现实以及我们与现实关系的崭新理解，它重组了我们日常的零散化的经验，并超越了个体的狭隘的经验的限制，从而打开了重新认识现实、尤其是在复杂的社会联系中重新感知现实的可能性。它改造了我们认知与感受的方式，重建了总体化的生活图景，从而为读者提供了一种新的方向感。那些优秀的当代文学……总是暗含着批判性的视野与乌托邦的维度，激发着对未来的想象。"[7]

正因为肖勤有特质、有潜力，我们更期待她以一以贯之的平民姿态，悲天悯人的人道情怀，关注苍生的温情细腻，低姿态地高调写作。我们衷心期望，肖勤以她飞扬的才华、勤勉的思考、不懈的探索，积极储备，凝聚实力，厚积薄发，自觉文学的神圣使命，终其一生为之奉献，用一双醒世的眼观察，用一颗悲悯的心感悟，用一腔女性的柔情写作，使我们的当代文学无愧唐诗宋词的辉煌，比肩外国文学的绚烂。世事没有定数，因为年轻，冥冥中一切皆有可能。

作者简介：

孙建芳，女，遵义师范学院地方文化研究中心副主任、教授。

参考文献：

[1][6] 叶梅. 肖勤的发现[N]. 文艺报，2010-11-03.

[2] 陈富强. 一个仡佬族女乡长的作家梦[N]. 贵州日报，2010-05-14.

[3] 肖勤. 沿着民族的、泥土的脉理写作[N]. 人民日报，2010-01-28.

[4] 肖勤. 通往幸福的方向[J]. 小说选刊，2010（5）：5.

[5] 肖勤. 在乡村写作[J]. 十月，2010（2）：121.

[7] 刘复生. 什么是当代文学批评[J]. 新华文摘，2011（7）：89.

论肖勤：女性作家的伟岸身影

熊敬忠

肖勤是一个勤奋而高产的遵义本土中青年女作家。在短短的时间内，她迅速为文坛奉献了《暖》《金宝》《我叫玛丽莲》《丹砂的味道》《上善》《水土》《陪着你长大》《灯台》《霜晨月》《好花红》《长城那个长》《返魂香》《亲爱的钻石》《一截》《云上》等大量中短篇小说，共计 100 多万字。其于 2012 年获奖的中短篇小说集《丹砂》，成为贵州省年度唯一获国家级奖项的文学作品，在国内外产生了显著影响。举行肖勤作品讨论会，意义非同寻常。因时间关系与客观原因，此文不一定能概括肖勤作品全貌，评价也不一定完全准确。今后，要多阅读遵义本土作家的作品，关注遵义文艺发展，挖掘黔北作家创作思想与审美价值，弘扬遵义文学事业。本文结合肖勤的创作历程及其中短篇小说作品，对肖勤的创作给予评论。

一、文学创作主体与文学敏感

肖勤不是中文专业出身，也不从事文学教学与研究，而是在行政岗位上就职，但她却能在文学创作上取得如此重要的成果。这对我们有以下启发。

首先，对文学创作的无比热爱。文学创作主体不受职业身份制约，只要对文学有激情，有爱，有持之以恒的追求，每个人都可以在业余时间开展文学写作，并做出成绩，为文学事业的繁荣添砖加瓦。肖勤大学毕业后，在乡镇上从事基层工作多年，工作任务十分繁重。就行政工作来说，它与文学距离甚远。行政工作是理性的、规程式的，文学是感性的、审美的。但肖勤凭着对文学的至诚热爱，在工作之余，对大千人生世象进行审美把握，以细腻的女性视角，把基于乡土的热诚转换为美丽的文字，表达出云贵高原仡佬族人丰富的内心情感和生命感悟，这一点值得我们学习。其实，这也是我们今天文学主体多元化、文学园地百花齐放的重要原因。

在当代社会中，文学创作主体多元化、文学园地百花齐放，表征了在二十一世纪社会转型期，并非像人们所误解的那样，文学真的没有市场了。相反，文学市场越来越具有鲜活的力量源泉，这一力量源泉显示出二十一世纪以来文学强烈的时代特征，即新的文学创作主体敢于打破传统文学边界，以多种方法、多重视角的文学现代性图景，表达出他们对全球化、中国社会、历史与传统的反思与前瞻。

其次，敏锐的观察力与语言表现能力。文学是语言的艺术，作家要通过语言塑造艺术形象，就需要极强的观察社会、观察生活、体验人生的能力，并把这种能力通过语言塑造成文艺形象。肖勤在这方面具有极大的热情与表现能力。在大学时代，肖勤在报社实习过，做过实习记者，写过很多报道。那段经历，使肖勤对文字产生了特有的敏感。参加工作之后，丰富的工作阅历又强化了她对社会与人生的感知。她喜欢以文字吐露这些经历，倾诉年轻女性身处基层的喜怒哀乐，并最终转化为文学作品。

肖勤在"中篇小说《陪着你长大》创作谈"中谈到她的文学观察与文学敏感：

> 最初的时候是想写写空巢老人，写写在这样一个人际关系与生存关系异常紧张的时代中，被忽略的老人的困境。写这部小说的时候，我正好从云贵高原来到上海挂职学习，每天，我穿过大渡河路、走上金沙江路、再路过怒江路，仿佛自己正重温长征，身处异乡的行走总是带点沧桑感和孤独感，这使我看身边景身边人的眼光有了更深的感伤。[1]

也许，对常人来说，习以为常的生活世界，并没有什么新鲜感可言。但对肖勤而言，哪怕是上海五彩缤纷的世界遮掩了人们太多的视线，但她能凭着敏锐的观察力，抓捻住大都市容易被人们忽视的群体，将之作艺术化想象，谱写出撼动人心的当代社会空巢现象。

二、文学民族性与文学整体性

仡佬族是我国少数民族成员中重要的一员，具有丰富的民族文学资源与独特审美视野。作为仡佬族作家的肖勤，从仡佬族民族文学视野，审视仡佬族人的历史、现实与未来，在作品中塑造了立体的、具有仡佬民族审美属性的艺术形象。

什么是民族性？对此，别林斯基有过精彩论述："真正的民族性不在于描写女人的无袖长衣，而在于描写人民的精神；一个诗人甚至在这样的时候——当他在描写完全不相干的世界，但却是用自己的民族的自然性的眼睛、全体民众的眼睛来观察这个世界的时候，当他这样感觉和说话的时候，也是民族性的。"[2]民族性是"民族特性的烙印、民族精神与民族生活的标记"[3]。除以独特的民族审美眼光审视本民族社会与人物外，别林斯基认为，民族性是基于真实性层面上的美学范畴。"一部真正的艺术作品，总是以真实性、自然性、正确性、自然性来打动读者……在艺术中，一切不真实于现实的东西，都是虚谎，它们所能揭示的不是才能，而是腐碌无能。艺术是真实的表现，而只有现实才是至高无上的真实，一切超出现实之外的东西，也就是说，一切为某一'作家'凭空虚构出来的现实，都是虚谎，都是对真实的诽谤。"[4]

肖勤对仡佬族充满了无限热爱，她的作品，以云贵高原黔北作为文学背景，真实记录民族文化与心灵状态，抒发民族情感，勾画出仡佬族文学民族性基本范式，那就是勤劳、善良、抗争、追求真善美的伦理倾向。《霜晨月》中有这样一段描写：

> 莺闹的女人盼水。都说女人是水做的，没水，女人也不像女人了。缺水的莺闹让小媳妇们一个个干巴拉瘦、干巴拉灰。水太金贵，逢好日子做酒席要讨

水，叫"讨喜银"。莺闹的女子，只有出嫁那一夜才有幸在家里洗个囫囵澡。出家之前的三天，家里选出皮肤最细滑的姨当银娘子。银娘子早早三天便守在井旁，从每家的桶里均出一瓢"喜银"，回来倒进水缸里存着。等到女子出嫁前夜，娘家人才用它烧满满一大锅水，然后关上门让女子进去慢梳细洗。这趟澡洗得透莹，浑身披满晶晶亮亮的"银子"。出嫁以后的日子，洗澡便不叫洗澡了——半盆水应付着拿毛巾蘸蘸擦擦，叫"过水"。这让莺闹的夜晚多多少少有点尴尬——那来自于白天劳作后的体味，在夜晚幸福的蒸腾下变得异常浓烈。男人们无所谓，可小媳妇们在意！小媳妇们一在意，小日子过得便有点疙疙瘩瘩的。莺闹人修渠，除了盼土地里的庄稼有水喝，也是盼着让小媳妇们能每天舒舒服服过一回水！让自家的夜晚过得更舒畅呐！

这无疑是仡佬族人真实的生活情景与深层心态。在道真、务川等高原山区，石漠化生态即使造就了美丽的自然景观，但石漠留存不住水，总是缺水，不用说农田灌溉少水，就是日常生活中，也是"水贵如油"。因此，仡佬女人出嫁洗澡就变为最美的生命享受。

肖勤的文学思考是深刻的，除了颂赞民族精神的伟岸外，也在反思民族未来。因此，在作品中，她提出了仡佬族人在现代化进程中，如何颠覆民族劣根性、追求现代化理想的价值取向的问题。难能可贵的是，肖勤没有将仡佬人孤立于中华民族整体族群之外，而是把仡佬族文学民族性与中华民族文学整体性结合起来，以仡佬族作家的特定视角看待现代社会，试图以文学幻想实现仡佬族与中华民族大家庭的同步前行。其《陪着你长大》《暖》《好花红》等作品中就渗透了这种深层思考。

三、文学原型与文化象征

按弗莱在《批评的剖析》中说的那样，文学原型在文学创作中总是以循环、季节更替式的方式呈现。这是一种族群发展的集体无意识，是文化继承和创新的根脉。在我国各民族中，图腾、宗教崇拜、原始巫术等太古文化象征都不同程度地存在着，仡佬族也不例外。在仡佬族文化原型中，乡土、乡村、故园总是以惯性一样的方式，潜存于仡佬族人的原始记忆中。那就是一直深居于云贵高原大山之中的仡佬族，对云贵高原边远地域的无限钟情和热爱。尽管对于这片土地，外界的人们还比较陌生，但对仡佬族人来说，却是永远的乐土。与这片古老乐土相伴随的原型意象，是仡佬族人的原始崇拜意象——丹砂。肖勤在其于2012年获全国少数民族文学创作"骏马奖"的中短篇小说集《丹砂》中，成功塑造了丹砂这一原型意象。在《丹砂》中，丹砂被视为治病的灵丹妙药，是仡佬族精神的信仰，是通向天堂的灯塔。丹砂，让仡佬族人经受了无数坎坷与悲凉，也获得了无限慰藉和希望。

这种原型意象，构建了仡佬人的文化象征。换句话说，仡佬族人的文化象征，就是对丹砂及其相伴而生的各种符号的形象化阐释。在肖勤作品中，丹砂与人性塑造、审美表达、社会变迁及其艺术处理，是紧密联系在一起的。如在《暖》中，瘦弱而年幼的小等面对生活的重压，尤其是面对患有帕金森综合症的奶奶整夜闹鬼的恐惧，几乎陷入绝境。但是，无论是村主任周好土，还是民办老师庆生，都以特殊的方式默默地帮助小等，让她在凄苦的生活中感受着温暖，领悟到爱与关怀。也正是这种最为朴实的人性之暖，使小等能够以顽强的意志和罕见的韧性，守望着母亲的归来，守望着家人的团聚。在《霜晨月》里，村长庄三为了给村里人修渠引水，要求妻子以模范家属的身份带头上工地，结果使得妻子早夭，以至于多少年来，儿子阿哑坚决不肯饶恕父亲，并誓死守护母亲的坟墓不予动迁，导致村道的修筑计划始终无法实施。然而，随着庄三伯渐渐病重，人们终于发现，他对妻子的负疚，对儿子阿哑的爱和保护，对自己作为村长的责任与承担，从来就没有中断。他像一座缄默的大山，用一生的无私之爱，呵护着这片山村，哺育着这块土地，也用一生的善良和牵挂，唤醒了村民的灵魂，包括他的儿子阿哑。

基于此，不管时代如何变迁，世俗文化如何演变，肖勤都坚守着来自本民族的审美立场，并不断加以艺术性呼吁。这是以作品来传递民族精神的宣言，也是对民族自我意识觉醒的呼唤。肖勤认为，她的创作"充满人文主义和理想主义的色彩"。可以预见，肖勤将在中短篇小说创作方面，沿着自己的文学梦想，继续为仡佬族民族文化重建与黔北地域文化发展呈送更多更好的绚丽"果实"。

作者简介：

熊敬忠，男，遵义师范学院人文与传媒学院教授、文学博士。

参考文献：

[1] 肖勤. 谁陪着你长大·《陪着你长大》用稿创作谈[J]. 中篇小说选刊，2012（4）：28.

[2] [俄]别林斯基. 叶甫盖尼·奥涅金[M]//文学的幻想. 满涛，译. 合肥：安徽文艺出版社，1996：329.

[3] 别林斯基. 别林斯基选集（一卷）[M]. 满涛，译. 北京：时代出版社，1953：107.

[4] 别林斯基. 别林斯基选集·玛尔林斯基全集（二卷）[M]. 满涛，译. 上海：上海译文出版社，1979：284-285.

[5] 洪治纲. 一捧丹砂照心魂——论仡佬族作家肖勤的小说[J]. 南方文坛，2011（5）：49-53.

在苍凉中审视与追问

——论仡佬族作家肖勤的小说创作

唐燕飞

【摘　要】仡佬族青年女作家肖勤立足现实生活，关注苦难人生，在其众多小说中叙写弱势群体的生存困境与精神诉求，表现了对女性命运的积极关注与深刻思考，并呈现出作家直面人性的悲悯情怀与救赎意识，在具有"表现人世沧桑的苍凉感"的书写中，对社会、人生、人性作出审视与追问，体现出独特的审美意蕴。

【关键词】弱势群体；女性命运；悲悯情怀；救赎意识

仡佬族青年女作家肖勤近年来在《十月》《民族文学》《人民文学》《上海文学》《山花》等刊物上推出了不同题材、不同风格的众多优秀作品，逐渐进入研究者的视野，并在文论界引起了较大反响。其小说既有对农村生活的真实写照，也有对女性世界的细腻刻画，还有对基层官场的生动再现，以及对历史风云的想象叙述。作者立足现实生活，关注苦难人生，表现出对人性的一种深层次审视，并在叙事中表现对人物命运的思考和社会关怀的追问，体现出一种白先勇先生所说的"表现人世沧桑的苍凉感"[1]，给人以深刻印象。

一、弱势群体的生存困境与精神诉求

作为一位在乡村基层工作多年的作家，肖勤对表现乡村弱势群体的生活有一种使命感，不仅描写他们生存中的贫困与艰辛，更揭示他们精神上的孤独与无助，从而超越了长期以来创作对乡村社会的惯常认知及先验判断。"在创作中，我把目光更多地放在弱势群体上——老人、儿童与妇女。因为我相信，哪怕是尘埃，也想有自己的飞翔。我唯一能做的，是把它高高举起，借风的力量，带它去阳光明媚的地方。让人们看到它、关注它。"[2]

短篇《暖》中12岁的农村女孩小等是一位留守儿童，父亲去世，母亲外出打工，丢下小等与年迈的奶奶相依为命。小等不仅要像大人般在田地里操劳，还要照顾患上精神病的奶奶。奶奶一到夜晚就发病，可怜的小等无法忍受精神上的恐惧，便跑到民办老师庆生那里寻求呵护，善良的庆生小心地收留了小等。后来被村委会主任周好土发现这个"秘密"，遭到告诫的庆生不得不狠心将房门关上。当奶奶在一个风雨交加的夜晚里去世

后，孤独无助的小等冒着狂风暴雨跑到庆生那里求助，却再次被拒之门外，最后只能跑到黑暗的田野，在雷电中得到最终解脱……在《暖》中，除了小等这位留守儿童渴望关爱与温暖的内心呼声和她的灾难性命运让我们为之动容外，我们还看到了执行政策却被村民误解的周好土和关爱小等却得不到认同的庆生老师，也同样处于生存的困惑与无奈中，希望得到他人的理解与尊重。作者不仅肯定生活在社会底层的这些卑微生命存在的价值，更指出，"温暖"是他们内心共同的强烈需要。

《我叫玛丽莲》关注的是社会边缘人群的生存状态和精神诉求。来自槐花沟子的乡村女孩孟梅，因为家里弟弟上学，父亲去世，房屋倒塌，母亲患病，选择到城里打工来接济全家。虽然她最终沦落风尘，改名"玛丽莲"，却一直纠结在自己的身份归属中。从孟梅变成玛丽莲，她经历的是"一个剐骨换血的过程"，在"梦飞翔"娱乐城光怪陆离的灯光下，在"三陪女"玛丽莲妖艳的浓妆背后，那个叫"孟梅"的纯真女孩始终不曾离开，她希望自己能成为"一个温柔娴静的姑娘、一个幸福快乐的妻子，可以得到丈夫或是男朋友慎重而认真的对待"。小说结尾，患癌的玛丽莲用最后的生命写下："我不是玛丽莲。"通过对这一卑贱身份的否定，表达了还原自我本真的终极愿望。即使是生活在畸形的土壤里，对自我价值的追求以及对人格尊严的呼唤仍然如此强烈而迫切。小说第一人称的叙事视角和生动真实的底层想象，让我们看到了作者在写作上的不断突破。

此外，《霜晨月》中因为痛失母亲而自我封闭的男孩阿哑，《谷雨的月光》中两次举起蔑刀砍向父亲的小姑娘猫猫，《云上》中因为不堪忍受村支书儿子的凌辱与挑衅而将其误杀的少年岩豆，他们的行为都是由于爱或尊重的缺失，而以自己的方式来表达了对这个世界的理解和反抗。

二、女性命运的积极关注与深刻思考

虽然身为仡佬族作家，但肖勤表示，少数民族文学创作并不一定都得承载显性的民族表达。女性作家的身份使她把眼光投向了不同阶层、不同性格、不同时代的女性身上，以开放的视野、细腻的笔触去展示她们的人生轨迹，解读她们的心灵世界，对她们的悲剧命运给予深切的同情，并尝试为她们内心的迷茫与挣扎寻找原因与出路。

《灯台》中的职业女性灯台因为幼年时母亲对待她的生硬态度，"变成蜗牛躲进了她自己的壳里"，养成了冷漠、独立、好强的性格。她的冷漠和强势导致了丈夫展伟的外遇，为了报复，她"勾引"了单位里同为副处的老男人老慢，与其在小姨家幽会，却因急性阑尾炎发作被送进医院。在医院里，她又意外发现自己的身世里有一个巨大的秘密，原来她是父亲与她小姨的私生女。她怨恨丈夫、老慢、父亲和小姨，但是小姨父的一番话却改变了她的想法。小姨父说："接受原谅的人，是坐在那里等，但期待别人原谅的人，却一直在路上千山万水跋涉。走着的永远比坐着的要苦。""一直寻找答案"的灯台最后选择原谅，把丈夫展伟让给了第三者，把竞争正处的机会让给了老慢，把父亲让给了小姨，而长期以来笼罩她的所有阴云也被驱散，"陡然天宽地阔"……

《陪着你长大》中的时装店老板江格格也经历了家庭变故。在通往织金洞的高速公路上，丈夫陆风遭遇车祸去世，同在车上的女大学生陈小萝双腿受伤。她既怀疑丈夫的不忠，又不得不照顾陈小萝，父亲偷偷与老伴何心凤领结婚证更让她觉得是背叛了母亲。感叹"人生是个大牢笼"的她一时情绪恶化几乎失控，老同学霍然的帮助、开导和父亲的临终遗言"吾儿需时时心胸宽广、心怀善念"让她终于释然，在善待他人的同时，江格格自己也得到解脱。

肖勤女性人物的画廊里还有《上善》中的都市白领桑子和飞飞，两位女子视对方为闺蜜，相濡以沫却又在无意中伤害了对方，在友情与爱情的两难选择面前，她们无比痛苦和茫然。《返魂香》里秀气勤快的餐馆老板娘孙玉，喜欢老季却又放弃老季，并提醒他："越简单的香越清淡，跟过日子一样，想法越简单，过得越长久。"《谷雨的月光》里的农村妇女谷雨，婚后被当成传宗接代的生育机器，为了完成生儿子的任务忍受丈夫邓少军的折磨。《亲爱的钻石》中的中巴车售票员七巧，单纯善良，有着钻石一样的品质，然而丈夫的多疑使她不得不带着身孕离婚。《长城那个长》中着墨不多的舞蹈教师谢洁玲，与文广局局长孙平发生婚外情，最后"想开了"，选择黯然离开。《好花红》里猎户的女儿花红，命运在历史风云和父辈恩怨中跌宕起伏，她与恋人苦根，一个成长为革命战士，一个沦落为凶悍土匪，最后，爱恨交织的花红"拿自己的命换苦根的死，拿苦根的死，换她一直拿命在求寻的公道和正义"。

不管是灯台、格格，还是桑子、飞飞，抑或谷雨、花红，她们所身处的生存、情感和心理的多重困境让我们体验和感受到生活的多变、人性的复杂。作家肖勤带我们走进女性世界，积极关注她们的多舛命运，思考并追问她们的情感立场或是人生走向，为她们寻找精神突围的出口。

三、直面人性的悲悯情怀与救赎意识

肖勤认为："中国的少数民族作家逐渐摆脱了'小地域'的写作局限，文学创作从简单生硬的民俗文化再现深入到对本民族特有的价值取向及美好人性和理想的挖掘。"[3]因此，她将笔触深入社会和人性的隐深处，直面人生的苦难和人性的幽暗，但又充满一种悲天悯人的胸怀，尽量挖掘人性中向善的意愿，通过文本书写传达自己的救赎意识，救赎成为其作品的一个重要主题。

《云上》写的是强烈欲望下人性的扭曲。乡村女子何秀枝因为对权力的追求，从村民的"救星"变成了村里的"女皇"，从一名刚烈自强的女性蜕变成了镇党委书记王子尹的情人，甚至为了得到副镇长的名额而丧失良知，以儿子被荞麦弟弟岩豆失手杀死相胁，让荞麦将自己的清白之躯献给王子尹。在镇长黄平告知真相后，荞麦发现自己的牺牲原来并非必要，在羞愤之下杀死了何秀枝，荞麦的一生也被毁掉了。作者以悲悯的心态认为，何秀枝的命运"绝不仅仅归咎于她内心的贪婪，更多时候，她也是一个受害者。而荞麦，是这个受害者转嫁伤痛的另一个受害者"。"这就是真实的乡村，它有善与恶的冲突，有深刻复杂的人性。"[4]在这部小说中，无论是何秀枝的死、王子尹的被惩处，还是黄平对其行为的反思，都表现了作者对人性的深刻审视与思考。

"人的劣根性就像潘朵拉的魔盒，一旦开启，所有的恶习全都不经培训可以直接上岗。""潘朵拉"这一题目无疑有一定的隐喻意味。在小说中，苏东坡的自卑、嫉妒、报复，使身边的人受到伤害。《谷雨的月光》中为了邓家传宗接代和自己的前程而先后伤害谷雨的邓少军和胡二强，《金宝》中借上访进行讹诈的贪婪无知的郑老四，他们都显示了人性的迷失，但作者并未对他们进行简单的道义批判，而是让他们在内心的自省自责中有所悔悟，从而达到道德的自我净化与救赎。正如宗白华所说："艺术世界的中心是同情，同情的发生由于空想，同情的结局入于创造。于是，所谓艺术生活者，就是现实生活以外一个空想的同情的创造的生活而已。"[5]肖勤正是以一位作家的悲悯胸怀，以一种真诚的同情之心与深切的人文关怀，去表现人性欲望的复杂冲突。

人性的复杂在于有时明知有违道德伦理，但还是对自己的行为不加克制。"人的身体深处藏着的魔，它要做什么，人总是最后才知道。"（《灯台》）《陪着你长大》中的陈小萝，"江格格和陆风夫妇是带她走进灿烂未来的天使，她却要夺走属于江格格的幸福，还夺去了陆风的命"。但是当憔悴却高挑时尚的江格格站在她病床前，她的心情却是嫉妒又渴望，并发现自己"突然在江格格的痛苦里找到了走下去的拐杖"。本该感恩的陈小萝却选择了掠夺和伤害，并反驳骂她是"小三"的雨果"根本不懂饿的滋味，也不懂得生存的第一要义并不是礼义廉耻德孝诚信，而是活着"。这就是人性的真实与丑恶。小说也写到了江格格的复杂心态："半年来她和陈小萝相依相伴，一起渡过最难熬的日子，她是靠着把羞辱与愤恨释放到陈小萝身上才一天天挺过来的。"但人性又总是向善的，两个彼此憎恶的女子最后友好相处："事情如此简单，一声江姨，错乱的情节恢复原位。"

正因为人性并不是非善即恶、非白即黑的两极状态，更多的时候呈现的是善恶交织的灰色状态，向善的力量才一再被作者所强调、所书写。郑老四从不断的上访到后来的醒悟（《金宝》），陈小萝由最初的沉默到最后的歉疚（《陪着你长大》）……肖勤总能让小说中的人物在某个时间点，通过外在的启迪来唤醒其人性中善的一面。如本来要报复父亲、丈夫和同事老慢的灯台，在小姨父的开导下放下了种种恩怨。霍然常常提醒格格要关心父亲和儿子："老人家现在只需要两样东西，爱和杜冷丁。""你一直忽视了夏天的感受。"而格格也在他的关爱下学会了理解和宽容。这种向善的力量有时表现为对他人的关爱与安抚。如《暖》中庆生对小等的收留和呵护；《我叫玛丽莲》中警察"利郎"送给孟梅一袭白色蕾丝长裙并答应她与之合拍婚纱照的请求；《云上》中黄平对真相的调查、对荞麦的坦言虽然让荞麦发现了自我牺牲的不值，并导致了悲剧的进一步发生，但其初衷也是为了拯救荞麦。

"自省""宽容"，还有"爱"都是救赎的方式。作者努力发掘人性中的闪光点，激发人们身上的正能量，让人们在灰色中看到希望，这是一种理想主义的书写。虽与现实有所偏差，却正表现出作者的道德判断和价值取向。同时，这也符合雨果提出的著名的"美丑对照"原则："万物中的一切并非都是合乎人情的美……丑就在美的旁边，畸形靠近优美，粗俗隐藏在崇高的背后，恶与善并存，黑暗与光明与共。"[6]

结　语

除了上述写作特质，肖勤小说的语言风格也颇有独到之处。它不像有的小说，为了体现乡土文学的原生态而刻意粗糙，让人觉得过于"俗"；也不像有的小说，为了模仿名家风格而略显矫情，让人觉得有点"隔"。肖勤的文字，既鲜活又隽永，既写实又不乏诗意，叙事不疾不徐，讲述收放自如，体现出良好的驾驭文字的功力，这是将阅读积累与生活体验相结合的结果。肖勤不受少数民族文学的某种思维惯性和传统主题的局囿，而是将视线投向众生百态，在从容的叙事中，在苍凉的书写中，对社会、人生、人性作出审视与追问，的确是一位值得大家关注的优秀作家。

作者简介：

唐燕飞，女，贵州遵义人，遵义师范学院教授。

参考文献：

[1] 白先勇.社会意识与小说艺术[M].白先勇文集·第六只手指.广州：花城出版社，2000：255.

[2][4] 肖勤.在乡村写作[J].十月，2010（2）.

[3] 肖勤.民族表达的自觉性与文学使命[N].文艺报，2011-07-02.

[5] 宗白华.美学与意境[M].北京：人民出版社，1987：17.

[6] 雨果.论文学[M].上海：上海译文出版社，1980：30.

浓浓的乡情浇灌的人性之花

——论贵州作家肖勤的小说

刘大涛

肖勤是当今在黔北文坛上冉冉升起的一颗耀眼的新星。自 2009 年以来，她创作的《在重庆》《我叫玛丽莲》《暖》《陪着你长大》《金宝》《霜晨月》《云上》《丹砂的味道》等若干中短篇小说发表在《民族文学》《十月》《山花》《当代》《芳草》等国家级杂志上，并被《新华文摘》《作品与争鸣》《中篇小说选刊》《小说选刊》、哈萨克斯坦《世界文学》等国内外杂志选载。肖勤用浓浓的乡情浇灌出来的人性之花，得到了政府和文学界的一致好评。她因此捧回了许多大奖，尤其是 2012 年度少数民族文学最权威的 "骏马奖"。肖勤的小说主要探讨的是乡镇中干群关系、外出务工、留守儿童等问题，这些大家颇为熟悉且关注程度很高的农村题材，一不小心，就会滑入概念化的怪圈，从而使得作品中的人物形象沦为某一观念的符号。因此，大多数作家都唯恐避之而不远。肖勤却知难而上，其作品中一个个鲜明生动的形象，让人耳目一新，带给人们格外的惊喜。她是如何做到这一点呢？

1997 年，大学毕业的肖勤来到了黔北大娄山深处的一个乡镇工作。为了克服不断被乡镇黑沉沉的夜放大的恐惧和无助，自幼爱好文学的她，"开始拿起纸和笔，和夜晚作斗争。每逢雷雨来袭，我几乎整夜的记事、整夜的写作，整夜地对自己说：不要害怕"。文学犹如一盏灯，"照亮"了那让她恐惧和无助的乡镇之夜，指引着她走出了人生之路的"惶然与恐惧"。于是，她义无反顾地走向田野，走进了村民充满喜怒哀乐的故事中。在文学"照亮"她后，她突然发现，在自己身边，"需要照亮的还有许多困惑的灵魂，包括风、雪、树，因为，在乡村的世界里，还有太多的人与事需要我们去关注、去爱。山里藏着与美和希望有关的故事、也藏着与泪水和失望相关的故事"。[1]正如肖勤在接受采访时所说，"唯有对泥土真正的热爱，才能写出踏实的蕴含生命温暖的作品。在这样一种变革与建构的过程中，需要文学发挥它强大的精神支撑作用，建构一个更美的、向善的价值体系"。[2]

以 2009 年为界，我们可以将肖勤的小说创作分为两个时期。在 2009 年以前，她虽然已在《贵州作家》等地方性的文学杂志上发表了不少作品，但乡镇干部的特殊身份，"让她一度走不出这样一个怪圈：我总是从一个行政工作者的角度、立场、观点和理想出发，去将我的作品内容及终点'概念化'，总想着高大全的理想结局"。[3]在经过文学创作培训后，肖勤发表在国家级文学杂志《民族文学》2009年第5期上的《棉絮堆里的心事》，让她走上了专业创作路子。此后，为促进少数民族中青年作家的迅速成长，2009年9月，鲁迅文学院办了一个少数民族作家高级研讨班，在55个少数民族作家中各选一名。这是鲁迅文学院办的第十二届作家研讨班，简称"鲁十二"。仡佬族作家肖勤有幸被选中，进入鲁迅文学院，接受了更高层次的培训。她很珍惜这一来之不易的机会，在文学园地里辛勤地耕种，到学习结束时，已经写出了多篇有分量的小说。其中篇小说《暖》发表在《十月》2010年第2期"小说新干线"，并刊载在《新华文摘》2010年第13期文艺栏目头条。鲁迅文学院副院长施占军见证了肖勤在鲁院的成长足迹。肖勤到鲁院报到时的一句话——"我是贵州仡佬族的肖勤，老师，我来了"，就让施先生感到"一种特别的穿透力"。正是凭借着这种"电很足"的劲头，她一跃而成为"鲁十二"最出名的作家。施先生认为，"阅读的滋养、记述的本事之外，分寸得体地懂得对生命和境遇表达惜重和感恩，是一个作家自为地成长的要诀"，而肖勤能取得这样的成就，在于她"肯定人性常态，肯定卑微生命存在的价值，肯定文学的终极意义，同时又能用厚实的积累、鲜活的话语、真切的个性、动态的叙事节奏，写出可信和耐人寻味的小说"。[4]现在，让我们一起走进肖勤小说中所呈现的一幅幅不同的乡镇社会图景。

在我国的公务员队伍中，乡镇干部是处于这支队伍的最基层。作为一名基层乡镇干部，在长期与乡亲打交道的过程中，肖勤发现以往的众多的乡土文学作品将乡镇干部设置成农民的对立面，贪婪和无所事事的乡镇干部总是一门心思放在鱼肉憨厚老实的农民身上，"使更多人产生了许多对于乡村与乡土的非理性认识与想象。以为乡镇干部无一不脑满肠肥，村支书主任无一不称王称霸，农民无一不笨拙憨厚。乡镇干部个个都上班打扑克，村干部个个都偷吃救济粮"[3]，乡土文学似乎成了一部对农民苦难的血泪控诉史。她知道这样的乡土叙事所呈现的乡镇干部的形象，容易把人们误导，认为基层干部一无是处，是对他们的异化，因为她看到很多基层干部在工作岗位上兢兢业业、任劳任怨，还得默默地承受外人因被误导而不满的眼光。她认为自己有责任把基层真实的而非想象的生活告诉大家。

肖勤的小说中最初描写的基层干部是一些游离于公务员体制之外的村干部形象。在《棉絮里的心事》中，在村民组长苏华二的诱导和帮助之下，被村民称为"懒苔"的单身汉得发告别了以破棉絮取暖、靠吃救济粮的日子，不仅盖了新房、娶了媳妇，还成为脱贫致富路上的新典型。这个小说的亮点是塑造了苏华二这个人物，与我们以往在文艺作品中所见到的素质低下、称王称霸的村干部不同，他虽然粗俗但不使坏，有私心但有帮人之心。在《霜晨月》中，莺闹村老村官庄三伯（庄三）多年前为了解决"莺闹这片干烧地"的用水难题，利用冬闲时间，带领村民修渠引水。莺闹村几十户人家共用一口井，每天只够一家挑两桶。水太金贵，村民便叫作"银子"，"莺闹人到哪家借银子，便是借水"，"逢好日子做酒席要讨水，叫'讨喜银'"。为了让莺闹的女子在出嫁前夜洗个囫囵澡，"银娘子早早三天便守在井旁，从每家的桶里均出一瓢'喜银'，回来倒进水缸里存着"。出嫁以后，洗澡只能叫作"过水"，"缺水的莺闹让小媳妇们一个个干巴拉瘦、干巴拉灰"。开始修渠后，村官庄三的妻子霜月"看庄三的目光里便有了看神一样的敬仰"，"总是先个儿钻进被子去暖被窝"，"庄三觉得日子就是一朵朵盛开的花儿，天天在开，天天在笑"。在渠快修通之时，带着身孕的霜月因半夜排队挑水被雨淋而生病。庄三不顾儿子的阻拦，要求妻子和自己带头上渠，最终使得妻子病倒。失去母爱的儿子阿哑迁怒于父亲，坚持要把母亲葬在喉垭口，让父亲修不了路，因为庄三要想给莺闹修路，垭口是他"永远绕不过的坎"。阿哑靠给人写碑字、写状纸、写对联养活自己的同时，把母亲的坟地周围妆扮成莺闹人的乐园。但阿哑的心灵只向母亲开放，"没有人走得进去，也没有人能与阿哑作贴心的交流，所以叫阿哑"。庄三伯"终究欠下了心事——就是寨子这条路"。新村官毛小顺张罗着要修一条路出山去，庄三伯明白修路的艰难，"那条路上有花坟啊！"信奉"入土为安"的庄三伯也不想有人去动花坟，但他还是顾全大局，带头去迁坟。"关于阿哑和阿哑的恨，莺闹人多年来没人敢碰。我也不敢、不会去碰。可是现在，我必须去碰触它！"这遭到了阿哑的疯狂反抗，并诅咒父亲去死，"他早该死了"。庄三伯终于明白，只要他还活着，这条路永远修不下去。盼望着妻子来接他到那边去的庄三伯渐渐病重，"这些日子，想是冷了吧，霜月老不肯来"。在庄三伯的大红衣箱里，毛小顺看到一叠叠颜色深浅不一的诉状，阿哑明白了一切。最后，在霜月被掘开的坟旁边，毛小顺发现一个雪人抱着一个深色的陶罐。小说没有描写莺闹人修渠和修路的艰难，而是以父子之间的隔阂及消除，彰显了老村官庄三伯在默默地承受着失去妻子之痛和儿子的怨恨时，一如既往地承担着村长的责任。"他像一座缄默的大山，用一生的无私之爱，呵护着这片山村，也用一生的善良和牵挂，唤醒了阿哑和村民的灵魂。"[5]还有《暖》中的村主任周好土，没有计较在搞计划生育时曾被小等的奶奶用篾片抽成血糊糊的脸，心痛着被留守在家的儿童小等，给予力所能及的帮助。

在基层干部中，肖勤进一步把关注的目光放在了她更为熟悉的最底层的公务员身上。在《金宝》中，她选择的题材是关注程度很高的信访问题。太和镇郑老四的儿子金宝长得眉清目秀、一表人才，却由于失恋而成了花痴，迷恋上信用社刚分来不久的姑娘何小芍，盯着她傻傻地笑。由于何小芍被杀，金宝被派出所带去询问，受何小芍之死的刺激，越发变得傻了。财迷心窍的郑老四威胁要派出所赔钱，否则就上访。这正处于派出所所长李春有机会提拔为副局长的节骨眼上，"论资排辈正该是李春的份儿"，如果郑老四真要上访，他提副局长的事就可能黄了。镇书记李望秋建议派出所出钱治疗金宝的精神病，在县精神病院照看儿子的郑老四要求派出所赔他的护理费和精神损失费，在遭到拒绝后，他果然到县信访办上访了，"太和镇十九岁的郑金宝，让派出所刑讯逼供整傻了"。经调查后，信访办的人认为太和镇派出所没有任何刑讯逼供行为。在郑老四的上访之路原本应该画上句号之时，却一不小心陷入了以帮人上访而从中渔利为职业的赵德所设的圈套，"在赵德的安排下，郑老四像一个偷袭的战士，不断成功越过侦察的哨兵，直奔市、省，最后，郑老四的目的地开始往首都北京延伸"，"没人能劝得回郑老四，能劝回郑老四的只有一样东西，那就是县里镇里发放给郑老四的'困难救助金'、'误工费'、或'下岗职工生活补助'"。郑老四上访得到的钱，却大部分落入了赵德的腰包，使他"陷入一种困惑、茫然、焦灼和急迫中"，因为怕太和镇人看笑话，他硬撑着不肯回头，"每个人心里都有杆秤，郑老四也有，而且这秤绝对半个星子的误差都没有——但郑老四只能在心头默认这结果，绝不能也不会说出来"。最后，李春不仅没能提任副局长，所长也被免了，并被调到全县最穷最远的乡镇；郑老四也终因儿子旧病复发而一头栽倒在地。小说让我们看到了被异化的信访现象，以及乡镇基层干部被卷入上访事件中的诸多无奈和无助。如果说《金宝》还只是从侧面为乡镇干部所遭受的委屈鸣不平的话，那么，在《水土》中，肖勤带着我们走进了他们的生活与悲欢中。玉水县妇产科主任、市管专家向海正打算调到市医院，却被县委安排到边远贫困的徘徊镇挂职锻炼，担任该镇的政法委书记，分管政法、维稳、信访工作，同时兼管民政和安全工作。以前，赵海从媒体上得到的乡镇印象，无论是赵本山的《乡村爱情故事》，还是"鱼肉百姓"的乡镇干部，无论是幸福还是痛苦，都与己无关，"我所谓的义愤填膺或嗤之以鼻，都不会持续过十分钟"。而现在，作为乡镇干部的一员，在农村的胃里，他提醒自己一定要站在客观的立场上。刚一上任，他就被领导安排了一个艰巨的任务，负责平坟的具体工作：寒婆湾村的孙修民违抗县里的农村殡葬改革文件，将他刚过世的父亲土葬了。孙修平可是镇里赫赫有名的三个"大侠"之一，号称"缠得死"中的文缠，"爱上访，徘徊天上地下的事他管一大半，动不动到县里市里找领导'汇报工作'"。一上阵，赵海肩膀上就挨了一锄头，平坟也陷入了僵局，最后还是民政局局长出面解决了这一难题。接着，民政办主任刘小格又自杀了。八年前，刘小格爱上了时任徘徊镇党委书记的安那生，一个喜欢写诗的干部，于是，她坚决地和丈夫离了婚。他们的"光荣事迹"影响了两人的前程，安那生被贬到县工会，她的职务也因此而被定格在民政办主任上。她一直在等安那生，但他从没打过她的电话，"绝望是一张固执又脆弱的网，八年来从没有停止过对她的包围"。有关她的流言蜚语，犹如麦芒般在徘徊镇茂盛地生长着，"新生的麦芒越来越多，随时在刺痛她"。她四处躲藏，只有在那些贫困户敬仰的目光下苟延残喘，因为他们把她看成是观音娘娘。可是，"缠得死"中的混缠刘麻子到民政办要米而不得，对她的侮辱，"剪断了这最后一道目光"。忍无可忍的刘小格，顺手拿起桌上的订书机砸伤了刘麻子，违背了"没有干部对群众动手的"铁的纪律，因为"群众打干部是素质问题，干部打群众是政治问题"。刘麻子在县信访办的"血泪控诉"，"震惊、震怒"了县领导，委屈的刘小格在给刘麻子道歉后自杀了。在经历了一系列事件后，向海对这句话有了深刻的体会：乡镇说不清道不尽的委屈多了。小说以一个外来挂职者的相对客观的视角还原了站在外面看乡镇的人看不见的真实，让我们认识到乡镇干部也是渴望得到理解和关怀的弱势群体。

关心外出务工人员、关爱留守儿童、关怀空巢老人的"三关"工作，是作为乡镇干部的肖勤工作中的重要内容，也成了她的小说创作的重要题材。外出务工，是近年来农村绝大多数青壮年男女为寻找出路，或养活家人的唯一的选择。肖勤的目光也跟随着他们的足迹来到了城市。《在重庆》中，家乡远在西北毛乌素沙带的打雷，就是这群体中的一员。因恋爱而受挫的打雷，从水很金贵的西北家乡来到了多雨的南方城市重庆，成为这个城市的打工仔。实诚憨厚的"笨男孩"打雷，总是被精明的重庆人"暗算"——坑蒙拐骗的歪哥、鸠占鹊巢的快递员小胡、提供行雅贿赂场所而从中获利的李姐、让打雷被恋爱的央央，应了"因果报应"这一古训：歪哥骗来的钱，全拿来修补被玻璃砸伤的脸了，李姐的茶叶古玩店也给查封了。谨守着"人是杂碎，心不能成了杂碎"信念的打工仔打雷，因为心里住着他的青梅竹马大花朵，"大花朵像个纯洁灿烂的梦，时时映在他脑海里"，在城市这个大染缸里"守身如玉"，"从不上网看黄片不钻暗胡同和发廊"，小心谨慎地和大胆直爽的重庆"辣妹子"央央交往，"生怕自己成了只野兔，落猎人套子里"。最后，在解开了大花朵这个心里的疙瘩后，面对一直深爱着自己而又一直被自己误解的央央，打雷傻傻地笑了。小说在一种"好人有好报"的逻辑思维中，生动地再现了在城里打工的农民淳朴善良的本性，同时也对城里人的精于算计和贪婪的人性进行了有力的鞭笞。

如果说外出务工的男人们凭借强健的体魄较易在城市找到活干，那么年轻柔弱的女孩们在城市的生存空间就要窄得多。在《我叫玛丽莲》中，小山村槐花沟子的女孩孟梅，怀揣着瑰丽的梦想和托起弟弟的大学梦，来到了繁华喧闹的城市，"一下子就喜欢上了这个满城灯光的城市"。但是，"当对钱的需求速度远远超过挣钱的速度时"，她走了一条捷径，"一条阴暗的捷径，走进这条捷径是有代价的，要用巨大的伤痛和无法痊愈的伤口来换取"。[6]从此，只能在山野里生长的孟梅，化身为"三陪女"玛丽莲，变成一株有毒的胡蔓藤，"在梦飞翔里倔强又美丽地迅速成长"。渐渐地，玛丽莲明白了"梦飞翔"的灯都不是为她亮的，因为"灯下有太多比黑暗更让人窒息的东西，细菌一样生长"，于是，她渐渐想念起以前不喜欢的家里那盏昏暗的灯，这是唯一为她亮着的一盏灯，在槐花沟子，"那里有娘和弟，还有爸的坟茔"。她把想念挂在一幅槐花图案的出租屋的窗帘上；穿在那件有串扣子犹如家乡猫眼藤上的猫眼珠的长裙上；植进一张张钞票里，化为弟弟的学费、家里需要重建的房屋和母亲维持生命的药物。在这个冷若冰霜的城市，迷茫的玛丽莲仍然感受着一些温暖：高尚一直记挂和暗中保护着的"梅梅"；女医生怜惜她的表情，犹如奶着孩子的女人；警察"利朗"的微笑和满足她对白色长裙的梦想；七姐和他母亲不辞辛苦，千里迢迢赶来探望生病的她。"三陪女"玛丽莲在病入膏肓时，仍然惦记着去劝告身在福中不知福的十七岁男孩高明明，惦记着给发疯的阿栋媳妇一个窝，因为她骨子里头的孟梅还在。小说透过一直被我们鄙视的满口脏话和妖媚性感的风尘女子，让我们看到一个没有自己的未来，用身体撑起家人的希望和梦想的农村女孩，即使年轻的生命即将被病魔吞噬，想到的仍然是家人和别人。

在创作中，肖勤把目光更多地放在农村的老人、儿童与妇女等弱势群体上。她也清楚地认识到我们以往反哺三农的不足之处。尽管帮助农民做了一些好事，但只是停留在钱物上，而并不了解他们真正缺失的是"来自整个社会的真情与关爱"，于是，"乡村成了一个只能自己珍爱自己、自己心痛自己的世界。但更多时候，乡村连自己心痛自己的力气也没有了，因为城市抽走了它们的肋骨——那些壮年的男人和女人，留下老人和孩子，在孤独中无力地彼此支撑、无助地彼此温暖"。[7]

当那些成家的农民迫于生计，无奈地将年幼的孩子交给年迈的父母，背井离乡到城里谋生时，空而无望的想念就开始将各自的心撕成了碎片。儿童是祖国的未来，而农村的留守儿童却"因为亲情缺失和教育缺失，给健康成长造成了很大的障碍"，"一个缺少爱的成长历程，一个缺少爱的营养的生命，长大后是很难去爱别人、爱家庭和爱祖国的"。于是，肖勤创作了《暖》，"我希望能把它举起来，举到有风的地方，让风带它们飞向温暖与阳光的天空"。在《暖》中，12岁的留守女孩小等，本该"爸亲着妈暖着"的花样少女，却用她那稚嫩的肩膀支撑着生活的重任，承担起父母应交的社会抚养费，还要照顾年迈病重的奶奶。小等4岁时，父母为了续香火而远走他乡，小等这个名字就来自爸爸要"讨个好彩头"。小等8岁时，虽然等来了弟弟，但由于生活的重压和无法承担超生罚款，爸爸终因借酒浇愁而醉死，妈妈带着弟弟妹妹到外面打工去了，因为害怕政府催交社会抚养费，甚至过年也不回家。不幸的是，疼爱小等的奶奶在身躯被生活榨干成虾的形状后，患了帕金森综合征，"成了小等要照顾的宝贝"。为了替妈妈上交社会抚养费和挣钱给奶奶看病，小等一大早就背着背篓上山抢收灯笼椒，到夕阳下山收工时，"腿脚硬成了木桩子"，脚下的路"像一块磁铁"，"吸得小等轻飘飘空荡荡的，走路都要打晃了"。看着放学的孩子们边跑边用手捂着背后飞跃的书包，小等也把手往后捂了捂，"背筐的一根篾刺突然钻进手指，小等咝了一声，赶紧把手指收回来放在嘴里抿"。小等最怕的是夜晚，病重的奶奶一到夜晚就闹鬼，让小等陷入了无边的恐惧之中。小等盼望着妈妈快回来，"想贴着妈妈肉乎乎的胸脯，吊着她的细脖子咬她下巴"，但是从电线里流出来的妈妈的声音，"常常是硬的、糙的，还充满着类似火药的气味"，"透着一万个不耐烦"。无助的小等深夜跑到脚有残疾的单身代课老师庆生的家里，偷偷地溜到他的床上，像条小壁虎一样攀在他的怀里醋睡。听着小等那累坏了的、孩子气的鼾声，庆生"心头柔柔软软地痛"，"她其实是想找个人疼她！狗还寻个热乎处钻呢！"处于尴尬境地的庆生，因为被村主任周好土发现，坚决地上了门栓。最后，在一个风雨交加的夜晚，奶奶去世了，再也不能敲开庆生老师家大门的小等，感到大家都不要她了，"我恨他们给我起的名字，老让我等"。陷入恐惧和绝望的小等在无边的黑暗中迷了路，朝着雷电的方向跑去，看到断了的电线闪烁的火花，让她想起了那年妈妈带回的烟花。因为担心明天妈妈打不进来电话，她要把线接上，"轻轻地用手指按住那串闪烁的火花"。《暖》是最让人读起来心痛的一篇小说，小等成了一个坐标，启示着我们去关注留守儿童渴望得到的温暖与亲情严重缺失的巨大反差，可能会成为社会矛盾，不能不引起我们的重视。正如肖勤所说："暖，是人生必须的温度和惜爱，却是乡村最缺少的东西。"[8]

在《谷雨在月光》里，谷雨嫁给了五代单传的邓少军，因为丈夫是"邓家供着的祖宗"，她不仅要像男人一样干山上土里的农活，还要为邓家完成传宗接代的任务，"邓家这根唯一的血脉要是断在了谷雨这里，她长得再漂亮也是个祸害"。谷雨生下秀秀后，邓少军的眼神变成了蜡烛光；随着二女儿猫猫的出生，连那蜡烛光也彻底熄灭了。邓少军的爸妈很快就在绝望中相继离开了人世，养家的重担全落在了谷雨肩上。此后，谷雨成了邓少军的生育机器，做了魔似的要育出一颗苗来，"这颗苗的存在与否决定着他在这个世上的意义"。繁重的农活，躲避计生队的突击，习惯性流产，这些都成了谷雨的梦魇。盛老七两口子在生了四个女孩后，终于在城里偷生了个儿子，让邓少军重又燃起了传宗接代的希望。在县城附近山半腰农场知青点的废房住下后，谷雨好不容易怀了六个月的胎，因为 B 超检查是女孩，被迫做掉了，并因此而落下了病根。谷雨回家养病时，遭到了计生队的突击，情急之下的邓少军剥掉了谷雨的上衣，在别的男人面前裸露上身的谷雨羞愧难当，一头撞在了柱头上。从来没有得到过父爱的三岁女孩猫猫，由对父亲的怕变为深入骨髓的仇恨，举起了锋利的蔑刀。被砍伤的邓少军，带着对谷雨的愧疚和断子绝孙的复杂感情，一头撞在父亲的墓碑上。小说所呈现的悲剧人生走向，仍然在农村上演着，要想帮他们驱除心中的魔鬼，我们需要为他们做的事还很多。

肖勤的乡土叙事，无论是干群关系、外出务工还是留守儿童等问题，都坚守着"作家应该是社会的良心"的信念，书写着自己了解和体验过的乡亲的苦乐和悲欢，在呈现一个真实和客观的乡村世界的同时，"执着地守护着那份向善的伦理梦想"。[9]她所描绘的超越了"乡土批判"或"乡土颂歌"的二元对立模式的乡镇社会图景，既有助于修正我们以往所获得的有关乡镇的肤浅认识，也启发着我们走进他们的心灵，为他们提供真正需要的帮助。

作者简介：

刘大涛，男，遵义师范学院人文与传媒学院教授。

参考文献：

[1] 肖勤. 在乡村写作——《云上》《暖》创作谈[J]. 十月，2010（2）.

[2] 刘小钰. 乡土叙事是我的目标与方向——专访本届"骏马奖"获奖者肖勤[N]. 贵州都市报（文学周刊），2012-12-09.

[3] 郑义丰. 用文字照亮梦想与现实——访我省青年作家肖勤[N]. 贵阳日报（文化周刊/人物版），2010-06-09.

[4] 施占军. 小说，她来了——肖勤及其写作[J]. 十月，2010（2）.

[5] 王晓梦. 云上的世界——肖勤小说简论[J]. 山东文学，2012（10）.

[6] 肖勤. 伤口上的花朵——《我叫玛丽莲》创作谈[J]. 中篇小说选刊，2010（2）.

[7] 肖勤. 在乡村写作——《云上》《暖》创作谈[J]. 十月，2010（2）.

[8] 肖勤. 通往幸福的方向[J]. 小说选刊，2010（5）.

[9] 洪治纲. 一捧丹砂照心魂——论仡佬族作家肖勤的小说[J]. 南方文坛，2011（5）.

黔地层峦叠嶂中的暗香疏影

——以《陪着你长大》为例谈肖勤小说创作

罗筱娟

【摘　要】生活是小说的骨肉，而作家赋予她血液与灵魂，我们通过精神的力量方可真切感受骨肉的丰满。肖勤的小说打开了一个真实的透彻的生活世界，她坚持不懈地发掘着身边的故事，给我们浮躁的生活以精神食粮，以有别于以往的视角给我们开启了一个新的世界。

【关键词】城市视角；空巢老人；爱情叙写

　　肖勤，贵州遵义人，青年作家。鲁迅文学院第十二期高研班学员、中国作家协会会员，第十届全国少数民族文学"骏马奖"得主。代表作有小说《暖》《金宝》《我叫玛丽莲》等，多篇作品被选入各类年度选本。曾获第二届"茅台杯"《小说选刊》年度小说大奖，《民族文学》2010 年度小说奖。

　　就当代小说创作而论，肖勤无疑是优秀的。从她的小说可以发现，她热爱生活，她热爱脚下的每一寸土地，她爱生活在这黔北土地上的人们。于是她将最真实的世界写进自己的小说，她就是黔北层峦叠嶂中悄然盛开的梅花，散发着淡淡的幽香，浸润着她的读者。

　　生活是小说的骨肉，而作家赋予她血液与灵魂，我们通过精神的力量方可真切感受骨肉的丰满。肖勤的小说就是如此，它打开了一个真实的透彻的生活世界，我们通过她的作品懂得了生活远比这文字来得丰富和沉重。那些绝望无助的帮助与扶持，在生活中或有或无，因人而异。际遇没有规则可言，但小说可以解决。当江格格陷入对爱与亲情的失望时，作家给了她一个霍然，安抚她的身心。可是在现实生活当中，这灵与肉的补给有些人是永远都得不到的。因此，生活远比小说无情。

　　肖勤执着于她的文字，或是因为生活给予她无穷的表达欲望，那种集体无意识在催促她去创作，让她在传达的过程中酣畅淋漓。

一、平行移动的视角——乡村到城市

　　肖勤的小说创作，2011 年是一个分水岭。前期，她的创作灵魂在乡村。她当过副镇长、镇党委书记、乡长，日日夜夜的基层工作为她的乡土创作提供了丰厚的资源，如《丹砂的故事》发生在仡佬族世代生活的山坳，《金宝》的故事发生在人口稀少的太和镇，《暖》的故事发生在大娄山脉的一个寨子中。现阶段，她开始创作以城市为背景的小说，关注在城市森林中的人们的生活状态，如《笨时代》讲述的是在繁华的重庆打拼的男女，《陪着你长大》的故事的主人公是黔城一位独立坚强的女性，《一截》写的是城管局纪检书记的故事。这与她副县长的身份，或者去上海普陀区挂职的经历紧紧相扣。

肖勤并没有只倾心于自己洒播热血的乡村，她热爱生存的每一个环境，不论是奉献自己青春的乡村，还是孕育自己成熟的城市，她都将最近的生活、最真的状态写成文字，呈现在我们面前。

贵州是山的王国，城市里的人们一边告诉别人自己是大山的儿女，一边却又困在钢筋水泥铸成的笼子里，不能时时亲近自然，还要面对复杂的社会、光怪陆离的生活、形形色色的人。老人们会孤独，因为子女远离；中年人会困顿，因为要承担事业与家庭的种种负累；年轻人迷茫，因为不知道自己追求的是什么。这是一个焦灼的时代，城市里的人们的不安与困惑需要救赎。

肖勤来了，她将笔触投向自己生活的城市，她把生活装进自己的小说，又将生活通过小说放在人们面前，或许换一个角度审视自己的生存状态，才更加客观冷静。肖勤是一个感性的人，在她的中篇小说创作谈《谁在陪着你长大》中有这样的文字：

> 我觉得我应该写一写老人，写他们老成一棵枯树了，也愿意把自己砍成柴火给孩子取暖。
>
> 然而提笔后我发现无论是用赞美还是批判的眼光来写这一群老人背后的子女，都十分艰难，生活不是我们想象中那样简单，人性的纯良与孝道根本不由创作者左右……于是我不得不停下来，一边寻找一条栈道，一边暗度陈仓。这条栈道叫成长，由一个曾经养尊处优的城市女性格格来完成，而陈仓那头才是真正的主角——父亲。[1]

生活是创作的源泉。肖勤是细腻而感性的，她会因生活中偶遇的场景而感慨不已；她又是理性的，可以站在生活之外客观地思考，为每一类人着想。既要修栈道又要度陈仓，这是异常困难的，稍不留神就会受牵制。

随着中国进入老龄社会，老年人的生活质量越来越受到社会关注。学者们使用生活质量评价指标体系，不管是问卷调查还是图表分析，都表现着人们对这个群体的关注。但数据始终是没有温度的，改变这些数据的还是人情冷暖。于是作家肖勤暂时离开对乡村苦难的叙写，将目光转注到城市中的老人，她用自己的文字来剖析归因，以平民的姿态、城市的视角来给人们活的指标。

二、发人深省的主题——老人和子女

古人云"养儿防老"，就是希望老有所依，不至于晚景凄凉。小说《陪着你长大》中的江格格的母亲去世得早，她曾经打算把父亲接到自己的身边，但老人家不愿意，说："你妈坟还在这里呢，初一十五总得有个人在，你们不守我守。"[2]落叶都要归根，大多数的老人都不愿意离开自己熟悉的生活环境，而做子女的又不可能放下工作回家守着老人，这就是症结所在了。

通常子女们的做法是：首先要保证老人的吃住问题，然后关心他们的身体康健，逢年过节回家给老人买点东西，拿钱给老人用，这也算是孝道了。殊不知，心理上的孤寂和荒凉是无法用物质来补偿的。江格格就是这样，在回家过年的前一天晚上，"收拾好简单的换洗衣服，格格又往大纸箱里依次装入黑木耳、金钗石斛、土蜂蜜、四瓶茶籽油、两罐红茶……都是些养生的土特产。一年到头没陪过几天老头子，多带点东西抵孝顺"。

在人口老龄化的今天，老人成为人们关注的焦点。单身老人对此忧虑最大，因为随着年龄的增加、精力的衰退，将来总有一天难以独立地照料自己，患病后子女不在身边，特别是生活中发生意外的时候，如何得到援助？单身老人病死在床上，待人们发现时已成一堆白骨，这样的事例近年来屡见不鲜。即便是相依为命的老夫妇家庭，也同样面临一个问题：当一个老人生病时，另一个尚可陪同就医；但当夫妇两人都因病而躺在床上时，该怎么办？

一个家庭的生命周期大致需经历五个阶段：诞生、新婚、生育、空巢和解体。在传统的多子女家庭中，子女们成年后各自成家立业，夫妻的晚年就是空巢期。而今城市中基本为独生子女家庭，子女自大学开始就离开家庭，在外求学，紧接着在外找工作，离家的时间越来越早，父母提前进入空巢期。空巢引发的就是孤独感，其中混杂着思念、自怜和无助等复杂的情感。从对乡村苦难的叙写到对城市人情冷暖的关注，肖勤无疑是在时代脉搏上跳动的作家，她敏锐地将生活中的细节放进小说，于不经意间激起读者心中的波澜。如父女间的对话："在哪里？父亲问。路上呗。格格没好气地答。哦。父亲讨好地说，雪大，慢点哦。……"

"老的讨好小的是无奈"，一语中的。为了能让子女过年回家，说话都要小心翼翼的，生怕一句话不对，就不回家过年了。格格虽然有点歉意，但是还是没有感受到父亲的心情。最后，还是得通过父亲的嘴来传达："没心肝的白眼狼们，进进出出不给人家个好脸色，也不想想半夜你老子口渴了，是她倒的水，早上你老子头晕了，是她打电话找医生，七不留宿八不出门，你老子现在是出门玩都不敢在外面宿的人，网上看到没有？那老头儿，死屋里五天，都臭了才发现，你们怎么的？想我也那样？"

人与人之间最远的距离就是无法理解对方，夫妻之间、父母与子女之间，许多话不能道明，而一旦自己亲口说出，就会很窝心。但事实就是，父母与子女之间的付出和爱永远都是不对等的。

作家肖勤，紧扣时代脉搏，挖掘人性中的盲点，发人深省。

三、张弛有度的情节——小三与爱情

小说的场景来回穿梭，如同在看电影，可以看见同一时间在不同地点发生的事。肖勤给我们建构了一个立体的生活，小说的情节张弛有度，既跳跃又紧凑，使人迫不及待地往下读。

小三似乎成了考验爱情与婚姻是否能够坚守的必答题。答对了，小三离场，生活继续；答错了，庆幸自己还好早早看穿，然后赶紧抽身开始新的生活。在传统道德观念下，

小三是让人鄙视的。肖勤描画得很鲜活："凭她是谁！陈小萝恨恨地，她认定了陆风，这个人是拯救她的神，她可以失去整个世界，却不能再失去他，那个煮清水鱼都煮不出鲜味来的江格格，凭什么就能轻而易举地拥有她陈小萝的神。何况，江格格没有了陆风会照样活下去，而她没有了陆风，自然是活不下去的。"我们都知道，爱情让人盲目，因此催生占有欲。这道德之外、情理之中的事，仿佛给了我们另一双眼睛，重新审视一下自己与爱人。

透过爱情的叙写，肖勤想要塑造的是一个独立成长的女性。在经受丧夫的悲痛后，还要煎熬于婚姻是否背叛的猜测中。"她只看到陆风以伟大又暧昧的姿式抱着个姑娘，一块木桩刺穿他的后背……""伟大"可理解为年长者对幼小生命的本能保护，"暧昧"就意味着不确定，或者另有隐情。在真相未出之前，她延续着丈夫的伟大，给陈小萝治病，但又说服不了自己去坚信，于是矛盾地去照顾她，又羞辱她。

肖勤是善解人意的，当格格无力支撑时，赶紧就给了她一个霍然。当丈夫陆风的事故把格格推到了崩溃边缘时，霍然来了，看到她，说的第一句话是"别怕，有我在"。这就是了，女人都是需要男人的担当与保护的，再怎样坚强的女子都不愿意像男人一样去面对某些事情，不得不面对时，就会委曲万分。女子可以让自己坚强，但不愿自己要强。格格的内心早已慢慢融化，在她从医院回家生病发烧，无助的时候终于不再自欺欺人，给霍然打电话。霍然来了。"为什么打我电话？我需要你。格格无畏地答，用身体贴紧霍然，我撑不住了。"终于遵从了自己的内心。

肖勤的语言总是极具穿透力，直露露的、生活化的，又是贴切无比的，让最最木讷的人也理解了思念的滋味："有时候吧，我以为想念就是一场感冒，早迟会好，结果没想到想念是慢性胆囊炎，以为好了，突然一个早上或夜晚它牵肠挂肚的发作，痛得人吃不好，睡不好。"

或许我们会说江格格是幸福的，有疼爱女儿的老父，有忠诚婚姻的丈夫，有体谅母亲的儿子，有懂得自己的爱人。可是，生活远远不是几句话就可以总结的，这最后的结局是要经历几轮生离死别后才能得到，正如文中所说："成长是以生离死别为代价的。"是的，很多东西需要慢慢懂得，很多东西只有失去后才能懂得。

作家肖勤，在近期的小说中，以有别于以往的视角给我们开启了一个新的世界，她是盛开在黔北厚土上的一株白梅，清雅恬淡，又灼灼繁盛，她坚持不懈地发掘着身边的故事，给我们浮躁的生活以精神食粮，让人们去倾听、发现、珍惜，正如老父亲写给江格格的信里说的："人生苦短，世人皆有伤心处，需时时心胸宽广、心怀善念……"

作者简介：

罗筱娟，女，遵义师范学院人文与传媒学院副教授。

参考文献：

[1] 肖勤. 谁在陪着你长大[J]. 中篇小说选刊，2014（1）.

[2] 肖勤. 陪着你长大[J]. 人民文学，2013（11）.

直面人生，书写心灵

——肖勤小说作品浅谈

谢启义

对于青年作家肖勤，应该说近年来我们都是很熟悉的，因为近年来我们一直在关注她的文学创作。尤其是从《暖》以后，肖勤显现出了爆发式的文学创作势头，她的长、中、短篇小说甚至诗歌、散文都逐渐问世，从而引起了全国很多评论家以及我们本土评论家们浓厚的阅读兴趣。

总体上看，肖勤的小说仍然是属于乡土叙事范畴的，这里面弥漫着她对已经发生深刻变化的中国乡土的困惑、感悟和探索，那些裹挟着新的乡土气息的新体验，促使她有了新的反思。就肖勤小说的内容而言，基本上反映的是改革开放后，在黔北农村中已经改变了的生存关系，已经改变了的人与人之间的关系，以及利益的分配与再分配后产生的人物命运。就肖勤小说的人物而言，描写的都是我们黔北农村中生活在最底层的青壮年农民，他们不认可父辈们那种逆来顺受、面朝黄土背朝天的生活态度，向往着能够过上美好幸福的生活，极力想改变他们目前不尽如人意的生存环境。无论是《丹砂的味道》中仡佬族世代生活的山坳和寨子，《金宝》中发生在人口不足两千的太和镇的故事，《好花红》中发生在大娄山脉的故事，还是《暖》中的感人寨子，《亲爱的钻石》在城乡交接的路上……在肖勤的笔下，这些新型农民，囿于文化素质不高和不宽的眼界，不是那种能够做出惊天动地的大事的弄潮儿，而是行走于我们这个日渐光怪陆离的社会里的芸芸众生。他们的命运，反映出他们对自己生存环境的不满和无奈。他们虽不像自己父辈那样屈从于命运，但即便是少有的抗争，也会因为孤立无援而变得十分脆弱，成为游走于城乡之间的极不稳定的庞大的社会阶层。肖勤比较敏锐地捕捉到这一社会阶层的特质，将其中的一个个人物形象鲜活地反映出来。我以为，她的这种追求已经形成了她自己的创作个性。

我欣赏肖勤小说叙述语言的"素"，不是素面朝天，而是那种叫作元素的"素"，我们称之为"隐性话语"的语言，是一种焦虑的、带有哲学意蕴的"感"，这种"感"相对应的、暗含着的就是我们对乡土的焦虑感。对乡土的焦虑感，一方面是农耕社会的乡土性质造成的，一方面是城市对乡村的冲击、改变造成的。在传统的农耕社会中，"乡"由宗族的集聚而形成，它体现了人与人之间的关系；"土"是万物的根本，也是人的根本，"土"体现了人与大地的关系。在传统的农耕社会中，"乡"与"土"是紧密相连的；而"乡"和"土"的分离必然会带给人们无可奈何的阵痛感和撕裂感。因此，我们读到的肖勤的作品有很明显的特点，即她不是以故事情节取胜，而是以异常丰富多彩的细节来支撑着作品中的人物，虽然故事进展缓慢，但我们却可以多角度、多侧面地接近她笔下的人物。我以为，这正是肖勤小说的特点，她写出了人物多棱复杂的丰富性，她并不是对她所叙述的人物和事件做出正确与否的价值判断，而是要写出这个不同于其他人物的"人"，而且是越多棱越复杂越好。

也就是说，肖勤的小说有直面人生的勇气。改革开放 30 余年来，伴随着经济社会的快速发展，出现了许多不公平、不和谐的社会现象。文学的任务无疑是要反映人生，以引起"疗救的注意"。这就需要作家要有直面人生的勇气。肖勤小说无疑是有着这种直面人生的勇气的，她的审美多是批判式的，因而她笔下的人生是撕心裂肺的。

在《我叫玛丽莲》中，当孟梅远离乡土来到城市后，城市并没有带给她幸福感，相反，她的焦躁感、屈辱感和漂泊感都源于城市的罪恶和与乡土的分离。在农耕社会中，人们以追求安稳为生活目标，而安稳的基础则是血缘、地缘。一旦血缘出现断裂，地缘出现变动，安稳感便会随之消失，焦虑感便会随之降临。

以至在这种焦虑感之后随之而来的死亡感。《丹砂的味道》中奶奶的死，《好花红》中米摆、费巩、花红、苦根、秀秀等的死，《暖》中小等的触电而死。这些死亡撕裂了血缘间的纽带，破坏了安稳的生存愿望，诱发了作者对乡土的焦虑感。肖勤作品中的焦虑感还来源于城市对乡村的冲击和改变。在中国现代化的过程中，乡村被强行地拉入城市的发展中。许多乡土文明自身来不及调整便被城市文明异化或成了城市文明的牺牲品。城市文明是一种陌生的、异质的、重物质的文明，而乡土文明是一种稳定的、本土的、讲伦理的文明。当城市文明向乡土文明突入的时候，由于作家城市经验准备的不足或对乡土经验的固守，他们往往以乡村道德理性来裁决城市。因此，他们在置身城市的时候，往往体验到的是城市的罪恶感和由此产生的心理焦虑感，继而对乡土频频回望。

在这里，肖勤通过不动声色的叙述，留给读者的是沉重，是叹息，是思索，是对无处伸张正义的不平和对那一抹正义亮色的企盼。现实主义的艺术魅力就在这里。所以说，肖勤是有勇气直面那些不公平、不和谐，被扭曲、被压抑的人生的。当然，在她的叙述里，也让人看到了温暖的、令人欢愉的文字，那是现实的良知被艺术的良知寄托的情怀，是直面人生在剖析苦难后的诘问，这样的对比，确实是很有震撼力的。这在肖勤多部中篇小说和短篇小说中，如花似锦地点缀着，让人读后掩卷深思。

我以为，在肖勤的小说创作中，她所有的铺陈和着眼点，都是为了书写人的心灵。因而，她的小说是众望所归的，是被看好的，从她的小说具有很强的可读性中可显现出来。因为，她并不是要用很大的篇幅静止地去描写人物心理，而是以丰富的细节，动态地走进人物的心灵，去探寻人物对客观世界的看法，探寻人际关系的潜台词。而所谓"动态地走进人物的心灵"，是指肖勤很善于随着人物意识的流动，不断地展示人物的内心世界。这一点很重要，肖勤总是将笔下的人物放在社会现实的各种各样的关系之中，放在由人物关系组成的社会环境之中，也就是说，她在作品中所写到的各种各样的人物，在现实的社会条件、现实的生存环境中的心态、情绪，构成了她笔下人物的行为走向，由此推动了情节的流动。肖勤在作品中写出了人物对社会生活及生存环境的心理反应，以及随之而来的行为表现。这样，故事情节发展了，人物性格的丰富性也得到了升华。

人是有思想的，文学的任务，就是要走进人物的心灵，着墨于人物"做什么""怎样做"以及"为什么这样做"的内心依据、内心的矛盾，然后，我们才能比较信服地看到在重压下合乎逻辑的发生、发展直至结束的动作线。这样，读者也就看到了一个好看的曲折而又完整的故事了。

《暖》选取了一个独特的叙事视角，一反当下乡村留守儿童题材小说的传统叙述方式，而将人物置于特殊的环境中，用诡异的氛围衬托小等内心的孤独、恐惧以及对爱的渴盼，可谓入木三分。

《云上》写的是一出人性扭曲的悲剧，刻画了乡村女干部何秀枝一步步走向了自己的反面，道出了一个"隐藏已久的真相"：乡村权力不仅不能带给人民幸福，相反，给人民带来的是深深的伤害。

《谷雨的月光》通过对现实深刻犀利的揭示，体现了作者对底层人物命运关怀的真挚热切。

《我叫玛丽莲》直面生活的残酷，却又怀抱悲悯，对社会最底层的女性的生存状态和精神遭遇富于极大关怀。

《金宝》中对现实的独特经验与理解让我们看到了当下乡村中复杂的一面，使我们对乡村现象和对乡村人心的认识进入一个更真切的层面。

《寻找丹砂》不仅在艺术上充满神秘诡异的色彩，而且展现出了民族意识，将文学的触须伸向历史深层，完成了对民族之根的追寻。

《好花红》不仅让我们看到了历史，而且看到了属性下的地理——对湄潭县和大娄山，以及大娄山的深山密林和湄潭县的革命风云场景的描写，借地气之力将笔触探入历史和人性的交接处，让小说有了一种与众不同的艺术生命，从而获得了一种深入人心的力量。

《返魂香》中的老季在香车河完成了对灵魂世界的探索，赋予了香车河别样的作用，"隐性话语"在这里再一次凸显。肖勤小说也因其特殊的民族书写而带有了现代主义的特征……

其实，直面人生和贴近心灵是相辅相成的，二者都不可或缺。我们说的直面人生，指的是不回避芸芸众生艰难的生存环境抑或是苦难的人生；而贴近心灵，则是指对这些芸芸众生充满了人文关怀，以蕴藉人生的意义，揭示人物的心灵，寻找出物质和精神双重命运的苦难人生和被扭曲心灵的深层次原因。

进入新世纪以后，文学观念也在不断地发生着变化。直至现在，我们中有很多人似乎才明白了，真正的文学诉求不在于深刻，也不在于是否占领了"思想的制高点"，而是如何让文学更贴近心灵。或许不够深刻，但也不至于浅薄。所以，文学作品要做的，不是书写哲学概念、思想符号，而是能写出让人心灵舒展、欢愉、蕴藉、温暖的文字来。作家要有直面人生的勇气，要有书写心灵的能力。我想，这也应该是肖勤近年来小说创作的原动力吧。

作者简介：

谢启义，男，遵义市文艺理论家协会副主席。

写实与现代的交汇

——解读《返魂香》

王清敏

在当代黔北作家中，肖勤是一位重要的传统本土作家。她的作品大都扎根于黔北土壤，以黔北社会生活为背景，描绘在黔北发展过程中，人们在精神上、道德上和相互关系上的变化，因而有浓厚的现实感；又因其特殊的民族身份，她的小说又充满了浓郁的民族气息，并因民族的神秘色彩而使其作品带有现代主义气息，这是她独特的艺术创作特征。《返魂香》正是具有这一特征的典型作品。

一、充满现实气息的题材与现代性的情节展现

文学创作离不开生活。文学作品来源于生活又高于生活，其中有两层含义：一方面，文学作品的内容来自生活中的种种现象和问题，作家必须从生活中获取材料和观点，并总是希望经过艺术加工后，通过对生活现象的描述深刻反映生活的本质；另一方面，社会在不断发展，实际的社会生活总是比小说作品所呈现的生活更加丰富、深沉，因而成为作家们永不枯竭的艺术源泉。肖勤是一名基层干部，长年的基层工作经验，使她能真正深入生活，并在真实的生活体验之上建构自己的文学世界，塑造自己的艺术形象，表达自己对生活的认识。

在创作中，肖勤致力于对自己所亲历的生活艺术进行处理，表达她所感受到的社会生活的多样审美体验。作为一名基层干部，她对基层干部的生活状态有着深刻的感受与体验，因此，基层干部的生活也就构成了她小说审美空间的一个区域。《返魂香》正是其中一部典型作品。

主人公老季在办公室副主任的位置上从一个青年变为中年，逝去的青春未能换来事业的成功。他的严谨的工作态度，让领导永远都不会随意地骂他，也永远都不会把他当成"自己人"。当办公室主任调职，有机会治好"副科病"时，老季却惜败于平时最瞧不起的连请示和报告都分不清的，整天嘻嘻哈哈没个正经却能和大伙打成一片的酒量超群的王启祥。事业的失意，让他在潜意识中开始在情感上寻找慰藉。毕竟他历来中规中矩，虽然碰到了智慧与美貌并存的小饭店老板娘孙玉，却依然自我警醒：对自己平凡的人生而言，孙玉太高太远，自己是读不懂的。情感上的慰藉没能帮助自己拔出心中不甘屈服的这把刀，终于通过在菜场上向鸡贩子讨要鸡肠的一番争吵并最终获胜而得以宣泄积压

在心中多日的怨气而把这把刀拔出来。毋庸置疑，老季是千万个渴望事业成功而不得的普通男性的代表。

老季的妻子何可可看似个性非常粗糙，实则因为岁月流逝，在老季的心目中地位日低。若是与孙玉生活了多年，老季看何可可何尝没有她独特的美。这是无数个经历了家庭生活而变得普通的妇女形象的代表。虽然非常注意保持自己的形象，却因丈夫审美疲劳而让丈夫不愿和她沟通。而她内心却并未失去对丈夫的爱，在丈夫期待时与他一起期待，在丈夫失意时默默地守在旁边。制作一种既让丈夫脚臭得以控制却又使之更为严重的香来帮助丈夫抵御外界的诱惑，作为自己爱情的一道保护墙，这是一种自私而普遍的爱的表现。

以老季的生活为核心，肖勤把日常工作生活的场景、人物用流畅的语言表达出来，展示了现实的人生，现实的生活方式、人际关系和价值观念。老季、何可可、孙玉，他们所面对的人生困顿是让读者能产生强烈共鸣的人生。人到中年，感受到了生活的多样、复杂乃至茫然、困惑：为何黄县长还在二十公岁的黄金时代驰骋风云时，季秀才季夫子就已经成了老季了；黄县长还在"太阳当空照"地气宇轩昂着呢，老季就已经老朽了。关于这些判断人的标准，老季爸用一辈子的经验总结成了一句话——巴掌大的一个小县城，人人眼里都长着一把尺子，量人的标准不是钱就是权，钱多权高，人看你就高。

虽然是现实主义题材，但这部小说又体现了现代主义文学创作的一个重要特征，即展现了日常生活的细小情节，并以此引领读者探寻主人公的内心世界。如：写了整整四大页的材料却被何木林改得只剩一把骨头、逗笑黄县长、与邻县的政府班子斗酒、对照着主任工作职责和现实工作职责给自己打钩或打叉明白了自己落败的原因、失意时与孙玉通话，作者对这些具体生活中的细小片断的描写虽然是客观真实的，但就小说外部形态而论，它们似乎既不酿就激烈的外部冲突，也不构成曲折动人的中心情节，显得琐碎繁杂，故事的推进也拖沓缓慢。但是，从小说的深层结构来看，或者从人物的心态繁杂来看，这些细小片断都是由人物的心理逻辑贯穿的，心理、意识和情绪几乎取代了外在意义上的因果联系。其中，与孙玉产生一种说不清道不明的情愫的场景和与鸡店老板发生冲突是作者重点安排的细节，因为这些细节都对老季的内心世界的展现极为重要。

二、别具一格的象征艺术

老季一结婚，何可可就给他熏香，这香既浓且烈，一半可以抑制脚臭，一半能让脚在抑后更能发臭。这是何可可的驭夫之术。她渴望丈夫成功而又害怕丈夫成功。岳父是前任县办公室主任，他看好老季的才学，所以把自己的宝贝独生女嫁给了老季，指望老季日后能给他光耀门楣。老季的父亲在老季结婚后终于开了那坛"求同意"的酒，之后更是对他充满了期待。就这样，老季一直活在家人的满心期待中，家人都希望他能前途无限。可是现实却让老季失望，也让家人失望，家人和自己的失望犹如一把"刀"插进了他的胸口，隐隐作痛。这刀是一种象征，是世人蔑视失败者的一把刀，是失败者难以调控自我情绪的一把刀。

失败的原因何在？老季恪尽职守却不善交际，不屑于整天周旋在领导身边，被洞悉世事的同事看定了没有前程而整天在办公室的方寸之地写公文，成了一名公文写作员。这其实是中国知识分子独立人格的体现。同时，老季的遭遇从反面证实了他的清高已经不合时宜。因为这清高的价值只能体现在历史的语境中，那是士大夫人格独立的一种表现。可放在提倡交流合作的时代，老季只能止步于此。现实中，人们按照规定好的标准和思想意识，以一种"类"的方式生存与生活，这是一种普遍的状态。老季这一类人在社会生活中为数不少，他们碰到事业发展的障碍，内心依然是苦闷的，这种苦闷不宣泄出来，对个人的心理将造成极大的伤害，胸口会插进一把刀。与鸡店老板的争吵是一种宣泄，但这不是解决问题的真正办法。对调香的描绘展现了令人向往的物象和景致，主人公需要的不仅是生活中的普通的香，更是引领迷途的返魂香。这是一种典型的象征手法。

肖勤向读者传递着她的个人化的生活感受时，离不开她的乡村。和中国的其他边远村落一样，她的乡村有着朴实的生活气息，"山仡佬，水布依"，更因为一个古老民族的遗风而显得别具情状。那些古老的民族文化使这里的乡村有了边地的色彩，《返魂香》中对"调香"的描写给我们展现了一个古老民族的文化光彩：清溪出异草，居住在清溪县乡间的布依族人有世代制香的习俗。布依族人多居住在河流边上，依河傍山建寨，在清溪布依寨的河边，随处可见碾香料的小水车，清溪人叫香车，清溪最出名的制香布依寨就叫香车河，香车河的女人特别会制香，整个清溪县城，唯有香车河的女人不说制香，而说调香。这个"调"字，足足显出香车河女人高人一筹的本领来。制香容易调香难，敢说"调"字，说明技术远远超过了一般的水平，就像炒菜与烹调，全然两回事。甚至何可可妈这样一个把牌打得出神入化的世俗女人也因善于调香而脱俗起来。

写香车河何用？调香又有何用？孙玉是老季的红颜知己。孙玉身上吸引老季的东西，那就是她"身上的香，浅的、清淡的"。最终老季从善于调香的岳母那里弄明白了，那是"菖蒲香，只有给撞了邪失了魂的人才用加了菖蒲的香，叫返魂香。熏三朝，可以把失的魂引回来"。香车河于是成为一个具有隐喻性质的精神通道，香成为一种精神自由的象征物，在香车河对香的体悟，实则是老季获得自我的超越的途径：淡化仕途的成功，回归自我，也就获得了精神的"返魂香"。

应该说，老季的"返魂"正是超脱了自我乃至社会评价个体标准的结果。世俗对老季的评价高低着重于他是否能升职。而对个体而言，成功绝不仅在于升职与否，更在于是否能在纷繁芜杂的物质世界中摆脱虚无、恢复自己心灵的自由，能否心态平和、从容愉快地过自己想要的生活。"返魂"的过程，正是"失魂"了之后的寻找和回归。《返魂香》因为蕴含了现代个体生命中难以克服的悲剧因素而让人深思：身处当代社会，希望和虚无、公义与私情是无法绕过的话题，在此，人很容易表现为"非人"的特征，即人的不存在、人的被化为虚无。肖勤既揭示了现代仕途人生的真相，又展现了现代淡化仕途的一种可能生活。

象征手法是古往今来作家常用的表现手法之一。传统的象征主义象征物和被象征者之间一般有明显的相似之处，寓意比较明显并且稳定，如红色象征热情、白色象征纯洁、蓝色象征浪漫、黑色象征爱情……它们之间的本体和寓意是一一对应的。而现代主义的象征往往把毫无关系的事物拴在一起，寓意朦胧深远乃至晦涩难懂。肖勤作为一个现代主义与现实主义交融的作家，其小说中象征手法的运用方式既传统又现代，具有传统笔法与现代笔法交织的双重特征。在香车河，老季终于摆脱了那种难以把握自身命运的沮丧与恐惧，产生了久未有过的欣喜与冲动。正因为这个充满香氛的神秘世界，他才终于完成了对灵魂世界的探索，从世俗的功利中"返魂"归来："越简单的香越清淡，跟过日子一样，想法越简单，过得越长久。"困顿过后的老季终于拔下了心里的那把几乎要了他命的"刀"，他要开始一段崭新的人生了。

三、高超的艺术语言

就小说而言，它是通过语言的媒介建构不同形态的艺术世界的。肖勤是个优秀的小说家，同时也是位优秀的诗人，其小说具有诗一般的美感。

在描写环境，尤其在描述带有强烈的民族文化特色的调香的相关内容时，作者的文笔充满诗意，把调香的场景写得令人神往：布依族人多居住在河流边上，依河傍山建寨，在清溪布依寨的河边，随处可见碾香料的小水车，清溪人叫香车，清溪最出名的制香布依寨就叫香车河，香车河的女人特别会制香，整个清溪县城，唯有香车河的女人不说制香，而说调香。这个"调"字，足足显出香车河女人高人一筹的本领来。制香容易调香难，敢说"调"字，说明技术远远超过了一般的水平，就像炒菜与烹调，全然两回事。

把清溪写得充满诗意：小车一路驶过乡道，正值油菜花开，路两旁一片接一片金灿灿的花儿，望不到头，间或有桃花的粉红夹杂其间，风吹来的气息，轻飘飘的，让人真正感觉到是春天了。把通过调香表现出来的亲情写得如此醇和："你的香车"，这话里面带着血脉亲情的厚和醇，让人生出冬天围在炭火边的慵懒和满足。

把人内心因情感联系而产生的情愫诉说得如此亲切：水滴滴嗒嗒从竹筒里流出来，滴到碾槽里，天长日久的浸润，碾槽黑油发亮，带着淡淡的药草香和水腥味。

这是一个诗化的意蕴世界！ 语言有客观描述和纪实的功能，但同时也具有表达主观感悟和体验的功能。涉及清溪的描写，表达了人物主体的主观感受在自然物的拨动下同自然物象之间的契合和感应。在这里，作者想陈述的应该不是客观存在的清溪，而是在这特定的情景中，老季心灵的波动、心灵与自然的感应。 因而，作者在这里所展现的清溪是主观化、心灵化了的清溪。它真切地外化出老季内心的伤痛获得疗治的情境。这些都可勾起老季曾经的阳春白雪，忘记眼前功名利禄的牵绊。

从对《返魂香》的研读中可以发现，小说结构很简单。以老季的事业发展尤其是办公室主任一职的竞争作为小说的脉络，并由此表达自己的观点和揭示人物的心理状态。所以《返魂香》的情节结构上具有较明显的传统小说痕迹。它的主线是以传统小说的那种"历时式"的叙述方法建构小说情节。但是作为当代作家，肖勤深谙多种写作流派的技法。在《返魂香》中，她运用了时空交叉的手法讲述老季年轻时获得办公室副主任一职、和何可可结婚、与王启祥竞职的过程。文喜看山不喜平，这样处理，使作品既有一条叙述主线，又通过插叙来避免全文的平铺直叙。这样的处理技巧，又给读者带来语言审美的一种惊奇感，获得一种陌生化的效果。从而，这篇小说的语言也带上了现代主义的叙事特征。

《返魂香》也许不是肖勤最优秀的作品，但却体现了作者现实主义与现代主义交融的创作风格与技巧，构筑了一个精巧的艺术世界。

作者简介：

王清敏，女，遵义师范学院人文与传媒学院副教授。

女性视野下的人生世相

——肖勤小说漫谈

夏　希

　　"贵州文学""黔北文学"一直处于"边缘地带"，作为仡佬族女作家，肖勤却以较强的创作势头，从黔北大山走出"夜郎"，为贵州文坛创造了一次新的奇迹，创作前景不可估量。肖勤用独特的女性视角关注人生，关怀底层，作为地方院校的研究者，我们应该关注本土作家，发挥本土优势，寻找其底层生存写作的特色。

　　几年前第一次接触的肖勤的作品，就是那个名噪一时的短篇小说《暖》，印象颇深。去年申报基地课题，就选择肖勤作为研究对象。肖勤有扎实的生活基础和人生体验，她凭借独特的女性视角，展示人性的善恶、人生的无奈，用悲悯的情怀书写黔北的乡村世界，震撼人们的心灵。随后我又在《人民文学》上读到肖勤的中篇小说《陪着你长大》，生活圈子的变化，生活阅历的增加，使作家的视野已经由乡村转移到都市，题材发生变化，关注的人生世相更为开阔，叙述笔调由《暖》的谨慎细腻多了几分潇洒自如。

　　我想从女性视野下的人生世相的角度，谈谈对肖勤作品的阅读印象。

一、关注农村特殊的弱势群体

　　肖勤在《暖》的创作谈中曾经说："我工作在基层，'三关'工作是近年来乡镇增加的一项重要内容——关爱留守儿童、关心外出务工人员、关怀空巢老人。……写这篇小说的时候，我眼前浮现的是自己曾经遇到的那个老练地谩骂攻击计生工作人员的六岁小女孩，当我们走进她家时，她保护着年老的祖母，自己像一个最粗野的村妇似地坐在院坝里，抱着手、翻着白眼泼口大骂。"

　　生活总是有着无尽的宝藏，等待作家的慧眼去发现。肖勤有扎实的生活基础，有得天独厚的创作素材。作为领导一方的女乡长，数以千计村民的冷暖牵挂心头；作为情感丰富的女作家，生活的细节触发创作的灵感。《暖》关注农村，写了弱势群体，弱势群体中的最弱势群体的故事。农村作为最大弱势群体的栖居之地，年幼孤独的小等和她老年多病的奶奶、命运多舛的母亲，又是这个弱势群体当中最最典型的弱势群体。肖勤把爱的目光投向她们，倾注了深深的悲悯与同情。她们生活在社会底层，山区的封闭落后，灾祸的接踵而来，呈现在读者面前的乡村故事，是苦难人生的一个缩影。作为乡村女性，她们的人生更为卑微，处境更为凄凉，也总是被命运捉弄。她们更需要关爱，需要温暖。

一个短篇描绘了重病丧子的老妪、逃避计划生育的中年妇女和留守女童的生存状态，体现了作家独有的女性关怀。

小等，一个被"背筐压弯得只留个头的"十二岁小姑娘，本应是在妈妈怀里撒娇的宝贝，却成了家里的大劳力、顶梁柱，除了照顾病重的奶奶，还要肩负耕种土地的劳累，更要经受种种精神的折磨。生活对这个小姑娘不仅仅是冷酷，更是一种残忍，生活催促她早熟，命运决定她多难。小等，她在等什么？等妈妈吗？她等来什么？暴风雨中的雷鸣电闪，小等的处境让人揪心，小等们的命运让人忧虑。

小等的奶奶，老年丧子、身患重病，"薄裤管下严重萎缩的腿像两株细瘦的芦苇杆"。小等妈妈离家后，她给予小等温暖，可是一到晚上奶奶就变了一个人，她"对着空黑空黑的窗子会话，她说她保证白天不吃东西，她还拿剪子刺，说屋里满屋子都是鬼"。透过一幕幕恐怖场景，作家让读者看到某些偏僻山区真实的生活现状，在生活的重压下心理、生理严重扭曲的人物展示在我们面前。

小等妈，尽管小说中她一直没有出场，但作为一个时时闪现的影子，依然是一个鲜活丰满、多灾多难的农村妇女形象。她可悲又可怜，为了传宗接代，丢家弃女，开始逃亡生涯，就如地下工作者一般担惊受怕，一个一个意料不到的灾难不断袭来。外出打工，生活艰难，也未能解决一家人的温饱。丈夫不幸去世，独自抚养幼小的孤儿，雪上加霜，生活压得她喘不过气，逼得她走投无路。"城市"改变这个曾经秀气机灵的小等妈，她变得粗糙冷酷；金钱像只凶恶的猛兽，把她良善的母性全部吞噬，她再也无法让小等等到母亲的温暖，而是给女儿带来灾难。

庆生，村小代课老师，独自坚守在大山深处。虽有一份看似体面的工作，但其中的辛酸苦辣只有自己知道。他"一人吃饱全家不饿"，拖着残疾的双腿行走在崎岖山路上。作家以特有的女性的敏感，以含蓄而又节制的语言描画出他和小等的特殊关系，卑微者的相互同情、相互怜爱，展现生活的忧伤和心灵的苦痛，更加引发人们的慨叹。

小说的结尾扣人心弦，震撼人心。受到巨大惊吓的小等在黑漆漆的山道上狂奔，"天边骤然撕开一个晶亮的口子，一道开枝开桠的闪电把黑暗劈开，小等惊喜地朝着闪电的方向跑去"，她"把自己变成一只鸟儿，在山路上迅捷地飞翔"。"电线断了。从杆上垂下"，"小等着急了，赶紧伸出手"。那是连接妈妈声音的电线，不能断，明天妈妈要打来电话，她就能听见妈妈又着腰说话的声音。"小等想着，缓缓踮起脚尖，轻轻地用手指按住那串闪烁的火花。"串串火花，升上天空，结局闪现着《雷雨》中四凤触电的影子，小等悲惨的命运，撕心裂肺，给人留下无限的思索。

肖勤用她的女性情怀，给冷冰冰的人生送去些许的温暖，借小说的方式关照弱势社会中的弱势群体，呼唤社会关注农村诸多的社会问题，比如农村教育、计划生育、留守儿童、丧子的老人……

二、揭示城镇新出的家庭问题

告别《暖》的肖勤，又陆续创作了《返魂香》《灯台》《在重庆》等一批反映社会人生的作品。2013 年，她的中篇小说《陪着你长大》在《人民文学》第 11 期发表。

据作家介绍，在上海挂职期间，"每天穿过大渡河路、走上金沙江路、再路过怒江路"，看着来来往往的路人，身处异乡的行走不免带有几分沧桑感和孤独感，感伤之情油然而生，由此写作了《陪着你长大》，一部在大上海的灵感下关照城镇小人物命运的作品，展示了更多的人生世相。

细读《陪着你长大》后发现，从"暖"到"长大"，肖勤也在"长大"，她创作的视野更为开阔，艺术的思考更为广大。无论是城市还是乡村，她都能冷静地洞察人生世态，以女性视角关注人生世相，显示出人文关怀和文化自觉。

（1）作家小说的写作场景转变。由《暖》到《陪着你长大》，从封闭的乡村跳到开化的城镇。生活的多元，生活的多彩，潇洒地在笔下展现。

（2）肖勤增强现代叙事写作技巧，细微地描写生活的细节，体现生活的原滋原味，展现时代的潮起潮落。

（3）小说构建都市人生世相图景，从留守儿童到空巢老人，从下岗职工到个体经营者，从中学生到大学生，肖勤始终描画着普通人家的喜怒哀乐和小人物的命运坎坷。

现代社会急速变化，风险潜藏，危机起伏。女主人公格格人到中年，心高气傲的她不免要应付接连的家庭变故，丈夫突然离世，老迈的父亲，高考的儿子，还有那疑似"小三"的种种纠缠，格格无力承担，茫然之中有着几分的清醒，坚守之中藏匿着不少的困惑。

老爷子、何心凤，空巢老人，城市中的孤独者，老迈的他们彼此寻找安慰。他们辛苦一辈子，孤零零地来，孤零零地去。一个丧妻，一个独处，凑合一起，虽有儿女，但也抵挡不住内心的孤独。他们盼望着儿女回家，小心翼翼地拨打电话，不时露出讨好的微笑。老人掩饰着孤寂，深藏的是对儿女的关爱。

肖勤一路走来，发挥着自身的写作优势，愿有更多的佳作出现。

月亮升起，儿时的歌谣回荡耳边。

作者简介：

夏希，女，遵义师范学院人文与传媒学院副教授。

探析《云上》中两个女性的悲剧命运

牟玉珍　王崇蕾

【摘　要】肖勤在创作中对女性悲剧命运的呈现是淋漓尽致的。《云上》讲述的是一对姐弟遭遇意外"人祸"的故事。这是一个悲剧让悲剧继续发生的故事。肖勤通过这个故事揭示出了两个美丽的山村女性的悲剧命运。本文从逃离不了"红颜薄命"的宿命、性格决定命运也主宰着人生、生存环境使悲剧命运成为必然这三个方面来探析这两个女性的悲剧命运的深层原因。

【关键词】云上；女性；悲剧命运

肖勤在创作中，总是关注着一群比较特殊的社会群体，即老人、妇女和儿童。尤其是对生活在偏远农村的这一群体，他们生活的艰难，或贫困、或孤独、或无助、或留守，总是牵扯着作家那颗充满良知的善心和爱心。作家以极其敏锐的眼光去体察他们的生活，关注他们的命运。用她饱含温情的笔讲述着一个又一个关于他们的故事。对于女性悲剧命运的呈现，肖勤有着痛人心扉的情感凝聚。在《云上》这个中篇小说中，作家讲述的是一对姐弟遭遇意外"人祸"的故事，这是一个悲剧让悲剧继续发生的故事。弟弟岩豆在学校受到村支书何秀枝的独苗王德才的侮辱后奋起反抗，误伤人命。善良无知的姐姐荞麦为了保住弟弟，只得忍气吞声地在何秀枝家当牛做马，以求还债。可是悲痛欲绝而又狭隘自利、贪婪要强的何秀枝怎能轻易放过汪满村一家，怎能放过桀骜不驯而又清秀美丽的荞麦？于是，又一场悲剧悄悄发生了，骄横的何秀枝利用了荞麦的善良和无知，要挟荞麦用身体去给自己跑官。在真相大白后，愤怒又痛苦的荞麦觉得自己付出的一切是多么的不值和荒唐，于是她用最直接、最简单也是最残忍的方式去报复何秀枝，用猪草刀杀死了何秀枝。小说《云上》实际上是在讲述两个美丽的山村女性的悲剧命运，本文想就此来探析导致这两个女性的悲剧命运的深层原因。

一、逃离不了"红颜薄命"的宿命

自古以来，就有"红颜薄命"的说法。其意是说，女人一旦漂亮了，命运总是多坎坷。这句话用到《云上》中荞麦和何秀枝这两个女性身上，真是恰如其分。"在云上，最漂亮的女人要数何秀枝。"[1]年轻时的何秀枝聪明、有主见、有魄力，也有胆识，性格活泼开朗、热情大方，当然也很漂亮。父亲意外坠崖身亡，聪明胆大的秀枝姑娘在悲伤之余首先明白了父亲的惨死是因为云上村山高路险，又没公路。于是她冒着骄阳跪在县政府宽广的广场上请愿。在她的努力下，云上人终于迎来了修路开工队，当然美丽的何秀枝也迎来了她人生的春天。所有的"云上人瞪目结舌地看着这个俏丽又俏皮的何秀枝"[2]。这比神仙还神的何秀枝让云上村通了公路，村民对她对崇拜得五体投地，所以她也成为了云上村有名有望的人物。在通路剪彩的时候，老支书自愧不如，主动让贤，这个漂亮能干的村姑娘也正式步入仕途，开启她人生新的一页。

美丽的何秀枝在踏上仕途的那一刻，她的悲剧命运似乎也成定局。因为她的顶头上司是一个背滚腰圆、不务实事的好色之徒，所以美丽的何秀枝难逃他的魔掌，也注定了何秀枝悲剧的命运。在剪彩的那一刻，何秀枝那张满含笑意的美丽的脸庞是那样动人心弦，"整个人影都潜到了镇书记王子尹的心头去了"。[3]预示了悲剧的发生。

何秀枝正值人生得意之时，势利寡情的计生办主任因为要找一个城市户口的姑娘，狠心抛下了美丽能干的村姑何秀枝。恋爱的失意，让好色的镇书记王子尹得到了机会。这个巧舌如簧的好色之徒凭着他多年的领导经验和高超的语言能力，很快就俘获了何秀枝那颗破碎的心。王子尹是真爱何秀枝吗？不是！他只是贪恋何秀枝的年轻貌美。"王子尹对何秀枝的'爱情'是有原则的，他根本不打算给何秀枝未来，也绝不对何秀枝作半点承诺。"[4]他的原则是"家里红旗不倒，外边彩旗飘飘"。所以何秀枝只不过是他寂寞时的玩物，暂时满足他无耻的需要而已。可是王子尹在何秀枝肚子里播下的种子正在生根发芽，无奈何秀枝只得找一只"替罪羊"，因为她需要孩子名正言顺地来到世上。这也许是母亲的一种本能，要保护好孩子。但这更多地是她用来"要挟"甚至"报复"王子尹的一颗砝码。因为自尊心极强的何秀枝怎能甘拜下风，让自己白白受辱？当这一切都成为目的的时候，人性是很可怕的。王子尹的目的是占有貌美如花的何秀枝的身体，何秀枝看中的是王子尹手中的权力！于是，一场场肮脏的交易正悄悄地进行着，邪恶也在步步逼近！

渴求改变，让自己生活得更好，这是每一个人的美好愿望。生长在穷乡僻壤的云上姑娘何秀枝不甘心一辈子贫穷，她要改变自己的命运，竭力摆脱"云上"那样偏远而又贫穷的山村，所以她一直不断地去追求自己的人生梦想。当年偷走父亲置办棺材的钱去买票下海，也许只是因为好奇，想看看"云上"村外更精彩的世界。今天在云上村风云叱咤的何秀枝，要彻底改变自己的人生，要当官，要做一个"堂堂正正"的城市人。可是何秀枝在追求人生幸福的道路上遇到了挫折，因为貌美而被无耻的王子尹占有。现实和理想的差距太大，残酷的现实让这个曾经善良的农村姑娘变了，为了实现自己的人生梦想，她也学会了不择手段，凭借自己的姿色去换取她所需的名利。年轻貌美的何秀枝，在追求人生幸福的路途上遇到了好色之徒王子尹，成了他的猎物，早早地就被他糟践。美对她来说，就是一个错误！美，成为了她人生悲剧的催化剂。所以漂亮的何秀枝逃离不了"红颜薄命"的宿命。

命运之神不仅没有眷顾美丽能干的何秀枝，也没有眷顾清纯善良的荞麦姑娘。"在云上，最清秀的要数荞麦，春天满山的梨花桃花樱花开，却没有一枝一桠能比荞麦更清亮。"[5]

何秀枝是漂亮的，荞麦是清秀的，虽风格不同，但都是最美的，也是女性渴求的。"荞麦有着一头黑瀑一样青黑的长发，皮肤白白的，想必是天生晒不黑的好皮肤；五官端正清秀，好像长的地方稍变化一毫都不会有这样完美的效果，特别是她的那双眼睛！像一泓碧清的水，谁看了都有陷进去的冲动。"[6]荞麦的眼睛清得像雪山融化的水，深得像幽静的潭水，润得像捧在手心的井水，[7]荞麦长得实在太漂亮。可造化弄人！荞麦是云上村最贫穷的汪满村的女儿，是岩豆的姐姐。这个贫困的家庭使得美丽的荞麦姑娘命运多舛！也许是家庭过于贫穷，善良的荞麦更加珍爱她的家，疼爱她的弟弟。弟弟岩豆在学校读书时，受到村支书何秀枝的儿子王德才的凌辱。王德才对岩豆步步紧逼，刀刀致命，岩豆在防卫时慌乱中误杀了王德才。懦弱无助的汪家人只知道杀人偿命的道理，哪里知道还有防卫过当不受处罚的法令？面对气势汹汹的何秀枝，自知理亏的汪家老小早已吓得六神无主，只得哀求何秀枝开恩放过岩豆一回。可何秀枝怎能放过岩豆？儿子王德才是她的心头肉，是她的骄傲，也是她的希望。她多年忍气吞声遭受王子尹的凌辱，为的就是儿子。每当看到儿子活泼可爱，一切恨都会烟消云散。可如今儿子变成了一具冰冷的尸体，丧子之痛让她失去了理智，她绝不放过岩豆。更何况岩豆是汪满村的儿子，荞麦的弟弟。汪家一家老小都是她平时最讨厌、最不愿意见的人，因为汪家的贫穷是何秀枝政绩的伤疤，漂亮的荞麦让她嫉妒。一个靠吃救济粮长大的岩豆敢杀王德才，不就是在太岁头上动土吗？王德才是谁？何秀枝的儿子！何秀枝是云上村的书记，掌管着云上村老老少少的各种救济，她就是云上村的权威。你岩豆杀何秀枝的儿子不就是没把何秀枝放在眼里吗？不就是在挑战权威吗？这样的结果怎能让已经自尊自大的何秀枝接受得了！还有岩豆的姐姐荞麦，平时从不正眼看何秀枝，从不和何秀枝说话，早已让何秀枝心里不舒服。所以何秀枝看到跪在地上为弟弟求情的荞麦时，"多年憋着的不快像捣碎的老醋窖，气息浓郁地在汪家院子里翻滚开来"。她把平时对荞麦的不满和嫉妒全都泼洒出来，她要折磨荞麦，报复荞麦，让她尝尝人世艰难的味道！正为提拔转干犯难的何秀枝在表弟不怀好意的提议下，她心里"背阴那一面山已初现轮廓，可见山石的每个轮廓都是刀锋，刀刀直指荞麦"。[8]于是，丧心病狂的何秀枝利用了荞麦的善良和无知，把美丽的荞麦看成是她仕途取得成功的一枚关键的棋子和对付王子尹的一把利剑。荞麦漂亮单纯，王子尹好色，于是她要挟荞麦"献身"来换取她的转干，这样既报复了荞麦，也满足了自己的私欲，还抓住了王子尹的把柄。荞麦的悲剧命运，还是因为她长得漂亮，遭到何秀枝的嫉妒、利用和报复。就这样，这朵在石缝中顽强争艳的野百合被人性的邪恶揉成了碎片，飘洒在冷风中，令人叹惋，令人怜惜，也令人心痛。

不管是漂亮能干的何秀枝，还是清秀美丽的荞麦，这两个美丽的农村女性，她们的人生虽各不相同——一个是泼辣能干的农村干部，一个是朴实善良的农家姑娘。但她们似乎都"命犯桃花"，天生丽质不仅没有成就她们美好的人生，反倒成为她们尝尽人世悲苦的开始。她们都没有能够逃离得了"红颜薄命"的宿命。

二、性格决定命运也主宰着人生

人的性格渗透于行为的方方面面，同时也影响生活的方方面面。《云上》中两个女性的悲剧人生，还和她们自身的性格有着直接的原因。

何秀枝是一个大胆、有主见、有能力的女性。她在十几岁的时候就不甘于一辈子活在天高地远、穷乡僻壤的云上村。她渴求见到更广阔、更精彩的世界，所以她只身一人去海南闯荡，这足以看出她的大胆。外出打工的收获不仅改善了父母生活的现状，也使她自己获取了比较丰富的人生经历，锻炼了她的处事能力。所以她敢大胆上访，能为云上村成功修路，也在云上村逐渐树立起了"女皇"般的威信。地位的改变，权力的集中，使欲望也随之膨胀。她性格中的大胆泼辣就逐渐转化成了飞扬跋扈。云上人对她就要唯命是从、言听必行。所以她像女皇一般俯视着云上村民，当然云上村民必须满怀崇敬地仰视着高高在上的何秀枝。因为何秀枝不光神通广大，她还掌管着云上村每家每户的各种救济，肥料和各种信息，这些对祖辈都生活在云上的村民来说是比命还重要的东西，他们怎敢得罪何秀枝这个"女皇"？久而久之，这一切似乎都成为一种习惯，何秀枝也习惯于每个云上人都顺从于自己。当习惯成为自然，尤其是不良的习惯，那就可怕了。荞麦的弟弟岩豆"过失"杀了她的宝贝儿子，这对她来说，就是与她为敌，就是与她作对，就是对她不敬，这是她不习惯的。儿子是什么原因死的，她才不管，她接受不了儿子惨死的事实。所以她心里只有"报仇"，只有"杀人就要偿命"的念头。更何况凶手就是荞麦的弟弟，荞麦不是看不上自己吗？她把多年来郁积在心中的对荞麦的不满和嫉妒通通发泄在荞麦身上，让荞麦到她家做牛做马，替弟弟岩豆还债，这虽泄一时之恨，可这远不能解她的丧子之痛。因为儿子不仅是自己的肉，还是她将来治理王子尹的利器。现在正是自己提干的节骨眼，儿子却突然没有了。为了赢得王子尹的关键一票，自私自利的何秀枝想到了用荞麦去"献身"的毒计。殊不知，自以为是的何秀枝虽然把一切都安排得天衣无缝、滴水不漏，却偏偏遇上正直精明的黄平，真所谓"螳螂捕蝉，黄雀在后"。刚正不阿的黄平决定把事情弄个水落石出，通过他走访调查，发现原来政府机关隐藏了很多见不得人的勾当，荞麦是被人欺骗和利用了。但他因此深陷困境，他必须要荞麦站出来说真话，可哪知他却在无意中把荞麦逼上了绝境。在真相大白的时候，羞愧难当的荞麦突然觉得自己的付出是荒唐和愚蠢的，是一钱不值的。原来自己的无知和何秀枝的狠毒不光使自己失去比生命还贵重的清白，也断送了哪怕是自己一厢情愿的爱情梦想，她彻底愤怒了，操起一把锋利的猪草刀结束了何秀枝可怜又可恶的生命。何秀枝的悲剧的根本原因还是在于她的性格过于要强、跋扈、贪婪、自私和冷漠。

如果说何秀枝的悲剧命运是由要强、自私狠毒的个性导致的，那么荞麦则是因为善良、单纯和无知害了自己。荞麦本是一个性格温顺的弱女子，她勤劳善良，也很能干。父母体弱多病，弟弟年幼无知，她用自己尚未丰满的羽翼支撑这个家，保护着弟弟。她简单地认为替何秀枝干农活就能赢得她的谅解，不谙世事的荞麦哪里知道何秀枝的野心和贪欲？当何秀枝要挟荞麦用身体作为交换的条件时，她愤怒过，也痛苦着。善良的荞麦天真地认为付出自己的身体可以换来弟弟的平安无事，保住弟弟就是保住了家，保住汪家的香火不断，这是值得的。可怜无助的荞麦含泪答应了何秀枝向她提出的那个伤天害理的要求，以为用"献身"去替何秀枝换取职位拿上城市户口，那样汪何两家的债就可两清了。她哪里知道诡计多端的何秀枝欺骗了她。她更不知道弟弟杀死何秀枝的儿子是正当防卫，无需偿命。得知真相的荞麦怒不可遏，失去理智的她像一只发怒小母狮，只有杀了何秀枝才能解自己的心头之恨。无知的荞麦不知道自己已经犯下了更大的错误，她已经触犯了刑法。所以在她用最残忍的方式结束何秀枝生命的时候，也彻底断送了自己刚刚开始的人生。这枝倔强的野百合在冷风中飘零，留下的是人们无限的痛。

人性是真实鲜活的，每一个人都有欲望，也都有一些卑微甚至幽暗的本能。自私强势的何秀枝与善良单纯的荞麦的人生悲剧有来自性格的原因和人性的弱点。作家通过对两个女性生存的苦难和艰辛的描写，折射出她们人性的幽暗。《云上》如此呈现出善与恶的对照。恶因善而存在，善因恶而彰显。善的意义和价值，通过恶所带来的痛苦而获得更为深刻的体现。因而，她总是能够让人物在无法掌控的人性坠落中慢慢地苏醒过来，或者通过某种特定的命运惩罚，传达创造主体的价值取向和道德律令。

三、生存环境使悲剧命运成为必然

人总是要受到自然环境和社会环境的影响和控制，因而人的最终命运被内部遗传和外部自然环境决定。人的本质属性是社会性，每个人都不可逃避地被置身其中的环境影响，受制于环境。造成人物悲剧命运的，是人的生存环境中各种因果关系相互作用的结果。在人物的悲剧命运后面，蕴藏着的是丰富深厚的社会、历史文化、人性等复杂因素。《云上》中两个女性的悲剧命运同样与环境有着必然的联系。

云上村不光贫穷落后，还闭塞偏远，是一个被城镇边缘化的小山村。云上村天高地远、与世隔绝，与镇上隔着齐刷刷的四座高山。因为山高路远，镇里的干部若没有特殊情况是不会造访云上村的。生活在云上的村民日出而作，日落而息，若不是必须，也不会轻易迈出大山一步。"云上村高，高得一伸手便可摸得到云朵，离云朵近了，离镇里就远了，远得镇上的人基本不来村上走动。"[9]云上不通公路，村民到镇里只能走狭窄陡峭的山路，背篓是云上人的货车箱。陡峭的山路摔死了何秀枝的父亲，也点燃了她心中的怒火，激起她改变自己命运的梦想。她不想一辈子做一只山雀，她的愿望是将自己变成一只金凤凰。

社会环境就像是孕育种子的养分。好的环境会给种子带来养分，滋润孕育种子，使种子生根发芽、开花结果；坏的环境就像贫瘠的土壤，不带不会孕育种子，而且还会使种子腐烂，从而吞噬种子里的养分。何秀枝所处的社会环境是冷漠的、自私自利的。当初冒死上访，为民请愿，赢得了荣誉和权力，不过欲望也在不断地膨胀。现在已是云上村的一个"人物"，她是绝不甘心也不允许将自己"下嫁"给村里人的。造物主就是作弄人，你越想要就越得不到，期望越高，失望就越大。何秀枝没能逃出这个怪圈，满心欢喜地和镇计生办主任谈起了恋爱，眼看就要成为城市户口了，却节外生枝。镇里新分来了女大学生，计生办主任移情别恋，留给何秀枝的只有深深的痛。从哪里跌倒就从哪里爬起，很快她就投入到了镇书记王子尹的怀抱。没想到王子尹比计生办主任更令人痛心，因为王子尹给她的"爱情"是有原则的，根本没打算给她未来。痛苦绝望的何秀枝只得忍气吞声地接受着这份"变味"的爱情。她明知王子尹是在逢场作戏，她也要把戏演到底。爱情的彻底失败让她心如死灰，欲望的不断膨胀已经把她引向了人生的歧路。王子尹手中有权力，这是她需要的，更何况肚子里有了拿捏王子尹的把柄。"她留着孩子是有道理的，有了孩子，以后总有拿捏王子尹的时候。到那一天，日子就会越过越亮堂的。"[10]

"近朱者赤，近墨者黑。"镇计生办主任的无情，镇书记王子尹的无耻，让她饱尝生活的艰辛和苦痛，所以残酷的现实成了她质变的根源。何秀枝已经不是过去云上人眼中的那个心地善良、泼辣能干、满含微笑的姑娘，而是一个虚荣自私、富于心计的女性。云上太贫穷、太落后、太偏远，要竭力改变自己的命运。既没文化又没技术的何秀枝要想改变自己的命运谈何容易？在她自觉和不自觉地寻求改变的过程中，虽然是竭力地奔着好的方向去追求、去奋斗，但最终还是她的性格和所处的恶劣环境带着她不断走"错"，造成了她的悲剧命运。

荞麦是云上村最穷人家的女儿，父亲残疾，母亲多病，弟弟年幼。穷人的孩子早当家，贫困的家庭使得她在半山腰的村小勉强读到五年级就辍学回家，挑起了家庭的重担。家庭的贫穷，教育的缺失，使得这个生长在边远山村的姑娘，除了与生俱来的淳朴、善良和勤劳，在她身上还呈现出可怕的愚昧和无知。

她渴求见到山外的世界，但她无法走出大山。她渴求爱情，但爱情只能是幻想。因为穷，所以一切都不敢想。善良的荞麦只知道要孝敬父母，要保护弟弟。弟弟意外杀人，她惊慌失措，害怕极了。善良又无知的荞麦只知道"杀人偿命"的人伦道理，不知道也不可能知道"正当防卫"的国家法令。为了保护弟弟，被何秀枝要挟的荞麦做出了人生中最愚蠢的选择，无意中已将自己的命运推向了悲剧的深渊。苦难的生存环境导致荞麦更加愚昧无知，是善良和无知害了可怜的荞麦。等到她懂得了最基本的国家法令后，为时已晚。在她心里，一切都不可挽救。尤其是自己深藏心底的那份最真最纯的爱，如今连想的权利都没有了。因为清白对荞麦来说比生命还要重要，在被王子尹玷污的时候，她已经心如死灰。当她明白自己当初的付出是那么一文不值，被欺骗的恼怒和被玷污的绞痛使她失去了理智，于是人性中的恶已经压制了善，使她无法控制自己，也毁了自己。

荞麦同样是力求向善的方向发展，但她无法主宰自己的命运。成长环境的封闭，家庭的贫穷，教育的缺失，人情的冷漠，传统的人伦观念，只能让她更加愚昧无知，所以她的悲剧命运已是必然。

何秀枝和荞麦这两位农村女性，虽然她们的性格与人生道路完全不同，但她们都逃离不了悲剧的命运。她们既是受害者，也是害人者。何秀枝是在追求美好人生的道路上屡次受挫。父亲的惨死，爱情的失败，家庭的残缺，痛失爱子，转干的危机，压得她喘不过气来。面对这些痛苦，不但没有人去关爱她，替她分担，反而是利用她并将她引向歧路。她的悲剧命运不仅揭示出农村女性改变自己命运的艰难，也揭示出了人情的冷漠导致的人性裂变。而荞麦是一个极典型的封闭农村的女孩。家庭的贫穷，教育的缺失，传统的观念导致了她更加愚昧和无知，在人生的道路上，一旦遇到挫折，她是不能做出正确和理性的判断的，只能听天由命，所以悲剧就难免了。

像云上这样的乡村，正在被高度发达的现代文明拉远距离。贫穷、闭塞、落后、孤独是乡民越来越突出的问题。肖勤用她敏锐的目光去捕捉她熟悉的乡村以及正痛苦地生活着、挣扎着的女性，静静地描写出她们心灵深处无边无垠的孤独和荒芜，直击她们的血泪人生与漆黑的命运，表达出了她对这些女性的真挚热切的关怀和深深怜惜。

作者简介：

牟玉珍，女，仡佬族，遵义师范学院人文与传媒学院副教授。

王崇蕾，女，汉族，大学本科，遵义市文化小学教师。

肖勤小说的诗性视阈

黎　浏

　　寂寞是一棵　会开花的树/ 喜欢在午夜的阳台　与心的影子接吻/这时如果/有风/思念的种子便发了芽/把寂寞盛开成/一朵一朵一朵的暗花/诉说与你有关的/誓言/不是所有结果都与幸福有关/但所有的寂寞/都与彼岸有关　与夜有关/早已过去　早已过去/却/回不去　回不去/在很多年以后　风还会记得/在曾经一段与沉默有关的岁月里/有一棵会开花的树/树上朵朵都叫寂寞/那是彼岸的花　开在永远不能涉过的河流里/在时光的漂洗下　化成一片一片枯瘦的脉纹/守望在生命的渡口/等你

　　——这是肖勤很早以前写的一首诗，在寂寞中关注过去，遥望彼岸、守望生命，是多年来肖勤写作的主旨。从她的创作谈里，我了解到她的小说创作也同样源于在乡村生活孤独、寂寞中的体悟。

　　乡村的夜是孤独而安静的，任何一个声音都只能把这份孤独放大，而不是打破它。……我战战兢兢地关上所有的门窗，开始拿出纸和笔，和夜晚作斗争。每逢雷雨来袭，我几乎整夜的记事、整夜的写作，整夜地对自己说：不要害怕。

　　文学开始以对生活的惶然与恐惧、对生命的体悟与梦想为命题向我发放试卷。我勤劳地作答——真正的勤劳着。因为我别无选择。

　　我想，白天我把我的身影埋没在山野中。晚上，我要用文学的力量把我的灵魂从里面牵引出来。

　　这段叙述，与前边肖勤诗歌的表述何其相似。在寂寞中与心接吻，绽放出一朵朵小说之花，其花之雅致，请来了众人欣赏。但这花的花心之中，给我们感觉上最强的刺激，是孤独与寂寞。

　　罗丹曾说："艺术是寂寞的产物，因为寂寞比快乐更能丰富人们的情感。"的确，寂寞中的肖勤，用她感悟世界的第三只眼来观察世界。她首先看到了小等的孤独与寂寞。一个十一二岁的小女孩，父亲去世，母亲远出打工，奶奶有病，想帮助她的人是"仇人"，她的孤独和寂寞可想而知。一个小小的女孩，在强烈地需求亲情呵护、友情依恋的时候，只能用村里"不花钱"的电话向母亲诉说，然而换来的却是"一万个不耐烦"。当她寻求温暖，到庆生老师那里，使庆生老师遭遇尴尬而拒绝时，她只能固执地站在门外等待。最后，在她所有的心理期待都变成无奈和虚无时，不能不使寂寞中的她恐惧、焦灼。小等需要爱，需要温暖，幼小的心灵不知在何处去寻求依傍，只能将唯一的希望寄托在那冒着火花的电线上，在充满希冀的梦想中走完她短短的人生。现代心理学认为，人在所处的社会关系中有"被关注"和归属感的需要，当这种需要无法满足时，就会转化为一种病理性的孤独与寂寞。有人曾说：寂寞在一个人的身体里占据了相当的领地并不断扩展，这个人的精神堡垒离倒塌就不远了。寂寞中的小等即便不在雷电交加中触电身亡，也会被长久的心灵寂寞撕毁。

在肖勤的小说中，寂寞而孤独的不仅是小等，孟梅（《我叫玛丽莲》）、灯台、灯台父亲和小姨、小姨父（《灯台》）、老季（《返魂香》）、马俊（《一截》）、格格和陈小萝（《陪着你长大》）、庄三伯和阿哑（《霜晨月》）、堂祖公和奶奶（《寻找丹砂》）、郑老四（《金宝》），等等，无一不是孤独、寂寞的。孟梅挣扎于昨天的孟梅与现实的玛丽莲中，没有人理解她的绝望与伤痛，她在寂寞中独自战斗，为的是自己不甘堕落；灯台对自身身世的怀疑与焦虑，使她一直无法面对正常的人生；老季踏踏实实地工作却得不到应有的回报；马俊执着于少了一截的护栏而得不到众人的理解；格格的误解与陈小萝感恩的爱显得那么极端；庄三伯的大爱与阿哑对母亲的爱是那么不可调和，郑老四变质的上访和内心的愧疚……所有的这一切，在人们阅读中都构成了一种揪心的疼痛。作者把人物置身于浩瀚空寂的人性背景之中，叫人从心底里透出一种孤单荒凉的寂寞，无力向人倾诉，也无法向人倾诉，寂寞的心灵在孤独的荒野上无依无靠，只能独自黯然地品尝着生活的苦涩，只能靠自己去觉，只能靠自己去悟，去寻找安顿命运的场所。于是，寂寞中的肖勤带着这一寂寞的人群，摸索着，用人性照亮自我，同时也照亮着需要照亮的许多许多困惑的灵魂。这样，小说在意蕴上构成了静谧、挣扎、幽深、明朗、黯淡、寒冷、温暖等一系列矛盾而又和谐的感觉，所有的温情源自需要温情，所有的爱源自缺乏爱，这样，小说在自由、灵动的乡村书写中，情感密度远远大于形象的密度，让人感受到固守于乡土的肖勤焦灼的寂寞的情感和温暖、动人的不停地涌动着的爱。在此，我们可以看到，肖勤对素材的截取和对生活的深思，使小说具有了含蓄内敛的诗性。

对作者肖勤来说，寂寞是一片诗意的土地。直面心灵，直面自己。抛开诱惑，在心灵的深处悄悄关照、理解那一片她整天与之打交道的土地和人群，她在小说营造的故事中，诗意地行驶，没有固定的方向，只有幻想，只有灯光，寂寞的诗意，一如每日的工作，不需安排。

寂寞来自何处？"乡村生活的孤独与寂寞"是作者明白的告白，是肖勤对生活最直观的感受，直接地表现作家的主体情感；"因为长期在基层，所以就想把基层真实的东西告诉大家"，成为作家创作的主要动因："比如我们搞三农，我们帮助农民做了好多事儿，但是真正关心心灵的东西有多少？我们送了钱、送了东西、送了米，转身就走了。他们的心灵是怎样的状态？怎样改变它、帮助它？甚至有很多人在捐助农村的老百姓后，都不愿留下自己的电话，就是怕麻烦。当然，这种麻烦也有，我们的老百姓为了改变自己的现状就像救命稻草一样拉着他，这也有关系。这些都是真实的矛盾问题。我就想从一个角度一个角度慢慢地展开它。"近距离接近底层，底层的无语和失语，"她看到了农村有许多可以书写、必须书写的东西"。乡村世界所具有的"红尘中心里最柔软的善良"，在现代化的市场经济浪潮中寂寞而又不经意地绽放，没有人关注，甚至被人践踏，大家都只顾随着经济大潮往前走，人情人性、良知善举，与匆匆的人们擦肩而过。生存环境的胁迫，物质文明和现代科技所带来的工具理性，使得善的价值体系正在一步步远离，人与人之间的关系相互隔膜，分不清你我也分不清自我，"丧失了价值的视力而成为盲者"（海德格尔）。在这样的环境中，肖勤来到了乡村，她看到封闭的存在获得了敞开的契机时，出现了一系列的功能性的紊乱，而这紊乱的背后不管是演奏着天堂还是尘世的悲喜剧，都少有人给予关照，千百年来脚下的乡村泥土坦荡地寂寞着，柔软的人性温柔地寂寞着，芸芸众生如荒野之花，寂寞地开，寂寞地谢。于是，肖勤希望借文学之力，把这些寂寞小花抬上大舞台，把它们的灵魂从墙的背后牵引出来。"给大家呈现一个真实的农村，一个灵动的、鲜活的、与泥土一样富有多种生命元素的农村。"她成为黔北乡村话语的真正表述者，让乡村的寂寞开成一朵灿烂的花，表达自己对乡村、人性、美好挚诚的爱。"唯有对泥土真正的热爱，才能写出踏实的蕴含生命温暖的作品。在这样一种变革与建构的过程中，需要文学发挥它强大的精神支撑作用，建构一个更美的、向善的价值体系"，寻找一片人类诗意栖居的场所。

无论是乡村的寂寞还是山民的寂寞，本质上与作家的寂寞密不可分。肖勤是一个仡佬族作家，仡佬族在历史发展过程中，曾经隐姓埋名，丢失了自己的语言，流失了自我的文化，民族之根在何处？在她的小说中我们会窥见那颗孤寂不安的灵魂在极力地寻找着"家"、亲情、温暖。"身份的不确定，影响着我文学创作的方向感和自信力。"寻找丹砂，也就是寻找民族文化之根。在漫长而又艰辛的旅途中，"淌过那些昏黄的河流、走过葳蕤的大山"，却一时找不到族属的踪迹，只能在寂寞中"存丹砂在心"，把对内心身份归属的挣扎外在为具有象征意义的丹砂，在丹砂的获取中寂寞地书写民族民众的诗意存在。

孤独与寂寞使肖勤有了充裕的时间来认识自我和生存的世界，奔走于田野、乡村的经历决定了她关注的人物与事物。"三农"问题，确实如李昌平写给国务院领导的信中所言："农民真苦，农村真穷，农业真危险。"对肖勤来说，农村劳动主体的弱质更让她感到触目惊心。留守儿童、空巢老人、生育失控、农民文化素质低等一系列问题，都是让人揪心的沉重的话题，也是作为乡镇干部的肖勤每天必须面临的问题，同时也是一个基层工作者无力解决的问题。无奈、苦闷、纠结、努力，奋袂身心地拼命，却是种瓜得豆，无人理解，无法诉说，内心的荒凉可想而知。还好，所有的淤塞可以借助文学的书写来疏通，于是，小等的故事、金宝的故事、"玛丽莲"的故事、金子与七巧的故事……，随着每时每日、每月每年日子的叠加，遭遇的不同，各种各样的人与事在心中发酵，酝酿出一篇篇动人心魄的小说，向读者诉说，向大众诉说，从而获得心灵的释放。我在网上曾经阅读过一篇短文，说"人是群体性的存在者，他需要与他人交流，在他人的目光中学会思考并成长。但不管我们怎样需要他人，我们都只能自己成长，自己体验成长的快乐和艰辛。我们内心世界的丰满充溢和抵抗苦难的力量都需要我们精神的真正自由，它要求我们与他人、他物拉开一定距离，需要独处，当寂寞袭上心头，我们的心灵才会开口说话。可是现代人畏惧独处，热衷喧闹，已不能体会孤独寂寞可能带给人的那份特殊礼物。"是的，寂寞向肖勤袭来，她用笔启动说话之口。

正是因为孤独寂寞，肖勤才会在作品中力求营造一个诗性的空间，给孤独寂寞的人们提供一点心灵的慰藉。在景物描写上，注重画面的象征性、动态感，让寂寞的山地充满和熙的温暖，摇曳的树枝呈现出诡异的画面，从而表现出人与自然密切相连的诗性视阈。如《暖》中的描写：

晶莹饱满的灯笼椒像一颗颗小樱桃，小等的手变成了两只小鸟，灵巧地在辣椒与背筐之间盘旋。背筐里的小樱桃一点点集起来，小等的腰便一点点沉下去。

——这是一幅美妙的图画，在像鸟一样飞跃盘旋的优美、纯真的劳动图景中，我们看到小等圆活的身躯和灵巧的劳作。但随即写一点点沉下去的腰，却让人看到的是幼小的躯体所不能承受之重，顿时让人感到一阵阵心痛。

当小等在奶奶死后，又遭到庆生老师的拒绝而无路可走时，"巨大的恐惧铺天盖地朝小等袭来，无边的黑夜和呼啸的风声、刷刷的雨声像一张周密合缝的巨网，它敞着大口子，蓄谋已久地盯着小等。黑森森湿淋淋的大山里，没有一个活物在山路上行走。这些鬼魂索走了奶奶，现在故意让大雨黑了天昏了地，然后来索小等呢！恐怖的松涛还在一声紧过一声地响，鞭子似地抽打着小等惊悚的神经，小等像只惊慌的兔子撒开腿在黑漆漆的山道上茫然地奔跑起来"。黑夜、风声、大雨、高山，松涛，昏天暗地，形成一个恐怖而又阔大的画面，让人更深刻地感受到寂寞和孤独，将气氛渲染得诡异、神秘，从而烘托出人物孤独寂寞、恐惧紧张的心理，为故事的发展埋下了伏笔。

这样的描写在肖勤的作品中还有许多，如《黑月光》中那一丛丛雪白或晶亮的砖硝的确像一枚枚无比美丽的冰针；《返魂香》中对水车巷和香车河的描写；《好花红》中的大楼山脉，《灯台》中的雪，等等。画面的描绘，激发出隐藏在语言背后的视觉、听觉、触觉、意象等各种感受，由此我们可以看到，肖勤小说叙述极力学习中国古典艺术的写意传统，在讲述故事中注重意象的营造和语言的诗化，从而形成一幅幅动感极强的画面，这画面不仅与人物的心理丝丝相扣，更重要的是形成了一系列的象征。"《潘朵拉》以此来象征人心之恶念，苏东坡一旦放出心中的恶念，就使涉事之人个个痛苦，人人遭灾。《霜晨月》中的'花坟'，本应是死亡冰冷的象征，却又是莺闹人的乐园。它以'花'修饰坟，将温暖的爱和冷酷的死融为一体，使小说充满着迷离的情调。由于意象的参与，肖勤的叙事就显得神奇而具有趣味。此外《暖》中的电话、《寻找丹砂》中的丹砂等都有同样功用。由于意象的参与，肖勤的叙事就显得神奇而具有趣味。"（刘丽：《平民视角下的乡村世界》）

乡村的世界是寂寞的，孤独的肖勤感知到了寂寞，更感知道爱，于是，她用她的笔向寂寞的世界发射出光亮，在寂寞中书写无际的温暖，使小说委婉蕴藉，充满绵长悠远的韵味，风格上具有了浓郁的诗意。

作者简介：

黎洌，女，遵义师范学院讲师。

《暖》：一个关于爱欲的故事

彭一三

肖勤中篇小说《暖》中的小等是一个留守儿童，从表层上看，作者叙写的是一个黔北山区留守儿童的生活故事，但是从更深层次探看，作者其实讲述的是一个关于爱欲的故事。惟其如此，我们才会挖掘出作品的人文价值。

说点题外话，恰好前几天几个文友在讨论一个11岁女孩身份的问题。女孩的母亲在微信上发了一张女儿的正照，看上去很成熟老练，像少女，引得朋友夸赞。但是她毕竟才11岁，只能算儿童。有人说，应该算少年。是的，少年儿童一般是相连在一起的概念。但是单说女孩子一般又不会称少年。那么说其是少女吗？好像也不对。又有人说，少女的标志应该是性成熟，尽管现在的女孩子发育得早，但是一般情况下11岁的女孩子还不应算少女。国家对儿童界定的年龄为14周岁以下，按最高法的解释，14周岁以下的女童统称幼女。因此，《暖》中的小等只有12岁，只是一个儿童，是一个儿童正向少女（按社会学界定，少女年龄为12～18周岁）转型的儿童。由于特殊的家庭境遇，她以嫩弱的身子撑起家里的劳作，疲惫的身心需要温暖的慰藉。我看18 000多字的《暖》主要只写了两件事，一件是写小等日出而作、日落而息卖辣椒、照顾奶奶的事；并由此引出关联最后结局的看见庆生立电话线杆子继而发生的到庆生家寄宿的事。主要的故事发生在后一部分，简言之就是爱欲的故事。

当代美国著名哲学家和社会思想家、法兰克福学派的主要代表之一赫伯特·马尔库塞把弗洛伊德的爱欲本质论与马克思的人类解放论相结合，提出了一种爱欲解放论。弗洛伊德把人的心理结构分为意识和无意识。在他看来，由于受快乐原则支配的无意识是先天形成的，因而更能体现人的本质。无意识中的主要本能是生命本能和死亡本能。由于人首先是一种存在，因而人的本质首先就是与存在原则相一致的生命本能。这种生命本能就是爱欲。在现代文明中，人受到压抑，就因为作为他的本质的爱欲受到压抑。因此，马尔库塞指出，当马克思说人的解放时，实际上也就是指爱欲的解放。[1]奶奶的癫狂，造成了小等的恐惧，她被迫寻求山村代课老师庆生的呵护，这就在一个名叫桂花坡的山间旷野发生了有关爱欲的故事。这个故事是从两个梦开始的。小等由于极度惊惧和疲劳，不堪身体和精神的压抑，躺在庆生的身体里入睡，感受到庆生的胸脯"是河滩上一块被太阳烘热的大石头，硬而暖和"。自此后，"那块河谷里的大石头、暖和的大石头……小等想它了！抱着大石头睡得多踏实啊"。秋凉的寂寞和寒冷驱使小等无意识地主动靠近"大

---

① 赫伯特·马尔库塞：《爱欲与文明》，上海译文出版社1987年版，第4页。

石头"取暖，这又让庆生也做了一回春梦，"没多久那团冰凉便生出热乎乎的气息来，像一轮会发光的小太阳，庆生梦见自己躺在无比宽阔的草地上，太阳光像棉被似地盖在身上，四周野花喷香"。霭里士说，"梦境越是生动，而色情的成分越是浓厚，则生理上所引起的兴奋越大，而醒后所感觉到的心气和平也越显著"[1]。"床上显着小等的睡痕，微微下陷。庆生用手摸了摸，温暖从手心窜进心里。"庆生因为和鲜活的异性接触，已经产生了性幻想，"一些念头总是在不经意地掠过脑海，你不知道它什么时候会来，所以丝毫没有准备。庆生就是在这样毫无防备间闪现了一个念头，在温暖从手心流淌到心里时闪过这个念头"。"爱欲的目标是要维持作为快乐主客体的整个身体，这就要求不断完善有机体，加强其接受性，发展其感受性。这个目标还产生了爱欲自身的实现计划：消除苦役，改造环境，征服疾病和衰老，建立安逸的生活。"[2]"小等用她绝对依赖的笑容和令人心疼的懂事征服了庆生"，"小等快乐是绝对的、唯一的，是只在庆生这里才有的，这让庆生的心里有了舍不掉丢不得的感动，满胸膛父亲兄长一样温实厚长的惦记"。"庆生曾经冒出等小等长大后娶她的念头"，现在她还幼小，"比起其他的女娃儿，小等干活的本事强她们一百倍，喂猪放羊割草锄地有模有样。可在有些方面小等却是笨拙而无知的，她的大脑像一张白纸，啥也不懂"。惟其如此，"由于经济上的贫困和克服这种贫困所需的劳动，要造就文化就必须对爱欲作一定限度的限制、克服或延迟"[3]。面对小等天真无邪、洁白无瑕的身心和热情似火的奋不顾身，庆生只有被迫选择理智的避让，选择弗洛伊德的两个基本概念"压抑"与"现实原则"[4]。除了避让，他还心存担心和恐惧。他担心"自己睡着了一个不小心又把小等当成小太阳给搂着"；他恐惧他与小等之间的秘密经不起人舌长舌短的风传。

"爱情是一种本能，要么第一次就会，要么就一辈子也不会。"[5]小等对庆生的依靠是出自一种本能寻求精神上的慰藉和呵护，是寻求一种异性相吸的温暖。她不知道在庆生的眼中她已不是简单的女孩，田间劳作、人情世故她什么都懂，唯独对男女情事她一点不开窍。要想开窍，要么通过书本等知识传播渠道获取，要么该由母亲等女性长辈私密相告。庆生是老师，当然懂得这些道理，可是他是男老师，该说的话他说不出口，何况他面对的又是对他热情似火的邻家女子初长成的 12 岁的不大不小的小等。可怜的小等，有娘养无娘教的小少女。顺便说一下，作者对小等妈妈着墨不多，但是通过她的语言已很显现了她的个性。面对纷繁而又具体的现实生活，她表现出的自私躲避罔顾亲情也是出于无奈。无论如何，这是一个绝情的母亲，哪里还会担负起对小等性教育的责任。小等对庆生寻求"暖"爱的懵懂爱情，委身庆生的身体吸附，严格意义上说，已经有了第

---

① 霭里士：《性心理学》，生活·读书·新知三联书店 1987 年版，第 132 页。

② 赫伯特·马尔库塞：《爱欲与文明》，上海译文出版社 1987 年版，第 155 页。

③ 赫伯特·马尔库塞：《爱欲与文明》，上海译文出版社 1987 年版，第 7 页。

④ 赫伯特·马尔库塞：《爱欲与文明》，上海译文出版社 1987 年版，第 7 页。

⑤ 马尔克斯：《魔幻时期的爱情》，蒋宗曹、姜风光译，黑龙江人民出版社 1987 年版，第 199 页。

一次，但是由于她不懂，自然也不会；她的一辈子很短暂，本来有心中的"大石头"能够温暖着她的幸福憧憬，可是"老师不要我，妈妈不要我，奶奶不要我，没人要我"，什么"爱情""男欢女合"对于她，都是下辈子的事了。"弗洛伊德有一个基本假设，即认为文明与爱欲是对立的。人类的文明史，也就是人类的爱欲被压抑的历史。这就是说，爱欲之被压抑有其生物学上的必然性：它本身就具有反社会的性质。因此不是压抑爱欲，便是毁灭文明。"[1]小等和庆生的故事如果退回古代，那便是合理的，可以顺理成章地往前发展，因为"早婚是古代婚姻的一般原则"，"极度的物质贫困造成极度的精神贫乏，特别是地位低下的女子，终身大事就是出嫁生子"。[2]梁武帝《河中水之歌》有诗句表达早婚理想："人生富贵何所望，恨不早嫁东家王。"不要怪小等的妈妈封建而又现实，她的话语在山乡一隅既有个性又有代表性："我一个寡妇，顾得了几个？小等她懂事了，能照顾自己，再熬几年给她找个好婆家，也算我这当妈的尽了份心。"如果庆生能够收养小等，如果庆生能确保在小等达到法定婚龄前不性侵小等，小等是可以实现爱欲解放的。可是法不容情，法律道德不允许庆生这么操作，这就是爱欲与文明的冲突。

周好土这个村主任也是作者塑造得很好的农村村干形象，拿腔拿调、神情作派、执行政策、履行职责都有他上好的个性表现。一个村干，拿钱不多，管事不少。他从庆生口中知道一切都是小等占主动地位后，怀疑小等的"脑筋"是不是有问题："村里一个文疯子五个武疯子，整天东跑西窜闹得鸡飞狗跳，够村里张罗了，可不能再多一个。"说实在的，他这个村主任也当得辛苦、当得累，一个村子单就出这么多个疯子这一项就已经可以想象他日常面对的工作的复杂性和琐碎性，更不要说下面一颗针、上面千条线的方方面面的应对了。小等的奶奶曾经用竹篾片抽伤他的脸，可是他没有记仇，还是尽他所能关心、关照小等。这个作品中的小人物其实是一个正面的并不脸谱化的好人形象。他发现了庆生和小等的事情，没有去做"捅天大窟窿的事"，而是快刀斩乱麻，制止事态的发展，"安排头头是道，没一句多余也没一句不贴切"。事已至此，庆生只得横下一条心，任随小等哭喊，任随小等捶门，用指甲刮门，毅然决然横下一条心再不放她进屋。"特定文明的要求限制了人类的爱欲活动。"[3]按道理庆生是很男人的，是他特定的居住环境和特别的人格魅力让小等对他主动求"暖"。他虽心有所动，但是他能自持。他懂性教育的道理，但是他囿于年龄、身份、性别等方方面面，只能消极避让，宁愿压抑自己也不能给小等讲清道理。弗洛伊德所说的"特定文明"就是我们现在的而不是古代的法律法规，还有道德舆论、道德评论这张社会巨网。庆生可以克制自己的爱欲等待小等长大成人，甚至可以担负呵护、抚养小等的责任，这就是他"对爱欲作一定限度的限制、克制和迟延"。可是他一个大男人把一个小女子长期放在家里，无论是收养，还是认作妹子，对外人来说都是说不清楚的。在这一点上他不能担当也担当不起，况且周好土已经给他下了死命令："以后别让小等再来了，小等不懂事，你也跟着不懂事？"接下来发生的事

① 赫伯特·马尔库塞：《爱欲与文明》，上海译文出版社1987年版，第6页。
② 张树栋、李秀领：《中国婚姻家庭的嬗变》，浙江人民出版社1990年版，第115页。
③ 赫伯特·马尔库塞：《爱欲与文明》，上海译文出版社1987年版，第7页。

情急转直下，相依为命的奶奶死了，妈妈不要她了，老师不要她了，她只能走向风狂雨骤的黑暗，没有前路，没有光明，与死亡接轨的闪电指引她走向死亡。"死亡可以成为自由的一个标志。死亡的必然性并不排斥最终解放的可能性。……在生命实现后，他们可以在一个自己选择的时刻自取灭亡。但即使最终出现了自由，那些痛苦地死去的人也不可能再生了。正是对这些人的回忆和人类对其牺牲者长期所怀的负罪感，使一种无压抑文明的前景黯淡下来了。"[①] 要探究这个"负罪感"，小等的妈妈、庆生、周好土，还有世俗的人们，是否担责，值得反思。

关于小等和庆生爱欲的故事，最终是小等以生命为代价演绎了一出小等以留守儿童身份充当主角追求爱欲解放的悲剧。作者刻画的这个人物，有特别的时代意义；不要说是当代，把她放在文明史的长河中审视，更显得具有划时代的意义。关注弱势群体，关注小人物的生存状态，探讨爱欲的解放，这是写不尽道不完的文学主题；尤其是探究爱欲解放与文明发展的碰撞，这更是十分敏感的话题，惟其敏感，文学价值越大。借用赖纳马里亚·里尔克《致俄尔普斯的诗》中的诗句来为本文作结，因为窃以为这几句诗正好是小等命运的最好写照：

> 好像是个少女，她微笑着走来
> 从欢歌和琴声的幸福里。
> 清晰地透过其青春的面纱
> 她在我印象里安放眠床。
> 安眠在我心中，万物都在她的安眠中：
> 我惊起的林木，
> 感觉的远方，茂密的草地
> 还有降临于我的每一个惊叹。
> 世界在她那里安眠。欢唱的神，
> 怎么使她完全地、不求
> 觉醒？她诞生，她安眠，
> 哪里是她的尽头？

作者简介：

彭一三，男，遵义市文艺理论家协会副主席。

[①] 赫伯特·马尔库塞：《爱欲与文明》，上海译文出版社 1987 年版，第 175 页。

肖勤论

刘 丽

肖勤是一位勤奋的作家，尽管走入文坛的时间不长，但在短短的五年中，创作了《棉絮堆里的心事》《暖》《霜晨月》《丹砂的味道》《我叫玛丽莲》《云上》《好花红》《金宝》《返魂香》《黑月光》《笨时代》《一截》《亲爱的钻石》《艾蒿地》《陪着你长大》《长城那个长》等二十来篇作品，以平民视角描写了她眼中的乡村世界，以独特的底层关怀挖掘了人性的深刻，并在民族身份的确认中，形成了作家的个性书写。因此，将肖勤的创作放在特定地域生活及文学的发展中进行考察，有助于推动作家创作，写出更多更好的作品。

一、黔北文学发展进程中的肖勤

作为一个特定区域的文学创作，黔北文学有着独特而鲜明的特征。正如陈建功在为《黔北20世纪文学史》作序时所说："别具一格的地域文化特色，丰富凝重的生活底蕴，坚韧坚定的艺术追求，这些，使一代代黔北作家和作品在同时代文学中占有不可替代的地位。历史的积淀甚至融入了新一代作家的血脉，考察当代文坛活跃的黔北作家群就不难看出，在喧哗与骚动的文学大潮中，他们既注意吸纳思想界、文艺界成功的探索成果，又保存着相当的冷静和定力，他们始终保存着对生活、对艺术、对底层百姓质朴的忠诚，在熔铸百家的同时，又持守着自己的艺术天地和艺术追求，追求着自己的艺术特色。"的确，由于地域文化的影响，长期以来，乡土写作一直是黔北文学的主流。二三十年代蹇先艾的《水葬》《贵州山道上》、寿生的《黑主宰》《新秀才》，五十年代石果的《石土地》《喜期》，到八十年代后的何士光、李宽定、石定及稍后一些的赵剑平、戴绍康的创作，无不在浓郁而厚重的地域文化与民间传统中汲取养分，创作了富有特色的文学文本，获得了举世瞩目的成就。这些作品，滋养着黔北以后的作家创作。

肖勤作为2000年后具有代表性的黔北年轻一代作家，在日常生活中具有三重身份：从职业的角度讲，她是乡长，后来又走上副县长的岗位，这一角色使她必须对党的方针政策有清醒的认识，对生活世象有较高的识别理性；但另一方面，肖勤作为一个女性，天生的敏感带来的感性思维方式，使她慨叹于社会生活中每天发生的悲喜剧，以纤细的女性情感感知着人情世态，在悲天悯人中融合着母性的温柔叙说着她心中的喜怒哀乐和关怀，使她的小说具有了人性的温暖；同时肖勤还是仡佬族作家，仡佬民族在历史上所经历的苦难及其存在方式，在作家心中积淀为无意识，使她极力地想发出民族的、自我的声音。三种身份，带来了她创作的三大资源：农村生活的经验，女人生活的经验，民族生活的经验。这些经验，给她的创作带来了多重视角，使她从不同的层面上观察社会人生，从而给写作带来了活力。因此，就目前来说，我们还不能明确地断定肖勤的创作个性，只能将之笼统地归结为乡土创作，就其发表的作品来看，其内容和表现手法都具有很高的兼容性。

这种兼容性主要表现在几个方面：

1. 主题的单一与丰盈
2. 底层视角与官员责任
3. 现实与现代交融的小说技法

何振邦说："80 年代以来，黔北文学在贵州是重镇，在中国不是'主菜'，而是'有特色的菜'，在新时期文坛有一席之地。"肖勤等 21 世纪出现于文坛的作家，仍然扎根于黔北这片土地，用娴熟的语言为人民讲述这片风光旖旎的乡土上发生的故事，丰厚着这片土地上的人生。

二、城镇化进程中的肖勤

20 世纪 90 年代后，随着西部大开发的深入和城镇化建设进程的不断加快，肖勤、王华等笔下的乡土，已不再是蹇先艾笔下的麻木、愚昧，也不是何士光、李宽定笔下柔性的田园牧歌，甚而不是赵剑平、戴绍康小说中的雄健乐观；不仅注重文学题材的乡土气息、语言表达的俚俗特色以及对民间文化心理的挖掘，更注重从这片地域发生的故事中透过现实，把握时代和人性，深层地反映西部大开发后黔北的现实生活，更多地呈现出城市化进程与小说创作的多重、互动联系。

创作之初的肖勤是乡镇干部，整天接触的是最底层的农村农民。对生长于乡村、工作在乡镇的乡镇干部来说，"三农"问题、"三关"工程、计划生育、抗洪抗旱……忙不完的工作，看不尽的世事，使她对生活于底层的农民有了深刻的了解，这种了解比"采风"要真切得多，也更能触及灵魂深处。作为留守儿童的小等，就是"三关"工程关注的对象之一，但作家写这个人物时，眼前浮现出的却是在计划生育检查中看到的骂计划生育干部的小女孩；在一个卖淫的故事中，我们看到的是对生活的希望和无奈；在农民上访的呼声中又让我们看到掺杂着的投机……社会生活是那么复杂多变，底层社会是那么不如意。经历众多事件的作家，以母性的柔情去体恤、去爱；以乡长身份去关注、思考。"于是，在肖勤的作品中，我们一方面看到的是希望与失望交织的乡民血与泪的故事；另一方面看到的是欲望与觉醒交织下乡民灵魂深处的挣扎，渴望改变地位、得以关怀、得以与城里人平等的待遇等等，作品中无处不体现出肖勤对底层复杂而深刻的人性思考。"随着肖勤职务的变化，肖勤的生活基础发生了变化，选取题材、关注对象、思考问题都发生了变化，虽然仍然着力于乡土，但这片乡土是在不同的空间展示，她更关注城镇中发生的故事。《黑月光》《亲爱的钻石》《陪着你长大》《笨时代》《返魂香》《长城那个长》等，关注点由乡村世界转向了城镇人生；在人物的描写上，也有着不同的人物登场；她反映的问题更具有当下普适性的人生现象的社会问题。当然，这只是作家个体职位变化的浅表层面，从大的方面来看，随着城镇化进程的深入，文学的对象世界发生了显著变化，黔北作家的艺术视角和审美经验必然发生变化。因此，题材的拓展、主题意蕴的深化、人物的多样化造型、小说技法的娴熟，都应该是自然之事。所以，在《山花》2014 年第 3 期导读上就有了这样一段话："肖勤是贵州近些年锋头颇健的作家，执着地讲述着乡土社会在现代性进程中的遭遇，一方面现代进程不可避免，另一方面则是乡土世界无奈地被改写，作家则在这种两难处境中摇摆、挣扎。本期的《艾蒿地》则努力让这个加速的现代进程缓慢下来，明确地表达出一种对加速度的消极抗拒。柴加财（秋素）是一个地产商人，在事业的高速发展中患上了失眠症——其实是在朝向未来的发展中无法抑止的亢奋。他通过与政府高层的关系，掌握了城市发展的趋势，购买了还是一片艾蒿的荒地，却因为一户人家不同意拆迁而悬置起来。某夜他因失眠驱车无意中来到这片荒地，听到若达演奏的古琴而安静下来，前所未有地深深进入了睡眠。随后他开始跟随听琴，治疗自己的失眠，并由此了解若达及弟子苏泊的生活，最后帮助苏泊回到失散的亲人身边。柴加财因琴声而改变了自己的生活和观念，力图保护住艾蒿地这一片净土。很显然，这是一个心灵救赎的故事，但这种'向后'的方式能否挡住现代那强有力的臂膊？也许已经不再重要了。"

三、寻求精神归宿路途中的肖勤

肖勤的作品，在一系列乡镇故事的人性叙写后，开始将注意力转向人的存在、精神归宿的思考。在《返魂香》里，朴实认真而又有才的老季因不善官场应酬，尽管踏踏实实地、加班加点地完成一次次"紧急材料"，但在级别晋升中，败给了"连请示和报告都分不清"的王启祥。在"量人的标准不是钱就是权"的环境中，一直心平气和的老季不免耿耿于怀了，尽管他明白黑格尔"存在即合理"的哲学意蕴，但他却不明白这哲学用在官场上的合理性。"对应现实工作职责比如吹牛皮、为领导代酒、开车、调动现场气氛、劝返上访对象等等功夫"上，老季自己都觉得离"工作"要求远，虽然有着"不当副主任我还是我"的心态，但当"上升成为全家一损皆损一荣皆荣"的压迫时，老季的心像插了一把刀似地疼痛起来。这是生活在尘世中不可避免的疼痛，要怎样才能治疗呢？于是肖勤写下了香车河，在那"依河傍山建寨，在清溪布依寨的河边，随处可见碾香料的小水车，清溪人叫香车，清溪最出名的制香布依寨就叫香车河，香车河的女人特别会制香，整个清溪县城，唯有香车河的女人不说制香，而说调香。这个'调'字，足足显出香车河女人高人一筹的本领来，制香容易调香难，敢说'调'字，说明技术远远超过了一般的水平，就像炒菜与烹调，全然两回事"。在调香中，老季获得了顿悟，"越简单的香越清淡，跟过日子一样，想法越简单，过得越长久"，简单地过日子，心安理得地过日子，这样，你就不会有刀割一样的情感疼痛。

在《艾蒿地》中也一样，柴加财的失眠症也只能在远离尘器的清静之地，才能获得治疗。

在现代化进程中，大规模的生产，改善流通体制，刺激消费需求，使社会财富呈几何级数增长，人们对物质生活的强烈欲望井喷式爆发，"经济即社会，社会即经济"充斥着所有人的思想，生产与消费热情高涨，功利主义盛行，每个人都越来越相信只有生存质量的迅速提升才能为自己带来更高的生活世界的追求。但是，越来越多人发现，社会越是发展，"人们获得自由的同时也付出了代价，他失去了心理上的安全感。……丧失安全作为一种普遍的命运，不再局限于社会底层，而是成为现代社会的特征之一"[①]。"突然中断、前后矛盾和出其不意，是我们生活中的普遍情况。"现代化进程不可避免，香车河、艾蒿荒地能够成为精神的栖息地吗？在此，我们悲哀地发现，肖勤走入了中国传统文人逃避现实走向桃花源的路径。

作者简介：

刘丽，女，遵义师范学院地方文化研究中心副主任、教授。

---

① 卡尔曼·海姆，转引自《文化社会学论集》。

有厚度的叙述、有意味的形式

——评肖勤小说

潘辛毅

【摘　要】肖勤小说表现了驾驭文本的熟练自如，形成了简略而有厚度、朴质而富张力的叙事风格。肖勤小说以女性的视角切入生活，字里行间弥散的是容易伤感的温婉的柔情，敏锐、细腻的发现，又具有很强的在场感、很强的当下性，形象地记录了中国的改革向纵深发展过程中芸芸众生的生存境况和心灵历史。

【关键词】肖勤小说；叙事风格；女性视角；在场感

一

黔北仡佬族女作家肖勤近年来创作势头强劲，其关于黔北地域风情的当下书写的一系列小说，发《人民文学》《十月》，转《中篇小说选刊》，载《小说选刊》《新华文摘》头条，获骏马奖，改编成电影：肖勤小说已成为目前中国文坛的一道亮丽风景。肖勤小说创作的成功，是源于观察体悟的深入和慧颖，源于艺术表达的灵动自如、富于个性。

肖勤小说几乎都采用第三人称，有几篇直接用主人公名字作为篇名，如《金宝》《灯台》《好花红》，《暖》改编成电影后也以主人公名字命名为"小等"。第三人称的全知全能视角，给了小说作者讲述故事、凸现人物、交代因由、模拟情态、描绘风景的最大的自由度和最自如的平台。肖勤在她的系列文本里充分地体验到了这份自由，也充分地、极有才情地表现了驾驭文本的那份自如。在她近年产生广泛影响的十数个中短篇小说中，已经形成了鲜明的叙事风格，这种风格可以归结为：简略而有厚度，朴质而富张力。

所谓简略是指肖勤在她的小说中很直接也很巧妙地用叙述取代了，准确讲是包容了各种描写。经典的小说理论把叙述和描写分得很清楚，而且强调各类描写各自的功用：肖像描写、景物描写、动作描写、心理描写、语言描写、细节描写，等等。大学里教文学写作课的老师可能未必是写小说的行家，但在课堂上进行文本分析时，会对鲁迅笔下的孔乙己的长衫、汪曾祺笔下的明海和英子的秀丽芦花荡风景、吴敬梓笔下的严监生临死竖起的两个指头等津津乐道。如果让那些只懂经典写作理论的老师分析肖勤小说，他们可能会丈二和尚摸不着头脑，因为在肖勤小说中去分门别类寻找各类文学描写会很难。我们看肖勤代表作《暖》中开头的几段叙述：

昨晚剩的半碗米粥硬硬的，得拿出来再兑水熬熬，奶奶牙不好，舌头又老了，浅淡的味儿尝不出，喜欢吃又酸又盐的腌茄子和熬成糊的土豆汤。

饭菜都热好了，半山腰庆生老师家的大公鸡才打鸣。

小等去叫奶奶。奶奶正蓬着一头薄薄的乱发，靠在陈旧的棉被上嘻嘻傻笑。

小等小心翼翼地走过去，轻声叫，奶奶，吃饭了。

时辰、家境的交代，小等的早熟、孝顺的体现，奶奶的身体、精神状况的描述，以及小等给奶奶打理、服侍早饭的动作言语等都包含在一连串简略而生动的叙述当中了。

我们再看《长城那个长》开头的第一、二两段：

因为头夜下了场雨，早上起来，空气清凉怡人，楼下花园的草和花都在激情生长着，该绿的绿，该红的红，鹅卵石小径和路旁的铁艺靠椅天天被清洁工老李打扫擦拭得干干净净。朱大顺光着脚板站在窗台边，看着眼前的一切，幸福地伸了个大懒腰。狗儿的狗！这种上层人居住的小区，与他从小长大的猫眼街相比，真正是一个天上，一个地下。

大紫昨晚回娘家了，家里安静得很，八岁的儿子即安还在睡。

同样是时间、地点、风景，主人公朱大顺的心境、内心独白，包括夫妻关系变化的一个关键细节，都溶解在简略而连贯的叙述中了。

肖勤小说的读者都会有这样的感觉：作者以第三人称展开的这种娓娓道来、缓急有度的叙述是简略、朴质的，又是极有厚度、极富张力的。一般而言，小说是要讲故事、写人物的，从表现方法的角度讲，讲故事主要靠叙述，写人物主要用描写，而肖勤小说的独特和奇妙，是她通篇的叙述，又是各类描写和各种细节的包容和隐含。肖勤仿佛是一个技法高妙的画家，能在画稿上几种颜色同时点染，一挥而就的笔触，弥散着人物的情绪、社会的氛围、季节的色彩，于是肖勤小说的这种表现力极强的叙述就具有较鲜明的画面感，可以有效地调动读者的艺术联想，使之在阅读中在脑际形成相关的画面组合。所以肖勤小说这种蒙太奇式的叙述可以很方便地改编成影视艺术形式。其代表作《暖》改编成电影《小等》就是范例。

二

肖勤小说大都取材于现实生活，具有很强的在场感、很强的当下性。或状写农村留守儿童的艰难与早熟（《暖》），或表现打工仔的探寻与迷茫（《笨时代》），或关注个体创业者的得意与失意（《长城那个长》），或聚焦农村超生妇女的苦楚与无奈（《黑月光》），或放大公务员情感的苍白和人性的扭曲（《灯台》《返魂香》），从乡村到城市、从妇孺到青壮、从成功者到落魄者，肖勤以她为数不多而蕴藉丰富的十数篇小说，形象地记录了中国的改革向纵深发展过程中芸芸众生的生存境况和心灵历史。

启动于 20 世纪 70 年代末十一届三中全会的改革开放，也启动了中国社会从农耕文明向工商文明演进的漫漫征程。改革带来的变化是全方位的：思想观念、价值体系、社会秩序、生活方式、行为准则等都发生了深刻的、突飞猛进的变化。这种深层次的、全方位的、强力度的社会变革必定带来一连串的社会震荡，而农村是震荡力度最强的所在，为中国改革做出最大牺牲的群体是农民。如果说当年何士光《乡场上》、石定《公路从门前过》等农村题材小说能引发广泛关注、荣获全国大奖，是因为形象地表现了对改革的自信和乐观，那么三十年后的今天再来品读，会觉得冯幺爸的自信和王老汉的乐观都显得过于理想化了，改革实际过程的艰辛、苦难、琐屑是当年的何士光和石定很难预料的。当然，江山代有才人出，从 20 世纪末到新世纪农村的环境的恶化、人情的淡漠、世道的艰难等图景，读者们可以在赵剑平的《困豹》、王华的《桥溪庄》，还有肖勤小说中去寻味了。

多年工作、生活在乡镇基层的肖勤，保持了对现实世界足够的敏感。对于当下一些最尖锐的社会问题——留守儿童的生活困窘与感情缺失，空巢老人的身体的病痛和心灵的空虚，城镇化对传统美德的毁坏和对自然环境的玷污，计划生育政策与超生游击队的对策，心理健康与个人隐私等，肖勤小说都有细致的表现。作为对当下社会生活的观照与记录，肖勤小说又不是一般意义上的问题小说，不是仅仅以展现某一类社会问题为旨归；作为对现实生活的文学想象，肖勤小说对现实的刻板粗粝有一种情感的过滤和诗意的提升。所以，在《暖》中，肖勤不光叙写了小等的孤苦与惶恐，还叙写了这个十二岁的乡村女孩劳作的快乐、当家作主的自豪，以及村主任周好土和庆生老师让小等感到温暖的切切关照；在《长城那个长》中，肖勤不光叙写了朱大顺的小市民的虚荣，还叙写了这个曾有过"二师兄"绰号的中年男人对老婆的忠诚和欣赏，对不相关的"人老珠黄"的谢洁玲的用心袒护；在《陪着你长大》中，肖勤不光叙写了江格格对陈小萝的猜忌和误会、对何心凤的抵触和误会，还叙写了江格格对陈小萝的救治和宽宥、对何心凤的理解和接纳；在《黑月光》中，肖勤不光叙写了亲情被杀戮的血腥，还叙写了谷雨的两个男人——丈夫邓少军濒死时的幡然忏悔、初恋情人胡二强最后的心灵震颤。在诸多篇章中，在叙述和描摹了生存的形形色色的困窘和艰辛、苦涩和无奈之后，肖勤凸现和张扬的还是人性的善良、美好，亲情的温暖、爱情的执着，那些暖色调的隽永温馨的文字足以烛照幽暗、驱逐邪恶，让读者情感得到滋润、心灵得到净化、人格得到提升。

三

肖勤小说切入生活的视角是女性化的，字里行间弥散的是容易伤感的温婉的柔情，敏锐、细腻的发现和别有意味的表达。"女人"是对一般人一种生物学、社会学的定位；而作为作家，则意味着体验、观察、表现生活的角度、方式、态度——价值判断，都会留下女性的性别的痕迹。作为女人，眼窝浅，容易感动、容易流泪，在给《中篇小说选刊》的创作谈中，肖勤有这样的体会和告白。其实当年的张洁、谌容也是从这里起步，达到了《祖母绿》《方舟》的超越和《人到中年》《减去十岁》的深刻。

当年的评论家们注意到了张洁的精英姿态、谌容的忧患意识，也注意到了两位女作家的性别角色。在人们的情感沙漠化、道德低谷化、生活商业化、消遣娱乐化的今天，肖勤的小说要想获得当年张洁和谌容的轰动效应已很难，但正如台湾著名女作家龙应台在一次演讲中强调的那样——"文学——白杨树的湖中倒影"[1]，肖勤营造的文学世界里也荡漾着温情和诗意。小等瘦弱的身形中，包孕着善良和坚韧（《暖》）；江格格风风火火的女强人的外貌下，安放的是作为女儿、妹子、妻子的孝顺、关爱、宽厚(《陪着你长大》)；大紫饱满的身体和强悍的性格背后升腾的是母性的独立和包容（《长城那个长》)。相对于庆生的畏首畏尾、江秀峰的畏畏缩缩、朱大顺的虚荣油滑，肖勤小说明显表现出对男权尊严的嘲讽和消解。肖勤以女性视角对生活的发现是近距离的体悟和零距离的拥抱，没有刻意追求精英化的高远与深刻，所以《人民文学》主编、著名评论家施战军认为肖勤"对土地和人有感情。是质朴的感情，不是自上而下的俯瞰般的'关怀意志'"[2]。也就是说，肖勤营造的文学世界，是以朴素的乡情作为基础和底蕴的，这份底气再加上温婉、细腻的体悟，自如、灵动的表达，形成了一种有意味的形式，肖勤小说当然就质而有文，可以行之久远了。

作者简介：

潘辛毅，男，遵义师范学院教师教育学院院长、教授。

参考文献：

[1] 龙应台. 文学——白杨树的湖中倒影[J]. 作文通讯，2012（9）.

[2] 施战军. 小说，她来了——肖勤及其写作[EB/OL]. 中国作家网，2010-04-26.

现实忧患与底层关怀的独特表达

——论仡佬族作家肖勤小说创作特色

蒋雪鸿

【摘　要】贵州仡佬族青年女作家肖勤，近年备受文学界和理论界关注。她的小说立足现实中国农村，关注乡土底层民众的生存境遇，属于乡土文学和底层写作的范畴。与众多的同类作品相比，都有现实忧患与底层关怀的共同取向，但在表达上又体现出了自己对农村现实的独到感受和艺术独特性。本文主要从三个方面论述，即：超性别的人文关怀、人性善恶的书写和政治言说的审美升华。

【关键词】底层写作；乡土小说；人文关怀；人性

近两年在文坛崭露头角的贵州仡佬族女作家肖勤，在《十月》《民族文学》《山花》《芳草》《时代文学》《贵州作家》等刊物上发表了一系列作品，如中篇小说《云上》《金宝》《我叫玛丽莲》《谷雨的月光》《霜晨月》，短篇小说《丹砂的味道》《暖》等，这些作品，几乎以"井喷式"的方式面世，它们植根黔北农村，带着最贴近乡土的气息，以真实的底层书写、悲悯的人文情怀，犀利的现实穿透、独特的艺术表现，颇受评论界关注。

少数民族、年轻女性、乡长身份、业余创作与专业水准……肖勤无疑是特别的，引人关注并不奇怪，但初涉文坛即好评如潮，则不会是只因这些标签的独特，她的作品一定有与众不同的地方。应该说，她的小说立足现实中国农村，关注乡土底层民众的生存境遇，是走在了时下乡土文学和底层写作的潮流里，与众多的同类作品一样，都有现实忧患与底层关怀的共同取向，但她在表达上又体现出了自己对农村现实的独到感受和艺术独特性。本文主要从超性别的人文关怀、人性善恶的书写和政治言说的审美升华三方面来论述其创作特色。

一、超性别的人文关怀：乡土众生镜像

从女性的视角观照女性的生活世界，描写女性的人生，表达女性的精神诉求，几乎是每一位女作家不自觉的写作倾向，同时在题材选取、审美感知、情感流露、艺术表现等方面也会表现出不同于男性作者的一些女性化的柔性特质，如生活感知的敏感和细致、对弱者更多的同情和怜悯、丰富细腻的情思和诗性想象等。

肖勤也不例外，她在《暖》的创作谈中谈到日常工作中对现实农村的感觉："走进村寨，田野显得那么空落，偶尔听到一声劳作后的咳嗽，那声音也是空洞而年迈的。青年们都离开了，留下老人和孩子，在孤独中无力地彼此支撑、无助地彼此温暖。"[1]这种充满柔性的生活体验自然地进入了她的作品。

她的小说主人公多为女性，而写得最出彩的也是女性（包括儿童）——《谷雨的月光》中美丽、柔弱的谷雨，《我叫玛丽莲》中明艳、忧伤的孟梅，《暖》中乖巧、懂事、瘦弱、勇敢的小等。她以女人对女人自己的了解，以一个母亲对孩子心理特征的洞悉，将这些人物的内心世界描写得细腻而真切，一言一动富有生活气息，性格刻画真实而生动，充分表现出女性作家与生俱来的温情和感觉。

但是，她的作品并不因此就附上女性主义文学的标签，她的小说人物其实是多元化的，以女性人物为主，除了风尘女子孟梅、留守儿童小等、务农女子谷雨、荞麦这样的弱势群体以外，也写了何秀枝这样的乡镇女干部，另外还成功地写了众多男性角色，如《金宝》中的信访户郑老四，《霜晨月》中可敬的村长庄三伯，《暖》中善良的周好土和庆生，《云上》中的镇长黄平，《谷雨的月光》中的邓少军和二强，等等。而他们在故事中的存在，并非仅仅是作为女性角色的陪衬，而是作为这片大地上的一员，上演着自己那份角色的不同人生印迹和精神诉求，展示着乡村的不同色彩，让乡村全貌得以完整呈现。

肖勤也不同于那些重在描摹女性经验世界和激烈张扬女性主义的女性主义作家，她的作品，具有的是一种超越女性角色的人文关怀。"我突然发现我的身边，需要照亮的还有许多许多困惑的灵魂，包括风、雪、树。在乡村的世界里，还有太多的人与事需要我们去关注、去爱。"[2]可见，她的人道主义关怀并不只指向女性，这已经不仅仅是女性意识和乡土意识的表达，而更多地是一种人文意识了。

文学中这种人文关怀常常体现在具体的物质层面的世俗关怀上，肖勤小说描写现实的农村留守儿童、空巢老人、农村妇女、打工女子、乡镇干部的真实生活，也展示他们劳作的艰辛、生存的窘迫、生活的困顿。《暖》中年仅十二岁的留守儿童小等，用小小的肩膀扛起了养家糊口的重担，生活逼出了她那和年纪不相称的懂事、坚强和隐忍、能干。她独自一人种辣椒、卖辣椒、割草锄地、洗衣做饭，还要照顾生病的奶奶，读来令人唏嘘动容。但是小说尤为细致地描写了小等坚强和隐忍背后重重的孤独、恐惧和对爱的渴盼，读来更令人动容：

她卖了辣椒在村委会给妈妈打电话——

妈！电话一接通小等的眼泪就哗啦淌下来，顺着脖子往衣领里钻，好像这一声"妈"字打开了泄洪闸。

晚上在屋子里惊恐地看着发病中无比恐怖的奶奶——

月亮好像也怕夜晚的奶奶，细微的光线战战兢兢地泻进木屋。小等已经藏好了剪子和菜刀，但还是害怕，蜷缩在小床上不敢睡，眼睛死死地盯着对面的床。

被庆生因避嫌关在门外一夜——

> 庆生忘了痛，好不忧伤地看着小等：你干啥子要趴在门槛上睡呢？老师关门了……小等眼睛闪了闪，滚出两滴泪来：我等老师出来开门。

在工作、生活中肖勤深深认识到，物质匮乏的乡村固然需要帮助以摆脱贫困，但也尤其需要触及心灵层面的爱的关怀。"乡村缺乏的是来自整个社会的真情与关爱。许多地方的反哺三农，都简单地落实到钱物上，却往往绕开了灵魂和爱。乡村成了一个只能自己珍爱自己、自己心痛自己的世界。但更多时候，乡村连自己心痛自己的力气也没有了，因为城市抽走了它们的胁骨——那些壮年的男人和女人，留下老人和孩子，在孤独中无力地彼此支撑、无助地彼此温暖。"[3]

乡村还需要启蒙关怀，在肖勤系列小说中可以看到，乡民还存在不少的愚昧陈旧观念，尤其是"重男轻女"的传统落后观念在农村还有相当的市场，那些不同的悲剧故事里都可以看到这个观念所起的作用：小等的父母亲，抛下老人和年幼的小等在家，双双出去打工，主要原因就是想躲出去超生一个男孩，最后使老人和孩子在孤独困苦的折磨中失去生命。

《谷雨的月光》中的谷雨，作为受过教育的高中生，她无奈嫁给自己不爱而且还强奸了她的邓少军，就是古老的贞洁观使然。而在邓少军一心为了生男孩而不断提出无理要求时，她也只是懦弱地屈从，她心里并不认为邓少军的做法落后和可笑，反而因自己不能完成这个任务而心有愧疚、步步退让，最终邓少军变本加厉一步步将她的肉体和精神推到不归的深渊。

《我叫玛丽莲》中孟梅家因为贫穷，为保弟弟继续念书，就让她辍学出外"打工"挣钱养活一家人，这也有重男轻女的观念在其中。

《金宝》中的郑老四，为生男孩不惜丢掉工作，如愿以偿得到宝贝儿子金宝后，将他当成手心宝、温室花一样呵护惯养，这也直接造成了金宝性格上的严重缺陷，没有一点男人的抗压能力，最后不禁惊吓而精神失常。

《云上》中荞麦如果懂得法理，不以牺牲自己宝贵的清白去免除弟弟的牢狱之灾，她的悲剧也许就可以避免。

……

肖勤的小说从女性视角出发，但又不局限于女性世界，她用细腻的生活感知、真挚的悲悯情怀和理性的现实思考，将更多的农村底层人群纳入自己的关注视野，展现他们的困顿、贫瘠，描写他们的矛盾和孤独，传达他们的愿望和需求，以唤起社会广泛的关怀。与此同时，也挖掘他们的弱点和缺陷，似乎力图将人文关怀导向精神深处。

二、永恒的文学主题：人性善恶的书写

对人性的表现和思索，是中外文学由古至今的共同内容。肖勤的小说立足乡村，写了这片土地上的形色人物，写出了他们不同的生活、不同的性格、不同的命运，关注他

们的现实境遇和未来之路，同时也写出了他们真实的生命欲求，有生理层面的生存和性的需求，也有精神层面的渴望和爱，从深层次揭示了他们潜在的人性和人性的改变，传达了作家对人性善恶复杂性的认识和思考。

她的作品中有不少地方写到人的生理欲求。《暖》中瘸腿的代课老师庆生，无私地关心可怜的小等，简单自然近乎父爱，后来小等因害怕发病的奶奶，晚上硬跑来他家住下。一个晚上，寻求温暖的小女孩偷偷爬上床紧贴着他睡下，这让庆生那压在心底潜藏着的生理欲望在睡梦中不可控制地被释放了出来……他醒来发现是小等后着实被吓得不轻。小说这一部分把庆生的心理和生理反应描写得十分细致、真切，算是其中精彩的一笔。饮食男女，人之自然天性，大龄的单身汉庆生，内心有这样的欲求再正常不过。这段描写不但无损于他品性的善良朴实，反而更增添了庆生形象的真实感——他的生活同样也是残缺的，他同样也有爱的渴求，同样也需要关爱，这让人感觉到他是一个具体、真实、普通的人，而不是某些文学作品中被概念化的所谓外表丑、心灵美、只会做好事的好人。

她写人性的善恶和复杂，似乎并不纠结在本善还是本恶的形而上的思辨上，但是从一个个故事中我们分明可以看到这样的表达：人性的善与真多出于本心，无论在热闹的都市还是偏僻的角落，无论贫穷还是富贵，无论刚强还是懦弱，无论地位显要还是卑微，或多或少自然而然都会有对爱情的向往、对亲情的渴望、对友情的珍惜、对弱小的同情……《我叫玛丽莲》中身为梦飞翔夜总会领班的高尚，油嘴滑舌、八面玲珑，在那样乌烟瘴气的环境中，看到了孟梅内在被覆盖的真实和美好，慢慢产生了发自内心的真挚爱情，暗暗用自己的方式保护她、关心她，他认真策划着、幻想着与所爱的这个女孩在未来开始不一样的人生，过正常的幸福生活。和孟梅同样是"三陪女"的七姐，会因担心落难的姐妹而着急痛哭，在肮脏堕落的生活中，她心里始终有一块干净柔软的地方，在等待着母亲的爱回归。而那个生活空虚、寂寞、颓废的富家男孩高明明，以挥霍金钱、涉足性爱的方式报复父母和女友，排解苦闷，也仍存一种悲悯之心，当他听完孟梅的故事后，被深深震动，他声音暗哑、情绪冲动、深情伤感地想要帮助孟梅，这是单纯的人性之真。《暖》中的村主任周好土不计前嫌，对小等无私关爱，随意地给她抓一捧辣椒、端一碗绿豆粉、说几句问话嘱咐、送一个免费电话，简简单单，我认为这无关工作身份，是人心自有之善。

而人性的扭曲却往往多与现实相关。小等的母亲，原来对女儿也是爱意融融，最初和男人离家去打工，也曾不舍地抱着四岁的小等眼泪直流，过年时两人一起回家，"妈妈一看到桂花树下的小黑影就会喜不自禁地跑上坡地，用蜜蜂似的声音嗡嗡轻唤小等想死妈妈了，然后冲上来搂小等在怀里猛劲儿乱亲。妈妈嘴里呵出来的热气烫得小等又痒又欢喜，拼命把开心的笑声憋成大滴大滴的汗珠和泪珠"。但是后来爸爸去世后，生活的重压让妈妈的心变得硬了、糙了，接电话时声音时时充满着类似火药的气味，不再理会女儿的眼泪和哭求，她的母性正是长期在生存压力挤压下变了形，到了几乎消失的地步。《谷雨的月光》中的邓少军，高考失利后回家务农，他原本温和、胆小，有诗意、有梦想，单调贫困的农村生活渐渐磨去了他的诗意和梦想，而生儿子的愿望一次次落空，让他变得暴虐、狂躁，对女儿猫猫不顾不问，将谷雨当成了生育机器变态折磨，人性极度扭曲。郑老四在儿子金宝精神失常后，为讹诈医药费，受人撺掇走上了借贷上访的不归路，在越穷越访、越访越穷的怪圈中不能自拔，失去自我。而何秀枝、二强则因贪爱一己名利私欲，失守了人心最初的良知和真诚。

三、"掐死作品背后的乡长"：政治言说的审美升华

肖勤的文学态度和人文关怀体现着严肃的现实主义写作立场。许多女性主义作家重在描摹个人经验世界和表现个人情感，而在肖勤小说中我们却看到更多的是对群体生存状态的关注，更着眼于展示当下中国农村真实现状，关注那片土地上的人们的现实处境和未来出路。

可以说，肖勤的写作动机具有积极的"入世"取向，她也并不掩饰其表达政治言说的意图："我们用政治的客观的理性的目光，通过工作实践发现了诸多缺憾和困惑，然后用写作的方式将它表现出来。"[4]

基层干部的职业身份对创作的影响是双面的。一方面，这一职业给她的底层写作提供了丰富素材，写来极其熟稔自然，正如她在访谈中所说的："若是没有基层工作的经历，我永远不可能真正了解农村，我就不可能写得出《暖》《云上》和《我叫玛丽莲》来，是工作给了我思考和发现的机会。"[5]然而另一方面，在写作中就容易有概念化、公文化的毛病和流于直白的言道指向。

肖勤也认识到行政工作者与文学创作者的双重身份带来的矛盾弊端，最后她把握两种原则来解决这一问题：一是低姿态的"融入"态度，二是"掐死作品背后的乡长"。"我自己就是乡土的一员，我只能以融入的方式，以一名知情者的姿态去介入并展现它。我不喜欢一些文学作品中背后站着的那个极富优越感、批判意识，并以为他双眼看到的某一个点便是乡土的全部的那个人。"[6]"我若是要让我爱好的写作有其未来，在写作的时候肯定得让'乡长'死掉。"[7]

于是，她的小说以近聚焦的观照方式，将视线拉近身边那些普通的、平凡的、琐屑的、熟悉的人和事，留守儿童、空巢老人、打工女子、农民、乡村干部就构成了故事的主角，他们的日常生活、烦恼、孤独、寂寞、艰辛和满足、向往、希望成为故事的主体，通过那一个个故事，我们会发现她其实试图以局部的、个体的感性描摹，展现整体的、群体的真实境况，并追问铸成这些悲剧人生的根源，而这根源既与个体相关，更与现实相关。

小等的悲剧在中国有广阔的现实背景，就是大批青壮年农民离开家乡进城务工的"民工潮"。农民本与土地世代相连，但贫穷让他们抛下老人孩子背井离乡，希望在都市的劳作能改变农村生存的艰辛。然而，他们的离去抽走了乡村的脊梁，留下老人和孩子在几近荒芜的田地里艰难地支撑，在空荡荡的村子里无助地守望。中国农村如小等一样的留守儿童有千千万，和小等奶奶一样的空巢老人也有万万千，他们需要的更多是来自亲人的爱的温暖。乡村如何能留住农民？这是一个问题。

《我叫玛丽莲》中不幸沦落风尘的女孩孟梅，临死前书写"我不是玛丽莲"深有寓意。

她在城里以玛丽莲的身份"工作"，然而这个身份却是卑贱的、低等的、难以见人的，不为城里人所认可，也不为她自己所认可。这是耻辱的身份、耻辱的职业，残酷的生活和命运让玛丽莲们被迫接受了它，违背自己的本心，抛却自尊，承受精神的羞辱和肉体的伤害，混迹于灯红酒绿之间。然而，她们的心却一直藏有对真爱的向往、对良知的敬仰、对幸福的幻想，她们其实始终在忍受人格分裂的痛苦。这些女子，栖身在都市里，却始终不是城市的一员，只是"污染源"而已，但是离开了的故乡土又没有了可以让她们回去的路。这其实是众多进城务工人员在现实生活中的两难身份和艰辛生活的写照。

乡镇干部的现实处境也是肖勤小说关注的内容。他们工作在条件最艰苦的基层，面对质朴但素质有限的农民，处理着无比琐屑繁杂的鸡毛蒜皮，应对着当下农村由城乡差距、市场经济、贫富分化带来的种种矛盾和突发事件。小说写了他们当中不少尽职尽责却不能得到理解的人：老村长庄三伯从年轻时起就一直为改善莺闹村的生存环境奋斗，他带着村民修渠筑路，无意中牺牲了妻子，伤害了儿子，终生在愧疚和痛苦、孤独中度过；《云上》中的镇长黄平，以相当的勇气和正气揭穿了何秀枝和王子尹的龌龊勾当，并将他们送进牢狱，告诉荞麦一个残酷的事实真相——她弟弟杀人是正当防卫，无须偿命，她为此牺牲清白是可悲的，但最后自己却付出了丢官去职、无奈离开的代价；关爱小等的周好土，曾因强制执行国家计生政策，被小等奶奶用刚划破的竹篾把半边脸全抽成血糊糊；《金宝》中的派出所所长李春正常执行公务，却被郑老四无理取闹缠上、顽固上访，让他的工作前程备受影响……当然，也有何秀枝和王子尹这样的作威作福、贪婪淫奢的败类，他们的所作所为直接破坏了乡村的和谐宁静，这些不能不引人思考当今农村最基层干部的工作状况和干群关系。

底层小说对中国乡村镜像的描绘，往往是越生动、越真实、越深入，就越让我们感受到现实的苍白与压抑，产生无能为力的痛感。作家其实并没有力量去解决政治家、社会学家应该去解决的问题，只能坚守精神关怀。肖勤用了一种温情而积极的处理方式，她写底层苦难，但不堆积；写得沉重，但不绝望。她的许多作品都有星星点点温暖和希望的存在，如《暖》中的周好土和庆生老师，《我叫玛丽莲》中真诚关心孟梅的女医生和男警察。而生命走到尽头的孟梅为让可怜的疯女人阿栋媳妇暂且有一个栖身之所，将血汗钱拿出 2 000 元续交房租。

文学写真实，关注民生疾苦，是中国文学古已有之的传统。忧患意识与人道主义情感的表达，往往带给文学一种触动心灵与精神的力量。但"文以载道"的精神，也曾一度淹没在"个人表现""娱乐至上""个人经验"的声嚣里，而底层文学的兴起又唤起了文学传统的回归。

肖勤的小说从题材范畴和价值取向上看是走在了这个时代"底层写作"的潮流里，她的职业身份使她潜在免不了有表达政治意识的诉求，但难能可贵的是，她的作品有意识地消减了政治功利色彩，以低姿态的"融入"态度、个性化的审美表现、彰显悠远的人文关怀，避免了某些这类作品口号化、议论化的弊端，内敛的忧患和批判，反而有了一种直入人心的力量。

作者简介：

蒋雪鸿，女，贵州遵义人，遵义师范学院人文与传媒学院讲师，文学硕士。研究方向：
中国古代文学；文艺理论；地方文化。

参考文献：

[1] 肖勤 . 通往幸福的方向[J] . 小说选刊，2010（5）.
[2][3] 肖勤 . 在乡村写作[J] . 十月，2010（2）: 12.
[4][5][6][7] 郑文丰 . 用文字照亮梦想与现实[N] . 贵阳日报，2010-06-09.

中编

王 华 论

沉重的叹息

——王华小说中的民族性建构

胡洁娜

【摘　要】王华小说是为了诠释作为人与生俱来的孤独感与无奈感，表达出对生命的沉重的叹息，同时书写了一个民族作家深沉的使命意识。她的小说避免了以往少数民族在主流视野中被规定的"他者"的期待视野，以一种非他者的、内视的眼光来审视民族生存状况。通过以地域性民俗描写表达民族认同感、对异化生存的苦难书写展现人性反思、透过文化寻根传递民族忧患意识三种方式，实现了自身民族性建构。

【关键词】生存；仡佬族小说；民族性

"士质而有文，民朴而易治"是遵义府志对遵义民风民情的概括，淳朴的民风养育了质朴的人，同时孕育出以质朴务实为内核的山地文化——黔北文化。仡佬族文学作为黔北文化的重要组成部分，呈现出朴实无华的特点。她通过民间文学的形式展示了仡佬族人的聪明才智，表现了他们善良、勇敢、勤劳、顽强的高贵品格，充分体现了他们自强不息、宽容大度、兼收并蓄、和睦团结的民族精神。明清以后至民国时期，随着文化教育的普及深入，文人文学开始出现，大批知识分子走上文学创作之路，其作品虽不足百字，但文采斐然，由此掀开仡佬族文人文学的序幕。仡佬族文学伴随着新生代民族作家的出现在 20 世纪 90 年代开始迎来了繁荣。尤以王华代表的仡佬族作家用小说这一饱含主体性个性色彩的形式，凝炼了自身对改革开放后人的生命存在、人性状态、民族文化诸多方面的反思，取得了可喜的成就，引起文坛的广泛关注。

以"他者"的眼光看，民族文学应该展示迤逦的自然风光、神秘的民俗民风，以此呈现与汉民族文化迥异的"异质风情"，填补读者对少数民族文化的想象。王华的小说突破了"他者"的视角与想象，"内视"民族文化与民族生存现实，展示仡佬族人在生产方式变革下的生存困境，体验民族心灵的精神磨难，思索现代生存危机中的人性问题，对民族存在的归宿产生忧患，亦真亦幻地建构出一个神奇而真实的众生图，以此展现现代化进程中乡土生活的复杂面貌。

一、以地域性民俗描写表达民族文化认同感

文化民族性的重要表征在于民族文化认同感。"文化认同（cultural identity）是个体被群体文化影响之后所形成的对该文化的接纳感觉，是人在一个民族共同体中长期生活而形成的对该民族最有意义事物的肯定性的体认，它的核心是对一个民族的基本价值观念的接受与赞同。"[1]文化认同感的内核是对民族价值理念的赞同，外化形式是对具有民族文化印痕事象的彰显。民族作家作品中常常出现民俗、宗教、神话传说等事项，看似无心而为，却自然然显现这些民族文化内容已如细胞般溶入他们的血液中，成为文化身份认同的显性标志。王华小说中的地域性民俗描写表达了新生代作家内心的民族文化认同感，她选择符合本族群心理情感的意象并予以象征化，以召唤并显现民族的原生情感。

《桥溪庄》中带有预言家般神秘色彩的雪豆对山子的爱恋是这篇"乡村苦难寓言、人间生死传说"颇具亮色的一笔，两人在菜花林中玩耍的场景是文中最轻松、令人愉悦的部分："油菜本是一行一行地排着，雪豆正好躺在两行油菜田苗的中间。她的头顶是烂漫的金黄，四周是整整齐齐的油菜棵子，她就像睡在一张挂着金色纱帐的床上。雪豆这样躺着，醉得很深……"黔北山区漫山遍野是金黄金黄的油菜花，这里记载着素有"石仡佬"之称的仡佬族人开荒辟草的艰辛，有着他们对土地深深的眷念之情，有着他们对美好生活的憧憬，菜花田才会让人沉醉。《傩赐》中热闹非凡的"桐花节"浓缩地展现仡佬族民族节日的欢乐气氛，美丽的"桐花姑娘"、身穿节日盛装的全庄男女老幼、此起彼伏的情歌对唱、别开生面的"打篾鸡蛋"、傩戏班子惊心动魄的"高台舞狮"都是带有先民文化印记的事象，与傩赐庄的贫穷形成鲜明对比，正是这种积极乐观的生活态度激励着仡佬族走过艰难困苦的岁月。

"对于每一个确定的民族来说，地域自然环境与地域人文环境往往以最潜在的力量作用于民族精神生活，形成一定的习俗及特殊的思维方式和价值观念等，这些自然因素引起的原生基质，会以十分顽强的力量长期左右该民族的文学生活。"[2]仡佬民族独特的崇拜事象、风俗习惯在生活中被保留下来，并被作为意象在文学作品中加以表现，以此显现出民族的原生情感。"拜桐花""哭嫁""喝油茶"等地域性民俗描写表达出新生代作家的民族文化认同感，这种认同感已如DNA一般存在于作家身上，显现其特殊的生命意识、诡异沉重的生命理解。于是，王华以这样的文化认同感与生命理解所形成的"文化之眼"审视着现实人生。

二、对民族生存的苦难书写展现人性反思

新时期下，每一个主体都在感受时代变迁所带来的冲击，身处地理环境相对闭塞、经济相对落后的贵州山区的仡佬族同样感受着经济浪潮的席卷，安贫乐道的生存方式、与世为善的道德观念遭遇新时代的碰撞，这样的碰撞是痛苦与无奈的。"他们带着一种激情，同时也带着一种冷静的眼光审视历史的演进，社会的变迁，自己民族在这历史的演进和社会的变迁中所生发的种种矛盾冲突和喜怒哀乐。他们会拿起笔去尽情描绘、展现

撞击他们的心灵的朵朵火花。"[3]仡佬族作家王华与民族一起经历着时代的洗礼，回想曾经"夜郎自大"的辉煌，族人痛苦无奈的生存现状刺痛作家敏感的心弦。于是，重视生存状态，渴望对生命的尊重与珍视，对人性多面性、复杂性的冷静分析和宽容理解成为王华小说的主旨。

人活着是一种存在。如何存在？这是精神主体关心的重要命题。人类发展的目的就是人以全面的方式掌握他的多样的存在，以此作为一个完整的人存在着。这个完整的人，是人于自然、人于人对象化的自我肯定，是自由的超越。然而，作为完整的人诗意地栖居在世界上不过是人类的美好向往，现实的人生却是人的异化生存。

王华小说《傩赐》讲述了一个山外女孩秋秋在不明就里的情况下被嫁给三个男人的故事，虽然身有缺陷却善良、美丽、勤劳的秋秋曾经憧憬着婚姻能带给她新的生活，谁知高山上的傩赐庄因贫穷沿袭着一妻多夫制，她迷茫挣扎只能痛苦承受。伦理道德在贫穷面前失去了审判力，秋秋的生命沦落为了碎片。其实，其他人又何尝不是呢？《桥溪庄》展现李作民一家和村民的异化生存，为了多赚一点钱，桥溪庄的村民搬到水泥厂的附近。苦难降临了，桥溪庄数年无雪，男人死精，女人气胎，人物命运多舛，雪果因雪朵和妻子的离开而精神分裂，侵犯了自己的母亲和妹妹；父亲李作民剁掉了儿子的一个脚板；李作民的女人喝农药自杀了；女儿一丝不挂疯癫地失踪了。家园被破坏，人生幸福变得遥不可及。

王华小说中呈现的人生是苦难的异化人生。当我们为作品中的人物扼腕叹息时，仅仅表达一种人道关怀、人文主义关怀已经显得苍白无力，作者想要唤起的是人类的共同情感，人性的反思成为作者的选择。在《1844年经济学哲学手稿》中，马克思是这样规定人的本质的："动物和自己的生命活动是直接同一的。动物不把自己同自己的生命活动区别开来。它就是自己的生命活动。人则使自己的生命活动本身变成自己意志的和自己意识的对象。他具有有意识的生命活动。这不是人与之直接融为一体的那种规定性。有意识的生命活动把人同动物的生命活动直接区别开来。正是由于这一点，人才是类存在物。"[4]人的本质是"有意识的生命活动"，这才是人的"类本质"（species nature）。如果失去了自我生命意识，不能将生命活动转变成自己意识和自己意志的对象，人就不是作为类存在，而是一种异化生存。但是，在生存第一性面前，人的尊严、人的价值、人的自由变成了奢侈品。在现代化进程中，为了生存，人类付出沉重的代价，人的价值于此变得虚无，每个个体被永远束缚在整体中孤零零的片段上，失去了自由，失去了生命应该具有的许多东西，成为了行尸走肉般的或者说简直就是一个没有生命的碎片。艺术作品并非是对社会生活的如实描摹，而是提炼加工，实为更本真的现实。王华小说对时间、地点的模糊性，是为了打破时代、地域的对应限制，以一种类似于无规定性的"无"展示"小型社会"具体事物的"有"——存在，以此展现现代化进程中农民本质的生存困境与精神磨难，呈现一个能够为读者想象到、体验到的众生图景。在这样的图景中，当我们追问"为什么会如此"时，一般的道德评判和人文关怀都不足以纾解心中的郁闷，不能简单地将女性、孩童的悲剧命运归结于男权至上，而是逼仄生活压迫造成女人、孩童甚至男人的异化生存，并形成了他们无可选择的卑下的精神状态。这样的思考透射出对人的精神世界的深度关注与沉重的人性反思。

当作家们面对复杂的生存境况时，以人性的觉醒反思着其中的真实与无奈，希望对异化生存的苦难书写警醒人们走向向善的精神境域，沉重的使命感犹如那被珍藏于心的丹砂，寻求家园的慰藉。

三、透过文化寻根传递民族忧患意识

"寻根"意识起于一种"无根"状态，面对全球化浪潮与强势文化双重挤压逐渐失去话语权的少数民族文化，文化精英感到痛苦与惆怅，他们内心渴望于民族象征性事物的依恋，对于在经济浪潮和利益驱使下离开故土而涌入陌生城市的族人，看到他们于生命线上的挣扎与无奈，他们表现出对土地的深深眷恋，这种倾诉与呼唤，是在肉体、精神、心灵层面对回归民族自身的强烈诉求。以汉语作为表现形式又具有明确的文化身份意识的仡佬族作家，作为文化精英肩负着民族精神传承的使命，在作品中，呈现出对民族生存状况明确的忧患意识，并且以"文化寻根"与"家园"生存危机含蓄地传递。

王华在《傩赐》中写道："一代一代的祖辈，只告诉傩赐人要过桐花节，过桐花节要穿这样一身盛装，但并没有告诉过我们是什么民族。就是说，傩赐人不知道自己是什么民族。"对此，有学者认为是作家有意而为之的"藏匿民族身份"。对此固然可以作如是理解，避免用民族独特风俗来吸引人们的眼球，同时也是一种社会真实的反映。据调查显示："在务川、道真、正安、石阡等地的仡佬族精英缺乏明确的民族身份认同。他们会承认自己的仡佬族公民身份，但在族谱和祖辈口头传说中却并非是本地的、世袭的仡佬族，又难以用语言、服饰、文化活动等符号来证实其的民族身份。"失去了语言、服饰、文化活动维系的民族几乎丧失了文化根性。于是，"不知道自己是什么民族"其实是对社会现实的描摹，折射出作家对民族文化存续的忧患意识，尽管这样的意识是沉痛的。

斯普瑞特奈克说："现代世界观强行造成了人与周围自然界、自我与他人、心灵与身体之间的破坏性断裂。"传统的"和合"精神被现代体系"金钱主义"取代，导致母性文化的存在忧患，乃至生存家园也危机四伏。

王华的另一长篇小说《家园》也表达了如此忧患意识：人们友爱共处，与山川水木、花鸟虫鱼和谐共生的安沙，就像一个世外桃源，在这里没有纷争，没有勾心斗角，没有杀戮，有的只是蓝蓝的天、碧碧的河、翠翠的山和淳朴的人。随着现代文明的象征物"水库"在安沙的修建，安沙面临着被淹没的困境。其实，安沙正是信奉"和合"精神的仡佬族人的象征，美好家园被现代化进程的新观念逐步碾碎。家在哪里？这位身怀浓浓民族情怀的作家在心底发出对民族未来生存的忧虑之声。曾经经历了险恶困苦的自然历史环境，在石头缝隙间依然坚韧活着的仡佬族人，在现代化进程中遭受价值信念、精神家园的幻灭，面临着生存与精神的双重困境，这才是本真意义上的"困"。

文学民族性的价值在于通过作品实现潜在民族意识的凸显，从而建构其民族性。以人性反思的视角对生存境域进行自我审视，对民族文化价值的追求与探究，展望民族的

未来是以王华为代表的仡佬族民族作家在作品中构建民族性的方式，是其文化精英身份民族自我意识觉醒的主体性选择。

作者简介：

胡洁娜，女，遵义师范学院人文与传媒学院副教授。

参考文献：

[1] 张永刚. 全球化时代西南边疆少数民族作家的文化认同与文学表达[J]. 文艺理论研究，2011（5）：127-132.

[2] 李红秀. 全球化语境与民族文学的异质性[J]. 宁夏大学学报，2005（5）：92-95.

[3] 白崇人. 碰撞惆怅遐思——读《民族文学》2003 年中篇小说[J]. 民族文学，2004（4）：79-80.

[4] 马克思. 1844 年经济学哲学手稿[M]. 北京：人民出版社，2000：57.

[5] 杜芳娟，朱竑. 贵州仡佬族精英的民族身份认同及其建构[J]. 地理研究，2010（11）：2089-2098.

[6] 斯普瑞特奈克. 真实之复兴[M]. 张妮妮，译. 北京：中央编译出版社，2001：6.

王华小说创作的文学意义

张嘉林

【摘　要】新世纪以来，王华以自己小说创作的实绩受到人们广泛的关注，证明了黔北新一代仡佬族作家的崛起，结束了长期以来男性作家主宰黔北文坛的局面，也表明主流文学对黔北仡佬族文学的认同，为黔北文学注入了新的质素，也为黔北文学走向世界提供了一种可能。

【关键词】王华；乡土小说；文学意义

在中国现当代文学史上，黔北作家蹇先艾、寿生、石果、李发模、何世光、李宽定、戴绍康、赵剑平等，以其乡土写作为贵州文学的发展做出了极大贡献，在全国也产生了较大的影响。进入 20 世纪 90 年代尤其是 21 世纪以来，随着市场化进程的加快，原有的价值体系受到冲击，什么经典、英雄、使命、理想，等等，被弃之如敝帚。网络催生了大量的文学垃圾，文学创作不再是什么崇高的事业，变得越来越世俗化、功利化。有的作家心态浮躁，关注的是点击率、市场效益。每年发表的小说多如牛毛，而真正有价值的又有几部？有的作家不愿扎扎实实地深入底层，不愿潜下心来认真读书，想象力缺失，不愿去思考民生问题、精神问题。精神匮乏、缺少形而上品格是这个时代文学普遍的疾症。如此环境，黔北文学难免受到影响，有的作家与文学渐行渐远。令人欣喜的是，还有那么一些作家，能保持一份内心的冷静，继承了前代作家乡土写作的优良传统，坚守着自己的精神家园，创作出一批有价值的作品，王华就是这些作家中的代表之一。

王华自 20 世纪 90 年代末开始小说创作，是贵州五十多年来第一个在《当代》上发表长篇小说的本土作家。2005 和 2006 两年间，《当代》连续发了王华的两部长篇（《桥溪庄》和《傩赐》），按周昌义（《当代》编辑）的说法，对《当代》杂志而言，是大大的犯忌。2008 年，《桥溪庄》获全国少数民族文学"骏马奖"。这是黔北文学以及贵州文学罕见的现象，引起了文学界的关注。本文拟探讨王华乡土小说的文学意义，以期进一步认识黔北文学尤其是仡佬族文学的特征。

一、王华小说注入的新质素

20 世纪 30 年代，黔北仡佬族作家寿生，以其现实主义的写作开创了仡佬族文学的新形式。他对家乡务川的封建意识的抨击（《活信》），对国民党黑暗统治的揭露（《乡民》等），具有浓郁的黔北特色，代表了其时仡佬族文学创作的基本走向。80 年代初，赵剑平以其丰厚的小说创作打破沉寂多年的局面。从《远树孤烟》到《困豹》，作家的视野始终落在黔北农村的现实生活，对传统的反思、对人性的挖掘，成为作家小说创作的主调。尤其是新世纪以后，作家的创作更趋于冷静、客观、厚重。长篇小说《困豹》的出现，表明作家的创作达到一个新的高度。作家所追求的，是超越地域、民族甚至文化的诗意存在，以及对这种诗意存在的担忧，具有一定的宗教精神。与赵剑平同时的作家还有戴绍康，他的小说表现了新时期黔北山民与自然的尖锐矛盾（《在故乡的密林中》），展现了黔北地域的生存状态。进入新世纪，王华（包括肖勤）等仡佬族女性作家的崛起，成为少数民族文学创作的一道靓丽的风景，在全国产生了较大影响。王华小说的意义在于，给仡佬族小说创作注入了新质素。首先，与前代仡佬族作家不同，王华多了一层女性的身份。在中国文学发展史上，女性文学一直处于劣势，五四以后，女性的地位逐渐提高，但女性作家依然屈指可数，文坛仍然由男性主宰话语，尤其是少数民族女性作家，更是少得可怜。王华以自身的创作实绩，充分证明了仡佬族女性作家的价值。其次，就创作题材而言，中国的女性作家很少关注社会底层，更多地是关注知识阶层、都市白领、成功人士。而中国是农业大国，农村人口占了全国人口的绝大多数，农民的生存状态应该成为作家关注的对象。在王华的小说世界里，她始终关注自己熟悉的乡土，始终以农村、农民为创作题材。她对这一题材的自觉选择，彰显了一个作家应有的价值取向。这种价值取向，符合最近习近平总书记在北京文艺工作座谈会上提出的"以人民为中心"的创作原则。她将目光投向黔北农村，以农民工、农村妇女、民办教师等作为小说表现的主体，走进那些被忽略的底层民众，以其独特的生命体验抒写乡村，凸现出深刻的思想内涵。

1. 乡村苦难的冷峻抒写

在黔北文学中，苦难叙事从蹇先艾那个时代就已开始，并卓有成效。20 世纪 90 年代以后的黔北乡村，已经不再是蹇先艾笔下对"老远的贵州"的乡愁抒写，也不是何世光笔下的乡场风情。围绕"发展"这一时代主题，黔北农村结构在悄然发生改变：大量的劳动力离开固有的那片土地，从乡村涌入城市，城镇化的车轮引领农民追求幸福的梦想。而另一方面，这副车轮又在无情地碾压他们的梦想。环境遭受污染，乡村农民的生存异常艰难。这种变化让作家对乡村的文学表达也随之发生改变，其苦难叙事也会表现出不同的时代特征。王华"是土生土长的山地作家，对山地百姓的欢悦与哀痛有切肤之感"[1]。基于这样的生存体验，作家的苦难叙事显得异常冷峻。城里的打工者，乡村的留守人，尤其是乡村女性，成为作家关注的主要对象。王华觉得，现实生活对女人来说，有时候太残酷了。所以在她的笔下，我们看到的是众多的受苦受难的女性形象，看到的是底层众生的生存本相：因工业污染带来的男人死精、女人气胎（《桥溪庄》），被骗婚而侍三夫的秋秋（《傩赐》），在遭受侮辱和毒打时凄苦无助的"母亲"（《天上没有云朵》），"被疯子"的吴本末（《向日葵》）……王华说："人为什么总是有那么多痛苦？"（《伍百的鹅卵石创作谈》）这不仅是王华的困惑，也是人类的困惑。作家对底层人生存苦难的书写，笔调沉重，让人读后有揪心之痛。

王华的视野，不仅仅落在乡村生命个体上，而扩大到了对整个乡村命运的观照。《桥溪庄》，看似一个关于一夫多妻的故事，其实是关于乡村生态环境的深重忧虑。在中国农村城镇化进程中，桥溪庄只是一个被动的客体，无法选择自己的命运。"到处都灰蒙蒙的，植物和菜地全都灰头土脸。每次经过那里，我的心都会痛。""心痛"是作家最真实的情感体验，是小说创作的出发点。

王华小说还涉及城市与乡村的冲突，这种冲突是城镇化进程无法回避的问题。一方面，乡村贫困落后、交通闭塞，人们希望来到城里，融入城市的生活。另一方面，进城又意味着失去土地。即便进了城，他们也试图按照自己的方式生活在城市，会把玉米种在屋顶上（《在天上种玉米》）。这一行为本身，源于中国农民根深蒂固的土地情结。几千年的农业文明，使我们习惯了定居而非迁徙的传统，尽管也有迁徙，但也是为了寻找一个更好的"乐土"。农民对故土的依赖和眷念之情，是城里人难以想象的。小说并非只是"写农民移居城市后的精神空虚"，而是传统与现代的冲突带给作家内心的纠结和焦虑。把玉米种在屋顶上，是传统文明对现代文明的挑战，这挑战本身并非毫无意义：我们在拥有城市化带来的物质便利的同时，似乎也在失去另外一种东西——诗意的存在。另一部长篇《家园》，同样充斥了这样一种焦虑。"家园"应该是什么样子？温馨、和谐，宛如"世外桃源"。城镇化的推进，使安沙庄丢失了原有的韵致，人们不知所措。安沙庄人和黑沙庄人的冲突，实际上是传统文明和现代文明的冲突。这类小说，隐含了作家对城市的拒斥，给读者以这样的思考：人的家园到底在哪里？"诗意的栖居"难道只是文人的幻想？

王华对乡村苦难的抒写，还融进了对乡村教育的担忧。王华有着乡村代课教师的身份和经历，这使她对乡村教育和乡村教师的艰难有着深切的体验。乡村教师，尤其是民办、代课教师的条件很差，待遇很低。爱墨（《旗》）是一个民办教师，40余年一直坚守在大山里的一个村小，默默承受着心灵的痛楚。学生一个个离去，教室越来越空荡。即便没有了一个学生，他仍然没有放弃。爱墨对教育的痴迷甚至让人不可理喻，是否有点类似加缪笔下的西西弗斯？因为在爱墨心中，有一种神圣的东西是他不能放弃的，就是那一面在学校上空飘扬的"旗"，那是他生命的寄托和依归。像爱墨这样的乡村教师，我们是否给予了他们应有的关爱和支持？

2. 人性的深入挖掘

对人性的挖掘，一直是主流文学的话题。比如庄子和陀思妥耶夫斯基，他们都清醒地看到现实世界存在太多的恶——欺骗、伪善、贪婪、暴力，人们无从逃避。不过他们处理问题的方法不一样：庄子是逃避，陀氏是承担；庄子是逍遥，陀氏是救赎。我们不得不承认，人性之恶并没有随着文明的进步而改变多少。在王华的乡土世界里，这种恶"就像潘朵拉的魔盒，一旦开启，所有的恶习全都不经培训可以直接上岗"（肖勤《伤口之上的花朵》）。一女侍三夫，就是极端贫困下人性扭曲的形象展示（《傩赐》），为生计所迫实施暴力抢水的村民，利用权势捕捉"美餐"的村长（《天生没有云朵》），……作家毫不留情地挖掘了人性之恶。

挖掘人性之恶，本是文学的题中之义，但在当下，有的作家无论是写官场还是写底层，无论是写个人经验还是写社会现实，大多潜心于"欲望放纵"的叙事，缺乏向善的导引，更无精神的深度。王华小说的可贵在于，作家在挖掘人性之恶的同时，始终保持一种向善的姿态，努力寻找一种与恶抗衡的力量。

王华说："我们中国女性有很多很多美的地方，特别是那种包容和理解。"所以在她的作品里，女性的宽容、善良、坚强的品格得以彰显。在《女人花》里，作家极力挖掘的是王冰性格中那种宽容体谅的人性之美；《母亲》的成功，就在于小说形象地展示了母亲坚强的精神品格；《好花红》里的花红和苦根，面对命运的无奈，却能执著于公道与正义；《傩赐》里的秋秋，更是这样的典型。作者对秋秋这个女性的宽容、善良、坚韧等品格的刻画，可谓入木三分。这一形象不仅仅表现了反封建（一夫多妻）的主题：在傩赐这块土地上，秋秋是苦难的承担者，她超越了俗世审美而具有了救赎罪恶的终极意义。

二、王华小说具备走向世界的可能

文学要走向世界，首先要有一种文化自信。所谓文化自信，就是一个作家对其自身文化传统和内在价值的充分肯定，对其自身文化生命力的坚定信念。要热爱自己的传统文化，不为外来文化放弃自己对民族文化的信仰。

黔北为仡佬族人的主要聚居地，由于地理、气候等多方面的原因，形成仡佬人崇拜自然、敬畏神灵的思维模式，也是其生存的基本方式。即便经历了长期的民族融合的过程，仡佬族的文学、音乐、戏曲、体育、美术、建筑、饮食、婚葬等诸多领域，至今仍然保留着浓重的仡佬族味道，残留着古代巫术文化的印迹，仍然忽隐忽现地影响现代人的日常生活。由于作家生长在黔北农村，熟悉大娄山下仡佬族民风民俗，对仡佬族文化有着自觉的认同，其"小说就充溢着浓重、深邃又灵气忽现的傩文化的气息"[2]。傩文化是仡佬族文化的重要组成部分。王华在谈及《傩赐》的写作时说过："那是一部描述一个傩神赏赐的村庄，是我创作中带着浓重仡佬族符号的作品。"小说中多次写到的"桐花姑姑"，是傩赐人心中的神，更是傩赐人祈求幸福美好的象征。透过对"我"的迎亲、桐花节狂欢以及丧葬过程的描述，可以看到作家民族意识的自觉。什么是"仡佬族符号"？在我看来，它不仅是如法器、服饰、朱砂之类的物质存在，也是如桐花节、傩戏、婚葬习俗之类的非物质存在，更是这个民族内在的精神品格，比如宽容、善良、坚韧等。尤其是后者，正是作家着力张扬的东西。

具备民族的眼光，更要具备世界的眼光。作家在彰显民族意识的同时，还要能够从其中跳出来，以开放的眼光，吸纳外来文化，拒绝文化自闭。小说的叙事，小说的人物，不仅是本民族精神性的表征，更要超越本民族的精神性而具备人类精神的共通性，这样小说才能走向世界。这种共通性（普遍性）是什么呢？那就是人类普遍认同的价值观，如保护生态环境、尊重人权、弘扬真善美、构建和谐社会等。王华对桥溪庄、傩赐庄、花河等黔北乡村的叙写，其间彰显的生态意识和人性之善，超越了地域界限，具有了世界性的意义。

作家还要具备宗教的悲悯。能够走向世界的，应该是那种具有悲悯情怀的作品。中国不乏一流的作家，如王安忆、王蒙、北岛、苏童、余华、莫言等，但很难进入世界主流社会的视野，获得认同，这有文化差异、语言（翻译）障碍、宗教背景等多种因素。同世界其他文学相比，我们的确缺乏一点宗教的悲悯，也就是李泽厚讲的宗教精神。"中国虽然一直有宗教，却并没有这种高级的宗教精神。中国的实用理性使人们较少去空想地追求精神的'天国'，从幻想成仙到求神拜佛，都只是为了现实地保持或追求世间的幸福和快乐。"[3]宗教精神是超越世俗的、普世的、追问终极意义的一种精神。杜甫"穷年忧黎元，叹息肠内热"，范仲淹"先天下之忧而忧，后天下之乐而乐"，凸显了中国传统士大夫心系苍生、心忧天下，以百姓之痛为痛、以国家之悲为悲的价值追求。这是传统儒家的悲悯，它的欠缺在于：面临世界无可逃避的恶，士大夫们往往会踏入道家的门槛，放弃价值关怀，以换得自我灵魂的安泰。宗教的悲悯与此不同，面对现世的恶，敢于承担，有一种放不下的心肠。莫言的作品获得诺贝尔文学奖，标志中国当代文学进入世界主流社会的视野，是一次重大的文化事件。莫言之所以获得诺奖，就在于他具有这样的悲悯，不回避黑暗和丑恶，书写"灵魂深处最痛的地方"。在莫言看来，"只有跟恶和平共处，善和美才可以放出更加灿烂的光芒"。"跟恶和平共处"，就是一种高级的宗教精神。所以莫言对人类灵魂和社会的解剖就异常深刻，具有强烈的感发的力量。

如同有的论者所言，在王华的小说中，具有一种当今文坛日渐稀少的"人世悲悯"。[4]傩赐庄就是一个苦难的世界，当秋秋知道自己所嫁的不是一个男人而是三个男人时，内心经历了一个年轻女子难以承受的愤怒、挣扎、痛苦和绝望。秋秋想到过死，但她的确没有去死。死是一种解脱，不死意味着承担，后者比前者难得多。秋秋为什么不愿跟随自己所爱的蓝桐走出大山，却选择了和残废的岩影和雾冬一起生活？是怎样的力量让秋秋决定留在傩赐，流着眼泪亲吻那片受苦受难的土地？难道我们"只有叹息，很难评判"？[5]在秋秋身上，我们感受到的是爱的力量、悲悯的力量。"我们确实只能带着痛苦的心情去爱，只能在苦难中去爱！为了爱，我甘愿忍受苦难。"[6]在我们看来，秋秋是在用自己的爱和受难洗涤傩赐的恶，这接近了宗教的悲悯。

人生的无奈在于要面对痛苦和苦难，文学呢？"就是为人痛苦的内心寻找一条出路，或者为一个痛苦的人群寻找一条出路。"（王华《我们已经丢失了文学理想》）出路在哪里呢？其实痛苦、苦难之于人类，就是一个永恒的悲哀，没有真正的解脱之道，如同《红楼梦》带给我们的生命感觉。但一部好的小说，就是一帖好药，能疗救创伤，给人以精神的抚慰，就善莫大焉，也是这类小说存在的价值。"诗人的权利和使命就是在人们心中唤起高于人自身的力量。"[7]

王华的乡土小说对黔北民族文学乃至中国的民族文学有着重要的启示：思考人生，关注社会底层，以民族的、世界的眼光表达民族意识，以宗教的悲悯承担苦难、救赎罪恶，以批判的意识彰显时代精神，应该成为民族作家乡土写作的姿态，也是民族文学走向世界的前提。可以这样认为，王华以小说创作的实绩，为其走向世界提供了一种可能。

当然，王华的乡土写作也有值得努力的地方。最能显现民族意识的就是仡佬族独特的民风民俗，应该成为小说创作极具魅力的部分。怎样将民风民俗融入小说的叙事、融入小说人物的刻画，是作家应该关注的问题。《傩赐》叙写了"我"娶亲的过程，读后让人感觉是少了一点什么。对民俗的把握，作家还应更深入。另外，小说写作涉及性描写，这本无可厚非（如《花河》），但作家应取一种审慎的态度，过多的性描写会无益于甚至会损害小说主题的呈现。

作者简介：

张嘉林，男，遵义师范学院人文与传媒学院教授。

参考文献：

[1] 金黔在线 . 写出山地文学经典华章，2008-11-14 .

[2] 王干 . 可以嗅到气息的小说——评王华的《傩赐》[N] . 文学报，2011-06-20 .

[3] 李泽厚 . 中国古代思想史论[M] . 北京：人民出版社，1985：308 .

[4] 周昌义 . 桥溪庄前言[J] . 当代，2005（1）.

[5] 刘川鄂，王贵平 . 苦难的叙事与文学的关切[J] . 理论与当代，2006（7）：52 .

[6] 陀思妥耶夫斯基 . 中短篇小说选[M] . 北京：人民文学出版社，1982：656 .

[7] 海德格尔 . 林中路[M] . 孙周兴，译 . 上海：上海译文出版社，2004：264 .

谈王华小说的魔幻现实主义

刘 丽

魔幻现实主义是 20 世纪 50 年代兴起于拉美的一种文学创作手法，其特征是"把神奇和怪诞的人物和情节，以及各种超自然的现象插入到反映现实的叙事和描写中，既有离奇幻想的意境，又有现实主义的情节和场面，人鬼难分，幻觉和现实相混"。在似假还真的虚幻画面中，把真实的故事镶嵌于虚幻叙述中，或把魔幻的事象插入现实描写，通过神奇、怪诞、非同寻常的人物和情节设置，将笔下的现实社会塑造成一部现代神话。因此，它所反映的社会现实，是作家"在一种精神状态达到极点和激奋的情况下"发现的具有非常丰富的想象力的现实，带有浓烈的神话色彩和象征意味。

王华的《桥溪庄》《傩赐》《家园》等作品都带有浓郁的魔幻现实主义色彩。《桥溪庄》讲述了一个黔北农村城镇化进程中工业化引发环境污染导致生殖危机的故事。本来没有村庄的地方因为交通的便利和工厂的修建而开始了"城镇化"，村民们从山上搬到了路边，进入了工厂，梦想着美好的未来，但他们没有想到，自此以后，桥溪庄六年不下雪和雨，村民们灰头土脸而又坚硬憔悴。更让人难以理解的是男人死精，女人怀血胎，丧失了生育的能力。李作民的老婆生下雪豆，喊出来的第一句话是"完了"，这声"完了"如同神秘的预言或诅咒，以后的桥溪庄再也没有出现过成型的孩子。在生命本能和自然法则无法表达的压力下，雪果疯了，在癫狂之中强暴了母亲和妹妹，因此被父亲剁掉了一只脚板，导致母亲自杀。王华通过性、生育这样一些带有原始本能的意象描写，在神秘的想象性叙述中对工业污染带给急于摆脱贫困的农民的身心的重创做了深刻的反思。

在《傩赐》中，在"一年四季里只有不到两个月的时间里才有真正的阳光"的"完全被大山封闭起来的地方"，不知哪一年因战乱迁来了一群逃难的难民，从那时起，封闭的环境下就形成了"三个男人共娶一个女人的婚俗"。这种不符合山外人道德观，也不人道的婚俗，一直由于"傩赐这地方到底跟别处不同"而延续下来，山外女人秋秋也就在不知不觉中同时嫁给了大山里傩赐庄三个男人。荒诞的故事安置在特定的背景中，将地域环境、民俗文化、风土人情、丰富的想象融为一体，营造出一种神秘、暧昧的氛围，将贫穷落后与人性温暖展示得恰到好处。

《家园》中描绘了一个隐藏于世外的清新闲适、自在随意、安宁谐和的桃源——安沙，在这里，人与山水草木、鸟兽虫鱼和睦相处。"每天，依那就坐在河滩上在抽烟斗，等着有人叫他渡船。阳光给他的脸上了釉，淡紫色的烟把影子投到他脸上摇曳，他的眼，像两只黑鱼。头发有些花了，白的黑的在太阳下都还能闪亮，额上的皱纹也不挤，只有三条。太阳很暖和，依那棉衣扣子解开了，棉鞋也脱了放在一边儿，一只小水獭蜷在他的鞋壳里打呼噜。他的身后不远处，一只野猪把半个脸埋在沙里晒太阳，一只长黄色虎斑的猫伏在它的脖颈处，眼睛虎视着水里。突然，它的身体如缎一般开始流动，从野猪的脖子上流下来，流向水边，黄光闪时，扑通声已响起，再看那猫，已到岸上，浑身水淋淋，嘴里叼着一条花斑鱼。依那扭头看猫，脸上的阳光碎了，掉进水里一跳一跳地闪。一般这种时候，蜷在依那鞋壳里的水獭会伸出头来为猫唱一首歌表示敬贺。有时候，村子那边还会传来一两声直直的山歌，很高吭，很辽远。或者就是娃娃们在喊童谣：'猫爱鱼啊，野猪爱菜，我们爱太阳天天晒。'"在传统农耕生活中，村民自在自为，康健长寿。但由于修电站，安沙人的宁静生活被打乱了，他们满怀憧憬地搬到新的居住地黑沙的冰河，希望适应"文明社会"的生活方式，但却弄得一塌糊涂。满地汹涌着地乌龟，蚂蚁布满家家房屋，吃的粮食不能解决，只能靠搽皮鞋、打工等挣微量的钱生活，遭遇的是坑蒙拐骗、欺哄讹诈，精神上也遭遇到从未遇见过的劫难，于是，二十多位百岁老人集体自杀了。小说在荒诞的描述中，表达了作者浓郁的家园忧思。

在王华小说创作中，几乎贯穿着魔幻现实主义的艺术手法的运用，在变幻莫测的神秘氛围中，为揭示农村苦难、思考人类生存环境及现代化的意义等思想主题做了有益的探索。因此，王华的魔幻现实主义，就带有自己独特的特征。

与马尔克斯的魔幻建立在拉美那片神秘的土地上一样，王华的魔幻也是建立在黔北这块特殊地域上的。生活在崇山峻岭中的黔北各族人民，受着地理环境的限制，有着独特的历史文化发展进程和历史、地理、社会、民情、心理积淀，有独特的历史、独特的气质，自耕自足、信鬼尚巫至今仍为不少村民的生活方式。但是随着时代的进步，它也受现代文明的冲击。王华笔下的桥溪庄、安沙、傩赐、三桥，无不打上黔北地域的烙印，也无不具有鲜明的时代特征。虽然叙述中大都没有指出具体时间，作者尽量淡化背景，但通过阅读小说我们不难发现其背景，谁都看得到桥溪庄是因为公路修通后再修建了一个水泥厂而建立起来的村庄，安沙是因为修水电站而遭遇搬迁，王红旗在三桥民工整体搬迁到北六环后产生了要在"天上种玉米"的想法。王华将故事放置于一个表面模糊而实际上非常清晰的背景下来讲述，在多种视野相混合的表达形式下，让读者置身于真与幻的双重语境中，透过魔幻折射出现代化冲击下黔北农民的魔幻化生活与心理，多层次、多角度地表达了乡村生存的艰难无奈及乡民所承受的精神苦难。正如陈建功所说："王华以敏锐的艺术触角直抵社会一隅，准确地把握、理解渴待脱贫的农民现实生存状态，字里行间，处处体现出作者对贫困地区农民的人性关怀"。

在艺术表现手法的运用上，王华小说多采用怪诞、象征、不同的空间对立等，具有很强的魔幻现实主义特色。初读王华小说，总感觉虚构和想象的成分颇多，如《傩赐》中在浓雾笼罩下只有白太阳的那片边地，三个男子讨一个老婆的风俗；再如《家园》中古老淳朴、仿佛不食人间烟火的安沙；《桥溪庄》中六年没有下雪和雨的憔悴的村庄和绝育的村民。这些在实际生活中似乎都显得夸张，但是，只要我们深入黔北的乡村，就可以看到作者正是在离奇的情节和令人难以置信的事件中以独特的视角、深彻的感悟中发现了另一种真实：西部农村的贫穷一样十分严重，中国传统的乡村文化正在遭受解构，乡村文明在现代化进程中正在被摧毁。对于这一切，大家都有共同的感受，但大多数人都没有像王华那样痛心疾首地表达她的忧思。王华正是在这样一种夸大、魔幻的描述中，用清晰的意象把我们感受到的现实展示出来，触目惊心。不仅如此，为了强化表达效果，在结构上，王华常将故事发生的时间模糊化，留给读者自己体悟、分析；小说的故事发生地，大都是一个相对自足的封闭空间，表面上与外界没有联系，但仔细分析，故事的发生发展无一不与整个社会密切相连。如桥溪庄水泥厂天空总是灰蒙蒙的，村庄里没有一棵树，村里的壮劳力不管男女都在厂里干活，"被自己弄出来的灰尘包裹着，喘粗气，流大汗"，暗示出严重的工业污染导致生态的破坏带来男子死精，女子只怀气胎、不怀血胎的悲剧，这里，"作者显然并不着意营造一个现实乡土世界的纸上模型，没有把对现实亦步亦趋的模仿和使读者以之为真当作创作的指归，而是力图在这样的时空界说下，摆脱那些可能的束缚，直指当下乡土生活的本真，展示农民本质的原初的生存困境和精神磨难，呈现一个能够为读者体验得到的世相人生"。正是在这样的表达中，获得了一种"'似是而非，似非而是'的含混效果"①。

着力于环境氛围的营造，是王华魔幻现实主义的一个重要组成部分。"最富有的就是灰尘"的灰头土面的桥溪庄，纯净、明丽、古朴的安沙，"一年四季里只有不到两个月的时间里才有真正的阳光"的傩赐，远水县"那静静的夜晚"，作品通过对这些氛围的烘托与营造，使小说的叙事显得神奇而具有趣味，现实的事物与非现实的事物交织在一起，主题显得隐曲而意蕴深远。

魔幻现实主义是通过"魔法"所产生的幻景来表达生活现实的一种创作方法。魔幻是工具，是途径，表现生活现实是目的。用魔幻的东西将现实隐去，展示给读者一个循环往复的、主观时间和客观时间相混合、主客观事物的空间失去界限的世界。正如安徒生·因贝特所说："在魔幻现实主义中，作者的根本目的是借助魔幻表现现实，而不是把魔幻当成现实来表现。"王华小说采用魔幻现实主义表现手法，其根本目的同样是表现在现代化进程中许多我们今天无法说清而又确实是问题的问题。

作者简介：

刘丽，女，遵义师范学院地方文化研究中心副主任、教授。

---

① 田祥斌：《英汉歧义与文学》，中国环境科学出版社 1999 年版，第 154 页。

乡土故事的另一种讲述

——论王华小说的叙事特点

唐燕飞

王华一系列有关乡土故事、乡土文化的作品，如《桥溪庄》（获第九届全国少数民族文学骏马奖）、《家园》《傩赐》《花河》《在天上种玉米》等，表现了作家杰出的艺术才华和创造性的想象力，把贵州乡土文学的创作提升到了一个新的高度和层次。王华的乡土叙事，既没有刻意以"俚俗""乡土"作为叙事特色，也没有将少数民族身份作为标签进行符号化的写作，而是源于对贵州乡村的真实体验，对乡村文化价值的深刻反思，在冷峻理性中又带有一定的神秘性与想象性，呈现出一种与众不同的风格。

一、现代文明下的家园失落

在长篇《桥溪庄》中，王华虚构了一个被水泥厂污染的桥溪庄，揭示了现代工业文明给生态环境带来的灾难性后果，给人们带来的毁灭性命运。桥溪庄是一个省道旁边的移民村庄，村民们迁移到那里，是为了到公路边的水泥厂打工挣钱。由于水泥厂对自然环境的长期污染，各种怪现象在桥溪庄接连出现：长年不下雪不下雨，男人不育，女人怀气胎。大家认为这些奇怪现象的出现是由于神灵的惩罚，于是凑钱修庙塑观音菩萨像，但一切仍然是徒劳，一幕幕悲剧继续发生，桥溪庄陷入一种由生育危机带来的恐慌与焦虑中。水泥厂表面上给贫困的村民带来了物质收入和现代交通，实则不仅使他们离开了家园，而且给他们造成了不幸的生理缺陷和巨大的精神痛苦。

长篇《家园》也同样表现了在现代文明冲击下家园的失落和心灵的隐痛。黑沙钢铁厂的老工人陈卫国在一次游行示威中惹上人命案子，儿子与他断绝父子关系，又被医生告知已到癌症晚期。他"心如死灰地走向一个自以为是通向死亡的地方"，却在无意中来到了一个叫安沙的村庄，这里山清水秀，民风淳朴，如同人间天堂，"连死亡都那么有诗意"。陈卫国以依那这个名字在安沙开始了一种安宁祥和、返璞归真的新生活。在小说中，陈卫国的绝症隐喻了现代人的心灵危机和现代城市的灾难命运，而安沙庄让他"原本被判了死刑的生命奇迹般茂盛起来"，则象征着人在返回自然山水后的重生。

因为修水电站而要整体搬迁，安沙人踏上了去往冰河庄的路途。他们被迫去接受和自己不同的语言和生活方式，由好奇到惶惑、懊悔，甚至想重回安沙。可是那座美丽的村庄已经埋在了水底，他们已经无家可归，曾经人与动物、与大自然的和谐相处只能成为安沙人心中美好的记忆。

在《在天上种玉米》中，三桥村的年轻人出外打工，最后集体迁移到城市边缘的村庄。老村长王红旗试图将现在居住的善各庄改名为三桥，让全村人都将村庄叫作三桥。同时，由于失去土地，他又突发奇想打算在屋顶上铺土种玉米，希望留住传统乡村生活的记忆。小说中这些似乎可笑的情节实质是对农民失去土地、离开家乡后所产生的文化疏离感、家园失落感等微妙心理的一种放大展现。

作者充分揭示了这些"边缘人群"在生存空间迁徙后处于无根处境的失落与茫然心态，促使我们做出思考与质询，即现代工业文明的发展是否要以人与自然的失衡、心灵家园的失落为代价？如何化解现代文明的伴生问题？在巨大的社会变革面前，底层人物应该做出怎样的生存选择？

二、生存困境中的人性异化

《傩赐》写的是极度贫困的傩赐庄"一妻多夫"的奇特婚俗。腿有残疾却美丽动人的外乡女子秋秋在不知情的情况下嫁到傩赐庄，和老二雾冬生活了一个月后，才发现自己是岩影、雾冬和蓝桐三兄弟共同凑钱娶进门的。秋秋决定去告傩赐庄的人，最后的结果是由村长陈风水做主，让秋秋只跟雾冬和蓝桐两个生活，由雾冬和蓝桐归还岩影凑的彩礼份子钱。秋秋爱的是老三蓝桐，为了过上正常的生活，她和蓝桐拼命赚钱来还债，甚至在怀孕后还偷偷去煤矿挖煤，终于导致流产。在筹划和蓝桐逃跑时她又发现自己怀上了雾冬的孩子，经过痛苦的挣扎，秋秋选择"当娃的爸的老婆"，永远地留在傩赐。不幸的是，雾冬去挖煤还钱又造成了半身瘫痪，大哥岩影照顾雾冬一家人，放弃了要回份子钱。当蓝桐从山外赚钱回乡后，秋秋宣布自己将和雾冬、岩影一起生活，因为她知道蓝桐的心"并不属于这里"，蓝桐再次离开。

傩赐人的共妻习俗是因为贫穷，三兄弟互相猜忌、敌视、争夺、斗殴，为了秋秋而反目。鲁迅在论及悲剧社会性冲突时指出："悲剧是将人生有价值的东西毁灭给人看。"[1]我们看到，在傩赐这个地方，亲情、爱情甚至连做人的尊严都在生存的困境中难以保全，人性在极度的贫困下产生扭曲，手足之情也在共妻的习俗下被破坏；秋秋则感到荒唐、羞耻，极力抗拒却无法改变自己的命运。这样的社会悲剧并非虚构，作者曾表示小说的创作灵感来源于正安县的一个偏僻村庄，这个村庄因为很贫穷，留下了几百个光棍，写作《傩赐》的目的就是"让人们去关注这样一个群体"，了解他们的苦难与不幸。

《花河》以 20 世纪的时代风云为背景，刻画了花河岸边形形色色人物的命运与相互关系，展现了社会变革下黔北乡村的历史画卷。一场突如其来的"鱼鳅症"使白芍和红杏成为孤儿，姐姐白芍心机过人，为了和妹妹能过上衣食无忧的日子，她谋划把自己嫁给一个"一直被她们称为王土爷的地主"，成为他的"二婆子"，并最终达到了目的。但在中华人民共和国成立后的土地改革中，白芍却因为地主婆的身份成为专政对象。在新的生存危机下，白芍重新审视了当年被她拒绝的贫农，现在的民兵队长王虫，又处心积虑地嫁给他，为自己找到新的保护伞。她认为自己"10 多年前选择王土是对的，现在选择王虫也是对的"。小说在政治运动的大背景下，表现人在绝境中的趋利避害，表现了真实的人性异化过程。白芍的自私冷酷、善于算计，都是那个特殊时代的产物。所谓"仓廪实而知礼节，衣食足而知荣辱"，当衣食无法保障时，道德感、羞耻心就无足轻重了，人性的扭曲其实是有深刻的社会原因的。

而在《桥溪庄》中，桥溪庄的人们在生存需求与情感需求无法得到满足的情况下，生理、心理和行为上都发生了强烈的异化。雪果因为恋人雪朵的离去和死亡而疯掉，妻子田妮因忍受不了他的粗野蹂躏离家逃跑，更致使他精神彻底崩溃，甚至心理变态，强暴了自己的母亲和妹妹，并因此被父亲李作民剁掉一只脚掌。接着，母亲喝敌敌畏自杀，妹妹雪豆也疯癫失踪了……王华在谈到《桥溪庄》的创作时提及，这种毁灭性的家庭伦理悲剧也是有生活原型的。

此外，《天上没有云朵》描写了在两个村子抢夺水源的械斗中，男人集体侮辱邻村一个去偷偷放水的妇女，使得她最后在羞愤中自杀。《出息》讲述农民工吴出息因为拿不出钱来救治变成植物人的母亲，将还未咽气的母亲直接送去火葬场。在这里，人性的冷漠、亲情的异化只是因为生活的窘迫，读之令人唏嘘不已。

自然环境的恶劣，物质生活上的匮乏，文化的落后封闭，城市文明的冲击，这些都使农村苦难深重。作家不动声色地向我们展现了那些焦灼的心灵、负重的感情、扭曲的人性，使我们感受到一种让人窒息的震撼，从而对历史进行反思，对社会现状产生忧患意识。

三、乡村寓言的魔幻书写

王华的小说正如樊星在谈及中国当代小说时所说："既借鉴了西方的创作理念和手法，又融入了中国作家对民间神秘文化和地域文化的独特理解。"作者将虚构、象征、隐喻等魔幻现实主义手法与本土民俗文化传统结合，再加上她丰富的想象力，演绎出了一幕幕让我们觉得既荒诞不经又似乎真实可信的场景。

桥溪庄六年没有下过雪和雨，村庄里没有一棵树，雪字辈的男人和女人丧失了生育能力，这些怪异现象似乎潜伏着某种诡异不祥的征兆。这种诡异在雪豆身上表现得尤为明显，她刚刚出生来到桥溪庄就喊出"完了"，之后几岁一直没有说话，她喜欢猫，与猫群为伍，猫死了后，雪豆把它装在棕袋里挂到庄子外的树上。此外，雪果种种失常的举动也如同疯魔。作家将现实世界和想象世界有机结合，艺术地再现了工业化的发展致使自然生态环境日益恶化，黔北农村遭受到毁灭性污染，村民身心健康遭受破坏的生存现状。作为一部表现乡村生活的苦难寓言，《桥溪庄》具有很强的警世意味。

在《家园》中，王华继续运用魔幻现实主义的手法，魔幻元素一次次出现：如安沙人用巫术治好了嘴唇开裂的小孩，并分析孩子的病因是他的爸爸有了外遇，是报应。安沙人养的地乌龟可以变化大小，忽隐忽现，还有神奇的解毒功能。依那吃下地乌龟，尸体永不腐烂成为干尸"曹操"，成为冰河庄用来吸引游客的"旅游资源"……王华寓真实于荒诞中，用奇特的想象、曲折的手法写出了安沙这个"世外桃源"曾经的安乐和最后的毁灭，传统文化在现代文明冲击下的无力与茫然。

《在天上种玉米》也是一部带有寓言性质的作品。王红旗带领村民在北京城里刨土盖屋顶，种在屋顶上的玉米就像魔术师悬浮在空中的一块块绿色魔毯。儿子王飘飘建议大家把租来的房子买下，把"善各庄"改为"三桥"，让"三桥"的村民可以把屋顶变成土地，永远在天上种玉米，因为"庄稼人没了地，就会浑身不自在，总觉得这地方不是家"。他们代表了农村移民执着的土地情结和朴素的人生理想，即使这种想法不被城市理解和接受，他们也并不放弃，仍然以自己的方式寻找并重建精神原乡。从"三桥"到"善各"，再由"善各"到"三桥"，不是简单的回归，而是一种耐人寻味的嬗变。

在王华的小说中，"六年没有下过雪和雨"的桥溪庄，远离现代文明、人与自然和谐相处的安沙庄，"一年四季里只有不到两个月的时间里才有真正的阳光"的傩赐庄，漂移在城市边缘、上空浮着一片绿的三桥庄，构成了既具有现实背景又充满魔幻色彩的乡村镜像。正是由于众多魔幻意象群的营造，王华小说的叙事才显得神秘而别具特色，小说的主题才显得隐曲而寓意深远。

四、民族文化的自觉表述

民族文化是民族身份的一种标识，作为仡佬族作家，王华发现并激活了深埋心底的民族文化情结，在民族书写中，将对祖先的遥远追问、对生存的朴素思考、对自然的尊重敬畏，演绎为承载民族历史的语象、句象和意象。王华的小说中有不少对仡佬族文化的描写，但这些描写不是将本民族的民俗文化资源原封不动地再现，而是加以演变和改造，并融入作家的民间想象，使之巧妙地与小说情节相结合，起着推动故事、渲染气氛、烘托人物的作用。

在《傩赐》中，对傩赐庄的民俗就有着不少生动描写。如在写过"桐花节"时，作者用了一章的文字来浓墨重彩地描写节日活动，这并非仅仅是民族风情的展示，而是和人物性格的演变及故事情节的发展结合起来的。秋秋扮成"桐花姑姑"，并因此了解到了"桐花姑姑"为拯救族人，嫁给三个男人繁衍傩赐的传说。这一情节的安排既是为了追溯傩赐人一妻多夫婚俗的来历，也是为秋秋最后接受自己的婚姻状态做铺垫，让其获得一种心理认同。秋秋由最初的反抗到最后的妥协，过"桐花节"起到了暗示、教化、引导的作用。

虽然作者有意识地模糊了傩赐人民族身份的归属，"一代一代的祖辈，只告诉傩赐人要过桐花节，过桐花节要穿这样一身盛装，但并没有告诉过我们是什么民族。就是说，傩赐人不知道自己是什么民族"，但她所描写的傩赐人的节日着装、庆典仪式等，其实是带有浓重的仡佬族文化印记的；而"桐花节"虽是作者的虚构，小说中的玉米干饭、油茶等食物以及男女对歌、唱傩戏、打篾鸡蛋、舞高脚狮子等活动，也都是仡佬族的风俗习惯。

《家园》中则写到了安沙人在过"阿依节"时拜祭竹王的情景：老人对远方的竹王唱歌，把盛满了肉和糯米饭的竹筒放进水里献给祖宗。这些描述都让我们联想到仡佬族面对神树拜祭山神的习俗，而肉食和糯米食品也是仡佬族喜欢食用的食品。

在王华对母族文化的溯源、再现与重构中，我们感受到了她对自身民族身份的回归意识，以及彰显民族特性的文化自觉。

结　语

在当前多元化的文化环境下，王华坚守乡土文学地域性、民族性的创作传统，致力于富有地域和民族文化个性的文本书写，并成为贵州颇具代表性的作家。但是，我们要看到，对于黔北地区以及仡佬族来说，文化的边缘性和弱势性是显而易见的，这使得很多时候，人们可能对乡土小说中的另类文化元素更感兴趣，譬如那些原始、奇异、幽暗的内容。在王华小说中，除了那些对黔北乡村古朴、原生态民俗风情的描写外，对人的劣根性、本能、肉欲等大胆直白的表现，以及出卖、背叛、偷窥、乱伦、强暴、毁灭等情节内容，这些较多的自然主义描写，让人读了之后感觉非常压抑和沉重。

小说中表现出来的异质文化或许能满足主流文化、精英文化对黔北落后地区生活状况、对少数民族文化习俗的陌生化期待视野，但我们认为，文学作品还是应当注重一种审美表达，文化寻根或是生态写作最好规避主流意识形态对乡土文学、少数民族文学的想象与期待。美国文学家威廉·福克纳指出："作家的天职在于使人的心灵变得高尚。"[2]在书写底层、书写苦难的时候，应该更多地展现人性的温暖与光辉，将苦难生活提炼为一种民族生存的沉痛体验，使苦难书写升华为对道德观和价值观的完善，这样，小说才具有一种深入人心的力量感与崇高感。

作者简介：

唐燕飞，女，遵义师范学院人文与传媒学院教授。

参考文献：

[1] 鲁迅. 鲁迅全集（第1卷）[M]. 北京：人民文学出版社，1981.
[2] 美国作家论文学[M]. 刘保端，等，译. 北京：生活·读书·新知三联书店，1984.

浅析王华小说的问题意识

褚连波

【摘　要】王华小说以深刻的问题意识与深厚的现实积淀超越了一般的新写实与新历史主义小说，提示了新世纪中国当代小说发展的一个崭新的方向。王华小说对苦难的书写具有跨越民族与地区的广泛性，呈现出多角度多层次的特征，这与她切身的现实体验以及深蕴的悲悯情怀密切相关。

【关键词】王华小说；问题意识；现实积淀；悲悯情怀

20 世纪 90 年代末期，黔北仡佬族作家王华开始了文学创作的尝试，2000 年发表小说（第一篇小说《村小》），此后她创作了十多部中长篇小说，代表性的有《雪豆》（原名《桥溪庄》，2005）、《傩赐》（2006）、《在天上种玉米》（2009）、《家园》（2011）、《花河》（2013）等，迅速成长为贵州具有代表性的当代作家。王华是当代作家中能够熟练掌握魔幻现实主义手法的作家之一，她将这一手法与贵州的历史文化、现实情境及其地域风情融为一体，极大地丰富了小说的艺术表现力[1]。王华的小说具有敏锐的问题意识、深厚的现实体验与浓重的悲悯情怀，她善于讲述故事，作品富有理性的审视意识与感性的抒情色彩。

一、研究述评

王华小说研究集中在 2005 年之后，主要是因为她的长篇小说在《当代》上的连载和"中国作家网"等的大力推介。王华小说研究代表性论文有刘川鄂、王贵平《苦难的叙述和文学的关切——评王华的中篇小说〈傩赐〉》（《理论与当代》，2006）、梁波《走进一种别样的乡土：论仡佬族女作家王华的小说创作》（《遵义师范学院学报》，2010.2）、杨丹丹《城市文明与乡村文明碰撞下的完美契合：论王华的〈在天上种玉米〉》（《文学界（理论版）》，2010.3）、赵洁《木耳村那面旗的隐喻：评王华的小说〈旗〉》（《当代文坛》，2010.6）、张羽华《城市化进程中的现代乡村抒写：读王华长篇小说〈桥溪庄〉》（《名作欣赏》，2011.18）、文静《从〈桥溪庄〉看王华的生态文学创作》（《凯里学院学报》，2012.4）、谢廷秋《家园忧思录：生态视域下的仡佬族作家王华解读》（《文艺争鸣》，2012.11）、张羽华《新世纪王华小说的底层叙述》（《文艺理论与批评》，2012.5）、马沙《王华印象》（《理论与当代》，2013）、赵帅红《乡村小说中苦难主题的呈现：以仡佬族女作家王华和肖勤的创作为例》（《铜仁学院学报》，2013.6）、向贵云《传统伦理与现代理性的双重博弈：从〈傩赐〉看王华小说创作》（《山花》，2013.14）、秦越《如此荒唐，如此纠葛，又如此圣洁：

读王华〈俫赐〉》(《名作欣赏》，2013.15)、陶俊《民族作家王华〈家园〉的人类学解读》(《西南石油大学学报（社会科学版）》，2014.2)。

以上的研究成果，主要从底层农民的苦难叙事、传统文化与现代化的冲突、工业化与生态问题等角度进行了阐释，对王华的小说对所体现的悲悯情怀进行了肯定。研究者更多地关注了王华的西南地区少数民族作家的身份，并对其小说所描绘的民俗进行了分析，肯定的意见认为，王华的小说的民俗描写是成功的，如梁波的《走进一种别样的乡土：论仡佬族女作家王华的小说创作》认为，王华小说所描写的风俗文化超越了民族（仡佬族）或地域（黔北或贵州）的范畴，可以引起读者的好奇心，又避免了炫耀民族文化的嫌疑。否定的意见认为，王华小说对地方文化（少数民族文化）的描写没有能够形成特色和规模，如龚德全的《"边缘"如何文学——贵州作家王华长篇小说〈雪豆〉读后》关注处于边缘地位的少数民族作家如何既与主流相契合又能保持民族地区的特征，提出王华作品的不足之处是对地方风景的表现不到位，没有深入到民族的"心史"中。

此外，2009 年，"中国作家网·北大评刊"中发表了陈新榜的《看〈人民文学〉》，对王华的小说《在天上种玉米》提出了批评："第 2 期头条王华《在天上种玉米》（中篇）写农民移居城市后的精神空虚，可是结构支离枝节蔓生，令此主旨完全被事件淹没。"[①]这个批评是切合实际的，事件纷繁是王华小说的特点，这与王华在小说中力图全面及时地反映社会问题有关。

王华小说具有开和纵横的历史视野，具有强烈的人文关怀与问题意识，超越了一般女性作家忧郁细腻的个人化书写。王华的小说着力描写的是中国现代化进中的小镇与乡村中人的生活与命运，这种生活即是整个中国尤其是乡镇社会生活的缩影，这里的小城镇与乡村是受到现代化影响最为深刻也最为痛苦的文学场域。如果可以暂时放开王华的少数民族作家与女性作家的身份，我们就会发现，她的小说其实是超越了民族性、地域性与性别视角，更广阔地展现了中国乡镇在 21 世纪的生存图景与精神构成。王华小说的民俗风情（或者说是地方色彩）描写缺乏鲜明的地域性与民族性，其实正说明了她对整个中国社会现代化进程中呈现的社会问题的广泛关注，她笔下所描写的文化是一种整体主义的文化，最多只具有地域性，而不是民族性，属于人类的集群记忆之一，如吃炒油茶、"桐花姑姑"的风俗以及二三男子共妻的现象的仡佬族特征的淡化[②]。王华对乡土的关注和认同，也超越了民族性与狭窄地域性（黔北）的表现领域，因为现代性进程中乡镇农民生存问题与精神维度的演变与其说是民族性的，不如说是整体性的或国家性的。

二、敏锐的问题意识

王华的小说强烈地表现出对现实的关注，她热烈地探讨着重大的现实问题，多角度

---

① http://www.chinawriter.com.cn/2009/2009-07-21/74453.html。
② 王华在小说《俫赐》中写到桐花节的来源，但却说村人并不知道自己是哪一个民族的。

多层次地表现社会问题与传统问题，超出了新写实小说对生活流水线式的叙事，消除了新状态小说的玩世不恭与刻意求新的弊病。王华对历史的描述与阐释带有着新历史主义的倾向，她倾向于从民间立场来看待重大的历史变迁，展现了以欲望为核心的民间历史发展所受到的个人选择的影响，揭示了历史的偶然性特征，同时也表现了个人在社会历史进程中的挣扎与反抗[2]。王华小说所描写的问题主要集中在以下几个方面：

1. 传统与现代的冲突

《歌者回回》着重描述了传统文化的传承与继承者的生存问题。面对着现代化的生活，乡村社会的人们始终处于矛盾之中：一方面，他们无法舍弃传统文化，另一方面，他们在实际上放逐了传统文化，这导致了传统文化无以为继的局面，同时，也导致了文化继承者的生存与身份的尴尬。回回所在的县城，重视"离歌"，尊崇善唱"离歌"的女孩回回，但同时却又忌讳这一行业，回回从懵懂入行、备受尊敬到爱情失意、被骗失常（无钱的孝子的在父亲授意下的爱情欺骗与忏悔）再到超离凡俗、回归纯真（免费为无钱的孝子唱"离歌"解忧），回回戏剧性的人生的导演者就是那些既重视传统文化又蔑视其继承者的乡镇上的人们。

《家园》写传统与现代文化的矛盾与冲突以及人的自我选择问题。安沙人放弃了依那寻找的又一个伊甸园而选择了世俗的生活，现代生活与文明的魅惑让安沙人失去了赖以生存的物质与精神家园，同时也给现代社会带来了隐患。依那的儿子放弃了最初所选择的权势生活，回归了亲情与真实，得到了内心的安宁。传统文化的毁灭除了现代文明或文化的入侵之外，还有这种入侵带来的人的心理的改变。

《傩赐》写的是在与世隔绝的高山之上，恶劣的生存条件下，生活于现代的人们对传统习俗的默然接纳。三个丈夫一个妻子的习俗，在传说中是由女人提出的，但在现实中却是因为欺骗而存在，不过最终的结局是女人坦然地接受了这种习俗，其初衷却与传说中的"桐花姑姑"一样富有牺牲精神。

2. 农民的生存与繁衍问题

《回家》写农民工返乡问题。因为工厂不景气被辞退却说成是放假过年，其他的人也都为彼此圆着谎。买了很多东西给相邻，吹嘘着自己的厉害。管社会甚至吹嘘自己是坐软卧（为了让父母开心有面子）回来的，是混社会的（为了在陌生人或朋友面前有面子），他的卧铺只买了一段路，他的东西都丢了（帮了一个走路回家的被偷了，那个人竟然给他留了一袋食盐）。管社会善良，把钱给叔叔（管粮）一家人，自己扒车。

《桥溪庄》中的李作民（曾经是水泥厂的厨师，所以有生育能力）与妻子（患有肺结核）的最后一个女儿雪豆难产，出生时不哭，只喊"完了，完了"。此后庄子上的女人都不生孩子，不怀孕，即使怀孕，几个月以后放一阵屁之后肚子也会小而孩子也没了。男人最后去检查，得了死精症。女人不是疯了（性的变态）就是跑了。只有外面来的男人才有生育能力，即使买了老婆也是无奈。男人们都在水泥厂做工，是因为有了厂子资源把家搬到这里来的。一个女人为了生存，在告诉公路上卖煤渣，故意洒水结冰，一次散煤渣时被卷到车轮下死去。生存的艰难与繁衍的困境。人为了生存所做的选择使得人丧失了繁衍的能力却不自知，长远的问题与眼前的问题该怎样解决？人对现实和自身的认识要怎样才能和解？

《天上没有云朵》里的黑溪村干旱缺水，黑溪门蓄水，牛角村护水。村长睡了全村的女人，除了"我"（小妮）的妈妈，她拒绝了村长经由陪睡所提供的捷径，也去参与了村子抢水的械斗。械斗发生前村人全部撤离，以防报复，"我"与小伙伴们逃出去在山上看械斗，发现房子等被砸了很兴奋。"我"的妈妈去找相好的要水，却被牛角村的五个男人轮奸了，果子妈趁机放水，全村稻田因而得救。妈妈最后事发上吊死了，爸爸带着我们把村长家烧了，村长和他的女人被烧死了。

《在天上种玉米》反映的是农民与土地的问题。三桥村（播州一个偏僻的角落）整体搬迁到北京六环东北角的"善各庄"，老村长王红旗想让村子保留"三桥"的名字，为了更名，他带领村民王冲锋东奔西跑，而最后得到的答复是"研究研究"。王红旗对于村里人打麻将深恶痛绝，先是订立村规，后是罚款，最后找到了解决的办法——找田种，带领全村人挖土放在房子上做成田地，房主先抗议后收了租子了事。王红旗的儿子王飘飘从混黑社会到搞建筑，有些吊儿郎当，但讲义气、孝顺、有头脑，为了断绝黑社会的纠缠，切断了左手三个手指头。鼓励全村人赚钱攒钱，一年后就可以买下善各庄，这样就有了自己的房子，就可以改名了。

《花河》可以看作一部新历史主义的小说。对大历史变换中的小人生进行细致的描绘。白芍与红杏是姊妹，她们的人生走的是不同的道路，性格也不同。白芍是积极进取的人生，她一直目的明确，颇为精明，但她的一切筹谋抵不过从民国到共和国的历史巨变。她无法预测未来，只能靠自己的小聪明以姿色达到自己的目的，最终失去了一切（王土——不是恶霸，游手好闲却被枪毙，她的老婆心狠手辣，却得以存活——历史的荒诞与荒谬；王虫因为穷而被白芍抛弃，却当了共产党的兵，成为土改干部，白芍再次投奔到他身边，受尽凌辱），但她又豁然顿悟，成为具体博爱情怀的女性。红杏则对命运没有过高的要求，她选择跟随自己的心，选择自己爱的人并死心塌地地等待，最终守得云开见月明，虽然历经坎坷，但无愧于心。红杏善良，即使对凶恶成性的地主婆（巫香桂）也一样，照顾着这个"傻子"（装傻）。

3. 农村教育问题

一是反映民办教师问题，如《香水》，讲述的是作为镇中心完小的民办教师的父亲彭人初（上半身村里最英俊，两腿小儿麻痹）与香水的缘分。他爱慕一个漂亮女性（同事陈丽丽），和她聊口红，被崇拜有满足感。被迫结婚后，他把老婆张丽看作陈丽丽，他不喜欢张丽，而张丽也只是为了他即将成为公办教师的身份而嫁给他。陈丽丽陪丈夫吸毒而死，彭人初特别疼爱的漂亮女儿红豆却去卖淫，擦的是和陈丽丽一个牌子的香水。他气得瘫痪，老婆背着他去赶集喝豆花酒，失去了最心爱的女人和女儿，他却和老婆的关系缓和了。

《向日葵》中的民办教师吴本末没考上公办教师，被辞退回家，因为房屋漏雨淋湿了前来躲雨的陈镇长而被定为特困户。老婆吴晓敏觉得失望，恰逢镇长要和他家接帮扶对子，他老婆十分愿意，遭到他的极力反对，他找到镇长坚决要求放弃。儿子吴浩瀚支持他，但考虑到自己的学业，也放弃了，并默认了陈镇长也是后来的陈县长干儿子的身份。家人和镇长都以为他是疯子，最终被送进精神病院，从那里逃出后，又主动回去，整日在墙上画向日葵，放声大笑，自由自在。

二是儿童教育问题。如《旗》（木耳村、三桥镇）中描写的民办教师与并校问题以及自闭症孩子的教育问题。木耳村的民办教师爱墨在小学并校之后，依然每天升旗，最终一个自闭症的孩子成了他唯一的学生。这个学生只喜欢旗子，只认识各种与旗相关的词语与句子，只要用旗子作为教学方式，他就能安静地上课。镇上来的领导检查时说弱智的孩子需要上特殊学校，爱墨不合格。去了特殊学校的学生端端撞墙死去。这个小说同时也反映了农民工孩子上学问题，如被靠捡垃圾的父母带到城里借读的两个学生，因为学费高，又要回到村小来。

4. 其他社会问题

《静静的夜晚》反映了代孕（或小三）问题、弱智儿童的教养问题、殡葬改革（全部火葬）问题。"我"是一个保姆与洗头妹，为了照顾先后被父母抛弃的弱智儿童，去做代孕，被人绑架杀害（为了卖尸体），她的雇主兼情人王格式逃了出来。怕老婆的王格式开始为"我"的死寻找原因，最终发现一系列的杀人事件、抢尸事件都是因为作为民政局局长的自己所下发的火葬任务。最终，王格式来到乡下找到"我"的家人，决定领养朝朝（弱智），但被"我"的父母拒绝了。

《逃走的萝卜》描述的是不同阶层的农村孩子之间的差距。普通人家的男孩"我"巴结食品站站长（50—70年代的特权者）家的女孩"雨朵"，为了获得她的好感而"种萝卜"（偷萝卜），最终萝卜还没被女孩看到被妈妈炖了吃了，我虽然觉得失落，却获得了一种报复性的愉快。

《一只叫�耳的狗》讲述的是有儿子却感觉不到亲情的老人问题。江主任的父亲说住在儿子家里，小心翼翼地生活着。当他说"人和狗一不样，狗只记恩不记仇，人只记仇不记恩"时，其实指的是他自己的儿子。郑二的女人因为头痛死在镇医院，郑二回乡找人抬她，开诊所的郎医生的狗一直守着，原来镇上打狗时跑到乡下郑二的女人喂过它；在上司面前低三下四、小心谨慎的江主任对他的父亲却疾言厉色，父亲在他家过着胆战心惊的生活，连电视都不敢摸一下，他也喂过这条狗，它总是跟着它，生病的时候守着他。

三、深厚的现实体验与深蕴的悲悯情怀

王华怀着对故乡乃至中国乡村的深切关怀与温暖的关爱，在作品中时时探讨着乡土上的人们的生存与发展问题，"我是土生土长的山地作家，对山地百姓的欢悦与哀痛有着

切肤之感。因此，我习惯，也钟情创作与之相关的作品。"（金黔在线：《写出山地文学经典华章》，2008 年 11 月 14 日。）王华小说在叙事上倾向于表达作者的存在感与现场感，惯用第一人称叙事，如"我们""我们县"（《歌者回回》）、"我们村""我""我们那条河"（《花河》）、"我们三桥那块地方"（《回家》），"我们的村子"（《天上没有云朵》）、"我"（《逃走的萝卜》）、"我们花河"（《向日葵》）、"我们的村庄"（《在天上种玉米》）、"我"（《傩赐》）等。同时，"三河""三桥"等地名在作品中不时出现，成为作品重要的叙事空间。王华的家乡就在贵州道真三桥镇，她将所见所闻所思所想都写进了作品之中，并以魔幻现实主义的笔法与清醒的批判精神将现实材料变换成作品的内在质料。

王华的小说基本上消除了女性作家叙事的情绪敏感（神经质）与视角狭隘（情爱欲望），呈现出开阔性与深刻性的叙事特征。王华是一个极具现实感的作家，她始终选择面对现实，她始终追问着人生的究竟，探讨着人性和人的欲望问题。在王华看来，社会问题的产生不仅仅是工业文明的发展或现代化的进程，这其中存在着人的自我选择问题。因此，王华小说中所写的问题尤其是人的苦难往往都来源于人的自我选择，而不是仅仅是外界环境的催逼，这是王华从现实中得来的深刻体验。《桥溪庄》中的人自己选择在水泥厂附近生活；《家园》中居住于世外桃源的安沙人放弃依那寻找到的深山中的另一个安沙，搬到了象征着现代文明的黑沙；《花河》中的女人们自愿地献身于地主而求得一年的免租。但是，这种转换，有时带有妥协的性质，温情是她的作品常见的色调，这主要是由于作家与生活的距离过于接近[3]，同时，也体现了作家在面对严峻的社会问题时的无力感与面对乡村广泛的生存苦难所具有的悲悯情怀。

王华小说中的矛盾基本上都能够得到解决，对于那些不能解决的矛盾或困境，作者也会赋予作品以温暖的情感基调，如《傩赐》三个男人一个妻子的荒唐故事，最终秋秋选择的不是最爱的人，而是最需要照顾和心地最善良的人。在故事的叙述中，作者也不时穿插日常生活的欢乐情景与情趣，与当事人尤其是三个丈夫的心里纠结构成了奇异的对照。王华作品中没有极善极恶的人，即使是《家园》中负责拆迁的人，也是充满着责任感与人性色彩，最后被安沙人拖累也不放弃，而意外闯入安沙的依那，甚至因为感恩而放弃了生命。《桥溪庄》所表现的生存与生育问题的困扰，最终以外来者的被接纳而结束，这种接纳带有强烈的神化"异乡人"的色彩。

王华从不在小说中刻意地描述民族性与地域性，而是从社会层面去关照乡村与小镇生活与发展。如果我们可以抛开王华的少数民族女性作家身份，就可以看到，她是如何怀着忧愤深广的关切与悲悯，热切地关注着中国广袤的乡村大地上坚韧地生活着的人民，严肃地表现着那些在苦难中挣扎求生的人民。她的小说开拓了当代新写实与新历史小说新的表现领域，见证了一个偏远地域如何在现代化进程中与中国整体发生深刻的关联。

作者简介：

褚连波，女，遵义师范学院人文与传媒学院教授、文学博士。

参考文献：

[1] 梁波 . 走进一种别样的乡土：论仡佬族女作家王华的小说创作[J] . 遵义师范学院学报，2010（2）.

[2] 刘川鄂，王贵平 . 苦难的叙述和文学的关切——评王华的中篇小说《俄赐》[J] . 理论与当代，2006（7）.

[3] 罗晓燕 . 她写苦难，写得有张有弛——与周昌义谈王华作品[EB/OL] . http://www.chinawriter.com.cn.

黔北仡佬族作家王华乡土叙事的诗学建构

刘大涛

【摘　要】黔北仡佬族女作家王华，以其取材于黔北农村和农民的系列小说，带有明显的反思性，获得了文学界的较高关注。作为一名乡土文学作家，王华乡土叙事的诗学建构，始终坚守众生关怀的乡土叙事、冷静克制的叙事风格，以及魔幻般的想象性叙述，具有较高的艺术成就。

【关键词】王华；乡土叙事；诗学建构

黔北仡佬族作家王华是一位风华正茂的新生代青年女作家。自 2000 年在《山花》发表处女作《春晓》以来，在各个文学杂志上密集发表了多个中短篇小说，获得了 2004 年度"贵州进步最快作家"称号。2005 年，在最具权威的文学期刊《当代》发表的长篇小说《桥溪庄》，开创了贵州作家在《当代》发表长篇小说的先河，也是王华的小说创作走向成熟的标志，引起了国内文学界的普遍关注，并凭借此作获《当代》2005 年文学拉力赛第一站冠军，2008 年荣获第九届全国少数民族文学"骏马奖"。她还分别于 2006 年和 2013 年在《当代》发表过长篇小说《傩赐》和《花河》，这在国内文坛也是不多见的。此外，2008 年由江苏文艺出版社出版的长篇小说《家园》，是贵州唯一入围第八届茅盾文学奖的参评作品。王华以自己的实力在国内文学界产生了一定的影响，正如《人民文学》主编施站军在鲁迅文学院第二期少数民族创作贵州培训班上所做题为"经典的维度"中说："仡佬族作家王华作品质量高，产量也不错，在林立的男作家面前毫不逊色，是少数民族创作阵营里令人眼前一亮的一个好作家"。[1]

王华生长在黔北乡村，有着多年基层工作的经历。农村生活的切身体验，让她认识到农村和农民的题材是成就自己文学梦的沃土，"只有农村才能打开我的文学情怀，我生在农村，长在农村，工作也曾在农村。我有很多农民朋友，我对农村有一种亲切与依恋。我熟悉他们，跟他们很亲近"。[2]作为一名乡土文学作家，王华的创作始终坚守众生关怀的乡土叙事、冷静克制的叙事风格，以及魔幻般的想象性叙述，在众多的乡土文学作家中呈现出一幅幅别样的乡村生活画卷。

一、坚守众生关怀的乡土叙事

从蹇先艾开始，黔北地域文化孕育出来的一代又一代的黔北作家，孜孜不倦地表述着自己眼中或理想中的乡土，使得黔北文学在中国现当代文学史上占有了自己的一席之地。作为黔北乡土文学的奠基人，蹇先艾以一个启蒙者的姿态，在其《水葬》《在贵州道上》《盐巴客》等小说中，审视和批判了"愚昧"和"落后"的传统乡村文化，表现出他启蒙底层大众的强烈社会使命感。王华则切身深入到底层大众的生活中去，用心去体验和捕捉他们鲜活的生命力，以及在苦难中不怨天尤人，始终坚守着向善的平常心。

有着乡村代课教师经历的王华，首先将目光投在了那些仍然坚守或离开村小岗位上的教师，在《香水》《旗》和《向日葵》等中短篇小说中，把乡村教师渴望被人承认及对教育事业的执着刻画得淋漓尽致。在《香水》中，身患小儿麻痹症的代课教师彭人初，是全村最英俊的小伙，还能写一手好字，这些是他值得骄傲的资本。他并不因为自己残疾而在追求和向往美好方面给自己打折扣，但别人还是把他归为丑人的那一类，总是给他打折扣。学校的男教师都喜欢往最漂亮的已婚女教师陈丽丽跟前凑，可彭人初这样做时，则会遭到别人的戏弄。为了博取陈丽丽的刮目相看，针对她喜欢口红和香水的爱好，他开始研究了有关口红的学问，实现了预期的愿望。正当他专注地研读有关香水的文章时，迫于现实的压力，不得不接受父母张罗的婚事，娶了没文化的丑妻张丽，但他心里还是放不下陈丽丽，在妻子名字后加了个"丽"字，并因为陈丽丽的不开心而跟着不开心。陈丽丽为了抓住丈夫的心，陪他一起吸粉，将家吸成了空壳后，在丈夫的要求下选择了卖淫，终因吸粉过量，她带着彭人初推荐的香水味离开了人世。时过境迁，从小就被彭人初视为宝贝的漂亮女儿红豆，从广东打工回来看望父母时，也是带着这种香水味回来的。当从别人嘴里得知自己的女儿在外面从事卖淫活动后，不堪负荷的彭人初在摔了一跤后，既没断腰也没断腿，却再也站不起来，瘫痪了。彭人初的人生历程似乎在告诉我们这样一个残酷的现实：代课教师一直努力追求美好的事物，渴望得到别人的认可，可最后美好总是被丑恶所吞噬。

在《旗》中，从教44年的木耳村民办教师爱墨，随着最后两个学生被父母带到外地，无学生可教的他没了"精气神儿"，"眼睛似睁非睁，眼皮已经没有了活力"。当师母提醒他村里还有个病娃该上小学时，"有那娃，学校就还是学校，你就还是老师"，"爱墨老师的眼睛又睁开了，这回里面像点了一盏灯"。爱墨动员等开花将她那爱撞墙和啃树皮的病娃端端交到他手里后，通过不懈的努力，终于找到了打开端端心灵大门的钥匙。镇教育办公室主任和中小小学校长的例行检查，给沉浸在喜悦中的爱墨当头浇了一盆冷水。他们批评爱墨没有参加过特殊教育培训，不具备教端端这样的学生的资格。害怕耽误端端前途的爱墨，贴钱让开花把孩子送到了城里的特殊学校，送走了这最后一名学生。"教出来的学生升到镇中学去，个顶个优秀"的爱墨老师，没能从外面带回村里不上学的娃，"每天到学校里空空地走，把人一圈儿一圈儿地走瘦了"。心痛不已的师母，为了从娘家给爱墨要回两个学生，被上涨的河水卷走了。历经丧妻之痛的爱墨，拒绝了儿子接他到城里养老的孝心，每周一坚持去学校升旗，等待着学生回来，并且愿意承担他们的生活费。最后，他终于等来了两个学生的来信，他们想回来上学。"旗"是木耳村村小存在的标志，也是爱墨老师追求人生价值实现的精神支柱。他以殉道者的精神从事着教育事业，坚守在被教育部门遗忘的偏僻的村小。具有反讽意味的是，在民办教师已被完全清退的今天，爱墨老师的敬业精神，却成了教育领域弥足珍贵的标杆。

《向日葵》中的民办教师吴本末没能通过考试转正，被辞退回家。丢了用武之地的吴本末，曾试着到城里去谋生，在碰了几次壁后，就死心塌地当了农民，成为村里最穷的一户人家，因此被镇政府定为特困户。吴本末并不喜欢这一称号，因为他认为有失面子和尊严，有被当众脱光了衣服的感觉，在人面前变得害羞起来。后来陈镇长又要跟他们家结帮扶对子，吴本末没能让他收回这一决定，就到县信访办上访了。他的这一举动违背了"决定着世界正常运转的一种规则"，还刺伤了防止他继续上访的联防队员，给镇政府造成了相当严重的负面影响。于是，大家眼中的疯子吴本末被关进了精神病院。吴本末用来计算时间而在墙上画小圆圈，三百六十五个小圆圈像一朵巨大的向日葵，在第四朵向日葵画到一半时，他从疯人院逃了出来，得知陈镇长是陈县长了，自己的儿子也做了陈县长的干儿子，在其资助下上了高二，有实力考清华和北大，他偷偷地回到了医院，继续在墙上画圆圈。小说描写一个被清退的落魄的乡村民办教师渴望获得做人的尊严，残酷的现实却将他的尊严任意蹂躏的悲哀。

除了乡村代课教师，无论是外出务工者、留守在贫瘠的乡村艰难度日的村民，还是家园被侵占而背井离乡的人，王华都给予了极大的关注和关怀，记录着他们卑微的日常生活的真相，进而挖掘出他们秉守着淳朴善良的人之本性。《静静的夜晚》中的"我"（阿朵）在县城谋得了照顾一个叫朝朝的脑瘫儿的工作，朝朝的父母人间蒸发后，"我"却毅然把他带回了家，"他爸妈把他扔了，我们再扔，他就没活路了"。为了挣钱养活朝朝和日渐年老的父母，"我"到县城选择做了洗头妹，并如愿签下了代人生子的协议。然而，"我"对未来美好的设想，因为被别人杀人卖尸而戛然而止。《在天上种玉米》中老年一代的王红旗被儿子接到北京的善各庄享福后，世代居住在西南播州三桥村的村民算是整体搬迁了。为了让自己漂泊异乡的心不再有流浪的感觉，以及让女人们从麻将桌上回到家里，三桥村的老村长王红旗想把善各庄改名为三桥，并订立了村规民约。遭遇挫败的王红旗认识到庄稼人不能离开土地，"庄稼人的婆娘得有地，就像娃得有娘"，于是他带领女人们在租住的屋顶上造地种玉米，让村子的上空生长出一片片生机逼人的玉米林。《回家》中的三桥人管粮一家和侄子管社会因金融危机而被迫回家。虽然管社会干活的工厂倒闭了，但他拿到了工资，买了半截软卧，以实现早年出门时给母亲许下的诺言，而管粮却没能从他干活的工厂拿到工资，只在被老板遗弃的工厂库房里找到了一辆破旧的货三轮，就想出了一个骑三轮带老婆孩子回家的主意。他们的回家之路却走得异常的艰难，管社会先是被偷了钱，又被他好心帮助的人偷走了行李包；管粮的三轮车在经过几次修理后，成了一坨废铁，但无论是忍饥挨饿还是遇人不淑，他们都秉守着不偷不抢的道德准则。

二、冷静克制的叙事风格

作为一位乡土作家，王华始终关注和关怀着挣扎于社会底层的农民的生存困境，思考着造成他们苦难的原因，但并没有对苦难的"哀号"和"叫喊"，而始终保持着一种冷静与克制。阅读王华的小说，总是给人一种挥之不去的忧愁，但仍然能从她平静从容地讲述的故事中体验到她的悲悯情怀。

王华关注被边缘化的农民的生存状态，以冷静的笔调展现了他们赖以生存的家园被破坏、盘剥、占领后无望的挣扎。现代工业文明的快速发展，在带给人们物质财富的同时，却往往以环境污染为代价，即使偏远的乡镇也未能幸免于难。2004年，王华执教的正安县瑞溪镇小学附近有一家小水泥厂，把周围环境污染得很厉害，"到处都是灰蒙蒙的，植物和菜地全是灰头灰脸。每次经过那里，我的心都会痛。像我们这样的小角落，容易被社会忽视，这样的环境污染都不得不让我思考"。[3]于是，她创作了长篇小说《桥溪庄》，一个村庄的人因环境污染而陷入绝望的悲惨故事。桥溪庄是一个移民村庄，几十户人家自觉从山上迁移到桥溪厂旁边形成的一个庄子，因为男女壮劳力都可以到厂里干活。厂里那两根巨大的烟囱吐出的黑烟，把桥溪庄上空熏为一片灰色，撒下的灰尘覆盖了村庄的土地，"桥溪庄刚长出的草芽，还没看清这个世界是个什么样子哩，就让灰尘把眼活活盖住了"。年深日久，桥溪庄不再下雪下雨了，庄上的女人也就只怀气胎而不是血胎了，因为庄上的男人患了后天不育症，村民由此陷入了一种走向末日的恐慌中。小说中，我们没有看到村民对工厂的血泪控诉，而是他们因陷入无法繁衍后代的厄运所发生的一幕幕悲剧。王华通过描写这群生活在社会的最底层，没有自己声音的村民默默地进行无望挣扎的众生相，更唤起了我们对经济发展与生存环境之间关系的沉重思考。

在我国沿袭了几千年的农业税，终于在2006年1月成为历史，几乎与此同时，王华的又一部力作《傩赐》在《当代》发表。傩赐是一个离天很近的山村，一年大部分的时间都笼罩在浓雾中。生长在这个有三个季节都是冬天的傩赐人，在山高地瘦的土地上多耕多种，收获"像小老鼠一般大的包谷棒子"。可是，除了村长家，傩赐庄人都没有牛，男人就是犁地的牛。据说，庄上曾有两三个男人共娶一个女人的传统婚俗，后来让山外来的人禁止了，可是，随着上交的各种税费的增多，交过了就没钱娶媳妇了，他们就偷偷地把"丢弃了的东西捡了回来，重新把它当宝贝。比如婚俗。"于是，村里就多了许多不上公粮不交税的"光棍"和"亲戚的娃"。小说中山外的姑娘秋秋嫁给傩赐人雾冬，被蒙在鼓里的她还是蓝桐和岩影的妻子，因为娶秋秋的彩礼钱是三兄弟凑的。为了凑钱娶媳妇，三十五岁的岩影在小煤窑失去了左手和左耳。面对这一残酷的现实，秋秋竭力抗争，蓝桐和雾冬也为实现一妻一夫的正常生活而努力过，在他们寄托全部希望的小煤窑中，秋秋流了产，蓝桐险些丢了命，雾冬被煤荒石切断了腰，"把自己的一生钉在床上了"。最后，认命的秋秋接受了傩赐人努力让自己活下去的生存法则。因为贫穷，秋秋和蓝桐等年轻一代人还在沿袭着一妻多夫的婚姻形式，还有他们的父亲为交上集资摊派的款子而焦头烂额的窘迫，都是那么的让人揪心。现在，虽然农业税已被取消，一些居住在偏远村庄的农民仍然过着贫穷的日子。王华创作这篇小说，源于她采访一个乡长时被告知一个很偏远的村庄竟然有几百个光棍，《傩赐》旨在引起社会的注意，以期改变'傩赐'们的生活方式"。[4]贫穷让农村的男人娶不上媳妇，在贫穷中挣扎着的农村已婚女人凄苦的命运，更是让人心痛。在《天上没有云朵》中，在一个由七岁的"我"、我的傻子弟弟，只有一条腿的残疾父亲和母亲组成的四口之家中，母亲不但要辛苦劳动来养活一家人，还要提防村长的侵犯。在农田开裂、秧苗子不能抽穗的大旱天，脑子里全是秧苗子的母亲孤身一人去偷水，在遭受邻村五个守水的男子侵犯后，得到了放半个小时水的许诺。毫不知情的村民看到自家田里有了水，欢喜得泪水涟涟。旱情过后，在村里人的闲话和父亲的毒打中，母亲把自己挂到了一棵树上。王华没有对小说中的人物做一般的道德评价，而是通过克制冷静的叙事，把一个孤独与凄然的农村女人放在生存的绝境中，展示了在生存本能的驱动下女性所做出的无奈选择，透露出她对在社会最底层挣扎着生活下去的女性命运的深切忧虑。

王华在一个"世外桃源"般的布依村寨采风时，得知当地政府要修水电站，这个地方属于淹没区，村民们将搬迁到其他地方。对这个即将消失的美丽家园，以及村民们前途未卜的生存状态的深切忧虑，于是，她创作了又一部反思社会发展问题的长篇小说《家园》。黑沙钢厂的老工人陈卫国，被视为包袱而成为第一批"双解"（解除合同解除工龄）的对象，随着钢厂的关闭，他在钢厂掏钱买的房子也被挖掘机和拖拉机强行拆迁。失去居所的陈卫国，加入了工人们组织的静坐队伍。后来工人们与保安队发生冲突，混乱中打死了一名嚣张的保安。有命案嫌疑在身的陈卫国，又被查出是癌症晚期患者，他偷偷地离开了医院，原本打算在一个荒无人烟的地方悄然死去，却走进了一个名叫安沙的小村庄。在这个人和野兽和谐共处、不知死亡为何物的世外桃源，生命又奇迹般茂盛起来的陈卫国，改名依那，学会了安沙的语言，还学会了划船，享受着安沙人那份悠然自得的宁静生活。五年后，随着三个黑沙人的到来，安沙人美好宁静的生活被打乱，因为公司要修一个很大的电站，而他们是来做搬迁工作的。他们以酒为武器，取得了安沙人的信任，又用现代科技产品摄像机来吸引安沙人对外面世界的兴趣和向往，接着选了两个少年去考察他们的新家园，以此"攻破"安沙人最后的"防线"。再也抵挡不住诱惑的安沙人，着急奔赴他们即将来临的新生活。在冰河庄安家的安沙人，为糊口而疲于奔命，还时时处于忍饥挨饿的状态，生活被弄得一团糟。为了"给娃娃们省下一口饭"，二十多位满头银发的安沙老人集体自杀。以前从未感受过悲伤的安沙人全都哭了，他们后悔抛弃了安沙庄，分外思念那个早已淹没在水底的曾经的家园。小说中，王华让陈卫国从充满现代文明气息的城镇黑沙来到世外桃源般的乡村安沙，然后又让他以依那的身份回来。无论是对黑沙人陈卫国的强取豪夺，还是对安沙人依那的引诱，在沦为现代文明发展的牺牲品后，他们艰难生存的身影，在默默地诉说着丧失家园的痛苦。王华让惜言如金的依那扮演一个文化阐释者的角色，巧妙地避开了一般的人性批评和价值判断，延续着她一贯冷静克制的叙事风格，曲折地表达了她对痛失家园而身陷囹圄者的担忧。

三、魔幻般的想象性叙述

王华是一位想象力极为丰富的作家，善于在把灵魂、巫术、幻景、荒诞等魔幻与现实的融合中进行想象性叙述。在阅读她的小说时，我们在感受她对当代农村和农民众生关怀的同时，又被作品中魔幻般的想象性叙述所震撼。

在王华构建的充满悲剧意味的《桥溪庄》中，这个方圆不过一里的村庄的奇特之处在于，已有六年不下雪和雨的历史了，"桥溪庄人看着雪花在自己眼睛前飘啊飘啊，却总不飘到桥溪庄来"，"大雨小雨都是别人的事，桥溪庄人只有站在灰尘仆仆的桥溪庄观看近在咫尺的如注的大雨的份儿"。让村民更为恐慌的是，自从李作民的女儿雪豆刚生下时喊了几声"完了"以后，"庄上就没有冒过一颗人芽"，庄上的女人只怀气胎而怀不上血胎，"明明是鼓鼓的一个大肚子，里面也还有模有样的胎动，可辛辛苦苦几个月，女人一阵屁一放，什么都没了"。一些村民认为雪豆身上附着神灵，把她当神贡在香案上，希望从她那里得到启示。在这个又名为《雪豆》的小说中，雪豆的身上具有更多的神秘性。雪豆在出生时喊了几声"完了"之后，到了三岁才开始说话，十岁时叹气说不想当女人。雪豆养了一大群猫，被人叫做猫精。她有一双猫眼，绿色，闪着幽光，"嘴里发出一种猫施威时的冷丝丝的呼呼声"，"走路跟猫似的无声"。"猫是很有巫性的动物，雪豆的猫与雪豆的命运相连，给庄子渲染出神秘的调子，给小说演绎着某种神秘的象征"。[5]除了雪豆，她的哥哥雪果的身上也具有一种魔性。患有死精症的雪果，在恋人雪朵嫁人、妻子田妮逃跑后，终因不堪负荷而在精神上彻底崩溃。着了魔的雪果，将母亲和妹妹幻化为田妮，跌入了乱伦的罪恶深渊，但过后却浑然不知。无计可施的李作民趁儿子雪果喝醉后用斧头砍掉了他的一只脚板。王华以一种魔幻般的想象性叙述，将一群陷入生殖繁衍绝望者的悲怆推向了极致，揭示了人类在创造着现代文明的同时，也在颠覆和摧毁其赖以存在的基础。

在《傩赐庄》这个"一妻多夫"婚俗的悲戚而荒诞的故事中，在小说的开头，就显示了王华独特的叙述艺术："还是在很早很早的时候，我就想跟你们讲讲傩赐庄了。有可能是我半岁那天，我还没学会感伤的眼睛，看到我妈离开我，离开我爸和我哥去另一个男人家里的时候？……这个愿望就像我的一块皮肤，与生俱来，和我一同感受着傩赐白太阳下那些故事的美丽和忧伤"。从山外到傩赐庄，相隔并不遥远，"沿坡上一条小路直上，也就是三个半小时的路程"，由于傩赐常年被遮天盖地的浓雾笼罩着，在村庄的天空中有一轮白太阳。"从升起到落下，一直洁白如银，一直那么美丽而忧伤"。正是在这个给人以神秘感的村庄，还存在着违反我国现行婚姻法的一妻多夫的陋习，而山外的人却毫不知情。从山外嫁过来的秋秋，告发了村庄这个骇人听闻的违法行为，但村民众口一词的否认，让调查情况的乡镇干部"完全找不到裂缝"。高管山的妻子素花在她的另一个男人那里的半年，他竟然像疯子一样在众目睽睽之下想要强暴四仔妈和秋秋，除了素花，谁也阻止不了他的疯狂举动。在被妻子狠狠地扇了两个耳光后，"他一声声、像梦呓一样地叫，素花，素花"。"雾很快就把他吞没了，我们只能听到他像孩子一样委屈的哭声"。在阅读这个荒诞的故事之后，我们为那些在贫穷和各种税费挤压下农民的生存处境而忧虑。

为了突显弱势的乡村文化面对强势的现代文化的压迫，在《家园》的开头，王华就讲述了依那的灵魂回到安沙时所看到的奇观，给小说定下了荒诞的调子："安沙庄的那些竹楼却漂浮在水上，形成了一个水上村庄"。下岗工人陈卫国，在被医药宣判死刑后，误闯入了一个与世隔绝的桃花源般的安沙庄，他的疾病竟不治而愈。在人和野兽相安无事

109

的安沙庄，没有"死亡"这个词汇的安沙人，把死亡说成是回老家，"回老家是一件很开心的事情"，并且由自己决定什么时候回老家。活了一百二十三岁的笑鱼奶奶准备回老家时，犹如步入婚姻殿堂的新娘子，"奶奶的脸上有两团新娘子才有的红晕，她的眼睛里也是只有新娘子才有的幸福之光"。黑沙人张垒的媳妇生了只猫，"这婴儿，长的就是一张猫脸，尖耳朵，三瓣嘴"，安沙人用巫术让小孩慢慢地恢复了正常，病因是张垒曾把别的女人带回家里过夜。安沙人用地乌龟治病，还有解毒的特殊功效，却被检验比砒霜还毒。这些地乌龟忽大忽小，变化自如。为了让搬迁到冰河庄的安沙人过上好日子，冰河项目办的人想出了一个"曹操干尸"的主意，使其成为一个所谓的旅游资源。依那的真实身份快要暴露之时，他吃了地乌龟而死，法医鉴定为自然死亡。按照依那先前的交代，人们悄悄把他的尸体挖起来，冒充曹操的干尸。生前已破相的依那，"不想从坟里起来的时候，尸体已经完全恢复了依那从前的模样。那脸饱满宽阔，英气逼人"。王华用魔幻现实主义的写作手法，表述了她对传统乡村文化的坚守。

在《静静的夜晚》中被人谋命卖尸的阿朵，她的灵魂见证了远水县新的殡葬政策下"尸倒"们由买尸、抢尸，到杀人卖尸的荒唐行为。在《天上没有云朵》中讲述故事的人却是还不满七岁的"我"。小说中荒诞不经的情节随处可见。我两岁多的弟弟是个眼仁都不会转的傻孩子，可是当我把他抱起来想扔掉时，他却用眼睛盯着我。"而且他那双眼睛里分明全是仇恨啦！"弟弟饿了就用哭声表示抗议，可他的哭声却不像是一个孩子的哭声，而是像老黄牛的呼喊。"弟弟哭起来的时候我常常在想，他是不是已经在我妈的肚子里活了几十年了"。我咬掉了村长的小半只耳朵，割了他家的猪尾巴烧来吃。我妈把死去的弟弟放到果子妈的床上，我又把他抱到村长家的床上。我和我爸烧掉了村长家的房子，村长和他老婆被活活烧死。这些荒诞的情节不仅把故事笼罩在一片魔幻氛围之下，还是"我"妈悲剧命运的隐秘象征。

还有《旗》中的端端和爱墨老师，他们的言行无不充满着神秘性。端端在半岁时就学会了走路，可到了三岁还不会说话，但他又不是聋子。大家都以为是哑巴的端端，突然在春天的一个黄昏冲着快要落山的太阳骂了他的爹，"李木子，日你妈！"，第二天又冲着一只大肚子黑蚂蚁喊了他妈妈等开花的姓名。再不肯开口的端端开始撞墙和吃塑料品后，入赘的李木子离开了这个家。端端终于再开口说话时，已是无学生可教的爱墨老师动员等开花送她的傻儿子上学后。教了几十年学的爱墨，每学期开学前一天，都要举行一场特别的开学典礼：收拾好教室的爱墨老师会一个人站在黑板前演上一回，带着这份陶醉和浑身的精神回到家，他都要和师母亲热一番。"那一天，爱墨老师是一个燃得最旺的火把，她则是一朵开得最艳的花"，这次却被牵着端端来答谢的等开花"破了景"。听到被窝里的咳嗽声，端端说了声"师母，咳"。从未看过国旗的端端，竟然脱口叫出了"旗"，并且痴迷上了国旗。受此启发，爱墨老师引导着端端学习了与"旗"有关的一些词语和数字，开始打开了他那封闭的世界。开始知道叫"妈"和"爱墨老师"的端端，最后还是在县城的特殊学校撞墙而死。通过端端和爱墨老师的诸多怪异举动，王华把一个乡村代课教师对于教育事业的挚爱，渲染得淋漓尽致。

作者简介：

刘大涛，男，遵义师范学院人文与传媒学院教授，文艺学博士。

参考文献：

[1] 赵豪.《人民文学》主编施战军：贵州作家身上的经典气质[N]．贵州都市报，
    2013-04-05．

[2] 姚曼. 作家王华谈最新长篇小说《花河》：它有力量打击人的内心[N]．贵州都市报，
    2013-03-22．

[3] 贵州唯一入围"第八届茅盾文学奖"的作品《家园》——作家正安仡佬族作家王华
    [N]．贵州都市报，2011-06-22．

[4] 赵帅红. 乡村小说中苦难主题的呈现——以仡佬族女作家王华和肖勤的创作为例
    [J]．铜仁学院学报，2013（6）．

[5] 张羽华. 城市化进程中的现代乡村抒写——读王华长篇小说《桥溪庄》[N]．名作欣
    赏，2011（6）．

幽魂叙事小说的叙述魅力

—— 评王华小说《静静的夜晚》叙事特色①

蒋雪鸿

【摘　要】王华小说《静静的夜晚》成功运用了死者叙述视角，以第一人称叙事却获得了超越全知视角的叙述功能，叙事开放自如，平静的叙述基调内隐着作者深切的现实诉求，呈现出别样的叙述魅力。

【关键词】死者视角；叙述张力；审美诉求

作为近年来最受瞩目的仡佬族女作家，王华的创作一直保持着强劲的势头，她的小说内容始终坚守乡土民间，关注社会转型时期底层人群的生存本相，具有鲜明的地域特色，同时在艺术手法上又具有开放的现代性品格，在众多同类乡土小说中，显得独具一格。

《静静的夜晚》讲述了一个发生在小城远水县里的故事，农村女孩阿朵好心收留了被亲生父母抛弃的脑瘫孩子朝朝，家境贫寒的她为了孩子和自己一家未来的生计，做出了大胆的决定：傍个有钱人，挣钱来养活全家。她重返城里做了洗头妹，终于与民政局局长王格式夫妻俩达成了代生儿子的金钱交易。两人在某个夜晚的一次野外苟合后，被一个杀人卖尸的团伙抓住，王格式侥幸逃走，阿朵却不幸遇害，尸体被作为替身卖给别人火化……

小说承袭了王华一贯的人文关怀题材内容，直击现实中的荒诞和悲哀，反映小城镇底层人们生存境遇。但在叙述手法上采用了非常规的死者叙述视角，叙述者"我"——阿朵在故事刚开始的时候已经死去，独特的叙述方式使小说产生了一种全新的审美效果，体现出这位新锐作家在创作上的勇于尝新和愈加成熟老道的创作技巧。

一

叙述视角也称叙事角，是叙事作品中对故事内容进行观察和讲述的特定角度，视角的特征通常由叙述人称来决定。

从叙述的自由性和受限程度，视角简单可分为全知视角和限知视角两种，又通过具体人称的不同呈现出不同的特点。古老的第三人称全知视角，特点就在于"全知"，其叙

① 本文为贵州省人文社会科学研究基地科研课题"黔北仡佬族作家王华小说现代性与地域性研究"（项目编号：JD2014195）成果之一。

述者如同无所不知、无所不在的上帝，几乎没有视点的限制，可以最为灵活全面地展示事件和人物的全貌，作者也可以介入传达他的主观意愿、判断和态度，在古典文学创作中被普遍运用。然而这种无焦点叙述一览无余的展示降低了故事的可信度，也削减了读者的阅读探究兴趣，在现代深受诟病。

当第三人称叙述者作为故事中的一个人物或者旁观者存在时，视点被固定，它的讲述必然会受到较多的限制，就成为了限知视角。但它比全知视角更客观，更接近于实际生活，往往也更连贯、更有条理。第一人称则都是限知的，它只能讲述叙述者的所思、所见、所闻，不能讲述在逻辑和常识范围里叙述视角无法触及的事情，但它却能最为自然地深入人物的内心，同时带给读者更多的身临其境的真实感和合理性，为现代小说家所喜用。

法国学者热奈特不用"人称"而采用"聚焦"的提法，将视角分成三类，即零聚焦、内聚焦和外聚焦，零聚焦相当于全知视角，内聚焦包括故事内人物视点的第一和第三人称叙述，外聚焦则主要指旁观者视点的叙述。[1]

北大学者申丹在研究前人的基础上，进一步将叙述视角分为四类：第一、零聚焦即传统的全知叙述者视角；第二、内聚焦包括热奈特的第三人称的人物有限视角和第一人称的经历型叙事视角；第三、第一人称的外聚焦，包括第一人称叙述者追忆往事的回顾型视角和处于故事边缘的第一人称见证人视角；第四、第三人称的外聚焦，即外部观察者的视角。[2]

视角对于叙述的意义愈来愈受到现代理论家们的重视，但现代小说创作的发展实践也不断对传统理论观点提出挑战，幽魂叙事小说就是用已经死去的人物作为叙述者讲故事，我国当代一些知名作家就有这样的创作，如方方《风景》，莫言的《战友重逢》，阎连科的《丁庄梦》《鸟孩诞生》《寻找土地》《和平殇》，余华的《死亡叙述》《第七天》等。这种视角不同于上述任何一种常规的叙事角，过去的叙事理论明确叙述者必须活到故事结束，而这些作品中他们却在一开始就死去，传统观点大多认为全知视角只属于第三人称，但这些运用第一人称的作品却具备了全知视角强大而丰富的叙事功能，大大突破了第一人称叙事局限。王华在《静静的夜晚》中娴熟地运用死者视角，在过去与现在、回忆与现实，不同场景、不同人物之间灵活转换，内隐其创作意图，使小说呈现出独特的叙述魅力。

二

《静静的夜晚》利用故事中死亡人物作为讲述者的尝试是成功的，死者视角让小说获得了高度的叙述自由，它以第一人称叙事却获得了超越全知视角的叙述张力。

故事从王格式和阿朵在那个夜晚的一场劫难开始，他们被尸贩子抓住注射了大剂量安定，阿朵不幸遇害，王格式仓皇逃走。"在我沉甸甸往地府坠落的时候，我曾问过自己那正在离去的灵魂：如果王格式事先晓得绑匪的最终目的是要用我们的尸体去换钱的话，他会不会一逃出去就直接找个就近的派出所报案或者找个就近的公用电话亭打 110"，这个开头告诉读者，已经死去的"我"是故事的主要人物之一，更承担了叙述者的任务。

小说在叙事结构上主要由两条线组成，一条是阿朵的，一条是劫后余生的王格式的，两条线并行发展穿插，最后一起收束在结尾：

（亲历者：阿朵）

阿朵死亡—被火化—被扔掉—被找到—骨灰回家意外发生—结局

王格式逃脱—深受刺激—良心回归—修正错误—寻找阿朵—送骨灰回家

（观察者：阿朵）

这两条线的叙述者都是死去的阿朵，在前一条线中，她作为亲历者，把那个惊魂之夜带来的遭遇幽幽道来，细节和心理描述给人身临其境的感觉。同时从容地插入回忆，详细讲述了她的生前往事，如何收养被抛弃的朝朝，如何动用心思与王格式签订生子协议，交代了故事开始的来龙去脉。这就是申丹所说的第一人称的经历型叙述视角和第一人称叙述者追忆往事的回顾型视角，作为体验者，经验自我的叙述让读者近距离走近事件，走进人物的内心，由死去的见证者亲述其事比其他人的转述更具可信度和真实性。

后一条线由王格式逃回家后的经历构成完整的情节，讲述者也是死者阿朵，她虽然已经死去，但灵魂尚存，能看见其他任何人所做的事，透视他们的内心。这部分主要从王格式的视点展开，写深受惊吓的他如何回到家中，如何做出了一系列"不正常"的举动：去公安局报案；协助抓住杀人卖尸团伙；重新拟定文件下发，纠正自己错误的殡葬政策；寻找阿朵的骨灰并送她回家；在阿朵的老家照顾病儿朝朝，表面看来是使用了第三人称视角，但担任叙述者的其实是"我"：

"王格式按老婆的意思报警的时候，是想过要说一说我的，但那仅仅是一个念头，并没有变成现实。放下电话以后，他问老婆：阿朵怎么办？老婆说：还能怎么办？就当她死了。他说：说不定真的死了呢。老婆说：你心痛那婊子？他说：我是心痛我们的儿子。老婆很烦躁，说不都还没怀上吗，哪来的儿子？她知道王格式其实是在心痛我，这惹得她十分的恼火"。

在王格式之后的各种活动中，不时出现"我"，提示这个亡灵旁观者的存在，阿朵似乎并未离开人世，而是一直隐身在人群之外，平静地观看着他们的所作所为，用目光穿透他们的灵魂。"我"始终紧随着王格式，将所看到的一切，包括王格式们的心理活动一一道来。

写王格式大白天带人掘尸时产生幻觉："王格式的脑子里呼地一声就拉出了自己才刚刚遭遇的那场生死劫的画面，像电影快进一样，那些画面呼啦呼啦地从他眼前滑过，然后定格在两具尸体上。那两具尸体，一具是他的，一具是我的"。

写头脑暂时获得清醒的王格式去阿朵生前工作的发廊找阿七："现在，当阿七把他的头搁到她的乳房中间去的时候，他开始强烈地思念我的乳房。他曾好几次对我说，它们很香，像芒果一样香。他还专门让我认真闻过芒果，说我的乳房就是那种香味"。

"我"也知道王格式老婆所有的内心活动："如果她这个时候就赶着去民政局，正好能碰上王格式。但她没有。原因是她那时候突然冒出一个赌气的念头，不想再去找王格式了。你要逃就逃吧，最好逃没了，我也清静。她想。丢你母的扶不上墙的稀屎，你最好是给汽车辗了，要不就掉下水道了……她恶毒地想"。

作为游荡人间无处不在的幽灵，"我"还详细讲述了杀人犯们落网的经过，"我"看到了王格式去寻找"我"骨灰的全过程，最后跟着他回了自己的老家，目睹着父母悲痛地接过"我"的骨灰盒……死去的叙述者"我"具有极为自由的叙述功能。

如前所述，每一种叙述视角都有其优点和缺点，它们带给作品不同的叙述效果，《静静的夜晚》中的"我"身兼三种身份：亲历者（体验者），目击者，观察者，这个特殊的无所不在的叙述者，既能充分体现第三人称视角的自由性和客观性，从外部展现不同场景的全部事件经过，描述细节，构建完整的情节结构，又可以从内部将人物的内心活动和感受细致入微地袒露，具有第一人称视角的真实感和亲切感。这样，死者视角在功能上兼具几种传统视角的优势和长处，成为几无限制的特殊全知视角。

三

实际上，作家采用哪一种叙事手法，不仅与其创作习惯相关，也与其审美倾向相关，《静静的夜晚》死者视角的运用，不仅让小说获得了强大而丰富的叙述能力，叙事开合自如，情节完整，而且内隐着作者的现实诉求，呈现出独特的审美效果。

小说写的都是一系列丑恶灰暗的社会现象：病残儿朝朝被亲生父母无情抛弃，年轻女孩与老男人的肉体交易，血腥的杀人卖尸，懦弱无能的基层官员，荒唐的殡葬指标政策……但却没有激愤的批判，呈现为极为平缓冷静的叙述基调，夹杂着调侃戏谑，甚至自嘲。"我"把和王格式之间的性交易称为"工作"："为了保密，我们的工作地点也不是固定的，而且大多数时间都是王格式开了车把我带到郊外去，在车里完成工作。对于我来说，倒并不在意工作地点问题，哪儿都是一样，反正就是一个目的：怀上"，"我希望自己尽快怀上王格式的娃，我比他老婆还着急"。

写令人发指的杀人卖尸行为，尸体被叫做"产品"："尸贩子们制造尸体时就要严格很多，既不能用刀，也不能掐脖子或者施用毒药。为了保证产品能换个好价钱，他们采用注射大剂量的安定来制造尸体，我和王格式遇到的就是这种情况"。

尤其是讲述经历的恐怖杀人过程，没有惊惧，就像是一个游戏："他们大概觉得事情有些好玩了，就像大猫捉到了一只小老鼠，他们也起了玩心。他们拿掉了我们眼睛上的布"，当寒光闪闪的刀横在我们眼前——"我突然听到一个山崩地裂的声响，那是王格式吓出了屎了。随着一股恶臭味起来，一片开心的笑声也起来了"，堂堂民政局局长在遭遇杀人犯后，竟然先吓尿，后吓出了一裤裆的屎，正因为臭熏熏的屎尿被尸贩子嫌弃，反使他得以侥幸脱身。

这正是死者视角的巧妙利用，阿朵曾经是当事者，现在她却作为旁观的叙述自我与原来的经验自我分离，可以平静地讲着"她"和他们的故事。死后回看人生，一切已成云烟，一切亦无相关，于是"我"讲述过去的人生遭际时，没有悲伤，没有愤怒，也不作控诉，平淡冷漠的叙述消减了本应强烈的感情，强化了叙事的中立和客观。许多现代小说家面对现实情境追求中立的创作态度，不介入明显的伦理评判，淡化主观感情倾向，让当事者自述其事，把直接的现实呈现给读者，作者的消隐反而能更好地实现其把握现实的叙述意图，这也是现代小说常常采用的技巧。

这部小说里没有一个真正意义上纯粹的好人和坏人，更没有理想化的人物，阿朵是无数普通发廊妹中的一个，她原本和许许多多农村女孩一样，去城里打一份小工，安分守己谋求生存，没有学历，没有专长，她们的劳动仅仅勉强维持清贫的生活。阿朵因为收养朝朝，决定出卖自己的身体，这是她思考之后想到的唯一出路，无私的善举受制于物质上的困窘，竟然需要牺牲贞操来换取，这是这些卑微女孩难为人知的痛苦和无奈。她们虽然心存善良，为生活所困时往往只能被迫放弃自己的节操和尊严，可以想见生活中还有多少无助、艰辛和孤独在困扰她们。这是个平时不为人们所了解的人群，阿朵的叙述客观而冷静，实录式地展示她们的精神世界和真实生存状态，不煽情、不粉饰、不辩白，这反而更能让人反思社会对她们的偏见。她们并不完美，只是努力想要一份该有的生活，相比狠心抛弃亲生儿子的朝朝父母，用金钱交换年轻女孩肉体的老男人，她们是值得关怀和同情的。

民政局局长王格式是众多庸碌无能的官员中的一个，他胆小懦弱，听从老婆的指示借腹生子，以金钱换取与阿朵的苟合。而就是这样资质平平的人，可以在老婆的扶持安排下步步晋升，可以在他的管辖领域一手遮天，制定出荒谬的殡葬指标政策，在远水县造成一系列乱象，还差点让自己命归黄泉，这真实地反映出现实中官员选拔的沉疴和权力监管的缺失。小说还用夸张的手法，描写了小城里追逐利益而天良丧尽的尸贩子，还有争抢尸体陷于疯狂的尸倒们，在他们的眼里，没有什么是不可以交易的，活人与死人都只是可以换钱的货色，他们残忍而贪婪，麻木而冷酷，利欲熏心之下的人性泯灭让人触目惊心。今天我们的生活中也有不少道德沦丧的逐利现象，如肉体交易、拐卖儿童、买卖器官，当人们对这些现象司空见惯而浑然不觉时，也许这将是更大的悲剧，小说极度冷漠的叙述令人悚然，启人深思。

可见，《静静的夜晚》虽然写死亡，却并不探讨死生问题，也没有描写另一个亡灵世界，视野始终留在现实中，死亡只是一个契机，利用它揭开小城镇中由权力与利益、欲求与贪念、贫困与堕落所带来的种种丑恶、暴力和荒诞。死亡事件为我们提供了一个幽魂叙述者阿朵，她极为冷静的讲述中透着刺骨的寒意，灰色的调侃五味杂陈，而亡灵的自嘲则让人倍感心酸，从另一方面凸显了现实的悲哀和压抑。"无论叙述者站在什么角度叙述故事，背后总是由实际意义上的作者在决定。作者所作的视点选择，暗含着希望传给小说读者意义价值的维度。"[3]

《静静的夜晚》也有不足之处，小说通过小人物的故事来反映当下社会问题，揭示底层人群的生活困境，直击城镇世俗乱象，但在"为什么"和"怎么办"的思索层面上却显得乏力，故事结局戏剧化的改变仅仅源于死里逃生的王格式于深度刺激之后的自我救赎，这甚至可以说是一个精神失常者的偶然之举。结尾部分写王格式去阿朵的老家照顾朝朝，似乎实现了自己良心世界的平衡，其实也不过是作者勉强涂上的理想之笔，现实在贫穷和权力面前依然无助，未受惊吓的王格式们依然当着他们的糊涂庸官，活着的阿朵们前途命运依然迷茫。

作者简介：

蒋雪鸿，女，贵州遵义人，遵义师范学院人文与传媒学院讲师，文学硕士。

参考文献：

[1] 热拉尔·热奈特. 叙事话语·新叙事话语[M]. 王文融，译. 北京：中国社会科学出版社，1990：129.

[2] 申丹. 叙述学与小说文体学研究[M]. 北京：北京大学出版社，2004：218

[3] 伍茂国. 现代小说叙事伦理[M]. 北京：新华出版社，2008：152.

《花河》中男权制下的女性叙事

罗筱娟

《花河》是关于两个女性的命运的小说，白芍和红杏，花一样美丽的女人，有思想、有智慧、有个性，为了自己的人生不断地努力，却因生活在这男权制的社会中，只有拥有流水一样的命运。

一、男权中心文化对女性的束缚和压制

中国传统文化审美的总体标准就是"阳刚阴柔"，即以男子强健的体魄、直率的个性、刚硬气质和富于进取为美，而对女子的审美要求则是轻声柔气、懦弱纤细、胆怯怕羞、温柔驯服。女子只有处处显出温柔娴静、柔弱驯服的气质，才符合男人的审美标准，才获得男人的欢心。《仪礼·丧服》中就规定："妇人有三从之义，无专用之道，故未嫁从父，既嫁从夫，夫死从子。"这实际上就是将妇女的命运完全交由男人来支配。

小说《花河》中的主人公白芍，十三岁时往衣服里填布团企图吸引男人目光，也就是在这个年龄为自己定下了一个重大的人生目标——嫁给一个一直被她们称为王土爷的地主。很显然，她是为了改变自己的生活，因为自己的未婚夫也是地主王土的佃农，跟她家一样的穷，嫁过去跟不嫁过去也没区别，生活并不会因此变得更好。客观地说，这是女性独立意识的觉醒，因为她懂得为自己的命运的思考和抗争，知道自己要过什么样的生活，并去努力改变，而不是任人摆布。但是从方式和方法来看，并没有从本质上去获得独立，她只是男人的附属品，她要通过男人才能改变自己的生活。即使到了她人生的后半段，地主老财倒下了，翻身农奴把歌唱了后，她又去依附于当年被自己抛弃的王虫，因为这时的王虫是光荣的残废军人，就算身体已残，但灵魂的光辉使他显得很高大，而他就是白芍的"出路"，就像当初她作为一个佃农女想高攀地主王土一样，而现在的王虫就是一条光明远大的出路，为此，她可以放下所有，不管是王虫对她的百般奚落，还是后来对她的打骂，她都不动声色地忍下来，只为能够到达自己的目的，和这个男人在一起。

主人公白芍，她似乎是一个没有自尊的人，她的人生追求就是为能够如自己所愿，迎合社会的需要生存下来，生存下来只能依附和取悦男人。

小说以性别为基本出发点，从女性立场出发去审视整个社会，在特定的社会文化背景下，我们从中窥视到一个社会最为顽固的习俗及其价值判断。作家以女性的眼光去看待社会，揭示了男权中心文化对女性的束缚和压制。

二、对传统的男性视角的反叛和颠覆

在小说《花河》中，作家王华站在女性的立场上重新审视社会文化语境，对男性中心的文化传统及其以此为基础而建构起来的思想观念进行挑战，怀有一种改造现存的男性中心文化传统的愿望。它强调女性自身的经验和权利，致力于争取女性在社会和历史中的言说权利，建立起平等的男女文化关系。在其独特的女性视角对传统的男性视角摆出一种反叛和颠覆的姿势。

小说以女性为叙事中心，整个故事围绕花河两岸的女子来展开，作家将目光投向形形色色的女子，仿佛在编织一张网，而这些女子就是这网上的结，互相关联与牵扯。这个女性群体当中，白芍和红杏是截然不同的两种人：白芍，敢想敢做，是这群女性当中最先自觉的人，她懂得去掌控自己的命运，虽然这种改变是通过对男性的依附而获得，但她达成了自己所愿。小说呈现给我们的这个人，不懂得羞涩，甚至不在乎廉耻，她有着对这个现实社会独特的认识，异于传统女性，那就是只要能过上自己想要的生活，其他的都不重要；而红杏，爱憎分明，是这些女性群体当中最正直、最符合传统价值观的人，她着爱与不爱这样情感，虽然小说当中没有直面爱情，但是她是因为喜欢才和王禾在一起，而不会因为生活与生存去接受朱大秀、等二品或者王土地。

或许我们会更欣赏红杏，其实这就陷入了传统男性视角之中，也就是将女性的价值置于男性的价值观中来衡量，她遵循了男性制定的标准和尺度，不自觉地用道德和伦理体系来规范女性的思想和行为。这显然不是作家的真实意图，相反，她试图通过对传统文化的重新审视与评价来建构一种与传统的男性中心文化体系不同的理论体系。也就是说，女性应该有自我觉醒的意识，应该为了自己而努力抗争。我们可以说白芍是狭隘的，是没有突破本质的，但是她的这种意识也正是社会本质的一个反映。就像巫香桂，她为逃避社会变化带来的种种伤害，不惜疯掉，过着邋遢不堪的生活，既保护了自己，又顺利地生存下去。这些种种表现，揭示出妇女在历史、文化、社会中处于从属地位的根源，同时又充分表现出女性为改变自身命运而做出的努力。

三、对传统男权中心文化观念的反思

小说从始至终，主人公白芍都在寻找出路，不管自己的出路，妹妹红杏的出路，还是家人的出路，都让我们深深感受到在以男权为中心的传统文化中，妇女的地位低下，意识浅薄。

在西方，女人一直是弱势群体，其地位与权力均淹没于男权浪潮之中，所以必须借助妇女运动和女权主义话语来为自己争取与男子相等的权力和地位。中国的情况与西方则不尽相同。在中国，迄今为止，尚没有出现过在社会和文化上具有真正独立意义的妇女运动。

可以说，近百年来中国妇女的解放一直与中国社会革命的进程紧密联系在一起，而妇女争取解放运动的出现则主要得益于众多男性精英的努力，中国的妇女解放与其说是妇女自己争取的结果，不如说是许多男性精英不懈努力和新中国建立之后政府全力推动的结果。

在很大程度上，我们可以说中国妇女权利的获得是他人给予的，而不是自己争取的结果，这种"给予"使得许多妇女没有意识到自身所受到的束缚究竟是什么。

中国源远流长的男尊女卑的思想观念可谓根深蒂固，这种思想观念不是短时间内靠立法就能改变和根除的。所以，相当多的人对妇女的身份和价值的判断在事实上与官方的规定尚存在相当大的距离。这一切导致了目前我们的社会存在着这样的一种事实，即妇女在法律上地位很高，但在现实生活中待遇却很低，思想上歧视妇女甚至在生活中虐待妇女的现象还具有相当普遍性。在近些年的调查中，不少妇女心甘情愿放弃独立而选择依附男子，将做个贤妻良母视为人生的最高理想。这就说明中国相当多数的妇女对自身认识尚存在着相当多的误区。这些都是小说带给我们的思考。

作者简介：

罗筱娟，女，遵义师范学院人文与传媒学院副教授。

畸变的母爱

——评王华《埃及法老王猫》

牟玉珍　王海霞

【摘　要】母爱在传统文学中通常被赋予了崇高神圣的光环，是歌颂和赞扬的对象。多数作家是歌颂母亲的伟大、母爱的神圣。而王华在《埃及法老王猫》中则是书写另类母亲，打破了"母爱神圣"的神话，以冷峻的目光重新审视母亲形象，颠覆关于母亲的神话。揭示了生存的困境让母亲变得自私冷漠、不可理喻，母亲成为了令人讨厌甚至是仇恨的对象。她对畸变母爱的书写，向世人理性地展示了母亲人性中存在的并不崇高甚至自私丑恶的负面内涵，还原了母亲是非神而人的不完美性。

【关键词】王华；畸变；母爱

母爱是文学的永恒主题。古今中外，母爱题材的作品层出不穷。中国传统文化本身就具有浓浓的恋母情结，把"女娲"认定为人类的始母，将"地球""祖国""党"和母亲联系在一起，使母亲在道德上具有超然的价值，因此母爱在传统文化语境下往往是崇高而又神圣的。在中国传统文学创作中，作家们以饱含深情的笔触讴歌母亲，谱写母爱华章。随着西方现代文明的不断涌入，中国传统文化也受到巨大的冲击，尤其是女权主义在中国的传播，对中国女性意识的崛起和女性文学的发展产生显著的影响。首先是突破中国几千年来所遵循的"男尊女卑"的藩篱，要求男女平等。女性不再受制于男性，而是作为一个独立的精神个体存在。作为女性的母亲形象，不需要男性强加在母亲的头上的那些光环。母亲是人，人无完人。因此母亲不仅具有善良慈爱的一面，还可能有自私阴暗的另一面。从二十世纪初期开始，一些作家大胆突破传统文学对母爱的歌颂模式，用冷峻的目光重新审视母亲形象，批判性地颠覆关于母亲的神话。在他们笔下，母亲形象不再是慈爱、善良、美好的化身，而是冷漠自私、刁钻古怪甚至是人性扭曲的丑陋形象。王华的《埃及法老王猫》就是一篇打破了"母爱神圣"的神话的另类书写的力作。

《埃及法老王猫》讲述了一个母亲带着女儿从农村奋斗到城市的艰难历程，以母亲对一只子虚乌有的"埃及法老王猫"前后态度的转变，淋漓尽致地揭示出她一心"向上爬"的市侩心理和庸俗的本性。在"望子成龙""母凭子贵""子贵父荣"等传统思想的教化下，母爱变了味。母亲为了出人头地，无限制地要求女儿按照自己的意愿去完成一个又一个的人生"任务"：考大学，找份体面的工作，在城里买上房子，在城市生活……母爱就像一个包装盒，里面装的是控制欲、占有欲和功利心。生活的种种艰辛和压力，使母女二人关系紧张，也使母爱畸变。女儿只能按照她的意愿去完成无数个"必须"完成的任务。这些"必须"像沉重的枷锁牢牢地锁住女儿的青春和未来，可是母亲固执地认为，她是在给女儿精心铺设一条美好的人生道路。为此，她不给自己退路，也不给女儿退路可走，要求女儿必须按照她的意愿与她共同完成自己的人生理想，于是她就像主人追赶牲口一样不断地赶着女儿往前跑。她自以为是地认为这样做就是对女儿内内最好的关爱。这个想法简单、行为粗暴又固执无知的母亲这样做，不仅没让女儿感受到丝毫温暖和幸福，还让女儿反感，甚至仇视。徐丽平对女儿内内的这种畸变的母爱既有社会的原因，即她生存的困境所致，也有她人性中的弱点，即争强好胜、爱慕虚荣的性格原因，还与她简单粗暴的处事方式有关。

一、虚荣、自私的个性消噬了神圣的母爱

其实，但凡是人，无论男女老少、贫富贵贱，都是有自尊心的。但自尊心如若扭曲，就会表现出追虚求表、盲目攀比和好大喜功。徐丽平既无文化，也无财富，唯独不缺虚荣。因为知识水平有限，只能靠平时收看新闻联播节目来拓展视野，伪装自己的平庸无知。内心空虚就想通过衣着打扮来掩饰，常常喜欢身着花哨时尚的衣服和佩带首饰来拉近与城市上等人的距离。她盲目自大、喜欢炫耀，不放过任何一个向亲朋好友炫耀的机会，哪怕是别人馈赠的几件旧衣服，也会成为她向亲戚朋友炫耀的资本。都说人越缺什么就越渴望得到什么，因为卑微所以渴求富贵。从她对那只名叫"瑞瑞"的猫的态度，就足以看出她嫌贫爱富、爱慕虚荣的个性。原本徐丽平是一个非常讨厌长毛动物的人，而且还是一个地道的实用主义者，她的处事原则是以有用为目的，"她说养牛能犁地，养狗能看家，要是在农村，养猫可以捉耗子。"[1]可是城里没有老鼠，怎能白养一只猫？所以她当机立断赶走了女儿捡回来的流浪猫。当她听女儿说被她撵出家门的那只无用的猫是一只世界名猫的时候，她就立即转变了态度，由开始时对猫的讨厌到惶惶然。不光四处打听猫的下落，甚至主动捡回来一只流浪猫，坚定地称呼它为"瑞瑞"，逢人便炫耀这是一只埃及法老名猫，想借猫的名贵身份来抬高自己的身价，满足自己的虚荣心。她愚蠢地认为这只猫的存在不仅可以证明她有城里人的身份，还可以使她与城里的那些阔太比肩。徐丽平前后对待猫的态度，充分体现她是一个虚荣心极强的人。其实她并不是真正喜欢"瑞瑞"，她喜欢的是"瑞瑞"那子虚乌有的身份。

徐丽平不仅好高骛远，还自私自利。她世俗地认为农村人低贱，所以一意孤行要做一个城里人。于是在十多年前就是卖掉了农村老家的那间破屋到镇上做小生意。可她不甘心在小镇上生活一辈子，她向往的是县城生活。可单凭自己的能力是无法实现城市梦想的，于是她把所有的希望都寄托在女儿内内的身上。如果女儿考上大学，再在城里谋份体面的工作，买了城里的房子，有了城市户口，不就成了城里人了？为了实现做城里人的梦想，满足自己的虚荣心，她煞费苦心。看到女儿成绩平平，不惜重金给女儿请家

教，让女儿补课、转学，甚至选择上高费高中，到县城租房，不辞辛劳地奔波在县城与镇上。在她的努力和"逼迫"下，内内让她如愿以偿，考上了省城师大。于是她满脸骄傲地带着女儿在亲戚们面前炫耀，用亲戚的真心仰慕与带着妒忌的恭维满足着她的虚荣心。于是她的欲望更加膨胀，把"城"的标准由县级提高到了市级，要求女儿大学毕业后必须在市里找份体面的工作，在城里买房子。因为没钱，她强行让羽翼未丰的女儿当了房奴，既要每月承担房子的按揭款，还要省吃俭用存钱装修房屋。她的所作所为，从表面看她似乎都是在培养和关爱着女儿，其实质则是为了满足自己的私欲和虚荣之心。

这位俗不可耐的母亲，从不顾及女儿的感受。为了满足自己的虚荣心，她无休止地霸占着女儿的快乐、幸福和青春，以爱的名义控制着女儿。在传统家庭伦理观的支配下，家长话语就是权威，长辈尊于晚辈。女儿必须尊重她，屈服于她，顺从于她。女儿不能有自己的想法，不能按照自己的方式去学习、生活和工作，不能有自己的情感，不能有隐私……在母亲眼里，女儿就是她的私有财产，任由她支配，听从她的指挥，这样的母爱是狭隘自私的，也是冷酷无情的。传统的"望女成凤""母凭子贵"等观念深深地扎根在她骨子里，她觉得女儿人生的成功与失败都关乎她的名声，所以女儿必须按照她的想法去努力实现一个又一个梦想来满足其虚荣之心。究其实质，她全是将自己的私欲作为爱强加在女儿内内身上。贫穷卑微使她变得虚伪自私，也使她本能的母爱畸变。

二、贫穷和苦难吞噬了美好的母爱

母亲爱子女是一种天性和本能，自然而美好。可一旦人处在恶劣的环境中，天性就会受到改变，人性善恶的天平就会失去平衡。贫困的生活环境是会暴露人的劣根性的，也会蚕食母亲的天性，使母性不得不暴露出丑陋的一面，吞噬了母性的光辉。在《埃及法老王猫》中，母女都挣扎在生存的贫困线上。但争强好胜的母亲又把活得体面作为唯一目的，因此她把所有的情感都倾注在物质上，她要到城里生活，工作挣钱，买房。没有工作，没有房子，没有存款，没有亲人和朋友相助，来到城市生活，谈何容易。母女俩只能租住一个狭小楼房，睡觉也只能共用一张小而拥挤的床，饭菜往往是靠买廉价的烂菜叶和馒头凑合。喜好打扮的母亲徐丽平只能够买那些样式时尚但做工粗糙、花哨却总能看到线头的衣服，或者是很高兴地接受有钱人家施舍的一些旧衣物。母亲会因为女儿用做家教挣来的钱买一件衣服而喋喋不休地数落女儿不懂事，甚至因为女儿花五元钱买一斤猫粮而大动肝火，踢翻猫碗吓跑了猫，最后歇斯底里地给了女儿两耳光，使原本就母女关系紧张的局面恶化。母亲之所以如此，全是因为她被"物"化的原因，在她的眼里，物才是最根本的，也是她最需要的。因为租房需要钱，吃饭需要钱，生病需要钱，买房需要钱，装修需要钱，可她缺的就是钱。靠她做钟点工挣钱远远无法解决她们面临的诸多问题。亲朋好友无法指望，她就只能精打细算，只能将希望寄托在女儿内内身上，所以她给女儿规定了一个又一个的"必须"。女儿必须成绩优秀，女儿必须考上大学，女儿必须在城里工作，女儿必须谋求一份既体面又高收入的工作，女儿必须背负二十年的高额房贷，女儿必须节约花钱，女儿必须听她的指挥，女儿必须……当女儿稍有与她背道而驰的时候，她就变得很绝望甚至歇斯底里。

贫困使徐丽平无暇顾及对女儿的关心和爱护，对女儿没有怜爱和呵护，没有宽容和体谅，没有沟通和理解。只有不断地向女儿提出各种苛刻的条件，以母亲的身份压榨女儿的各种权利，把女儿压得喘不过气，使女儿对她心生厌恶甚至仇恨。她的母爱已经全是以物为目的，生存的困境使得母亲不顾一切要改变自己的卑微的命运，也使她母性丑陋的一面暴露无遗。波伏娃说："母亲对孩子的态度，完全取决于母亲的处境以及对此处境的反映。"[2]在贫苦的生存环境中，现实生活的重压之下，人性中的美和善就会逐渐消亡，丑陋与恶毒就会开始滋生蔓延甚至会发展到完全吞噬母性的光辉。

美籍德国著名心理学家艾瑞克·弗洛姆曾经说过：社会条件会影响和改变人自身携带着的所有心理潜能，人会有善恶的心理导向差异与他具体的生存环境是紧密相连的。心理学上也认定利益是人行为的动力，利益的获取决定着人的社会心理特点和行为特征。所以在那些落后贫穷的地方，多数人通常只注意的是实用价值。贫穷会使人与人之间的关系变得冷漠，母爱、亲情对子女而言会变成为一种奢侈品，是那样的遥不可及。而对于那些贫穷的母亲，只有物质可以用来充实她们的生存状态，环境的恶劣和艰难往往会夺取女性美好的天性和母性，高贵的母性灵魂会被重复着的平庸困苦所扼杀。都说母爱是伟大的，但母爱有时也是需要条件的，在面对生存危机的时候，在物质贫困面前，母爱是多么的脆弱甚至不堪一击。

三、简单粗暴的方式噬食了温暖的母爱

母爱的方式多种多样，或温柔体贴，或深层含蓄，或慈祥敦厚，或理解尊重，或细心周到无微不至……这样的爱犹如涓涓细流浸入儿女心田，沁人心脾。但在《埃及法老王猫》中，母亲徐丽平爱女儿的方式则是控制女儿的一切，无限制地在女儿身上播种愿望，将她的意志强加给女儿，一旦女儿反抗，她就采取暴力的方式来解决，或打或骂。她凭借母亲的身份理所当然地操控着女儿的自由，"我的身体每发生一毫米的变化都被她监控着，我没有秘密可言。我虽说早在二十年前就从她的身体里剥离出来了，但似乎一直都没有剪断过脐带二十多年来，我虽然并不需要用脐带汲取营养，但它依然牢固地存在着。她操控着脐带，随时把我掌握在手中，她把她的欲望通过脐带压进我的身体，让我有效地分担它的重量。她是全天下最狡猾的母亲，她让你离开她的子宫却并不剪断脐带，这样她就永远不会失去控制你的大权，她就可以在你的身上任意播种她的愿望。"[3]母爱在徐丽平眼里就是要控制女儿并不断地向女儿身上播种自己的愿望。女儿成为了她的私有财产，女儿永远处于她的监控之中，女儿不能有自由。愚昧的母亲无法认识到女儿是一个人格独立的个体，她需要有自己的思想、自己的情感，也需要理解和尊重。在这二十多年中，她始终就像影子一样跟随着女儿，监控着女儿，限制着女儿。这样自私又强势的母爱让人反感，令人窒息。

都说母亲是最包容、体谅和心疼女儿的人。徐丽平既不关心女儿也不体贴女儿，更谈不上理解和宽容了。她对女儿只有冷言相向、挖苦讽刺。女儿费尽周折好不容易考上

了小学教师，她不但没有鼓励女儿，而是冷言相讥，因为女儿当小学老师让她失望了，这样的工作满足不了她的虚荣心。自私的母亲只知道她需要节约钱来装修房子，因为房子是满足她虚荣心的关键。她认为只要在城里能有房子，哪怕是让女儿做二十年的房奴也值。因为有房也会实现她当城里人的愿望，所以她无暇顾及女儿的感受、女儿的需要。当女儿自作主张花钱危及到了她的需要的时候，她无法接受。于是她不惜母女之情，大发雷霆向女儿撒泼发泄，对女儿又打又骂。这个自私虚荣、被物欲化的母亲越来越冷漠无情。知道自己想要什么，从来没有关心过女儿需要什么的母亲通过不断向女儿施压来满足自己的虚荣心。"我的那颗心诞生于她的身体，她却不知道它在想些什么。或者说，她装着不知道它在想些什么，因为她只顾自己，她只服从于她的心——我这颗心的母亲。而她的心也跟她一样自私，它根本就不管它的孩子在想些什么。"[4]她只知道女儿必须成绩好，必须考上大学，必须拿到城市户口，必须在城里买房，这样她就可以在亲戚面前扬眉吐气、自豪无比，可以满足她的虚荣心。这样的母亲是可悲也可怕的，她的爱已经不是出自本能，而是带着目的，以满足自己的私欲为目的，所以女儿就无法从她那里获取温暖的母爱了。

虚荣自私的个性、贫困的生存环境、简单粗暴的相处方式，使徐丽平的母爱逐渐畸变。人性是一个矛盾的状态，兼有崇高伟大和卑鄙渺小的矛盾对立两个方面，作为真正意义上的人，这两者往往是同时存在的。母性是人格的一部分，也兼有作为母亲身份的崇高和作为"人"的自然本性。王华在《埃及法老王猫》中以冷峻的态度表达了对母爱的认识与思考，发出了完全不同的声音，以女性自审的眼光审视母亲本身，深入人物身心的内部构成，对社会历史中的人性进行思考，毫不留情地揭穿母爱真相中病态的一面以及与母爱异质同构的母性恶，还原母亲不是神而是人的存在。这对传统文学中的伟大母爱概念构成了消解和反讽，也为女性意识和女性文学的发展做出了新的探索，提供了经验。

作者简介：

牟玉珍，女，遵义师范学院人文与传媒学院副教授；

王海霞，女，贵阳市第十六中学教师。

参考文献：

[1][3][4] 王华. 埃及法老王猫[J]. 遵义文艺，2014（2）：36、34.

[2] 西蒙娜·德·波伏娃. 第二性（全译本）[M]. 北京：中国书籍出版社，1995：59.

王华小说题材五说

孙建芳

  仡佬族文学源远流长，且从不乏活力十足的后继者。然而，纵观历史，直到 20 世纪中期，仡佬族甚至整个贵州文坛都鲜有女性作家的身影，学者王鸿儒的《贵州少数民族作家笔耕录》，共介绍了 27 位作家，其中竟然无一女性。而仡佬族文坛，几乎也是清一色的男性作家一统天下。文学的世界，怎能缺乏女性甜美圆润的声音，怎能没有她们娇俏可人的情影？

  打破这种格局的，是近年来强势崛起的王华，她以另类姿势异军突起，用女性视角关注社会人生，用女性经验摹写世间百态，终于改写了男性作家独霸天下的历史局限，短短十来年已是成就斐然，连续在《当代》《人民文学》《中国作家》等名刊发表多部长、中、短篇小说，被《小说选刊》《新华文摘》《中篇小说选刊》等选刊和各种年度选本转载。著有长篇小说《桥溪庄》《傩赐》《家园》《花河》，小说集《天上没有云朵》，发表作品两百万字。中篇小说《旗》被改编成电影《等开花》；长篇小说《傩赐》被改编成电影《秋秋》；由《桥溪庄》易名出版的《雪豆》，荣获第九届全国少数民族文学骏马奖，贵州省政府文艺一等奖，贵州省乌江文学奖等多种文学奖项。

  王华说："我可以说是土生土长的山地作家，对山地百姓的欢悦与哀痛有切肤之感。因此，我习惯也钟情于创作与之相关的作品。"她两百万字的各类小说，题材不一，形象各异，故事内容丰富多彩：她写农民、写官吏、写爱情、写人性；表现手法灵活多样：大气磅礴的想象，行云流水的叙事，绝妙好辞的语言，冷峻幽默的讽刺，等等。今就作品题材而言，将其分为荒诞小说、情色小说、乡土小说、官场小说及其他小说几种类型。这些类型彼此间盘根错节、交叉重叠，形成了你中有我、我中有你的复合关系。

一、荒诞小说

  "荒诞"是一个古老的常用词，作为一种艺术流派，肇始于 20 世纪的西方。第二次世界大战以后，人们在战争的废墟上逡巡、思索，探讨人类社会与人的生存问题，产生了存在主义哲学；并由此发现，人类生存的社会及人的存在本身都充满荒诞性，因而用艺术形式加以表现，这便产生了荒诞派艺术，并从戏剧蔓延到艺术领域的各个门类。荒诞小说就此应运而生。

  中国的荒诞小说既不与西方即时同步，也绝非复制雷同，而是中国特定社会历史环境下的产物。首先，在涌动过"伤痕文学""反思文学"的大潮之后，荒诞小说逐渐为人们所重视。其中很重要的一点就是以荒诞手法揭示社会生活特别是"文革"及其后遗症的荒诞，以达成某种艺术深刻，使"反思小说"发展到一个新的思想高度。其次，在对十年动乱痛定思痛的个性解放思潮中，在西方荒诞派艺术的影响下，中国作家也以荒诞小说的形式探索人本存在的荒诞问题。第三，随着改革开放和都市文明的迅速发展，新一代作家也以荒诞小说反映现代人与社会的种种矛盾以及荒诞的存在状况。另外，在魔幻现实主义的直接影响下，某些作家还以魔幻现实主义的手法反映地域性的、原始思维中的荒诞文化意识。总之，就整体而言，当代中国荒诞小说对荒诞现实的揭示，往往蕴涵着某种对现实的批判精神，体现了作家以荒诞艺术对社会现实的对抗和反思。

值得注意的是，荒诞小说只是中国当代许多作家文学实验的一个方面，并没有专门的一批作家把荒诞小说作为自己创作的主要方面。王华也不例外，她的小说多为写实，但在立足本土，保持自己创作优势的同时，也在努力突破自己，运用现代主义的荒诞手法创作小说，带给读者全新的审美感受。《桥溪庄》《静静的夜晚》《歌者回回》等作品，都明显带有荒诞性质。

《桥溪庄》中，桥溪庄人集体罹患"不孕症"，女人们只怀"气胎"而不怀"血胎"，好不容易坐胎怀孕，却往往莫名其妙像风一样化为乌有。这固然是环境污染的恶果，但字里行间充满诡异的荒诞无稽，笼罩着浓郁的神秘色彩，表达了对病态现实的深刻反思，有人甚至誉之为"中国的百年孤独"，明显带有魔幻文学非理性的艺术特质。无独有偶，《花河》里来无影去无踪的"鱼鳅症"，狂风暴雨般肆虐横行："那一年我们花河两岸整整齐齐犯上了鱼鳅症，不管男女老少，地主还是佃农，一齐叫肚子痛。整整齐齐叫了十来天，好多人就给'鱼鳅'整死了。"这种莫名的瘟疫，是集体病态，是社会乱象，是有名无名或不言自明或难以名状的许多东西。

《静静的夜晚》初看题目不以为然，甚至觉得过于平淡，细细读完，便为内容的荒诞不经、冷酷冷血而震撼。王华以死者"我"的全知视角讲述故事：静夜中暗流涌动，鬼魅横行，罪恶伴着追金逐利——人得有多贪婪，才能以杀人为业，卖尸换钱？是什么使他们肆无忌惮、胆大妄为？轰轰烈烈的殡葬改革，某县为完成火葬任务而衍生出一个全新行业——买卖尸体，且"生意"红火。为利益所趋，有人开始盗墓盗尸，并发展成"一条龙"的特色服务。中国传统文化中不乏"盗墓"者，那么火爆的"盗墓笔记"，那么庞大的盗墓团伙，那么兴隆的黑市交易，可盗卖尸体却似乎闻所未闻，而居然能够成为"产业"，形成团伙的利益链，可见极有市场。这荒诞的存在，确实令人不寒而栗、毛骨悚然。

都说"大国小民"，某些时候，小民的卑劣已完全没有了道德障碍，他们胡作非为，恣意妄为，无所不用其极。各路媒体连篇累牍的新闻报道，只说关键词就已足够：劣质食品、女生失联、转基因、毒奶粉、"大老虎"、贪官、矿难、"小三"……一桩桩一件件，无不骇人听闻。封建迷信更是阴魂不散，沉渣泛起的配"阴婚"，从"盗卖女尸"到杀人卖尸，越"新鲜"越值钱。这是从现实生活到艺术创作的提炼升华。伟大的中华民族真是一个富于创造的民族，敢想敢干，能干会干，从旧观念的人死入土为安，到新政策的殡葬改革火化尸体，居然就催生出一条完整的产业链。可是，从"违法"到"犯法"，岂止一步之遥？杀人卖尸是十恶不赦的谋财害命，但就像那句著名的广告词："没有买卖就没有杀戮。"犯案者并非天生的恶贯满盈，一则是金钱的巨大魔力与人性的极度贪婪，二则是政策的空子和法律的漏洞。好在小说有一个还算光明的结尾，一群仿佛被世界遗弃、生活在社会底层的"边缘人"，相互温暖，彼此帮助，让人感受到了一丝人性的亮光和温馨。

《歌者回回》的故事背景仍是殡仪馆，仍是以死人为谋生手段，写唱丧歌的歌手孟回回明星般红极一时、大起大落的生命历程。为死人唱"离歌"——"这职业让人瞧得起瞧不起有什么关系呢，能挣钱呢，挣大钱哩。"人生百相，世态炎凉，在生命终结的哀婉歌声中，依然伴随着荒诞的、令人齿寒的金钱闹剧，这实在是对现时活人的警示和挞伐。

二、情色小说

"情色"二字一出现，就自带几分香艳和暧昧，后缀"小说"，便成了一个有争议的概念，搜索网络，百度百科竟无此词条，360 百科解释为："情色小说即激情小说。情色与色情的区别在于——前者是叙述与性爱、性欲有关的感觉和事物，将性器官视作身体间达到圆满沟通与解放的媒介，在巨细靡遗的描述性爱心理及过程中，始终保持身体的美妙神秘，并表现出严肃的主题。色情则是刻意夸张性能力与性器官，表达出某种性别（通常为男性）的滥用力量，去侵犯、强暴、侮辱、丑化另一身体。"

无论此说的认可度如何，无可否认的是，此类题材广泛存在，古今中外，概莫能免。而某些作品情色描写过多过滥或过于"写实"，便因涉嫌"海淫海盗"而成为禁书，《金瓶梅》《洛丽塔》《查泰来夫人的情人》皆属此类。

王华的《花河》《傩赐》《桥溪庄》《天上没有云朵》等作品，都有大量的情色段落，有的很唯美，有的也颇遭非议，特别是某些细节描写直白裸露，失去了国人惯于讲究的含蓄，尤其是对于"性"点到为止、"只可意会不可言传"的会意。中国古典文学作品中，虽说亦多男欢女爱的情色镜头，但往往在华丽的铺陈之后，欲言又止，欲说还休，如结婚庆典，繁琐的程序仪式自不必说，一声高呼"新人入洞房"，便戛然而止，干脆利索。摇曳的喜烛，大红的盖头，崭新的婚床，羞赧的新人……一切的一切，都只留待读者去想象，去"完成"，然后才有"味道"，才得意趣，否则你把一切都说完写尽，还让别人去品什么想什么？这也难怪所有的童话故事都只有一个共同的结局：从此，他们过着幸福的生活。

《花河》发表于《当代》2013 年第 2 期头条，封面便是醒目的"河流水，水流花，人面似花，人命如水"，非常令人动容。小说开篇即言："我们那条河叫花河，花河两岸的女人都以各种花起名。不知道是因为那条河叫花河，女人们才以各种花起名，还是因为女人们以各种花起名，那条河才叫花河。"单单一个"花"字，便已让人浮想联翩：是花容月貌、闭月羞花？是红颜祸水、红颜薄命？"花"年年岁岁，"水"绵绵不绝，是生命，也是岁月。花河边，一群以花命名的女子，一代代，一茬茬，在那个动荡的年代，波峰浪谷，任意沉浮，命运便也如花一般易开易败，随风凋谢，零落成泥。

《花河》体现了王华创作上的新探索。以白芍、红杏为首的几位女子，为了能够活下去，或者根本改变命运，以身体为赌注，用最原始的交易，换取最基本的生存。身体是她们的唯一所有，也是最大资本，是可以自由操控的秘密武器——主动出击，进攻男人，无往而不利。但并非每一次的性爱都出自本意：曲意的、诌媚的、逢迎的、被迫的、买卖的、献祭的、虚情假意的、逢场作戏的，凡此种种，不一而足。作者以大量的、甚至匪夷所思的情色描写，述说一群女子随波逐流的身世命运，更重要的是演绎了黔北边寨近半个世纪的政治经济风云。王华说新作最令她满意之处在于"离人的内心距离近了"，可见，她在尝试从文本中传递出更深远更厚重的社会内涵。被历史逼到绝境的女性如何"求生存"和"寻放纵"，以及在特殊情境下女性肉体欲望的呈现方式，就成为王华情色小说的独特性之所在。

与《花河》形成鲜明对照的，是中篇小说《女人花》，我把它归入此类，是因为里面也有大胆的情色描写，却含蓄、优雅、感伤。柔弱的都市女人，粗放的高原女子和修建"天路"的汉子之间的爱恨纠葛，情与爱，色与欲，乱麻一团，"剪不断，理还乱"。作者把身体的放纵和心理的隐忍，情感的归宿和精神的需求都拿捏得很准，张弛有度，恰到好处，尤其是女性爱恋心理的刻画入木三分，是我很喜欢的一个中篇。

而《赗赐》的一女三夫也好，《桥溪庄》的父女乱伦也罢，在性爱的描写中，作者有"放肆"又有"留白"，即字句表述绝不面面俱到，以简约和删减为表现手段，给读者留出理解、想象和艺术再造的空间，使语言表达具有"纸上几十字，句外千余言"的强大张力。

三、乡土小说

乡土小说是指靠回忆重组来描写故乡农村的生活，带有浓厚乡土气息和地方色彩；或指上世纪 20 年代初、中期，一批寓居北京、上海的作家，以自己熟悉的故乡风土人情为题材，旨在揭示宗法制乡镇生活的愚昧、落后，并借以抒发自己乡愁的小说。王华的乡土小说貌似并不完全符合上述定义，或可界定为"地域小说"或"民族小说"。

从地域看世界，从文化看人类，是当代民族文学创作的必由之路；一个民族作家，不仅是民族生活境况的文学代言人，更是人类灵魂的承担者和叙述者，应该有一双透过文学打量世界的眼睛。作为仡佬族当代杰出的青年作家，可以肯定的是，王华小说的地域文化特色非常明显，无论是题材内容、人物设置、人物语言、叙述话语，都充满浓郁的黔北地域文化特色，《回家》《家园》《赗赐》《在天上种玉米》等作品，都以其显在的民族性或张扬的地域性，被归入"乡土小说"一类。

在农村生活过很长一段时间的王华，和绝大多数国人一样，有浓重的、挥之不去的乡土情结。其实，数千年的农耕文明，已经在民族血液里烙下了深深的乡土印记，无论"乡下人"还是"城里人"，追根溯源，三代以上肯定都是不折不扣的"泥腿子"。庄稼人种地，从来就天经地义。黔北地界，连绵的十万大山，贫瘠的石缝坡地，玉米（本地俗称苞谷）曾是这里乡民养家糊口的主食，有歌谣为证：

有女莫放高山山，一年四季把门关。

一天两顿沙沙饭，双脚烤起火斑斑。

"沙沙饭"即苞谷饭，粘性差，口感不好，暗示日子过得清苦。

既然玉米是活命的主粮，那它就是乡民眼中最好看的风景。母亲拖着衰老的身子，牵着、抱着、背着自己三个孩子的三个孩子，劳心费力地在山坡上种玉米。从播种到施肥再到收获，都已经是她力所难及的繁重劳作，但母亲义无反顾，她不能让土地撂荒，她要让外出打工的孩子有个念想，有个家（《母亲》）。

那进了城又如何？播州有个三桥（作者老家某地就叫三桥），三桥出了个能人王飘飘，把全村男女老少整整齐齐带到北京安了家，尽管是在六环一角的善各庄，一个城乡结合部的城中村。老村长王红旗乃王飘飘之父，虽然进了皇城，却并不能安享清福，在追忆"激情燃烧的岁月"中郁郁寡欢，终于别出心裁，带领村民们在房顶上铺土种玉米，硬是把善各庄"变成"了三桥。浓郁的思乡情怀在种玉米中得以实现（《在天上种玉米》）。

长篇小说《傩赐》别具一格，仿佛一道仡佬族的民族符号，是为追溯民族之根、展示民族之魂而作，是黔北作家少有的带着自觉的民族意识创作出来的作品之一，因此更像一部寓言，以自然界像奶一样浓的"白雾"和失去本性的"白太阳"，以傩赐庄的贫穷和一妻多夫的陋习，以桐花节的盛大庆典和欢快氛围，象征着仡佬族苦难深重的历史，表达着作者对民族未来的美好期望。傩赐庄的"桐花节"热闹非凡：全庄男女穿着民族特色的节日盛装，近乎宗教仪式的"桐花姑姑"传说的演出，一浪高过一浪的对歌热潮，傩戏班子戴面具演出的《山王图》，仡佬族特有的体育运动"打篾球"，十二张八仙桌上惊险的"高台舞狮"，确确实实展示出多姿多彩的"仡佬族符号"。

正处于创作"爆发期"的王华，用一系列苦心经营、倾力打造的优秀作品，向世界招摇自己的才情，也告白那一颗赤子之心。无论是打工者风餐露宿、历尽艰辛的回乡路（《回家》），还是即使举世风花雪月，也要执着还乡，寻找真正的精神家园（《家园》），都因对地域生活的精彩描述和对地域文化的审美观照，使其乡土小说别具一格，丰富了民族文学的创作园地，为贵州乃至中国当代文学的创作注入了新的活力。

四、官场小说

"官场小说"是以现实主义创作手法反映"官场"生活的小说类型，就某种程度而言，其文化意义远远大于单纯的文学意义。"官场小说"乃民间通俗说法，其实质在于，作家用独特视角观察和书写以中国政治官员为核心的大众生活、执政能力和社会现实，以及中国政治文化和政治文明的现状与进程。

"官场小说"作为一个文学概念被正式提出，是在1998年王跃文的长篇小说《国画》出版以后，随着小说的走红与风行，催生了一大批模式化的作品。因揭秘官场的贪污腐败，描写相互倾轧的权力斗争和政治较量，成为读者满足猎奇与窥秘心理，乃至学习"从政经验"的不二"官经"。作者将来自官场的观察甚至从政的体验，在作品中大肆渲染，详加叙写，一重重一幕幕，描图绘形，抽丝剥茧，这对与官场铁幕远隔千山万水的普通读者来说，具有极大的诱惑力和吸引力。官场小说揭露了一定的社会现实问题，并取得了令人惊叹的销售奇迹，但学界普遍认为这只是一种消费型的娱乐文学，并无太多文学意义上的价值与建树。

王华置身官场之外，她的"官场小说"更多是借助官场这个特殊平台，直面毫无装饰的现实，正视真实本色的人生，对人性进行深度挖掘和深刻剖析。短篇《一只叫夺耳的狗》算得上是篇官场小说，虽然不过是在"官场"的最边缘最底层。"自从儿子当了主任，当爹的就怕儿子了。仿佛当了主任以后儿子就成他爹了。他来儿子家里养病已经好几天了，儿子不准他出门他就不出门，规矩得像个听话的儿子。"一个再小不过的县办主任，却颠倒了儿子老子的人伦乾坤，令人不禁想起契诃夫笔下一个个对上胁肩谄笑、对下粗暴傲慢的小官吏，一个个俯首帖耳、奴颜婢膝的"变色龙"。都说"狗仗人势""狗眼看人低"，这是典型的中国式的"阎王好见，小鬼难缠"。小说照见的是人性的黑暗和"狗性"的敦厚。某些时候，摇头摆尾的"狗"真比衣冠楚楚的"人"更具温情，更显忠厚，相对于狗的忠诚专一，"人不如狗"是多么的令人酸楚齿寒。

另一篇以狗命名的小说《曹赛是条狗》，同样显出不动声色的讽刺挖苦，取得了"黑色幽默"的艺术效果。来自高官家庭的"狗"曹赛，首先姓了主人家的姓，叫了与孙辈排行平起平坐的名儿，然后"钦差"般坐享至高无上的各种荣宠：专门的狗食，专人的陪护，以及专车的接送，去医治过度美食后的"郁闷症"。居高临下的奶奶，唯唯诺诺的妈妈，事不关己的爸爸，借狗逃学的儿子，形形色色的闲人，共同构成了一个五脏俱全、五光十色的"官场"。在"狗性"的张狂跋扈中，人的"奴性"时时刻刻如影随形。"狗性"与人性谁更敦厚？人狗错位是谁之罪？王华以天才的想象和对人性幽暗的敏锐洞悉，成就了一篇不折不扣的"官场现形记"。

当过多年教师的王华，将目光转向校园，创作了中篇小说《老师彭人初》。号称"最后一片净土"的校园，却并非众生向往的人间乐园，同样充满看不见的战火硝烟。腿有残疾的教师彭人初，有点才华，有点自负；有点落魄，有点过时；有些小心计，有些鬼点子；面对美色，"嘴不老实，心里更不老实"；他善良、要强，也虚荣、嫉妒，终因不能与时俱进而险被淘汰。他的"敌手"是以校长为首的整个"校方"，他在这场无声的较量中惨败，输得个"精精光"。

其实，谁都明白，"校方"即"官方"，有强大的气场，有庞大的阵营。"官本位"沿袭千年的中国，往往唯长官意志是瞻，所以自古以来就有俗语"民不与官斗"。因为，再小的"官"也是官，何况"县官不如现管"，再小的官场也具备官场的五脏六腑，拥有官场完整的生态系统：迎来送往、察言观色、尔虞我诈、勾心斗角、蝇营狗苟、争权夺利、欺上瞒下、恃强凌弱、官商勾结、权利交易。俗世纷争，官场乱象，不是娱乐过度的娱己娱人，而是胸中块垒，人间情怀，是骨子里固有的人性善恶与爱恨褒贬，无言地诉说着是非功过，净化着世道人心。

五、其他小说

王华的其他一些小说，如《埃及法老王猫》写浅薄的虚荣，《逃走的萝卜》写懵懂的初恋，《新媳妇》写甜蜜的新婚，《静静的夜晚》写了荒诞也写了官场，很难强划范围并逐一归类。而且，上述所论作品，不说挂一漏万，即使分门别类，也是相互交叉，彼此重叠。总之，就内容看，王华小说立足黔北村镇，关注社会转型期底层百姓的生存现状：生态危机、文化贫瘠、人性善恶、物质困顿、信仰迷失……具有鲜明的现代主义元素；就艺术看，采用夸张、变形、荒诞、象征、隐喻等现代主义手法，从人心透视世界，具有"心理现实主义"特色；就题材看，可归纳为荒诞、情色、乡土、官场及其他小说几类。

追随王华创作的脚步，及时欣赏她的最新力作，是享受，也是期待。王华已经发表的两百万字的作品，我大抵都已拜读，有的印象深刻，有的过目难忘，有的则模糊了人物，混淆了故事。如今重新梳理，感慨良多。因学识浅陋，视野有限，亦因见仁见智，标准不一，我的归类未见准确，未必得到学界同仁及作者本人的认可。一孔之见，抛砖引玉尔。

作者简介：

孙建芳，女，遵义师范学院地方文化研究中心副主任、教授。

试论王华小说的人文关怀

熊敬忠　梅名娟

立足黔北本土作家，挖潜黔北作家审美经验，展示黔北文化艺术特色，为社会主义文化大繁荣、大发展做出贡献，是批评界的义不容辞的责任。从文化角度来看，黔北作家包括三类群体：出生于黔北又成长于黔北的作家，来源于外地在黔北长期工作与居住的作家，黔北籍在国内外工作生活的作家。近年来，遵义市文联、遵义市文艺理论家协会以及县市级文化艺术团体，组织对黔北作家作品进行专题探讨，取得了很好反响。就笔者来遵之后所知，单女性作家就召开了汪洋、肖勤的创作研讨会。本次，将集中探讨王华创作研讨会。

一、王华：黔北少数民族作家标杆之一

王华是近年崛起的黔北仡佬族青年女作家，贵州当代创作势头稳健的中青年作家。她以女性的视角和非官方的平民姿态进行写作。她将个人感触到的个人痛苦、社会病变、民众困惑、理性思考等付诸文字。她"来势汹汹"，披风裹雨，短短的几年时间，就先后在《当代》《人民文学》《中国作家》《山花》等重要文学刊物上发表作品。其中，长篇小说《桥溪庄》，获《当代》文学杂志长篇小说拉力赛冠军，短篇小说《一只叫奔耳的狗》《逃走的萝卜》被《小说选刊》转载。她还发表了长篇小说《傩赐》《花河》《家园》，中短篇小说集《天上没有云朵》等。

王华以优异的创作实绩，接连获得全国少数民族"骏马奖""贵州文艺奖""乌江文学奖""尹珍文学奖""遵义文艺奖"等奖励，引起贵州文坛乃至全国文艺界关注，被公认为是具有很大创作潜力的仡佬族女作家。我们认为，王华是黔北少数民族作家，尤其女性作家标杆之一。

王华的小说表现出来的是对乡村弱势群体的人文关怀。向我们展示了在城市化进程中的现代乡村底层人民生存的恶劣环境和他们艰苦挣扎的历程。她用特殊的叙述角度和方式，去唤醒人们的良知，表达了对社会弱势群体的终极关怀。本文在阅读了王华的大量作品和广泛吸取了前人的研究成果的基础上，来对王华小说做进一步的研读与评论。

二、乡村生命叙事

我们并不因为王华创作数量上的众多而强制性牵扯我们的注意力，而是在于王华小说的创作折射出的是一种强悍的艺术生命力。她祛除了把玩乡村的民俗风情的感受和灵

空的抒情，而更注重的是对底层人民的物质生活和精神心态的审视与发现。把当下的时代环境与人的生存环境有机地结合起来，从而挖掘出一种内在的叙事张力。另外，王华不是以一种知识分子自娱自乐的方式去构建那个并不属于她的生活世界和话语快乐，也不是依照知识分子的想象方式和表达方式及其艺术表达来形成她的审美观和价值观。恰恰相反，王华是以一种亲临者的身份去切身体验现实生活，以一位普通人的身份去展现黔北地区普通人在恶劣环境中的生存状态和生命历程。用绞痛撕裂般的心灵去关注底层社会，以人类特有的悲悯情怀关照着弱势群体的生存命运，呈现出对大众叙事以及大众情怀特别关注的人文取向。

很多作家都把目光投向日益辉煌的现代都市，着力地去描写都市中人们的意气风发快节奏生活和力争上游的拼搏精神。王华却没有随波逐流，相反，她把目光投注到了乡村，她始终关注着自己生命的根源——乡村。在她的思想中，乡村虽然不完美，但不可否认的是乡村是人类灵魂的家园。在她的小说中，乡村是那么的美丽、清新、淡雅、宽容，是累了倦了最想要回归的栖息地。

毫无疑问，王华的作品是以她出生、成长的乡村为题材。她以乡村为背景，作品揭示人们物质上的贫瘠和精神上的"贫血"，进而挖掘乡村社会底层卑微人生的个体的日常生活。王华曾经当过山村教师，时常走在崎岖的山路上，她深知底层的艰辛，农民的苦楚，熟悉乡村社会的人情世态。而难能可贵的是她不因为地位的改变拉开与底层的距离，甚至以更强烈的零距离关怀贴近这忧郁的大地，并以不能承受的生命之轻来书写不能承受的乡土之重。她深入底层社会，为底层的生活状态而痛定思痛。

在王华的小说中，无论是写基层教育，还是普通的人生悲剧，都给予了切实的悲悯情怀。她把笔力深入到乡村教育敏感区域，还对乡村民众生活伦理进行展示和挖掘。《老师彭人初》和《旗》是王华写乡村教师的代表作。在王华写作之前，她本身就有代课老师的经历和身份，她切实地体验了作为乡村代课老师的那份艰难和心灵的痛楚。《老师彭人初》写的是一个知识欠缺不能胜任教学工作的残障小学代课老师彭人初，他在工作中、生活中内心的痛苦及善良的人格表现。彭人初经历了工作调动的风波、惩罚学生遭到家长的反应、上课被捉弄、私自掏钱为贫困学生交学费、女儿在广州打工走不正当道路而丧失生命导致他精神失常以及到最后学校表扬彭人初等过程。作者把彭人初一系列的人生苦难历程活脱脱地呈现在读者的眼前，彰显了作者的情感价值和态度取向。而《旗》书写的是偏远的木耳村一个民办教师爱墨在两间土房子里头从教 46 年后的焦虑、孤独心态。旗不但是爱墨老师的学校所存在的标志，而且也是他精神上的动力源泉及人生存在的价值体现。爱墨老师本该退休享受晚年清福的日子，但随着市场经济的发展，乡村早已经失去了原有的欢声笑语，留下了天真的孩子和孤独的老人，而爱墨老师就成了木耳村两间土屋学校的守护神。作者在试图揭示偏僻乡村基础教育存在的问题，特别是像处于基层的爱墨老师对教育事业的呕心沥血的爱岗敬业精神，而它的现实意义在于呼吁相关部门对偏僻乡村的留守儿童和基础教育的关注，同时更希望对像爱墨老师这样在基层教育中敬业的工作者给予支持和关心。中国的乡村教育也在随着城市化进程的加快而变化着，因为人口流动量越来越大，乡村出现的问题也越来越多，所以如何面对这一问题也是作家们重点关注的问题，同时也是值得我们深思和关注的问题。

另一部作品《天上没有云朵》，在王华的笔墨里显得十分的沉重，写一个女性凄苦的人生命运。故事发生在靠天吃饭的黑溪庄，题目就寓意着即将给这个村庄带来的厄运。故事的叙述者是只有七岁的"我"，"我"家有一个只有一条腿的父亲，弟弟是个傻子，一家四口人都指望着母亲吃饭。黑溪庄主要劳动力都外出挣钱去了，村里就留下一群妇女，而黑溪庄的人们是在村长的把持下生活，于是黑溪庄的年轻妇女们就成了村长捕捉的美食了。"我"的母亲也不例外，母亲和村长做爱被"我"发现，当时愤怒的"我"咬掉了村长的一只耳朵。这样，却损失了一头大肥猪。母亲为了和邻村争夺水源，却承受了巨大的道德压力，被五个男人强奸来换取放一次水的机会。虽然是流进了各家各户的农田，但村庄的人们并没有感谢母亲。相反在村庄人们的侮辱和父亲的打骂中，母亲上吊自杀了。"我"和父亲抱了两捆稻草烧掉了村长的家，最后，"我"也成了孤儿。

王华把一个非常传统的女性放在了为农田抢水的故事中，最后违背了传统道德，不是因为乱性，也不是因为人性的需求，而是被生活的现实逼上绝境的必然结果。故事情节虽然简单，但作者通过流畅的语言和精妙的细节描写，把乡村普通人的生存命运和精神状态很好地展露了出来。体现出了一种具有强烈生命力的艺术表现方式。

从审美图式上看，王华以呈现真实的文学幻象，来深刻解剖基于人性深处的文化丑恶。当文化丑恶建构起权力之网，又在实践中成为某种压迫性存在时，弱者的抗拒就是可悲的了。乡村底层群体悲剧命运无可避免地发生了，也同时暗示作家对悲剧的深刻认知以及借助文学呐喊人性生存自由的美好愿望。因此，这是一种乡村生命叙事表达。

三、探寻底层群体人性之美

王华她生在底层，非常深知农民的生存状态，更加关注农民的命运。农民和农村都是王华小说的题材，她的作品差不多都是书写农村的。她说："只有农村才能打开我的文学情怀，我生在农村，长在农村，工作也曾在农村。我有很多农民朋友，我对农村有一种亲切与依恋。我熟悉他们，跟他们很亲近。"她书写一部分农村人的痛苦，撕心裂肺的让人有揪心的痛，她书写苦难，写得有张有弛，有声有色。她善于观察社会，善于思考人生，并以独特的眼光来关注民生，这正是她作品的特点，也是她的最大优势。

王华在书写底层生活的苦难时，并非是把所有的人都设置在底层的苦难生活中，而是重在叙述底层百姓卑微的生活时，特别注重对他们精神世界的挖掘及反思。比如，短篇小说《在天上种玉米》，主要描写贵州一个偏僻的乡村——三桥乡的一大群人，搬迁到了北京六环路上东北角的一个角落里，临时居住，以便于在北京打工。三桥乡人身体迁移到了北京，而他们在城市的行为呈现为乡村文化。

这种乡村文化想象被他们设置为：城市社会形态假想为乡村背景，日常处事按乡村模式，如把北京的"善阁庄"改为了"三桥庄"，并修建村牌坊。没有土地，就在房子的顶楼上铺上些许泥土，种下了玉米，企图复活拯救乡村传统民族文化记忆。而这样朴素的乡村文化，与城市文明发生强烈冲突，遭到城镇人的强烈反对。《母亲》也写得成功，王华没有从正面写打工的艰难与苦难，而是从侧面写老年的母亲在家里种地和几个孙子的关系。她的几个儿子都在外地打工，母亲与儿子之间的关系不但在距离上拉大了，而且精神空间也拉大了。母亲并没有因此怨天尤人，而是默默地承受一切。因此，孤独老人和留守儿童已经成为摆在现实生活面前的问重大问题。年老母亲的坚强不仅叫人心酸，而且值得读者深思。

这种叙事形式在王华小说中，还进一步显示为乡村文化在现代化进程中如何克服物质匮乏与传统文明的纠结，以传统文明最终获得胜利，转化为精神胜利的表征，以寄托对乡村文化与乡土族群的复活式想象，借以表现乡村人性之美。因此，王华不是一味地写底层人民生活是如何的苦难，而是通过自己切身的体验和深入的思考，将笔下的女性形象放在比较适当的位置，注重挖掘人性，尤其是女性之美。《傩赐》是王华写得最见功底的一部长篇作品，给读者讲述了白太阳下的傩赐庄一个美丽又悲伤的故事。当代中国，在工业化、城镇化条件下，城市与农村都发生了天翻地覆的变化，然而在极偏僻和贫困的傩赐庄，仍就处于一个闭塞的状态。由于环境恶劣，条件艰苦，傩赐庄仍就保持着"一夫多妻制"的婚姻习俗。相距傩赐庄几十里路程的外村坡脚姑娘秋秋，在不明这里的情况下就嫁给了三个男人，无奈的秋秋轮流同三兄弟同房。他们兄弟三人都拼命地劳作挣钱，都是为了让秋秋能过上有尊严的生活。然而，兄弟三人为此付出了惨重的代价。大哥岩影挖煤时胳膊和一只耳朵都被煤给切掉了，二哥挖煤却瘫痪在了床上，"我"（蓝桐）因为家里贫穷被迫退学了。为了能够过上正常的一夫一妻生活，"我"和秋秋都因生活逼迫进入煤矿，也险些送了命。在现实生活的无奈之下，秋秋最后一个人挑起了一家人的生活重担，照顾瘫痪在床的二哥，选择了嫁给大哥岩影。当"我"准备远走他乡挣钱娶老婆时，陈风水村长却拦住了"我"的去路，他的理由就是给这些黑户口的汉子们上课，小说的结局在这个地方就戛然而止了。

这种悬念式结局设置，给读者留下了巨大的想象空间，让读者从阅读经验与各自人生体验出发，去填补这片空白。当然，王华小说的乡村式复活记忆与人性之美的书写，颠覆了当代社会观念，力图以乡村话语来批判物质文明形态，构建基于回溯与反转型的文学模型，会冒着很大的风险。但王华很执着，她不担心自己的文学活动会让读者反胃，而是在似乎唯美的人性刻画中，把残酷与带血的乡村潜意识传递给读者，唤起读者的敏感和对当代社会的反思。不可否认，王华的叙述是相当具有穿透力的，这些得益于王华具有丰富的生活体验和忠实于农村生活的真诚态度。

结　语

王华小说的乡村叙事与人文关怀，并非完全遵循当代文学的现实主义路径，至少与20世纪80年代中期以前现实主义文学表现有较大差异。整体来看，20世纪80年代中期前现实主义长篇小说，特别是农村题材作品，像《山乡巨变》《创业史》《山那面人家》《禾场上》《徐茂和他的女儿们》等，传承中国以情节取胜线性模式为主的直线叙述方式，将人物性格与命运放置在政治化背景之影摄下。于是，正面人物性格多表征为高尚的政治理想与崇高道德品性的统一，而他们（她们）真实的生活面貌和心理状态被扭曲了，这是意识形态的文学假设。换言之，他们离真实的社会情景或乡村文化状况，有较大的距离。因此，其审美文化内涵与价值意蕴，就与真实发生了较大分裂。王华小说则明显不同，其小说路径为：将现实主义化解为呈现具有魔幻现实主义特点的形式，又适当填入一些浪漫主义的颜料，把农村文学形象塑造成沉重的、背负物质重担与心灵压力的、最终又在屈从般的抗拒中存在的性格，可概括为"愚倔"的性格。原因在于，第一，她从小接触乡村社会，对乡村生活有切身理解。第二，黔北仡佬族地处边缘，少数民族独特的地域风光与文化习俗，有别于中原汉族文化中心。第三，仡佬族女性作家的独特个性与文学追求。第四，作者追寻现实主义、现代主义创作方法，又存在一定的认知差异与偏离。

或许，在未来的文学道路上，王华小说创作会对仡佬族文化作更多的现代化描述。

作者简介：

熊敬忠，男，湖南义阳人，文艺学博士。

梅名娟，女，遵义师范学院人文与传媒学院 2011 级学生。

紧扣时代跳动的脉搏

——对王华小说的感悟

张　维

近日，接连读了王华的短篇小说《歌者回回》《香水》《逃走的萝卜》《在天上种玉米》《天上没有云朵》，给笔者的总体印象是准确把握时代脉搏，与时势同呼吸，共跳动，对土地有着执着、深沉的爱，呼唤对逝去的物质、非物质文化的回归。想到的关键词是尊严、面子、改革、乡愁、奇幻、童趣。

王华的小说具有浓郁的乡土气息，始终不忘关注农民工，关注残疾人等弱势群体，强调人的自尊、自强、自信、自立。她的描叙淡淡的如田野山间的野花，随风摇曳，艳而不浓，香而不袭人，但你能感到亲切，感受另一种美。纵观她的小说，主要有以下几个方面的特征。

一、将面子、尊严渗透到作品中教化人们如何做一个大写的人

关注人的内心世界、情感世界是王华小说的常态。《老北京布鞋》《香水》《逃走的萝卜》《在天上种玉米》《天上没有云朵》等都从剖析人的灵魂，观照人的内心着手。她审视人的内心世界犹如现在医学上使用的那种在体内全身游走的微型摄像头，将人的内心看得真真切切；医治人的疾病，也如现在取胆结石的微创手术，不留多大的创伤、痕迹，但直击要害。

人活一张脸，树活一张皮。沈从文在文章中说："只要从老家走出去了，即使是乞讨，别人也觉得你有出息，窝在老家原地，人们就认为你无能。"《在天上种玉米》一文中写道："一旦把这地方叫三桥了，那就没皇城的气息了。你想想啊，别人问你，你家住哪里啊？你说北京善各庄啊，别人看你的时候眼神就不一样了。""这地儿不管叫什么，只要在前面套上个北京，就是土的也变成洋的了。打个比方，一个长得矮瓜瓜的人，只要头顶上戴一顶官帽，那这个人你怎么看都很高大。""哪能回呢，我花这么大的劲就是为了接你们来享受的，这里是北京哩，以往在老家那边，一听说谁家有个人在北京哩，所有的人看他们时眼神儿都不一样。现在我们把一个村庄都搬北京来了，多了不起的事噢，你却要回去，回去干啥？王飘飘说。"文中人物的这些对话和《香水》里彭人初对子女教育的失败，让他很没有面子，于是不再抛头露面等，无不体现了作家对面子观念、自尊心、虚荣心的剖析。

人争一口气，佛争一炉香。人要的就是一个尊严。张准准的装修工程被陈倩倩抢了去，内心不服，找王飘飘去报仇，教训陈倩倩，哪怕欠王飘飘的人情，还搭进去 5000 元的医药费，也要挽回面子，否则将来难以立足，人家看你软弱，别人也会要跟着欺负。这不是钱的问题，是尊严问题。我们从《逃走的萝卜》里我要见证我能种出萝卜，《北京老布鞋》里李平在煤矿事故中死亡，妻子英梅不接受高额的经济赔偿以及《天上没有云朵》里妈对村长的誓死不从等，再次申明了人生来就爱面子的，要尊严的，换句话说，都有虚荣心。

《歌者回回》中说"这职业怎么就让人瞧不起了？要是让人瞧不起又哪来那么多人出那么高的出场费来请你去演唱呢？"从孟回回找朋友的艰难看出，人们对职业的看法是有高低贵贱之分的，不是钱多就是好职业，不是钱少职业就不好，比如公务员，工资不高，为什么那么多人去考，因为人们有偏见，很世俗。正如有些大老板，他天天都可以拿钱请客，但他们觉得这样没有面子，他们也需要别人请他吃喝玩乐，需要所谓的尊严、脸面。总觉得做丧事场中的工作要矮人一等，要下贱几分。万般皆下品，唯有读书高，学而优则仕，读书的最终目的就是当官。他们受儒家传统文化的影响，所以无论如何也要把自己的孩子送去读书，要培养成大学生，走仕途，否则受人瞧不起。比如一些私营企业厂长，经理，大老板，花钱也要买个人大代表、政协委员来当，他们除了和官场接触寻求保护、寻找商机外，更多的是增加一种荣耀、光环，提高自的身份、身价。更有甚者，花钱买官当，要的就是那种前呼后拥，别人在自己面前低三下四，自己高高在上的感觉。比如那些擦皮鞋、补皮鞋等成本不高，技术难度小，风险不大，但却比较挣钱的职业，很多人就是不愿意做，认为那种工种低贱。这都是一种世俗观念，用传统眼光看问题的结果。

《逃走的萝卜》告诉我们，人很多时候，包括从小就活在别人的眼里，就争强好胜，都希望出人头地，希望与众不同，希望别比人高一等，活在别人的尊重里，大看里，仰望里。然而，当你功成名就，有成就感，可以展示、炫耀、卖弄的时候，别人并不在乎，并没有当一回事，这时你会莫名的烦恼，感到很没有劲，没有趣，有一种无可奈何的悲哀。从《香水》里可以看出，任何人都有尊严，都有爱美之心，换个角度理解，都有向上的欲望。身残了，心是健全的。民办教师彭人初的名字其实就是取其《三字经》里的"人之初"句，蕴含了作者对彭人初的正面塑造。他身残了，他爱美，追求理想的生活，他有自尊，他不自卑，他通过自己的勤劳智慧、聪明好学，最终靠知识改变了命运，实现了正常人不能实现的成家立业、娶妻生子，收获了人们的尊敬。而陈丽丽，华而不实，靠攀龙附凤，靠依附别人，最终走上吸毒道路，没有好结果。这个故事启迪我们，天上不会掉馅饼，只有靠勤劳，靠善良，才能获得人们的尊敬，才能做一个大写的人。

二、从关注农民工群体生活着手，反映时代变革

王华作品的很多篇什都写到从乡村到城市务工人群的生活。这一方面是她曾经生活在基层，对农村生活比较熟悉，写起来比较顺手。另一方面，也反映了她关注农民工的

生存境况，思考改革开放，体现了一个作家的良知，一种社会责任感和历史使命感。比如最初的《桥溪庄》《香水》都用了一定的篇幅来叙写民工生活，尤其是《老北京布鞋》深刻地揭露了农民工的悲惨遭遇，表达了作者对黑心煤老板的切齿痛恨。

《天上种玉米》用一定的篇幅揭示了拖欠农民工工资的本质问题，批判了当今工程项目中的层层转包，债务纷繁复杂，讨债的艰辛，制度的缺失，监管的不力等现实，体现了作家对弱势群体的关爱。主人翁老村长王红旗移居北京善各庄意欲改地名，制订村规民约，体现了他作为一个基层干部，对现代社会的理解包容，努力适应新形势，但最终显得无能为力，只好放弃、回避。写出了老与少，城市与乡村，保守与开放，新生与老死的复杂心态，一种分娩的阵痛，一种反叛，一种迷恋的新旧矛盾的交织，一种内心的挣扎，一种难以割舍的情怀。

文中写到"他不光要村里人从心里把这个地方当成三桥，他还要让地球和地图也承认这里叫三桥。"体现了对乡村生活、对旧事物的美好怀念，对新事物的向往，矛盾纠葛由此表达得淋漓尽致。

王飘飘的壮士断指暗示了他与陈规陋习和恶俗势力的彻底决裂，从另一个层面也影射了彻底砸碎一个旧世界，努力走向一个新世界。

三、为人类生存状态探寻道路，引领向前

正如屈原说的那样：路漫漫其修远兮，吾将上下而求索。王华的作品不像有的作家那样，在事情已经发生了才去叙写，犹如新闻或者回忆录。她没有步人后尘简单地复制生活，因为那样的作品虽然有启悟，但只能给人一种教训，没有引领作用。读王华的小说，能真切地感受到她的文章来源于生活，却真正地高于生活，她有超前思维，有前瞻性，预见性，有先知先觉，是潮流的引领者，我们当下的一些政策、制度在朝着她的小说走。由此可以看出她是一个观察家，一个瞭望者。她的作品犹如一座警世钟，时时都在敲响，犹如气象预报，对政界、对决策层有着重要的参考价值，这些无不体现了一个作家的思想敏锐性。比如她的《桥溪庄》对环境污染提出的警醒。小说警示我们，每向前走一步，都要看看脚下的路，不要埋头拉车不问路。

《逃走的萝卜》写大集体时，土地多是集体的，种窝萝卜都没有自主权。人们都想把美好的东西变为己有，想按照自己的意愿生产生活。小说揭示了当时的生产关系、社会制度的不合理性，没有顺应自然规律，没有顺应民心，顺应人们的私心。那时生活贫困，顾不了自尊，随时冒着被抓住被打被骂的风险，那是生活所迫，是万不得已。消灭不了私心，就难以解放生产力。制度的不合理带来的温饱难以解决。饥寒起盗心，那时在乡下，在农村，一些小偷小摸、顺手牵羊、偷鸡摸狗的事时有发生。小说结构巧妙，末尾给人一波三折之感，结尾出人预料。笔者开始以为在那饥荒的年代，偷盗成了惯性，以为萝卜是谁偷走了，正在大惑不解之时，却发现是自己母亲拔来煮了。

《天上种玉米》中依然写了人们对土地的渴求。如今土地下放给自己了，大家又不珍惜，都撂荒到城里打工。工业文明对农业文明的冲击，看似解决了旧的矛盾，可新的矛

盾又产生了，这是历史发展的必然，是新事物取代旧事物的必然，社会就这样在矛盾的驱使中不断向前。《天上种玉米》看似有点荒诞，但也是有生活基础的，比如现在国家实施的库区移民，高寒山区移到坝区，乡镇移到县城等移民搬迁工程，将条件恶劣的地方退耕还林，彼此都在挪动。树挪死，人挪活。人往高处走，往条件好的地方走。作者提出了一个既不违背自然规律，又符合当今历史潮流这样一个深刻的问题，如何顺利平稳过渡，如何新老交替，如何做到瞻前顾后的连接。

纯真的年龄，不纯洁的年代，看似童话，于天真烂漫中写出了社会变革的大主题。看似轻松，实则隐含着关于生产关系，关于改革，关于解放生产力等沉重的话题，提示人们必须反思。

四、用天真无邪的童话色彩和浪漫情怀呼唤真情回归

王华小说的一个特点是拟人修辞手法的运用，极富浪漫色彩，符合儿童的心理特征，写出了孩子的天真、纯洁，仿佛童话故事，充满情趣，具有可读性。文章标题和作品中人物看似信手拈来，实则刻意为之。标题也好，人名也罢，都是对主题的寄托和表达。《歌者回回》中的回回，《香水》中彭人初等，可以看看出作者的独具匠心，足见作家创作的深厚功力，达到了炉火纯青的境界。

小说《逃走的萝卜》《在天上种玉米》《天上没有云朵》以一个孩子的视觉来审视观察世界，通过与小伙伴之间的玩耍、对话、心理活动描写，无不体现出孩子的纯洁、奇趣。比如《逃走的萝卜》描写在田野里奔跑时的情景，与发小打赌的对话，这些无不勾起我们对纯真年代的回忆，对童年美好生活的留恋。小说警示我们，在物欲横流的今天，在追求经济发展，社会大踏步前进的同时，要随时回头看看来时的路，不要走得太快太远失去记忆找不到回家的路。《在天上种玉米》中可以看出，忙惯了的老村长王红旗离开家乡来到儿子王飘飘打工的北京善各庄后，闲着无聊，整天无所事事，难以适应新的环境。改不了爱管闲事的他，无事找事，按照习惯思维，想把"善各庄"改为"三桥村"，突发奇想在房顶造土，种玉米等，无不充满奇幻的想象和大胆的夸张。老村长按照他在农村的那一套逻辑思维来看待问题，解决矛盾。但与日新月异的城市发展和思维相比，他的行为有点孩子般的天真、纯朴，甚至滑稽可笑。表面看是对现实的无奈，其实是对土地的留恋。从另一个角度讲是对保护性开发，留住乡愁的呐喊。《天上没有云朵》里孩子看打架争水，感觉是去看一场电影，一场文艺演出，一场游戏。这些残酷的现实与他们无关，他们只是一个旁观者。这样的写法，与孙犁把战争写成一场游戏的小说《荷花淀》相比，具有异曲同工之妙。《歌者回回》塑造了孟回回这样一个唱离歌，实际上就是一个唱哭丧歌的歌手，其所唱的离歌是对逝者的一种追忆、追思、颂歌，让其安息。然而，在什么都商业最大化的今天，离歌也好，歌手也罢，被炒作，包装，使之变了味，走了调。回回尽管实现了人生价值，名利双收，但最后却在爱情面前败走麦城，被教师李唐所欺骗利用。事后她才从梦中清醒过来，她的一切表面看起来风光，但大家按照传统的观念，从骨子里是瞧不起她的，因为人们在内心深处对职业是有高低贵贱之分。"真

嗓门儿不一样，听起来有肉感，躺棺材里的老人虽然说不上惬意，倒也能够安详上路。"作品呼吁让生活节奏慢下来，保护传承非物质文化的同时，表现了因经济社会发展而对传统东西丢失的惋惜、无奈。

结尾写到她从梦中回到现实，最终回到了本真，免费给穷人瘦孝子唱三天离歌，回到生活的起点。这里不难看出，作者想表达的就是呼唤回归，记住乡愁，不要忘根，不要丢本。

小说告诉我们：有一些职业生活中离不了，大家都需要，但内心里却看不起，只有当这个人、这种职业消失的时候，人们才觉得他的可贵来。人有时就那么怪，一边在埋怨就业难，一边却有一些职业没有人愿意干。市场是一只看不见的手，哪一种价格高说明哪一种资源稀缺。既然觉得挣钱，那你当农民工去，你种田去，你扫大街去，你愿意去吗？就业面前人人平等，没有什么法律规定谁该做什么，谁不该做什么。人都容易犯站着说话腰不疼的错误。

五、一点建议

彭人初女儿后来走出山村外出打工，沦落为妓女，不仅仅是彭人初对子女教育的失败，从另一个层面讲，是社会风气使然。我认为，作者可以换一个角度来写，写成彭人初从小对女儿进行严加管教，最后考上大学，这样既符合生活的逻辑，又能让人对彭人初刮目相看，也许更有教育意义，更能传递正能量。

突击看了几篇文章，来不及细细消化，只能是囫囵吞枣。以上陋见，纯属个人观点，难免失之偏颇。

期待王华写出更多更优秀的上乘之作。

作者简介：

张维，男，贵州省桐梓县电视台副台长。

诗意的栖居与浮世的诱惑

——读王华小说《家园》

黎　浏

【摘　要】王华的《家园》描写了一个山清水秀、民风淳朴、充满童话意味的、具有农耕文明所有"美"的诗意栖居地——安沙，从安沙人在安沙与黑沙的生活对比中，在灵与肉的欲求中，揭示了现代文明发展过程中传统中国所经历的阵痛，在浮世的诱惑与诗意的栖居中思考着人的存在，乡村文化、传统生活方式和价值观念，现代文明等，由此构成了小说的哲学思考。

【关键词】王华小说；《家园》；乡村文化；现代文明；诗意栖居

　　乡村从来就是一个活跃着传统生活与文化创造的场域，生活在这个场域的人们以其特有的生活方式赋予生活以意义。正如冯骥才所言：村庄是中华文明最遥远绵长的根，是农耕文明留给人类的最大遗产。也是文人理想中的心灵休憩地。陶渊明"采菊东篱下，悠然见南山"的自在，孟浩然"开轩面场圃，把酒话桑麻"的闲适，辛弃疾"最喜小儿无赖，溪头卧剥莲蓬"的随意，都显现了知识分子在乡村获得精神释放后的惬意。而当今急风暴雨的现代化浪潮，正猛烈地冲击着这片传统生活留存的场域，荡涤着农耕文化最后的根据地。"日出而作，日入而息"，"你耕田来我织布"的传统慢节奏消然逝去，安然、自在、和谐、静谧的乡村被城镇化改造取替，不仅中国文人失去了心灵栖息之地，广大民众也面临着"家园"丧失的惶惑与恐惧。

　　王华《家园》就描写了这样一个故事：清新闲适的安沙，村民过着自由自在的传统农耕生活，坦然随意，健康和谐，身患绝症的黑沙人陈卫国无意中闯到安沙，不但治好了病，获得了新生，也获得安沙人的亲近与信任。此中居住的人，"不知有汉，何论魏晋。"但由于修电站，安沙人必须搬离这片土地，搬到他们所不熟悉的与他们生活方式完全不一样的黑沙——尽管他们考察了与安沙环境相近的红河水上游地区，但最后还是被电视等新奇物件诱惑到了黑沙。在黑沙的冰河，他们不仅是外来人，与原住民争抢土地，更为尴尬的是他们的生活方式也不为黑沙人所接受，面对新的生活又缺乏相应的技能，于是，安沙人在黑沙成了

　　"怪物"，他们希望重新回到安沙，但安沙已经被水淹没了，永远地回不去了。

　　在王华笔下，安沙是一个山清水秀、民风淳朴、充满童话意味的家园：

太阳很暖和，依那棉衣扣子解开了，棉鞋也脱了放在一边儿，一只小水獭蜷在他的鞋壳里打呼噜。他的身后不远处，一只野猪把半个脸埋在沙里晒太阳，一只长黄色虎斑的猫伏在它的脖颈处，眼睛虎视着水里。突然，它的身体如缎一般开始流动，从野猪的脖子上流下来，流向水边，黄光闪时，扑通声已响起，再看那猫，已到岸上，浑身水淋淋，嘴里叼着一条花斑鱼。依那扭头看猫，脸上的阳光碎了，掉进水里一跳一跳地闪。一般这种时候，蜷在依那鞋壳里的水獭会伸出头来为猫唱一首歌表示敬贺。有时候，村子那边还会传来一两声直直的山歌，很高吭，很辽远。或者就是娃娃们在喊童谣："猫爱鱼啊，野猪爱菜，我们爱太阳天天晒。"[1]

该段描写古朴、自然，灵秀、顺意而又充满生机，确实是一个现代的桃园世界。在作家笔下，"粒粒皆辛苦"的劳作被隐去，"足蒸暑土气，背灼炎天光""垄上扶犁儿，手种腹长饥"的艰辛被遮掩，在作家笔下被过滤的农村生活，只剩下温馨与安宁。但是，有着 5 000 年农业文明史的乡村，一直以来并非如作家所幻想："农民真苦，农村真穷，农业真危险"的农村现实，使大多数农民至今仍挣扎在贫穷和艰难之中。特别是当今，现代化进程在加快人与土地割裂的同时，更让农村正经受着裂变带来的阵痛，传统的村落文化遭受到空前的挑战，人们面临着物质需求与精神需求不能同步的困惑。一方面，人们渴望享受现代文明，现代文明成果也确实让安沙人乃至中国人感受到"一切都那么新鲜，眼睛放哪儿就粘在哪儿，哪儿都想去看，眼睛就不够了。"不仅要看，还渴望享受现代文明成果："他们的眼睛捕捉到那几个绚丽的电视荧屏，他们才渐渐的适应了这种声音。那是卖电视机的店老板故意用来吸引顾客的，小小一个方块里，集中了世界上尽有的色彩。一个女人在里面美目顾盼，故作妖娆。那女人磁铁一样把笑鱼和攀枝娃的眼睛磁住了，他们张着嘴，魂早不在身体里了。" 以至于到了黑沙以后，他们扎堆地到别人家看电视。电视在他们的生活场域中，是一种新奇，一种向往，也是一切美好的幻象。另一方面，进入集镇的安沙人失去了原来生存的土地，并没有获得新的生活场所和生活方式，只能分得黑沙人的部分土地来维持生活，依然靠天吃饭，在拥挤、逼仄的环境中，"电视"的诱惑仍是心中的追求。尽管最后"电视都还没有看"的安沙长寿的老人们在"吃饭"和"看电视"的冲突中选择了喝敌敌畏，但这并不代表他们否定现代文明。与黑沙人不同，陈卫国等到安沙，不过是对一种已有的传统生活的回归，显得自在而适意；而安沙人到黑沙，却是改变了原来的生活节律，就如同山地人走到平原，一下子没有了"向山"而无法辨别方向。他们以原来的生活方式来应对已经发生了变化的生活环境，自然会力不从心，大部分人显得无所适从。在社会发展过程中，"历史的必然要求和这个要求实际上不可能实现"的矛盾，[2]历史的必然要求与实现这个要求的艰巨性，都常常会导致悲剧的产生，更何况他们面临的是全新的异质文化的冲击和渗透，在告别以土地为生的传统的生活方式的过程中，据守着土地而生存的农民及其文化，必然会经历着一场刻骨铭心的撕裂和恐惧，选择自杀不过是他们离开乡土后整体地产生了悬浮、恐惧感而无人引导、无法适应所选择的一种处理方式，卑微而又懦弱，张皇着无路可走。这里，使人联想到鲁迅笔下关在黑屋子中的中国人。但王华小说并不是像鲁迅那样立足于"启蒙"，她从安沙人在安沙的生活与黑沙的生活的对比中，在灵与肉的欲求中，揭示了现代文明发展过程中传统中国所经历的阵痛，在浮世的诱惑与诗意的栖居中思考着人的存在，乡村文化、传统生活方式和价值观念，现代文明等，由此构成了小说的哲学思考。

现代化是社会发展的必然趋势，也是人类追求美好生活的必然步伐。安沙人从安沙搬到黑沙，主要原因当然是因为安沙要修水电站，水位上涨迫使安沙人迁离他们所熟悉的生活场域。但是，如果没有这一事件，安沙人是否永远地居住在安沙、永远地过着宁静悠闲的日子呢？我想不会的。依那可以在误走误闯中走到安沙，安沙人也同样可能走出安沙到黑沙或别的什么地方，即使没有张垒的引诱或蛊惑，他们也会对外面的世界充满好奇，仍然会盯着荧屏上的美女魂不守舍，因为好奇是人的天性。所以，当依那"一家一家串门儿。每到一家，他都问他们，是不是真想到那边去看看？别人说，是。""他们的眼睛里盛开着向往的花。他们对山外充满了张望和侵略的欲望。"正是这种欲望，安沙人带着不舍，也带着憧憬，来到了新建城镇冰河。作为一个城镇，冰河在原有的集镇基础上扩展安置因修水电站而迁徙的移民，他们绝大部分失去了耕地，也失去了原有的生活场域，虽然"房屋的门楣上也全都贴着大红对联，一条街子的对联都一样的新。还有好多宣传画和标语也被放大了贴上了墙。"但"街道上能见着的也就是一两个背着娃娃的老太，和几个还在蹒跚学步的娃娃。门大多闭着，开着的也很难见到一个人影。"移民城镇的新生活，大都不是依存于土地的传统生活，也不可能像原来的生活那样缓慢雍容，离开土地的他们必须寻找新的生存技巧，但这新的技巧在哪里寻？怎么寻？作者一方面揭示了现代化进程中政府对农民的关注粗略化：认为改造农村的落后、保守、愚昧通过政策帮扶就可解决，只要户户通电，村村通路，经济发展，电视网络覆盖，农村就脱贫了，农民生活就好了，农村问题就解决了，农民也就幸福了，将价值判断建立在物质文明基础上，恰恰忽视了农民主体的精神和文化的需求。在城镇化过程中，乡村文化渐渐被瓦解，原来的人与人之间的关系也开始走向疏离，农民怎样在文化变迁中找到自身的地位？乡村文化是不是要遭到全盘否定？在文化转型过程中，政府应当怎样来主导文化的发展……所有这些，无疑是王华《家园》给人们展示的一系列问题。

但非常遗憾，王华没有顺着这一思路走下去，而是将所有虚假、丑恶都安排在冰河镇，将现代化进程妖魔化，突显现代社会的恶欲怎样扭曲人的心灵：化装为叫花子的小同，诈取医药费的老头，不得不偷窃、拐卖的小年等，在城市与乡村的对立中，作者"通过安沙文化与山外文化的一系列碰撞，比较，隐晦曲折地诠释了传统乡村文化的价值。"[3]也完成了作家的"文明批判"。

现代化进程改变了中国几千年形成的自循环模式，作为生活在现代化进程时空之中的安沙，融入现代化进程只是早晚的问题，"现代化是人类历史上最剧烈、最深远、并且显然是无可避免的一场社会变革。"[4]它前所未有地改变了人类社会的组织和行为方式。从被"电视"诱惑的眼球，到将远距离的声音快速地传到耳中；从步行一年才能到达的京城，到每小时可达 300 千米的高铁，人们充分地享受着现代文明带来的实惠。在现代化进程中，被淹没的安沙永远地回不去了，不仅安沙人回不去，所有享受过现代文明的现代人都回不去了。其间人们诚然会遇到各种各样的困惑，但绝大部分人仍然希望向前走，更多的人也不愿回去，正如流连于城市的农民工，虽受尽歧视，待遇低下，仍执着地不愿回到乡村，乡村的贫穷绝非文人所能体验。但城市不是他们的家，城市也没有给他们提供安置家的政策和环境，于是，人们在心灵中演绎着自己的梦想，寻求着心灵的家园，王华也在这样的语境下营造一个诗意化的纯感觉的乌托邦世界，编造着心灵中的安沙，为此不惜将黑沙的丑陋放大，拉大安沙与黑沙间的距离，从而营造一个桃园世界般的"家园"。其间我们可以看到，作家思维观中的情感态度制约了作家对现实的理性思考和批判，使小说在传统文化与现代化发展之间的文化冲突表现的张力不足。

"传统文化"与"现代文明"，是在中国持续讨论了近两个世纪的话题，从魏源的"师夷长技以制夷"到张之洞的"中学为体，西学为用"，从陈独秀的否定孔孟之道的新文化运动，到二十世纪末的新儒学运动，传统文化与现代化的纠集一直缠绵至今，但两者间各执一端，互有偏颇。其实，客观地看，传统文化也罢，现代化也罢，都与我国国家独立富强、救亡图存的时代课题紧密相关。从 19 世纪开始的文化大转型，带来了知识分子世界观与价值观的矛盾与困惑，20 世纪初深受中国传统文化熏陶的中国知识分子，毅然选择西方文化为代表的现代文明，是因为落后挨打的现实使他们在现代文明中寻找到了理想之光，这光芒照耀着他们的视野，使他们走出封建宗法制度统领下的农村社会，走出挤压着他们生命活力的乡土，侨居他乡，积极地涌入城市，寻求别样的出路。而辛苦辗转中，并没有获得理想的实现，因此，他们再回归乡土，寻找儿时的故乡所呈现出的神奇的图画，然而，现实对幻觉的剥离，使他们感受到前所未有的残酷，于是失去了精神的家园，悬浮于乡土与城市之间。[5]他们在文化撕裂的痛苦中，已经感受到承载着浓郁的传统文化精神的乡村，无力独自融入世界，无力改变中国贫穷、落后、挨打的现实，也绝不是诗意栖居的场所，于是纠集着痛苦和缺憾，省视与批判，回望与表达，在文化冲突带来的巨大矛盾中完成了跨时空表述，既有情感上亲近又有理性的扬弃，对"此在"的排斥和"彼在"的回望，表达了知识分子在多元文化夹缝中的理性与情感的矛盾、文化还乡与乡土批判。

确实，当"西方文明以各种不同的形式逐渐破坏了传统文化的稳定性和连贯性，而且在总的方面影响了中国思想和文化的发展"[6]，中华文明正是在这样的背景下开始了新的整合，整合的过程必然会充满惶惑、反复、甚至痛苦，就如同佛教进入中国带来的文化整合一样。现代化的进程确实无情地碾碎了传统文化中的合乎人性的一些美好的东西，故亨廷顿提出著名的"文明冲突"理论，中国古代"华夷之辨"在本质上也是一种"文明冲突"，这样的"文明冲突"将伴随着社会的发展长久地存在。作为人类必然行程的现代化，它带给人类的不仅仅是批判，还有长久的想象和向往，就如黑沙人对安沙与安沙人对黑沙，相互都充满着吸引。黎焕颐先生在《贵州赋》里有一段话说"现代文明的发展，从长远着眼是造福于人类的天人合一的中和位育，其极致是葆璞含真，而不是还原始的茹璞饮真。"[7]如果仅仅站在传统的"此岸"鄙弃、批判"现代"的彼岸，用传统来解构现代，以传统的田园牧歌否定浮躁的现代文明。就如同用西方文明来建构现代一样，在逻辑上是立不住脚的，因此，王华所营造的诗意栖居的"家园"，也只能存在于幻觉之中。

当然，我并没有否定王华小说创作的意思，只是说，《家园》的思维起点，建立在现代文明与传统文化二元对立的关系上，从本质上没有脱离中国传统文化"非此即彼"的思维模式。但也正因为如此，王华对乡村文化的民族传统生活方式和价值观念的重视，对现代化建设中文化的变迁，城镇化过程中人性的迁移，底层的生存状态及应对方式，农民主体的精神和文化的需求、乡土中国与现代化等问题的关注，抓住了人类回归自然天性的渴望，使她的小说具有了浓郁的文化情结与文化寓言意味；而土地资源、生态面貌、劳动方式转换、城乡和谐、历史记忆、文化脉络、地域风貌、人的发展等问题，也正是在特定的"现代"时空中呈现出的最大问题。因此，关注着底层，关注现实，关注生态，也就构成了其小说独特的审美空间。

作者简介：

黎洌，女，遵义师范学院讲师。

参考文献：

[1] 王华. 家园[M]. 南京：江苏文艺出版社，2008.

[2] 恩格斯. 致斐迪南·拉萨尔[M]. 马克思恩格斯选集（第四卷）. 北京：人民出版社，1972.

[3] 陶俊. 民族作家王华《家园》的人类学解读[J]. 西南石油大学学报，2014：2.

[4] 吉尔伯特·罗兹曼. 中国的现代化[M]. 南京：江苏人民出版社，1995：1.

[5] 钱理群，温儒敏，吴福辉. 中国现代文学三十年[M]. 北京：北京大学出版社，1998.

[6] 林毓生. 中国意识的危机[M]. 穆善培，译. 贵阳：贵州人民出版社，1986：15.

[7] 黎焕颐. 和你面对面[M]. 贵阳：贵州人民出版社，2003：280.

下编/

赵 剑 平 论

那块厚重的土地

——评《赵剑平小说选》

王　刚

当赵剑平离开仡佬山区来到城市以现代眼光审视宁静古朴家乡的时候，他的脑海里涌现出的是一幕幕鲜活的场景——厚重质朴的传统，充满智慧和力量的土地，人与自然交融的乐土。这是一块从深睡中苏醒的厚重的乐土，也是一方混合着愚昧和睿智、交织着静和喧嚣的土地。

于是，赵剑平将笔触来往于人与自然、传统与现实之间，将神思驰骋于民众思想潜流和时代主流精神之上。获奖小说集《赵剑平小说选》以对家乡的真挚情感和审时度势的理性精神，再现居于祖国西南一隅的黔北乡民生活状态，真切地剖析着父老乡亲那混着睿智和愚昧的复杂心灵。

一

我们不能忽略大山对他的影响。在黔北峻峭的山崖中长大的赵剑平，对神奇山脉的灵韵有独特的感悟。在他笔下，具有灵性的动物、植物，形象地体现着传统与现实的某种精神走向，并成为褒贬社会人生的形象的参照系。

短篇小说《白羊》中就写了这样一只具有象征意味的"白羊"。雨山爷走失一只黑羊，来了一只白羊。按理说，"白""黑"相抵，互不欠账，雨山爷应当心安理得。可是，雨山爷若有所失，心灵不安。因为黑色羊群中有了白瑕疵。作者在平和冲淡的场景中展开了纯净的故事。白羊、黑羊，对于雨山爷来说，是不可逾越的色彩界限，因为他对黑色羊群有直觉的美感。

短篇小说《祖婆的仓库》写的是黔北山民的琐细人生。百岁的祖婆虽然儿孙满堂，却独自居住在被遗弃的仓房。对于历尽沧桑的祖婆来说，世事已经洞穿，心地一片澄明，她进入了自足自在、乐天知命的境界，人世的纷争犹如清风过耳。她把睿智用在与动物的斗争之上：对惹得她不得安宁的蟒蛇和鼠群，她略施巧计，就把它们惩治得服服帖帖。

对于因袭着传统重负的山民，赵剑平留给他们一片纯净的空间，让他们拥有一块实现道德理想的自己的天地。他总是摹状雨山爷和祖婆们退出历史舞台的悲壮，以暗示新旧交替的历史规律，使作品具有某种程度的象征色彩。在《白差别》中，雨山爷不无遗憾地交出了羊鞭；《祖婆的仓房》里，祖婆的葬礼上跪倒一片白花花的子孙。但是，赵剑平也没有停留在传统的纯朴人性层面之上，而从另一角度观察传统观念的负面影响。《第一匹骡子》和《獭祭》就是这样的作品。

《第一匹骡子》以山区的异类——骡子为主要描写对象。高大健壮、精力旺盛的骡子引起山民的关注和赞叹，也使他们产生了危机感——本地一匹矮小猥琐的白马居然钟情于庞然大物般的骡子。于是，马匠缺缺设陷阱断了骡子的腿，主人根儿用烧红的铁钎置骡子于死地。在《獭祭》中，打渔匠老荒疯狂地捕杀水獭，将满河的水獭追杀殆尽。在他套住最后一只雄性水獭时，他亲自调教的母水獭奋起反抗，救出雄性水獭。

在保守狭隘的山民眼里，重要的是保住土马种族的纯净。老荒身上表现出来的不再是人与自然的相亲相近，没有了祖婆心地的澄明，也没有了雨山爷的坦然和宽容。以这样的心态进入现代社会，会是一种怎样的状况？两部作品都表现出强烈的悲剧色彩，作者在它们身上寄予了对现实社会的凝重思考。

二

赵剑平几乎不用第一人称"我"来写作。对农民，他没有故作高深的感叹和同情，也不高高在上地批评指责。他以感同身受的态度，反映改革开放进程中农村的真实状况，剖析农民兄弟在经济大潮冲击下的复杂心态，展示出一幅农民心灵变迁的绚丽画卷。

中篇小说《破车》最能体现农村改革的艰难。转业兵槐子开回来一辆破车，在偏远落后的官村无疑是一件新鲜事。但是，破车的命运就和山区的"第一匹骡子"一样。在新鲜味过去之后，官村老百姓不管破车给他们带来的方便和荣誉，以幸灾乐祸的态度观看破车生存的艰难。更有甚者，狭隘而自大的金狗认为破车威胁到他在队里的独尊地位，从而装疯卖傻，打伤槐子，砸烂破车，毁坏槐子的房屋，演出一幕令人扼腕的闹剧。遭到无端羞辱的槐子怀着无从倾诉的愤懑，将破车开下了山岩，离乡出走。而官村的百姓在屏息敛气地观看了这一出闹剧，得到好奇心的满足后，又开始重复以往那单调的日子。

破车在官村昙花一现，作者描绘的严酷场景值得我们深思和警醒。在另一部中篇小说《白果》中，作者展示出传统巨大的向心力，以说明要改变民众的思维定势是何等的艰难。小说中，那棵弯腰驼背的老白果树是老牛毛的命根。他将白果树奉为神灵，作为乡土的象征。尽管他的妻子惨死在白果树下，尽管白果树不能保佑他平安度日，他仍然对它顶礼膜拜。女儿彩虹接他到南方去治病，精神错乱的老牛毛无论如何不愿离开，因为他听见白果树在一声声地向他呼喊。

白果树——南方，老牛毛——彩虹，构成作品中各具象征意味的两极。传统的巨大向心力和现代生活方式的强烈诱惑力，在磨盘岗交汇碰撞，使作品具有令人深思的广阔空间。不能将老牛毛是否愿意离开白果树，离开磨盘岗，走向广阔的外界，看作是个人的行为，作者在这一形象中蕴藉的批判精神显而易见。

除了揭示传统精神在新形势下的负面影响之外，赵剑平还挖掘畸形政治在民俗中形成的落后意识，从另一侧面寻找山区落后的根源。中篇小说《穷人》传达的就是这一主题。

火秋坝的唐二是一个地道的"穷人"，更是一个地道的懒人。当别人穷得要抢人的时候，他懒得去干这种事，还落得一身"清白"。解放后，他穷得更加心安理得，更加理直气壮，穷得倾家荡产，穷得称斤两卖了老婆。"我是穷人""穷犯哪一条法""天下富人都是混蛋"……这些话成为唐二的信条，成为挂在他嘴边的口头禅。"穷人"唐二像一个幽灵，给奔小康的村民心中抹上一道阴影。

唐二滋生的想法处在火秋坝这一典型环境中。火秋坝原来是一个富得流油的坝子，由于强贼明火执仗抢劫财富，大家淡却了致富之心，这里才日渐衰败。历史的渊源和畸形政治的误导，加上传承的惰性，在火秋坝上出现了唐二这样的怪胎。唐二以穷为荣的想法，较长一段时期里在农民中甚为流行，差点一度成为主流意识形态。在改革开放的今天，这种观念甚至阻碍农民的致富进程。因此唐二的形象又体现出作者的对农村现状的思考：要挖掉穷根，首先要改变观念，根除以穷为荣的思想，要引领大家理直气壮地创造财富。作者突出唐二的"穷"，把它夸大描写，写到极致，其针砭态度和"怒其不争"的激愤是相当明显的。

三

赵剑平一直在探讨改革家乡落后面貌的方法问题。早在八十年代初，他在中篇小说《峡谷人家》中，曾引进新的生产方式和生活方式，用与传统断然决裂的形式表达他对农民心态转换的乐观态度。在作品《白羊》《祖婆的仓房》《红月亮，白月亮》和《两个贩牛人》中，他设计了从传统到现代和平过渡的理想模式。但是，从《破车》里，他领悟到思想转换不是一件轻而易举之事，传统有着巨大的向心力，从正面或负面都能对现实人生产生不能忽视的影响。滞重的传统向心力和改变家乡面貌的迫切愿望，促成赵剑平以矫枉过正的态度来审视现实、表现现实。短篇小说《巨人》《冲嫂和半截男人们》等作品，表达的就是这种态度。

一眼桥的村民如《穷人》中火秋坝的唐二们一般委顿。来了一位"巨人"，他的铁铲像桌面，钢钎像树干，铁锤像石墩。他几天就修通一眼桥通往镇上的公路， 搬动几千斤的巨石就像玩耍一粒小小的泥丸。巨人的生命张力使委顿的山民们自惭形秽，也暂时激励起他们对雄阔豪放的向往。《冲嫂和半截男人们》里的冲嫂，尽管没有巨人那么高大，也"健壮得像一个铁铮铮的汉子"。更重要的是，她有着健全的心态，在秦家洼猥琐的"半截男人"中独来独往，我行我素。而那些半截男人们成天围着香椿树嬉笑打闹，累了就在树下昏昏欲睡。冲嫂用各种恶毒的语言来挖苦他们，刺激他们，但那些汉子们仍然无动于衷，仍然昏昏欲睡。无可奈何的冲嫂只好砍断他们赖以遮阴休闲的香椿树，来惩治这些懒得没有血性的半截男人。

在巨人和冲嫂形象的塑造中，作者运用了变形、夸张、象征等手法，以塑造令人警醒的、卓然不群的艺术形象，从而以"超人" 而又"不争"的芸芸众生，表现出改造愚昧的操之过急凌厉浮躁之气。事实上，巨人和冲嫂的极端方式并不能改变传统陋习——巨人的超人力量被认为是病态，从而悲愤地离开一眼桥村；冲嫂砍断了遮阴树，却砍不断

"半截男人"们的懒散情结。

在中篇小说《梯子街》中，赵剑平心平气和地面对繁复的农村现实，用科学和文化为社会现出曙光。高中生李佳新回到梯子街办起了录像站，也编织了一个让梯子街百姓上当的圈套，以报复梯子街人对他的母亲的过激行动。梯子街人心甘情愿地买下他的房子和录像站，他可以义无反顾地进城谋生。但是，李佳新却舍不得离开那让他又爱又恨的梯子街了。他看到通过放录像传播科学文化知识给梯子街带来的可喜变化，他与赶走他的母亲的罪魁韩幺叔的女儿翠容热恋得难舍难分，他的报复行为无意间促成了梯子街的进步。尽管最后他还是含着热泪离开了梯子街，但他带来的新思想、新观念促成了梯子街的进步，科学文化知识引起了民众的关注。

当然，世上没有能顺应万变的药方，人的观念变化是一个长期复杂的过程。赵剑平从各个角度的透视并不能穷尽黔北山民的心态历程，但他毕竟为我们展示了今日农村的一种场景。时代还在发展变化，农村社会每天都有新事物诞生，赵剑平还会努力地去体察，去感受，去描写。

作者简介：

王刚，男，遵义师范学院教授、遵义市文艺理论家协会主席。

文化自觉：赵剑平及其文学创作

张嘉林

作为一个乡土作家，赵剑平的成就是多方面的，小说、散文、报告文学，都给我们留下很多优秀的作品。读赵建平的作品，你能从他那平实的语言中，感受到一种强烈的文化自觉，这种自觉表现在：献身文学的使命感、责任感，对黔北文化的深刻体认和自我反省，对文学不断追求中凸显的创新精神，以及与上述诸方面联系的文化自信。

借用我国著名社会学家费孝通先生的观点：所谓"文化自觉"，指的是生活在一定文化历史圈子的人对其文化有自知之明，并对其发展历程和未来有充分的认识。换言之，是文化的自我觉醒，自我反省，自我创造。

第一，献身文学的责任与担当。文学是文化最重要的组成部分之一。对一个作家而言，文化自觉的重要表现就是献身文学。杜甫"许身一何愚，自比稷与契。"不管怎样穷困潦倒，许身诗歌的追求不变，所以杜甫能成为一代诗圣。什么是许身？就是把自己的一生献给它，无怨无悔，不会被名利困扰，不会被金钱绑架，即使灾难袭来，也不会退缩。赵剑平说得很朴实："我把写作当作一种生活，我只需要踏实。"（《挂在悬崖上的街》）"把写作当作一种生活"就是许身，就是把自己一生交给了文学。"踏实"，是一种创作的姿态，安静从容、心无旁骛。具备了这样的姿态，创作的作品才有血有肉、真情动人，而非应时应势之作。赵剑平早期的小说集《远树孤烟》等，就是这样的作品。

献身文学，要耐得住寂寞，善于独处。创作常常是与寂寞为伴的。真正的作家，一定会拒绝打麻将、玩股票的诱惑。只有在独处中，才能从繁杂的事务中抽身出来，与自己的灵魂对话；只有善于独处的人，灵魂才不会空虚，灵魂才具有深度。赵剑平具备这样的深度。三百多公里的芙蓉江，独自从上游徒步到下游。他是在独处中面对万物之源，在独处中找寻仡佬祖先灵魂的足迹，也在找寻为之书写的内在动力。尽管这一路下来，瘦了十多斤，显得更黑了，却领略了文学的风景，获得了相对自足的内心世界。事实上，《困豹》就是独处的产物。《困豹》是赵剑平的第一部长篇，40万字，却用了17年的时间心血，这和前期一年之中创作六部中篇的写作速度形成鲜明的对比。这看似很慢，其实是作家在与自己的灵魂、与天地自然对话过程中纠结、矛盾、困惑等情绪的自然反应。当作家找到解决问题的办法时，创作的完成也就顺理成章了。

献身文学，还需要摒弃功利之心。"文学的特质是真、善、美，被世俗的泥淖裹浸的灵魂除功利外，是不会敏悟到这种特质的。"对经济的过分追求把人们弄得很浮躁，文学成了被"玩"的对象，成了消遣之物，"神圣""崇高"之类被弃置如弊帚。当今文学界泥沙俱下，有的作家不是踏实地深入生活，而是在那儿胡编乱造，写自己根本不了解的人和事，或者把前人写过的东西捡起来作无聊的演绎。(《与生活一起创作》)赵剑平不是这样，而是能够勇敢地面对当代这个大背景。他经常强调作家要有使命意识，"一个真正的作家，总是把自己的命运与时代紧紧联系在一起的。"(《清风明月伴我行》)这是中国传统知识分子的思维模式，也是中国传统知识分子的价值体现。儒家讲以天下为己任，关注时代、心系国家，这也是赵剑平所强调的"士"的精神。

使命意识不是遵命，不是遵长官之命、遵有钱人之命。作家要有自己的立场。当然有时难免写一点遵命的东西，即便这样，也不能丢掉自己的人格。儒家讲"君子固穷"。"固"是一种坚守，坚守的是一种节操、一种精神，现在人们很少讲这个东西。"穷"有两层意思，一是与"富"相对，因为是君子，你不能为了富起来去做丢掉人格的事。二是与"达"相对，关涉走路，走什么样的人生之路。对作家而言，就是文学的坚守，这条路不好走，即便不好走，仍然要坚持走下去。赵剑平有从政的机会，但他放弃了。仍然"坚守在自己的小路上"(《坚守在自己的小路上》)在他看来，这条小路承载了自己的情感，也包含了自己的理想。坚守文学，需要舍弃一些东西，不能被诱惑，被来自权力、来自金钱的诱惑所绑架。这和有些人把文学写作当作从政晋升的跳板、当作谋取金钱的手段不同，赵剑平对得起作家的称号，也够得上知识分子的称号。

第二，赵剑平的文化自觉还表现在具有吸纳、创新的精神。文学创作不能停留在固有的层面，要不断汇集新的精神力量，否则就会被历史淘汰。随着工业化带来的全球化，自然空间的隔离被打破，各国各民族被紧密地联系在一起，这时文化的变迁，就不光依靠各民族自身的创造，而主要取决于对外来文化的传播吸收。吸纳本民族的优秀文化成果，也需要吸纳其他民族的优秀文化成果。大力弘扬改革开放以来形成的新思想新观念新风尚，不断赋予黔北文学创作以鲜明的时代特色，这也是赵剑平作品的一个亮点。

文学创作需要吸纳，吸纳前人的优秀成果，而吸纳的一个重要途径就是读书。中国古人讲"读万卷书，行万里路"。现在好多人不喜欢读书了，闭门造车。真正的作家不应该这样。赵剑平从小就喜欢读书，可是在那个"破四旧"的年月，书都被付之一炬，农村也无法幸免。有一次，他从未燃尽的灰堆中找到一本书，如获至宝。这让我想起郑珍的《埋书》诗，也仿佛看到郑珍在书被焚烧时的伤痛欲绝。不爱读书的人，不会成为一个真正的作家。后来条件好些了，赵剑平便沉浸在书海里。中国的，外国的，古代的，现代的，《红岩》《野火春风斗古城》……屠格涅夫、普希金……。这为他的创作提供了必备的质素，所以在他的作品里，我们可以发现其英雄主义情结，又有佛家的悲悯情怀；既遵循现实主义的创作方法，又不失现代主义的荒诞。

文学吸纳的另一个途径是行走(也叫旅游)。行走有不同的层次。一般人的行走只是为了看看风景，拿钱购物。另一种行走不同，虽然同为看风景，但看的是风景中的文化，风景中的自我，这叫文化行走。徐霞客喜欢行走，所以他创作了《徐霞客游记》。赵剑平喜欢行走，所以他创作了《走涅水》《困豹》等一系列散文。作家的足迹遍布黔北的山林水道，行走涅水，徒步芙蓉江，探究天花坪原始森林。在涅水，他在"找寻生命的差异性和独特性"，震惊于仡佬人持续不断的生命力。沿芙蓉江行走，悬棺是一大风景，作家看到的是黔北历史的演绎和变迁，看到的是先民对生命的诉求和对灵魂的理解。游赤水，是心游，故能得到诸多感动：在大同古镇，作家感受到的是赤水人对自己历史的珍视；在丙安，体验的是赤水人的坚韧与从容；在东汉岩墓群，触摸的是赤水人古老的文化（《红色背景上的歌与画》）。四洞沟的瀑布声"给人的感觉那么纯粹，穿行其间，想着自己的那份生活，凡俗而且邋遢，让人有一种净化，有一种升华。"（同前）这就是在风景中看自我了。如同陶渊明"悠然见南山"的心境。同一风景，在不同的人眼中有不同的感受。作家并不只是为他个人而找的生活对比，也是暗含着对现代都市人寻找的一种心灵寄托，是对人们凡俗生活的关注，只有在大自然那里，才能寻求诗意的生活，让自己的灵魂得到净化。"人毕竟是文化的产物，面对自然，实际就是面对自己：而发现自然的诗意，实际上也就是对自我诗意的发现。"（同前）作家从自然里发现了诗意的存在，更发现了自我存在的价值。"仰观宇宙之大，俯察品类之盛"。 在欧罗巴的行走，是一种文化行走。罗马、佛罗伦萨、威尼斯，作家关注的是这个城市的民族记忆，寻找最能表现这个城市的文化元素，并把它与当下的城市生活结合起来进行审视，写出自己对生活的感受，展现自己对文化的见解，其中不乏智者敏锐。在威尼斯圣马可大教堂，气候变暖，海水上涨，威尼斯城将被毁灭，"我一下触摸到了威尼斯的伤痛"。在巴黎，一个中国画家沦为街头艺人，作家感受到的是中西文化的差异。这样的行走，才是文学创作所需要的。

创造是文学写作的本质，没有新的思考，新的发现，那宁愿不写。赵剑平就是这样，所以他的《困豹》写了17年。原因很多，其中除了政务的牵绊，更重要的是，作家对于文学写作有了更深的理解和认识。散文《与生活一起创作》介绍《困豹》的创作过程，从中可以看到作家对文学写作那种负责任的态度。他不像那些贴着另类标签的文学新宠，而是始终从容地坚守自己的创作方向。报告文学《大鹏一日同风起》写一个县城的城镇化建设，这类题材比较敏感，关涉政治。文学无法回避政治，怎样处理二者的关系，弄得不好会有遵命文学之嫌。赵剑平有胆识，敢于触碰这类题材。他用自己的眼光去审视、用心灵去触摸这场前所未有的变革，表现出一个作家应有的责任与担当。显然，作家也具备驾驭这类题材的能力。这篇作品，深刻展示了这场变革带给人们观念（守旧、故土难离）的巨大冲击，从而表现出一种文化力度。《雪花不是花》抒写黔北人在雪凌灾害面前不屈不挠、同舟共济的精神品质。这类作品，突显出着鲜明的时代特征。《巴拿马诱惑》之所以能够获得人们的肯定，就在于他把小说的表现手法成功运用到报告文学写作中来，这是一种创造。有人这样评价赵剑平：（他）"开创了纪实文学新篇章，对整个黔北文学创作方向起到了引领作用。"确实，黔北的纪实文学是一个弱项，而当今黔北又有那么多值得大写的人和事，我们的作家不能无动于衷。

这种创造还表现在小说创作上。赵剑平的小说依然属于乡土小说，但已经不是传统意义上的乡土小说，用"新乡土小说"这一术语，或许更能反映其小说的内涵。这也包括像肖勤、王华等作家的创作。"新乡土小说"新在：随着时代的变迁，反封建已不再成为作家表现的主要主题（尽管还有），而侧重表现现代化进程中黔北乡村社会生活的变化，以及这一进程中人们在思想上接纳与拒斥、困惑、焦虑的复杂性。赵剑平明白，黔北农村依然落后、闭塞——这种现实是作家无法回避的，也是不应该回避的；但另一方面，农民对幸福生活的追求、对未知世界的迷惘，与我们这些"城里人"没什么两样。作家有责任把它表现出来。就《杀跑羊》来说，曾经有人误读，曾经有人对号入座，恰好证明那个时期（20世纪80年代后期）普遍存在的文化尴尬——面对新思想、新形势的无所适从。《困豹》之新，一在生态。从小说创作的时间看，作家在20世纪90年代就敏感地发现，发展经济给生态环境带来的影响应该引起人们的关注；二在涉及人类普遍存在的精神问题——人性与兽性的冲突。主题的变化，表明作家的一种文化自觉。

第三，文化自觉需要自我反省、自我批判。"作为一个民族，不能自我解剖自我批判，就不能优化与发展。"（《千年等一回》）赵剑平对黔北文化的发展与未来，有着清醒的认识。五年前作家的一篇文章《贵州文化发展之我见》，阐述了关于如何开发文化资源，促进文化产业发展的意见，彰显出作家对地方文化发展的深切关注。去年八月，赵剑平连同13名文化界政协委员，向市委市政府递交了《关于加强黔北文化建设发展的建议》，对遵义文化发展存在的诸多问题直言不讳，切中肯綮。尽管"现代化的进程已经给我们几千年文化的传承带来了可怕的撕裂"（《走浞水》），面对这样的背景，面对"坚硬冰冷"的人心，身为作家应该做的是什么呢，是"给自己腾一点时间，即便浮光掠影，也能够找寻哪怕一勺一羹，跟我思之深切却一点也不和蔼的祖灵有一种呼应。"就是在浮躁的世俗中冷静下来，反思现代化进程中物质与精神的冲撞，找寻当下发展与优秀传统文化相融洽的东西。作家也是在小说中传递出这样一种反省与批判意识：《獭祭》里，老荒对水毛子视若珍宝，可是后来他却成了残忍杀害水毛子的刽子手。我们会问，是什么原因让老荒对水毛子的态度发生了如此巨大的变化？当只能以屠杀的方式才能解决生存问题的时候，人类自己还有多少生存的时空？水毛子的自焚表明自然对人类野蛮行为的抗拒，难道我们这些作为万物之灵长的人类不应该感到震惊？阅读《困豹》，或许你会鄙视作品所涉及的兽性，但只要你读懂了，就会有所警醒：在我们自己身上，有没有类似的东西？人类那种野蛮、不和谐，是否因为文明的进步而改变多少。"人应该怎样活着"这一古老的哲学命题，在赵剑平小说得到形象的展示。因此，《困豹》之类的小说具有更为深刻的文化内涵。

第四，在作家那里，文化自觉是和文化自信是连在一起的。文化自信是一个国家、一个民族对自身文化价值的充分肯定，对自身文化生命力的坚定信念。对一个优秀作家而言，这是不能或缺的质素。习近平总书记去年在京主持召开的文艺工作座谈会上强调："中华优秀传统文化是中华民族的精神命脉，是涵养社会主义核心价值观的重要源泉，也是我们在世界文化激荡中站稳脚跟的坚实基础。要结合新的时代条件传承和弘扬中华优秀传统文化，传承和弘扬中华美学精神。"文化自信从哪里来？它源于历史深处，来源于本民族文化的深切体认。当我们谈到尹珍、谈到郑莫黎、谈到茅台酒、谈到遵义会议，都满怀对自己历史文化的自信，并深深扎根在我们的灵魂深处。这种自信，实际上是一种文化自觉。自信不是夜郎自大，故步自封，也不是妄自菲薄，不思进取。"文化建设中，自信与自觉是通向自强的有效路径。"（《编读絮语》）黔北文化内容丰富，底蕴深厚，黔北文化人尤其是黔北作家，需要这种自信。要对自己的感觉以及感觉基础上建立起的信念有坚定的认同。只有属于你自己的那份与众不同，才可能获得成功。出生于仡佬族的赵剑平，正是出于对本民族文化的高度自信，对历史和民间文学的浓厚兴趣，才创作出表现仡佬人生存状态的众多作品。赵剑平说过："中国少数民族文学，甚至整个少数民族文化，也就有如这些穿越山野的小径，独具魅力，自由自在。尽管没有通天大道那样的气派与坦荡，却具有一样的尊严。"（《坚守在自己的小路上》）赵剑平的作品，真正表现了仡佬族文化"独具魅力"之处。关继新（中国社科院）认为，要了解黔北，要了解仡佬族，只要读赵剑平的小说就可以了。确乎是，读他的《小镇无街灯》《杀跑羊》《困豹》等小说，会带你走进一个奇特而神秘的世界，一个仡佬族人独有的精神领地。从中可以看到仡佬人以竹为图腾、崇拜神牛神狗，认为人与万物共生、和谐相处的原始观念，也能看到仡佬人困惑、迷惘、艰难等生存状态，以及宽容、坚韧、不懈的追求等精神品质。

有论者认为，赵剑平"小说有给黔北民间文化建档立传的作用，真正为日渐淡薄的黔北地方文化、民族文化做出了贡献。"（陈建功《赵剑平文集序》）在黔北文学的发展中，赵剑平在"踏实"地做着自己应该做的事，身体力行，为年轻的黔北作家做出了示范，引领着他们的前行。黔北作家后继有人，肖勤、王华即是赵剑平之后的杰出代表，更为年轻的钟华华、夏青等，已在文坛崭露头角。不过对黔北文学发展中存在的问题也应该引起我们高度重视，所谓"日渐淡薄"也不是危言耸听。过去我们津津乐道"贵州文化在黔北"这张名片，可是这张名片到底还有多少光芒？名片既是一种肯定，用好了会成为一种助推力；但名片也会成为一种包袱，也会让你不思进取。历史上我们有尹珍、郑莫黎，有蹇先艾、寿生，但我们不能停留在名片的自我陶醉中。让国人知道黔北，让世界了解黔北，这是黔北的作家们应该努力的方向，也应该具备这种文化自信。黔北的作家，黔北的文化人，赋予这张名片一种新的内涵，让它保持长久不衰的魅力，是我们义不容辞的责任。

赵剑平是成功的，但成功不是衡量人生的最高标准，有比成功更重要的东西，那就是安静从容地做自己喜欢做的事，在这一过程中求得自我的完善。人生很短。赵剑平已近花甲，快要退休，但退休并不意味着创作的结束。这对一个作家来说，退下来也许更能获得写作的时空和自由。作家也不会停止写作，因为"写作就是生活"。期待作家能给我们更精彩的作品。

作者简介：

张嘉林，男，遵义师范学院教授、遵义市文艺理论家协会副主席兼秘书长。

乡土文学背景下的出走叙事

——论赵剑平小说创作

唐燕飞

黔北乡土文学植根于黔北的沃土，浸润着深厚的黔北文化底蕴，从 20 世纪 20 年代的蹇先艾、寿生，到建国之后的石果、何士光、石定、李宽定，黔北乡土文学经历了乡土追忆、乡土认同、乡土审视、乡土批判等不同的主题写作阶段。到 20 世纪 80 年代赵剑平的崛起，黔北乡土文学又进入到一个新的时期，即乡土思辨写作时期。赵剑平的小说创作，既继承了蹇先艾、寿生所开创的乡土文学传统，又展现了新的时代风貌与文化内涵，开辟了乡土写作的新天地，是一位重要的黔北作家。

赵剑平的小说，体现出作者对乡村世界和传统文化的理性思考与深刻剖析，具有浓厚的思辨色彩。其中，关于出走的叙事是小说的重要特点。出走，意味着背叛、反抗、逃离或是寻找，小说中人物在经历了命运的起伏、人事的变化、世态的炎凉等之后，渴望告别从前，开始属于自己的新生活，于是选择了出走这一行为。从发出质疑到有所诉求，从放逐自我到精神突围，从省视内心到采取行动，他们出走的方式与原因不尽相同，但都表现出对生存状态与精神境遇的一种焦虑心理与救赎意识。本文拟就赵剑平小说中出走的方式、意义及启示进行论述。

一、出走的方式

从文化意蕴层面解读，出走，既是为了摆脱现实困境而主动离开的一种人生策略，也是由于个体力量薄弱而有意逃避的一种无奈选择。在赵剑平小说中，大致有三种类型的出走：

（一）为了摆脱现实困境而出走

中篇小说《破车》中的槐子从部队退伍后，开着一辆破车回到家乡官村，为乡亲们拉煤炭运木料，带他们去城里赶场，车越来越破，村民们嘲笑这辆破车但又离不开破车。特别是想当村长的金狗，认为拥有破车的槐子威胁到他在村里的地位，加上怀疑妻子晚月与槐子的关系，装疯卖傻砸车毁屋，还将槐子打伤，村民们则选择了围观。小说将矛盾集中指向极端的困境之中，故事的结尾，四面楚歌的槐子愤然离乡出走，而官村的人们看着破车的离去，"感到一种从未有过的失落"。

在带有寓言色彩的《巨人》中，一眼桥村来了一位"巨人"，他躯长十来尺，腰壮如水桶，力能分斗牛，几天时间就修建了一条通往镇上的公路。巨人的到来引起一眼桥村村民的惧意和敌意，当受到来自外部世界的冲击，平静的生活被打破时，他们的自我认同产生了前所未有的危机感。村民将巨人的超人力量视为是病态，遭到嫌弃的巨人孤独而悲愤地离开了一眼桥村，让村长德高发出一句"巨人去兮，不复归矣"的慨叹。

在颇具哲学内涵的短篇《利刃》中，张品夫是一个行为颇有几分怪异的乡村教师，不被乡民所理解的他感到一种失落和孤独。当在记者面前承认自己看到外星人是一场骗局并因此遭来乡人的指责，出现信任危机时，他选择了出走，寻找心灵的解脱之道。他走到西藏，在经过了精神漂流回到家乡后俨然脱胎换骨，称自己受高人指点，已经超然物外，还提到自己手中有一把神秘的匕首，要有缘之人才能看到。最后，他也因这把无形的利刃而死。在这部小说中，张品夫的出走是因为他被周围的人们视为异类。他上过大学，为了就业又去读中专。为了引起大家的重视，他策划了一次"假出走"，谎称自己被外星人带离过地球，还称自己是张三丰后人，并因此成为乡里的旅游资源。而当他说出实情后，大家的失望和冷落促使他反思自我。张品夫借助"利刃"的存在来证明自己的顿悟和超脱，并希望以此启迪乡人。这里的"利刃"无疑是一个隐喻，即自我的人生信仰。人产生信仰的缘由在于其对超越性存在的感知，而这种感知让张品夫付出了生命的代价。这使他身上带有某种神秘的殉道色彩。

（二）为了寻找理想彼岸而出走

《龙的故事》中，生活在青龙河边的乡村姑娘春荣，父亲早逝，守寡的母亲将她拉扯大后也去世，她靠在火车小站上卖咸鸭蛋给乘客为生。春荣将火车比作龙，当火车车轮飞奔，她的心"也神往着，想乘龙飞去"，"去另一个世界看看"。一次为了讨回咸鸭蛋钱而跳进火车厢，让她感受到了"乘上巨龙"驶向远方的兴奋。候车室里两个外出做手艺木匠的对话更掀起了春荣内心翻涌的潜流。她和他们一样，都"酝酿着一个美丽的梦"，向往着外面的世界。春荣最后推迟自己与未婚夫田贵的婚事，毅然乘上"巨龙"离开家乡，是因为她"不相信自己除了老田老土老屋，就仅仅是几个咸鸭蛋、几包盐葵花，她为自己要挣脱母走的那条老路而兴奋"。

中篇《梯子街》的小说主人公李佳新是一个孤儿，被人们称为"两支钢笔"的他，高中毕业后进城闯荡，几年后回到家乡开办文化站，设录像放映点，古老的梯子街一下子失去了以往的宁静，变得热闹起来。虽然李佳新的初衷是为了报复和赚钱，但毕竟给乡亲们带来了新的思想和信息，带来了新的知识和文化。当梯子街的人们开始接受他的时候，他却含着热泪离开了自己又爱又恨的家乡，走向县城，奔向自己的理想彼岸。

春荣和李佳新的出走，是因为向往外面世界的文明与先进，是为了寻找——寻找美好的未来、寻找自我的价值、寻找生命的真谛，找到通往理想世界之间的那座桥梁。与父辈们相比，他们对家乡没有太多的依赖与眷恋，能够为了追求理想和幸福进行取舍；他们在追寻的过程中获得一种自我的认知和改变，主动地实现着与这个社会、这个时代的融合。

（三）为了实现再度回归而出走

《喀斯特山地》写退伍兵余晓峰当初"怀着一番雄心壮志"进城闯荡，招标承包了一家饮食服务公司，想"挣下一份天地"，以县城里一个公司经理的气派回到家乡，给家人增光添彩。他搞工资浮动，开设新的服务项目，引来了城里人的惊诧、好奇与不安。当乡下来的老爹遭到下属们的戏弄时，他怀着"一种变态的复仇的心理"带着老爹从下属面前走过。最后，他因受骗导致破产，写下留言从小城出走，为父亲70寿诞赶回深山村寨。在生于斯长于斯的"喀斯特山地"，他感到自己内心那根失去平衡面临崩溃的支柱，被"一种非常坚实的力量扶持着竖了起来，以坦然的心情去迎接命运的处置"。

小说中的余晓峰是个具有某种人文情怀、反思意识和价值追求的农民，因此，在城市奋斗的他有一种身份认同的焦虑。在出走时，他那灵魂里的支柱完全崩溃，他"那颗孤独而且沮丧的心要寻找寻托庇之处，这才奔死奔活地往回赶，来求得灵魂的开脱"。在回归家乡的途中，在行走于喀斯特高原的山路时，他不断反思，意识到了自己事业失败的必然，并获得了重新站起来的力量。作为一个新型的农民，余晓峰对自己的处境是清醒的，对故乡的审视和依恋也是深刻的。

《红月亮，白月亮》里满水和雀儿为了获得爱情自由而私奔，但当他们到了城里后，虽然大胆结合，吃穿不愁，但却"感到不为人理解的孤独，感到背井离乡的凄凉，还感到被人轻视的压抑"。在城里一年多的生活，他们就像"水里的浮萍，看上去很可眼，却没有根"。所以他们选择了回归，选择了回乡陪伴父亲顺风爷和他的高脚灯碗。但家乡也不是一成不变的，石桥架起，过河上街不用再踩飘飘船；电站落成，高脚灯碗也被顺风爷收起。家乡，以一种新的面貌迎接游子的归来。

余晓峰与满水的出走归根结底是一种回归愿望的体现。他们都希望得到家乡的认可，希望回归到属于自己的家园，属于自己的身份，不再是边缘人物，于是用出走来表达自己最终回归的心愿，体现的是对身份认同的一种强烈渴望。

二、《困豹》——关于出走的终极诠释

长篇《困豹》中写到了各种各样的出走：人的出走，兽的出走，个体的出走，群体的出走，被迫的出走，主动的出走，现代社会中的出走，历史记载中的出走（如永王朱慈炤的逃亡），还有作者为了创作这部长篇，历时一个多月，徒步三百多公里的出走。作者全程考察芙蓉江，吸取芙蓉江两岸风情带给他的写作源泉与价值追寻，以此找到小说创作的文化密码与精神引领，"获得了创作《困豹》的最初灵感"。[1]

在这部小说中，人与动物生活在不同的困境中：生态的失衡，环境的封闭，文明的落后，传统的禁锢，思想的愚昧，人性的异化……在遭遇了种种困瘼、困苦、困塞，他们最终都选择了出走这一方式来脱困。

由于所处的环境中充满着大量的毒素，生活在长江边的豹群不但有的患上了烂皮症，而且生下许多死胎和怪胎，它们希望找到一个"纯洁而又宁静"的地方——大森林，以摆脱濒临灭绝的生存困境，维持豹群的生生不息。雌豹疙疤老山接受了这个神圣的使命，开始了它寻找"雪山"的辉煌壮举。它从浑浊的长江下游出走，渡过乌江，走进了云贵高原腹地。在那里，它遭遇了自身的一次困厄，被套上了脚铐，并面临村民的捕杀，后来与大狗黑宝一起开始了新的出走。

家英、水惠、藤子生活的错欢喜乡就两个村子，偏远贫困，山路崎岖，只有一间教室的学校还是由寺庙改建而成。姑娘们在"小胡子"的鼓动下离家出走，跑到广东打工。这是一种主动的行为，因为这对她们来说是一种重新选择生活的机会。她们希望走出这穷乡僻壤，能在一个新的天地里实现自己的生命价值。

为寻找失踪学生，令狐枯荣上北京，赴浙江，形同流浪，被非法关押殴打，终于找到了家英、水惠们的下落，尽管她们都没有实现自己出走时的美好梦想，但她们却不愿再回到家乡，这使令狐枯荣的出走寻人行动失去了原本的救赎意义。但在小说最后，作者让他解开了豹子疙疤老山的镣铐，成为疙疤老山乃至整个豹族的拯救者；将父亲的补偿款捐赠出来修建学校，并被评为全国优秀教师，又赋予了令狐枯荣一种崇高的色彩。比起令狐枯荣的主动出走找寻，罗雨的"孔雀东南飞"，更像是一种自我的放逐。因为无法接受失子之痛和自己教学上的失败，以及由此带来的精神压力，他在不堪重负之下逃离了家乡，以一种决绝的方式离开了错欢喜。

错欢喜乡的另一位知识分子木青青则自始至终有着走出大山走出家乡的强烈意愿。考上大学实现了他的第一次远走，但这却未能改写他的人生，命运的捉弄让他又回到了家乡。在错欢喜乡，他和考古学家一起解开了悬棺之谜，化解了木家寨和牛家山的世代宿仇，促成了黑鸦坎大桥的修建；当选为副镇长后积极推动磨坝场的集镇改造工程，想让家乡摆脱贫困、落后和狭隘的现状。但拆迁计划的失败，与初恋水惠爱情的幻灭，使他遭受重重打击。在传统与发展、理想与现实、爱与恨的冲突中，一直隐藏内心的出走欲望被再次激活，最后与追求、陪伴他多年的藤子一道，开车驶向了南去的道路。木青青最后的出走，犹如豹群的迁徙一样，是历史、文化、政治、民族、感情等各种因素作用的结果，是木青青对未来前途的追求，也是对现实人生的一种逃离。在不肯与现实社会存在的种种问题妥协时，他最后的选择就是一走了之。他的出走，与疙疤老山的获救、令狐枯荣的新生，还有豹犬后代的脱险，体现了作者某种程度上的理想书写。但出走并非抵达理想之境的坦途，木青青出走之后，是否现有的矛盾就会迎刃而解？迎接他的会是怎样的新挑战和新困境？我们不得而知，但这却是我们仍然关注与思考的。

《困豹》是写实的，同时又是寓言式的、富于理想化色彩的小说。这部小说犹如一曲多声部的交响乐章，通过渗透在文本中的抒情气质、复调品格、启蒙心态、思辨色彩、叙事视角、魔幻手法，以及对各种出走的叙事，实现了乡土主题与生命主题的对应与同构，审视并回答了有关生存和生态的诸多问题。

小说中令狐枯荣、木青青等人物的语言具有双重的意义指向，它既是文本层面的人物对话与心理表述，又是关于哲学与人生的意义诠释，闪烁着理性与智慧的光辉。当然，作品中那种充满了"意义"的书写，个别人物的启蒙意识、智识色彩以及表达的说理性、思辨性较为突出，思想的声音有时游离于形象之外，是这部小说略嫌美中不足的地方。

三、出走的意义及启示

（一）出走与精神突围

出走，是人从一个地理空间向另一地理空间的迁移行为。由于不同环境之间存在着优与劣的分别，导致人产生心理上的不平衡及与所在环境的不和谐，产生对更好环境的向往。出走即是对这种失衡状态的主动调整，通过出走者的行为选择，体现出走地与与目的地的差距，从而证明出走行为的合理性。

乡村世界作为"精神原乡"，在受到外来力量冲击时，慢慢变得苍白破败荒凉，成为"底层、边缘、病症的代名词"，[2]越来越失去了原有的吸引力和凝聚力。生活在乡村的人们便有了一种出走的冲动，希望走出大山，走出传统的范围，走出闭塞、贫困与蒙昧……正如赵剑平在散文《山洞话题》中呼吁："我们依旧要努力走出这些洞啊!"[3]这里的"走出"，即是对旧的生活方式、旧的思想观念的一种突破或告别。

因而，出走在空间意义是一种行为方式，在文化意义则是一种精神突围。命运的无常、现实的苦难和灵魂的孤独，促使人们不断去寻找终极归宿和救赎之路，以实现自我解脱。尽管这种精神的突围困难重重，以致每迈出一步都要付出沉痛代价，但承载着各种重负的人们，仍然渴望改变既定的命运轨道。而要实现这种精神突围，还需要进行身份的变革和价值观念的重构，通过对自我存在方式的质疑与否定，达到精神上的超越或新生。这是"一种批判性的历史告别，或一种经由动荡之后的文化传承的重新开始"。[4]

（二）出走与身份焦虑

"人物的运动可以构成从一个空间到另一个空间的过渡。一个空间常常成为另一个空间的对立面。"[5]在赵剑平笔下，城市和乡村常常是对立的二元存在。对乡村的人们来说，城市既是出走投奔的地方，又是迷失自我的地方；既是使他们改变命运的转折点，又是让他们面临挑战的新起点；既让他们向往，又使他们受挫；既能够实现价值追求，又难以获得身份认同。

作为社会与文化建构的产物，身份认同的本质是心灵意义上的归属。每个人都希望自己归属于某一个或多个群体，得到他者的认同、尊重，被他者认为有价值。安德森指出："所有的文化认同，无论是民族国家的、地域的或地方的，都具有相等的内涵。它们都是归属感的象征。"[6]归属感有地域意义、群体意义之分，而群体意义往往大于地域意义。所以在赵剑平小说中，出走往往是从一个困境出发，走入另一个新的困境。人们从贫困落后的乡村出走，而置身城市，则又开始思念远方那片生养他们的土地。正如萨伊德所说："一旦离开自己的家园，不管落脚何方，都无法只是单纯地接受人生，只成为新地方的另一个公民。或者即使如此，在这种努力中也很局促不安，看来几乎不值得。你会花很多时间懊悔自己失去的事物，羡慕周围那些一直待在家乡的人，因为他们能接近自己所喜爱的人，生活在出生、成长的地方……"[7]归属感的缺失使出走者产生了身份焦虑，对此心态的揭示体现了赵剑平的人文关怀。

（二）出走叙事与启蒙意识

赵剑平小说中多次写到出走，这和作者的启蒙意识不无关系。启蒙，即启发、开导，有使事物呈现本来的样子，或使人摆脱偏见及迷信的意思。福科在《什么是启蒙？》中指出，"启蒙必须被理解为既是一个人们集体参与其中的过程，同时也是一个由个人完成的勇敢的行动。"[8]这说明启蒙有两层内涵：一是民众群体的参与；二是思想先行者的启迪。

作为一位旗帜鲜明地提出要"构建民族文学创作的精神高地"[9]的作家，赵剑平在进行文学创作尤其是小说写作时有着强烈的启蒙意识。在《红的启蒙》一文中，赵剑平谈道，"人必须要经历思想上一次一次的启蒙和意志上一次一次的洗礼，才能跟世界有一种默契，跟社会有一种融入。"[10]由此，他将自己思想的触角伸及社会人生的多个角落，力图从历史和哲学的高度，将现实社会中的各种问题一一呈现，通过一个个乡土故事的讲述，阐发自己对于乡村现状和人类生存的民间体验和精英认知，以此传达自己博大而深沉的启蒙情怀。作家并未囿于对云贵高原地区地域文化、民俗风情、方言土语的挖掘和再现，而是在这种民族文化语境下，通过对乡村世界的批判和反思，深刻揭示人生的苦难、人性的复杂，对人们的生存困境和身份焦虑做出合理诠释，表现对此的认同与担当，进而为其寻找出路与归属。以一种文化的自觉自振，去发掘乡村社会中存在的朴素人性和生命张力，发掘潜藏于民间文化传统中的积极元素，以此来消除存在的愚昧与落后，推动社会的进步。

赵剑平的作品中，凝聚着作家对社会和人生的深刻认识。作家对出走的思考固然是理智而严肃的，但出走者的困境却不是一个单纯走的姿态就可以解决。出走只是一种暂时意义的解脱，实质意义上人与环境之间矛盾的化解，以及个体生命的自我完善，并非出走所能做到，需要社会的发展和时代的变革。

结　语

赵剑平的小说通过出走叙事表现出对理想家园的追寻、对社会发展的反思，以及对心灵世界的回归和民族文化精神的守护，具有独特的思辨色彩与寓言性质。从20世纪20年代蹇先艾、寿生讲述难忘的故土记忆，到中华人民共和国成立之后石果谱奏沧桑的山乡恋曲，然后到80年代初期何士光、石定、李宽定吟唱柔美的田园牧歌，再到赵剑平叙写深沉的民族寓言，黔北的乡土文学在曲折的历程中不断发展和嬗变。

新世纪的肖勤、王华等作家的写作，也延续了赵剑平这种叙事方式。肖勤《云上》中黄平的离去，王华《傩赐》中蓝桐的出走，既是一种传统的行为策略，又体现了各自新的精神诉求，这使黔北乡土文学创作呈现出既有传承又有突破与创新的特点。

作者简介：

唐燕飞，女，遵义师范学院教授。

参考文献：

[1] 赵剑平．与生活一起创作——一部长篇的产生[M]．赵剑平文集（第五卷）．北京：人民文学出版社，2015．

[2] 梁鸿．中国在梁庄[M]．南京：江苏文艺出版社，2010．

[3] 赵剑平．山洞话题[M]．赵剑平文集（第五卷）．北京：人民文学出版社，2015．

[4] 周政保．既属于山，又不止于山——赵剑平小说创作印象[J]．民族文学，2001（6）．

[5] [荷]米克·巴尔．叙述学：叙事理论导论[M]．谭君强，译．北京：中国社会科学出版社，2003．

[6] [英]约翰·汤林森．文化帝国主义[M]．冯建三，译．上海：上海人民出版社，1999．

[7] [美]艾德华·萨伊德．知识分子论[M]．单德兴，译．台北：麦田出版股份有限公司，2000．

[8] 汪晖，陈燕谷．文化与公共性[M]．上海：三联书店，1998．

[9] 赵剑平．构建民族文学创作的精神高地[M]．赵剑平文集（第5卷）．北京：人民文学出版社，2015．

[10] 赵剑平．红的启蒙[M]．赵剑平文集（第5卷）．北京：人民文学出版社，2015．

文化意识观照下的人性反思

——评《獭祭》

胡洁娜

贵州遵义正安籍仡佬族作家赵剑平是新时期活跃于文坛上的杰出作家。他的作品表现出以自觉的文化意识观照生活的特点，诗意地思索人与自然的关系问题。《獭祭》《困豹》《白羊》《杀跑羊》等作品都折射出作家深沉的哲学思考，呈现出对生命、生灵终极的原始关怀，使他的创作获得新的超越，也对贵州小说创作实现了不小的突破。

所谓自觉的文化意识，指的是作家在创作过程中，包括感受、理解和表达的每一个阶段，都能出之以文化的眼光，对主客观世界进行文化认知及文化把握。这是作家的一种文化创造，它把作家对人、世界、社会的洞察、理解和感悟导入深层。其价值在于思维主体唯有具备文化意识的视角，才能在万象世界中形成自己的人生理解，超越具体事象，透识人性的本质、社会的症结。赵剑平就是一位以自觉的文化意识为视角，将思索的重点放在人与自然新型关系问题上的具有历史责任感的作家。曾经获得贵州《山花》文学奖的《獭祭》就是其中典型代表之一。《獭祭》是赵剑平 1988 年 6 月在《山花》上发表的短篇小说。虽然属于作家早期的作品，但是其中蕴含的人性思考直到今天还有其不容忽视的价值。作品"内视"民族文化与民族生存现实，展示仡佬族人的生存困境，体验民族心灵的精神磨难，思索现代生存危机中的人性问题，对人类存在的归宿产生忧患，亦真亦幻地建构出一个神奇而真实的众生图，以此展现现代化进程中乡土生活的复杂面貌。

《獭祭》讲述的是打鱼人与水獭之间的故事，曾经视水毛子（水獭）为珍爱至宝的老荒在出狱后几近丧心病狂地捕杀水獭，直至满河里水獭绝迹，当他刺中最后一只雄性水獭时，他喂养的母水獭奋力反抗，用自己的方式祭奠雄性水獭。作者隐晦地表达仡佬族人世界观改变的痛楚，为了追逐生存的利益，我们失去了与大自然的和谐，曾经相亲相近的自然会对我们反扑。我们未来的路在哪里？

少数民族主体素来将自然视作自我生存的重要土壤，仡佬民族也不例外。仡佬族民族性与其民族生态环境紧密相关。泰勒曾经认为地理环境是以强大外部压力的方式构成民族精神文化的特定样式："某些持续的方面以及周围的环境、顽强而巨大的压力，被加于一个人类集体而起作用，使这一集体中从个别到一般，都受到这种作用的陶铸和塑造。"民族的生态环境、特别是物质生产方式和生活方式从根本上制约着民族性的生成、演化与历史发展趋势。有民谚云："高山苗，水边仲，仡佬住在石旮旯"。仡佬族可谓在石头缝隙中的贫瘠土地上顽强地生活，不得不以农耕经济作为安身立命之根本，迫使他们不得不将自己的命运与土地和自然紧紧相连，不得不依赖风调雨顺。简单的农耕经济并不能带来丰厚的物质条件，恶劣的生存环境和总是匮乏的生产资料和生活资料等现实条件，加上低下的医疗水平，活生生的生命显得十分脆弱，造成了其民族人口稀少的局面，努力维护每一个个体生命的延续便成为仡佬族的极为关心的大事，并在祖祖辈辈仡佬族人心里打上了深深的烙印。

仡佬族民族意识所体现的和谐带有自身突出的特性，在天人合一的自然观基础上，突出强调"善"，约束族人与自然为善、与社会为善，体现了生命之间相互支持、互惠共生以及与环境融为一体的特性。仡佬族以传统的东方思维方式来观照自然，视人、动物、植物、天体为天然共生的和谐境界。以和谐为美的审美意识突出表现在与自然和谐相处。在原始观念（祖先崇拜、自然崇拜）的心态结构中，自然成为一巨大的生命社会，人在这个世界中并未被赋予突出的地位，生命在最低级的形式和最高级的形式都有同样的尊严。他们所表现出来的自然观念就是自然万物与人是相通、相似、同情统一的。仡佬族先民具有朴素的辩证法思想，仡佬族与苗族等民族一样认为世界的变化是由于物质的变化，人来源于竹（仡佬）、蝴蝶（苗）的观点，排除了人类的演变源于某种精神力量的说法，它是物质内部的转换，从而将一些自然形态作为崇拜的对象。"神树""牛王""神狗"等崇拜事项，无疑是当时的历史现实在人们头脑中的形象化的反映，是和早期的农耕生活相适应的，是把人的起源和这些动物或植物图腾联系起来，认为该动植物与本集团的祖先有血缘关系而加以崇拜，这是原始民族最质朴的情感，沿袭至今，演变为人与大自然的和谐相处。另外，在仡佬族民居中，也体现他们与自然为善的和谐之美。仡佬族居高山者房多低矮，向阳避风；平坝房屋稍高，多依山麓而建。仡佬族的居处是有选择的，他们大多选择依山前平地或山洼坪地建房。房屋的坐向依山势不拘方向，力求寨子后面有植被茂密的树林，其中必有多年的"神树"，寨子中间和四周也要有大树、果树、竹林。这种住宅格局体现仡佬族人与自然融为一体的理念，不能因人的活动改变大自然原有的面貌，堪称"民族生态的依生之美"。从生态美学的角度看，这种住宅布局实际上营造了充满生机的局部生态环境美。起伏的峰峦，茂密的森林，参天的大树……无一不有利于住宅主人物质生活的舒畅和精神境界的提升，令生活在其中的居住者必然充满蓬勃旺盛的生命力。与自然万物的和谐共处，表现出民族对生命的尊重，人有一种"天赋"的责任、义务和使命，或"天职"，就是实现自然界的"生道"，而不是相反，更不是为了人类自身的利益而去任意破坏自然界的"生生之道"，人的生命的意义和价值就在于此，人的"安身立命"之地也在于此。《獭祭》中两代打鱼人最初也本着这样的自然观念视水毛子为生活的重要伙伴，甚至可以称之为同生死的战友。老荒从别人手中买来受伤的毛子，下了血本，用三七灵药治好了毛子的腿伤，和着血，忍着疼调教这只生毛子。"老荒这辈子娶女人，养娃儿，仿佛都是自然天成的事情，唯独教这毛子，叫他老老实实泼洒了很多心血。"当老荒被捕入狱，心里最放不下的也是那只水毛子，随后得知水毛子与船易主的变故，他"号丧似的哭翻了监狱"。老主人老荒对水毛子的感情不可谓不深。满水作为水毛子的新主人对水毛子亦是用心良苦，大老远地跑到监狱向老荒询问水毛子的习性，对小东西呵护备至。此时，无论是老荒还是满水都沿循着与自然为善，与自然和谐的民族传统。

斯普瑞特奈克说："现代世界观强行造成了人与周围自然界、自我与他人、心灵与身体之间的破坏性断裂。"传统的"和合"精神被现代体系"金钱主义"取代，导致母性文化的存在忧患，乃至生存家园也危机四伏。仡佬族人信奉的"和合"精神被现代化进程的新观念逐步碾碎。未来在哪里？身怀浓浓民族情怀的赵剑平在心底发出对民族未来生存的忧虑之声。他将这样的担忧拓展到对整个族类生存的自然环境、人文环境恶化的痛苦思索。为了获取水毛子的皮毛以及珍贵的水毛子的肝，老荒开始残忍地杀害河流中的水獭。"和打鱼一样，老荒捕捉起毛子来也发狠发狂。他有一把鱼叉，切去中间两根篾，便剩下两道边篾，成为"U"字形一支枪。扛着这支破枪，头上盘着根青帕，腰间束着根藤条，披着个酒瓶，活似那茹毛饮血的生番。""河边水畔，他每每得手，要是那水毛子没被套死，他就用那支'U'字形的破枪，叉住水毛子的脖颈摁在浅水滩上，将那东西活活憋死。他手不颤心不慌，剥下皮，割下肝，吊在根头上，摇摇摆摆地走路"。现在，曾经将水毛子视为珍宝的老荒俨然已经变成了一个残忍的刽子手，一个荼毒生灵的恶魔。人为了私欲对自然肆意妄为，自然只有用自己独特的方式承受，"河水流过，都带着一股腥气一股血气，人喝了要打呕，畜生喝了也要害瘟疫。直到一具躯壳腐烂，剩下一堆白骨，大水来冲走，浪涛来洗刷，那血腥的气味才会渐渐消失"。新的时代环境要求改写旧有的生存模式，人类于此何去何从呢？不仅老荒这样的老汉面临生存困境，就是满水这样的年轻人也同样茫然。年轻力壮，不过三十出头的小满"懒心淡肠"于河上的生活，想要进电石厂谋个生计，要付出的代价是水毛子的肝。满水困惑犹豫了，"人对毛子有恩，毛子对人有义，风雨河上浪中，相依相伴的，已经结下了深厚的情分。"虽不忍心亲自下手，满水还是横下心借刽子手（老荒）的手取了那药肝。人性在物质利益审判下显现丑恶的本质。虽然老荒与满水曾经有不舍，但"人心早已冰冷铁硬"，即使老荒泪眼婆娑，也没有办法改变残酷的现实。身处被屠杀局面的水獭也不得不改变自己忠诚的本性，疯狂地反咬主人，驮着公水毛子，自焚于火焰中，完成对自己、对人性的祭奠。曾经经历了险恶困苦的自然历史环境，在石头缝隙间依然坚韧活着的仡佬族人，在现代化进程中遭受价值信念、精神家园的幻灭，面临着生存与精神的双重困境，这才是本真意义上的"困"。

《獭祭》于朴素平实中显出对于生灵、自然终极的关怀，更是在对比中凸显出人性的荒诞感。大自然万物都是充满灵性的，正是那些原始纯粹的事物，才更能体现出这种生命的诗意。人的活着，或者与万物为善、与自然和谐，或者为了自我的生存荼毒生灵，这是人类应该审慎思索的重大生存抉择。"人应该怎样活着？"正是具有自觉的文化意识的思维主体苦苦思考的问题。以人性反思的视角对生存境域进行自我审视、对民族文化价值追求与探究，展望民族的未来是仡佬族民族作家赵剑平在作品中自觉文化意识观照的方式，是其文化精英身份民族自我意识觉醒的主体性选择。

作者简介：

胡洁娜，女，遵义师范学院人文与传媒学院副教授。

赵剑平小说创作的三段式走向

彭一三

通过对赵剑平小说作品的广泛阅读，我感觉赵剑平的小说创作走向呈三段式发展，这就是《山中人》的起点，《白羊》的转折，《困豹》的高度。

一、《山中人》的起点

短篇小说《山中人》发表于 1983 年，这是赵剑平的早期作品，叙写年轻丧偶漆匠的求偶经历，同时传递了漆匠行业的神秘特殊信息，写得风轻云淡，哀婉动人。赵剑平是立足于黔北沃土的乡土作家，他的小说深刻地反映了黔北农村的历史变迁，关注黔北农民的生存状态，再现黔北地域的风土人情，讴歌仡佬民族的阳刚气质。他的早期作品基本上都包括了这些特质。

《韭菜叶宽宽》，讲述一个年轻的农妇守候蒙冤男人归家又为之殉情的爱恨情仇故事。虽然失之浮浅，但是作者写于 1980 年，这应算是赵剑平最早的作品，他写到了落实政策，纠正冤假错案，有鲜明的时代印记和作家把握时代气息的意识，记录了时代的脚步。

短篇小说《山魂》写于 1982 年，通过对比，用侧写和误会的表现手法写出乡村小学教师文娇的恋爱选择，面对曾经的知青患难战友，她舍弃过城里人的生活而执着地爱上了在农场森林隔离区干活儿的农工，清新淡雅。

短篇小说《彩色圈》写于 1985 年，写客运交通圈的年轻男女表现青春活力、择偶交友的故事，人性的真善美、假恶丑表现其中。

中篇小说《青色的石板街》写于 1985 年，叙说一个叫枫香的弱女子与命运抗争的故事。母亲为了让她走进镇上过日子，力劝她嫁给身体孱弱的表哥，表哥后来身体好起来，为了生活赶马车，劳累过度送了命。年轻的寡妇有她的真爱，也被人纠缠不休。对于凌辱她的隔壁王队长，她曾经说过狠话，"到算账的时候就要算账。"果然，时光进入 1978 年，枫香面对自作自受刚出狱的王队长的语言挑衅，一反往日的柔弱，啪地一拍大腿站起来，"你别以为老娘好欺侮，不是那几年了。"这个细节和语言，使我们想到了何士光的《乡场上》。是的，受尽欺凌的孤儿寡母枫香在粉碎"四人帮"、拨乱反正之后，挺直了腰板，理直气壮地告诉王队长，要去给他找一个对头来，她要去找枫香坳的润祥，她要扑进他的怀抱，她相信这个男人就是她未来过日子的依靠，她深信，"一个汉子能耍龙，边场镇那个世界还不能耍么"？枫香个性发展随着时代改变的进程而改变，由弱变硬，变自信自强。我为这个女性角色感到快意。这是赵剑平早期趋于成熟的作品之一。

写于 1990 年的短篇小说《小镇无街灯》，讲述由一个新媳妇"走恍惚了"引发的事端。城里来实习的年轻人聚在小学校的操场跳迪斯科，那种激情本身就撩拨得没有见过世面的年轻媳妇想入非非，精神先出轨，难怪不"走恍惚"，进错房，上错床。梦碧的爹未雨绸缪想到以低压灯泡作标记，担心女儿把屋走恍了，结果还是迟了，不该发生的已经发生了。黑粗因为尝了甜头得了"喝屁"惹了官司怕再遇麻烦，有意留住一兜草，是为了给别人留记号，自己不再干憨事。记号就是符号。20 世纪 80 年代末，符号学正是兴盛之时，正好理论的新潮付诸了写作的实践。小镇无街灯，年轻的媳妇梦碧为"恍惚"付出了心酸的代价，要不是因为早先肚里有喜，她已经被老公砣子甩了。《小镇无街灯》，算是赵剑平早期兴盛创作的关门之作，也代表早期兴盛作品的高峰。他这一时期的作品，主要是融进自己的人生阅历和生活历验，写家乡的自然环境、风土人情、风俗世相、奇人轶事。但是他把握时代脉搏，跟进时代节奏，时世出现什么写什么，擅于捕捉，精于构思；关键是他对那山那水那土地相当熟稔，写什么，是什么，语言功力从一开始就显现了他非同寻常的风格。

二、《白羊》的转折

短篇小说《白羊》1991 年发表于《人民文学》，这是赵剑平 20 世纪进入 90 年代很有影响力的一篇作品。如果说他在 20 世纪 80 年代起步阶段的作品基本上保持乡土的醇厚质朴的特点，那么，自《白羊》始，我们就明显看到，他的作品带有冷静的理性思考，结构框架和人物雕像刻意呈现理性的思维。历经十来年的改革开放，雨山爷养了一群黑羊。他养了一辈子黑羊，就不喜欢白羊，可是这天他就丢了一只黑羊，裹进了一只白羊。他一定要把这事弄明白。乡公所开会用餐可以买走那只白羊，可是他认死理，人家的羊子不能卖，他没有贪一时的小利。这来路不明的羊子是他的心病，卖也恓惶，不卖也恓惶。事实真相是腰子伯藏了他的黑羊。他把意外得到的黑羊视为吉祥，因为他养白羊，女儿跑；喂黑羊，女儿回来。腰子伯被雨山爷寻找黑羊的执着感动，他诚恳地对雨山爷说："我没有想到你放一辈子的羊子，除一头一头羊子外，你还放着别的东西，真没想到你还放着别的东西……"他说的这"别的东西"不需一语道破，很含蓄，留给读者想象的空间，但是我们完全可以读出其中的余韵。这种"别的东西就是农民的秉性，善良，执着，骨子里的无私，一是一、二是二，认死理，是你的就是你的，不是自己的不动别人的。可是话说穿了，雨山爷也容易感动，他不计较了，黑羊无需换回了。并且他还有了感悟，羊儿需要入群，逝者也不要让他冷清。那么，活生生的人呢？不言而喻。这就是意象。这就是文学价值。这就是赵剑平小说创作的转折和提升。

中篇小说《梯子街》发表于 1992 年的《人民文学》，也是赵剑平很有力度的作品。小镇上文化娱乐项目录像厅的开设波澜，既有商品经济意识碰撞的火花，又有思想观念带给人的刺激，还有年轻人事业恋爱两不误的追求。翠容和李佳新两家的板壁是活动的，这个秘密被翠容无意中发现。板壁是一个符号，两代人都通过这活动的板壁通道得到人性的欢愉。《梯子街》是物流与情欲的交织表现。僻远的山乡，像这不为人知的壁板，表面平静，一旦有清新的风吹进，移动板壁，这"通道"就活了，自然会泛起圈圈涟漪。

短篇小说《杀跑羊》1994 年发表于《上海文学》，直面微妙的官场，从一个侧面的角度去表现干部升迁的明争暗斗，个性鲜明，辛辣嘲讽，鞭辟入里，活脱脱的新官场现形记。《贵州日报》曾全文转载此作，足见该作品的价值和影响力。

中篇小说《女县长》（1997）其实只写了女县长南兰的两件事，一是化解计生官司，二是识破自家男人的奸情。女性的性情、性格、为官风格、处事态度、用权手腕、官场明争暗斗、方方面面周旋，写得细致入微，语言干干净净，分寸拿捏不愠不火，不纠缠性事，不夸大神秘的细节。女县长也是普通人，哪家都有难念的经，哪家都有风风雨雨。在外人看来，女县长家的日子应该令人羡慕，风雨过后的女县长的夫妻日子，很潇洒，很轻松，很可爱。可是个中苦涩谁人知晓。当官不轻松，官场磨炼人，不靠一点手段，女县长差点在计生那里栽了；使了一下手腕，却还从计生那里走出。亏她想得出，给张大山安排了一个在县政府大院守门的工作，他也不管两颗尻子是怎么掉的了，不但撤了诉，还甘愿为女县长卖命。这是作者有了挂职体验之后的成熟作品。作品题材随着阅历的改变而有了改变，正所谓熟悉什么写什么。

三、《困豹》的高度

按作者自己的说法，长篇小说《困豹》历经了长达 17 年的创作过程。这样推算起来，《困豹》的构思时间应该在 20 世纪 80 年代中期，也就是说作者当时一边在勤奋地观照生活，推出作品；一边在作理性的思考，埋头长篇巨著的创作整理。只不过因为改革带来的沧桑巨变，面对新的人世变迁，作者不得不对自己原先的设计思考作与时俱进的调整修正。《困豹》既是寓言之作，也是写实之作，二者交融，交替互显。赵剑平的小说，不乏写动物的作品，不管短篇、中篇，都有动物表现，如《白羊》《獭祭》《第一匹骡子》《鼠患》《大鱼》等。但是，在这些作品里，动物都是被动地被叙写；而《困豹》里的年轻母豹"疙疤老山"却是作品里的主人公，作者给它以思想，给它语言，给它行为。在这部寓兽于人、寓人于兽的作品里，在自然与社会的背景下，突出争斗的主题。人与兽斗，兽与人斗，人与人斗，其结果是，不遵循自然社会的运行法则，人也困，豹也困。人困即豹困，豹困亦人困。作品的信息量大，叙写的乡村生活场景和都市生活气息场面都很多，具有浓郁乡土不可复制的地域特质。我想，如果去掉一些作者游走主题略嫌卖弄的文字，淡化一些过于政治形势的东西，让民族的、地域的、生存状态的东西更加凸显，说不定若干年后一不小心就会成了诺贝尔获奖作品了呢。这就是《困豹》的高度，赵剑平小说走向极致的高度——哲理、哲学、意象、思辨、符号，文化自觉，尽在其中。

中篇小说《大鱼》2006 年发表于《民族文学》，可以算是赵剑平小说达到高度的收官之作。这部作品寄托了三代人的宿命恩怨，大鱼是商品经济的鱼饵，大鱼是商品经济的玩具，大鱼是商海游走的牺牲品。人寓于鱼，鱼又像精怪的人；鱼被人收拾，人又为鱼所亡，这是中国改革开放走到城乡一体化发端时期的河殇，这里面有体面的开发商老板，有在地方上弄权的村干，有趋炎附势的乡村建筑队仰人鼻息的小包工头，还有冠冕堂皇的实权在握的官员，他们粉墨登场，改革开放的进程靠他们在推进，但是他们的所作所为又不能让人恭维，这就是国情的现实。我突发奇想，赵剑平就是这个时代在小说界鲤鱼跃龙门的大鱼。因为《困豹》已经有了高度，只有鲤鱼跃过龙门，才能又跃过这个高度。祝愿赵剑平的小说创作，再创新高。

补充说一句，恕我直言，我认为《大鱼》结尾的一个细节描述是不妥的（韩六爷的坟迁上山后，留在河滩上的那个坟坑，成了李长根的葬身之地）。稍知道阴阳和风水风俗的都知道，埋过人的坑是不能再有人去下葬的，那被称为"填坑"，是最大的犯忌，是一般人所不为的。

作者简介：

彭一三，男，遵义市文艺理论家协会副主席。

赵剑平散文的美学价值

潘辛毅

【摘　要】赵建平散文多写故乡黔北：黔北的山水、黔北的人事、黔北的往昔与今日、黔北的茶与酒、黔北的文学与文化。形成了淳朴而又灵动、感性而又睿智、村俗而又古雅的鲜明个性。会给读者带来阅读的欣喜、情志的陶冶、思维的启迪。

【关键词】赵建平；散文；黔北风味；鲜明个性

遵义市文联主席、全国知名作家赵剑平以小说闻名文坛，有《小镇无街灯》《女县长》《困豹》等多种小说流行、并荣获"骏马奖"等全国大奖。在精心耕耘小说、执掌黔北文坛帅印的间隙，剑平也忙里偷闲写了不少散文，编成《赵剑平散文选》行世。小说家创作的散文，是中国现当代散文百花园中的一道道亮丽的风景，郁达夫《钓台的春昼》、老舍《济南的冬天》、周瘦鹃《夏天的瓶供》、

史铁生《我与地坛》等篇章或忆旧、或感怀、或表现闲情逸致、或思索生命况味，都已成为 20 世纪中国散文史上的名篇。《赵剑平散文选》中的诸多篇章也给读者带来阅读的欣喜、情志的陶冶、思维的启迪，多有可圈可点之处。

剑平散文中许多篇章的篇名就是不错的小说的篇名，如《风中马车》《在河之洲》《走涅水》《去柏坝》《小平房》《挂在悬崖上的街》等，让读者一看就觉得其中有故事，有人物命运的起落，有情节的曲折演绎，有悬念的巧妙设置。在《风中马车》中讲述"反帝又反修"的年代里"长长的鬃毛在风中飞舞着"的马车队的威武，马车老板汪三的得意与失意，相馆老板樊国江因生意萧条去赶木轮马车运粮、积劳成疾、吐血而亡的人生悲剧[1]。《去柏坝》里表现作为作家和"挂帮"干部的"我"抓计划生育在偏僻乡村一天的忙碌事务与对生命的感受和领悟。这两篇简直就是结构完整的精巧短篇，放到小说集子里也中规中矩，一点也不唐突。

自然，作为一个深谙小说之道的作家，剑平选择散文作为表现样式是因为题材的处理和表达的需要。小说创作的快感是源于构思的精髓、情节的巧妙、人物的独特丰满，而散文创作的快感则主要源于行笔时的自由与随意（当然，杨朔散文的模式化和鲁迅杂文的隐晦除外，是时代使然的特例），所以，巴金要把他晚年渡尽劫波、勘透人生的真情书写叫《随想录》，西方把最散文化的文体叫"随笔"。这样我们就能理解，剑平的散文虽然偶有小说笔法的不经意流露，但更多的是思想意趣的自由挥洒。

剑平的数十篇散文中，表现出明显的历史感、现实感和地域感。品读剑平散文的时候，我不自觉地想到了台湾著名诗人余光中关于现代诗创作的一段宣言，余光中先生为了矫正20个世纪五六十年代台湾现代诗创作中的过分西化的倾向，宣布他自己的诗歌创作要追求现代诗的三度空间："纵的历史感、横的地域感、以及纵横交错的十字路口的现实感。"[2]正是美学理想的明确而准确的定位，加上超迈的诗才，让余光中先生成为台湾成就最高、影响最大的现代诗人。剑平无疑是余光中美学理想的知音，他的散文里也有三度空间，历史是剑平散文的背景和底色。且不说在《红色背景上的歌与画》中对"超时空的舞者""侏罗纪的精灵""形如巨伞、状如华盖"的绿色桫椤群落的涂抹；且不说在《一个民族茶汤里的影子》里对务川油茶的起源、制作、器皿、功效的想象和记录以及与晋代"茗粥"、清代"擂茶"关系的考证；且不说《路迢迢》中家族因"张献忠攻四川"而"从江西填四川"以及对父亲、母亲、妻子的各世家分别从四川合川、涪陵、江津因"搞烂就搞烂，搞烂就往贵州搬"的移民史的想象……在《茶说遵义》中，更是以《茶经》《贵州通志》《遵义府志》等经典志书为依据，陈述了遵义自古以来产茶、加工茶、消费茶、贩运茶的历史。进而强调："对遵义这片土地而言，茶叶之大，浓缩了时代与社会的进步、文化与习俗的变迁"。随后，梳理浙江大学西迁到遵义，在湄潭成立"桐茶研究所"，以龙井茶为标杆改良黔北茶，影响到贵州的茶叶科学研究所专设湄潭的相关史实。指出湄潭茶与龙井茶的相似相近，而小叶茶这个浙江大学引进的外来户，"奠定了黔北现代茶叶的发展基础，也影响了整个贵州省茶叶生产发展方向"。在《石韵》中，开篇就表明故乡黔北的地理特征—开门见山，以至于毛泽东在崔巍雄奇的娄山关上曾感慨"苍山如海"。而就是娄山关所在地的桐梓岩灰洞中发现的距今二十万年前的猿人化石与旧石器，填补了了人类发展进化史上的关键一环。随后铺叙了黔北人利用石头的方方面面：铺路、造房、凿成各式各样的生活用具—石床、石衣柜、石神龛、石柜台，而石碾、擂钵在过去的黔北乡村更是随处可见。至于播州土司扬粲墓的石雕、龙坑的石牌坊则成为可以超越时空的"一种文化的载体"。篇末，剑平认为水泥是一种粉碎的石头，作家的超常想象是有所指的，水泥源自石头，却不是石头，这与石头隔着一层的水泥构成了今天形形色色的现代建筑—导致了我们与自然的隔离，"我们掉在时空的缝隙，难言的尴尬和苦"。读到这里，读者会感到人类历史延续、文明发展的一种悖论，那份体验如石头般的沉重而难言。还有《悬棺》《遥远的井》《我在贵州贵阳府》《小平房》，叙写对象无论是古远还是俗近，剑平有意无意都会把思绪延伸进历史的深邃、悠远中。

剑平的小说多写故乡事，剑平的散文也多写故乡事，又不尽是故乡事，由正安而黔北、由黔北而贵州、由贵州而天下。剑平的散文还写了神秘的西藏、写了陌生的欧罗巴。有意的读者不妨对比着读《走进神秘之地》和《欧罗巴散记》，前者无论是突然面对古老的雪山，还是徘徊八廓街，无论是凝视大昭寺正门前额头在青石板叩出鲜血的跪拜者，还是攀登布达拉宫石阶的脸青面黑，无论是到哲蚌寺看"晒佛"，还是去日喀则观珠峰，作者都心怀一份朝圣者的谦恭、虔敬，甚至心悸；后者在罗马的思索、佛罗伦萨的寻找、威尼斯的忧虑、慕尼黑的奇遇、阿姆斯特丹的观望、布鲁塞尔的感动、巴黎的误会，以至于梦断伯尔尼，作者都只保持着旁观者、旅行者的那种松弛和冷静。剑平散文中不经意流露的又显然有区别的地域感，有着丰富的、奥妙的心理学、文化学、社会学诠释的可能性的空间。

学师范、当过老师的剑平喜欢读书、长于思考，有着较为丰富的文史哲知识的积累，早年的乡村生活和后来成为作家后在乡镇、县级领导岗位上兼职时对乡村生活的回望以及对三农问题的思考，让剑平的写作保持了对现实生活足够的敏感，如果以题材划分，他的小说基本上都可以划入乡土文学的范畴。其长篇代表作《困豹》剑平自己定义为"开放式的农村题材"：虽然以年轻、强壮的豹子疙疤老山为主角，而故事展开的主要场景则具有显著的黔北乡村特色。小说的创作主旨是思考乡村在现代化、城镇化的过程中，在改善物质生活提高经济收入的同时，如何保持人性的淳朴和美好、如何保持自然环境的淳朴和美好、如何保持人和自然的和谐相处。所以，著名评论家、《人民文学》主编李敬泽先生认为："《困豹》表明，赵剑平执拗地相信，文学不应在'社会问题'的新闻式层面上理解生活，文学应该而且能够提出事关人的生存境遇和精神方向的本质性的想象和言说"。[3]而这样的"想象和言说"在剑平的散文中则表现得较为直白，他把评论杜卫东股市题材小说《右边一步是地狱》的文章的篇名直接叫《嫁接在现代文明之树上的罪恶》，接着在行文中强调："鲸吞豪夺后面，是对人性的践踏，是道德的沦丧，是价值观念的迷失"。在《不会忘记的风景》中，剑平由老Q养的信鸽放飞于千里之外也不会迷失方向而引发联想："那么，我们人在江湖、身不由己，面对光怪陆离的社会、面对声色犬马的诱惑，会不会迷失？是不是能从欲海里挣扎上岸，找着自己回家的路？"在《湿漉漉的记忆》中，有感于故乡庙堂的河水"水量没有从前大了，鱼也比从前少多了。"剑平禁不住从情感深处发问："故乡的河哟！你当年丰富的鱼群哪里去哪？是被上帝收去了吗？"

就题材范围看，剑平散文多写故乡黔北：黔北的山水、黔北的人事、黔北的往昔与今日、黔北的茶与酒、黔北的文学与文化。就像湖南凤凰之于沈从文、山东高密之于莫言一样，黔北是剑平的故乡，又是他精神的港湾、灵感之源，还是他尽情书写的对象。剑平在一组散文中谈他的文学初步、成长、成功，谈命运的轨迹、灵感的降临，有三个人物的存在与过往犹如神示：一个是早已仙逝而在每年苞谷成熟时复活的老祖母；一个是夕阳中孤独背着漂亮的柴块缓慢而坚定行走的樵夫；一个是在河边把混浊的纱布瞬间漂洗得清亮的染匠。黔北是一片神奇而灵性的热土，剑平的老家正安是这片热土上的明珠，这个被文化部命名为"小说之乡"的地方，先后涌现了文志强、石邦定、赵剑平、王华等全国知名作家，还有若干在省内外有影响的作家。剑平的散文创作相对于小说是副业，多年小说创作的操练和积累，让他写起散文来自由挥洒、举重如轻，形成了淳朴而又灵动、感性而又睿智、村俗而又古雅的鲜明个性。虽然有的篇章留下了急就的粗疏，但整个集子是厚重可观、精彩纷呈的。

郁达夫在编选《中国新文学大系·散文二集》时强调"散文的重要之点是在个性的表现"，并以此作为"美文"的重要标准。[4]我想，剑平散文以其独特的黔北风味，以其思想的深沉敏锐，以其行文的雅俗互现，大可以进入"美文"的行列了。

作者简介：

潘辛毅，男，遵义师范学院教师教育学院院长、教授。

参考文献：

[1] 赵剑平 . 赵剑平散文选[M] . 北京：大众文艺出版社，2009 .

[2] 余光中 . 白玉苦瓜[M] . 台湾：大地出版社，1974 .

[3] 李敬泽 . 文学报[N] . 2008-08-10 .

[4] 郁达夫 . 中国新文学大系·散文二集[M] . 上海：文艺出版社，2003 .

地域情怀的自由书写

黎　洌

　　赵剑平是一位富于特色的当代仡佬族作家，他的小说以其浓郁的乡土性、民族性、地域性文化特色标定自己的存在，其情感投射在养育他的乡土上，使他成为当代文学中的"这一个"。他的散文同样着力开掘乡土，在质朴而温婉的乡村素描或故事讲述中，寄托了深深的故土情思和人文情怀。

　　《赵剑平文集》的第五集，收集了赵剑平的散文随笔 80 多篇。从这些散文中，我们可以看到记忆中温馨而又跌宕的生活，如《两点星光》《风中马车》《湿漉漉的记忆》《在河之洲》等，将儿时的童趣及青年时期的经历真实地展示出来，让我们了解到纯朴而空灵的乡村生活对作家的哺育；可以看到黔北丰富独特的山水和风情，如《背兜》《石韵》《桥》等，作家在出色的艺术感受和细节捕捉中，从容、细致地将这片曾经的蜀南今之黔北的风俗和地域特征做了清晰地描述，字里行间洋溢着对家乡的挚爱；还可以看到黔北特有的风俗与人情，如《我的怀念》《迷人的村路》《一个民族茶汤里的影子》等；作家对黔北文化发展的关怀与思考，如《遵义，"中国梦"的至关重要细节》《不会忘记的风景》《茅台河谷的风》等。总之，不管是黔北的山或水，还是黔北的茶或酒，也不管是黔北当代作家或历史文人，还是黔北的当下现实与未来展望，作家娓娓道来，饱含深情。他以黔北人的眼光和心态写黔北的人、事，注重于自然审美、人文情趣、文化创造和文明建设。当然，除黔北之外，赵剑平也写贵州的其他地方，写到其他省的感受与想象，甚至还有国外的所观所记，还写对当今社会问题与文化问题的思考等，如《对此欲倒东南倾》《我在贵州贵阳府》《走进神秘之地》《欧罗巴散记》等，但是，毋庸讳言，赵剑平笔下汩汩流淌的，是感性经验所带来黔北的山水，家乡的亲爱。家乡在他的散文中犹如奔涌在血脉中的一股股潜流，洋溢着生命与活力。因此，展示家乡的魅力，展示地域的特色，使作品具有浓郁的地域风格和民族风格，成为赵剑平散文中最为明显的审美追求。

　　一个作家总是生活在特定地域，特定地域文化的熏染，使赵剑平举手投足间都带有浓郁的地域特色。青少年时代的赵剑平大部分时间生活在黔北，具体地说，是正安那个叫庙堂的、挂在悬崖上的乡镇。这里，不管是人还是事，给少年到青年时期的赵剑平留下了深刻的印象，那风一样掠过头顶、把雷公虫拍得稀烂的骆开珍；那看电影时抢着蹬发电机而占一个好的看位；那水贝河沉沉浮浮掀动着的片片水花；那洗湖塘的"白条""火烧斑"；还有祖母做的包谷粑；燎炙喉咙的红辣椒……本土的自然风物、乡俗民情、历史遗迹、文化传统、生活方式，深深地潜存于赵剑平心中，表现为一种特定的文化心理和文化结构，形成地域文化心理素质。可以说，地域文化对他的渗透是全面而深刻的，他写作时自觉不自觉地将主体意识落脚于特定地域文化的根基上，这在他的小说创作中就有着非常明显的表现。他的散文，更是以黔北的自然风光、风土人情、人物语言、信仰习惯等作为写作的素材，面对家乡，总有说不完的话，写不完的景，诉不尽的情。是家乡的情怀激起了作者"躁动不安的灵魂和逍遥无边的梦"（《在河之洲》），因此，地域书写既是赵剑平散文的内容，也是赵剑平散文的特色。并形成了作家独特的世界观和审美模式：神奇险峻而又秀丽明媚，充满着自然神秘而又丰富多彩。

正因为如此，赵剑平的乡土散文没有承继 20 世纪 20 年代对国民性的思考，对乡俗持文化批判立场；也没有特意地发掘传统乡土文化的美质热情地讴歌。他更在意的，是乡土的正在进行时，乡土在这行进中的变迁和适应，发展与失落。赵剑平的乡村经验来自于自小切身的生活体验，他与一般的农村子弟又有所不同，父亲是有工作的，虽然不富裕，但没有农民子弟的起早贪黑仍食不果腹。而以后又一直长时间地居住于黔北，穿梭于城市于乡村之间，往来于故土人情。那是他的家，那是他的童年，那是他曾经的经历，因此，乡土不仅是他生活生长的地方，也是他世界观、人生观形成的地方，现代的乡村感觉总迭合在过去的乡村感觉之上，当下的情景与过去的时空总有着千丝万缕的联系。对童年美好生活的回忆也就是对乡土的回忆，曾经有过的经历似乎也就是当下的现实人生经历，对此，使他不可能像 20 世纪初的乡土作家那样，从文化他者的身份中去反观、打量家乡，在理性的省视中批判家乡的愚昧和落后；也不是像沈从文、汪曾祺等一样，面对浮躁扰攘的世界而呼唤原始古朴的桃园世界，抒发古典的审美情怀。赵剑平的乡村经验要单纯得多，并且与时代发展密切相连，他对乡村的书写基本上是一种情绪的回忆和感受，一方面是在乡土的回忆中肯定一种适合个性自由发展的合理的生活方式。在乡土与自我之间的亲密联系中，"自由地发表那从土里滋长出的个性"[1]，情绪、情感没必要理性过滤，"就像一片轻快的鸟影，和地落在广阔的田野，又呼地飞向无边的天空，那么自然而又无处不在。"（《乡村祝福》）"对自然的理解，也就是对现实的理解，对自我的理解"。（《激发原创力重塑文学尊严》）另一方面，从现代文明的发展进程中，已进了城的赵剑平希望家乡早日融入到现代化发展中，他的心又时常关注思考着城市与乡村、改革与保护等十分现实的问题，在叙述中又常常显示出一种不自在，这种不自在，决非文笔缘故，而是心有所系。

正是这种介于自由与不自由的书写，形成赵剑平散文的特点：一方面随意、自在，有感悟就写，没有固定的形式，没有刻意的表达，追求心灵的自由，题材的自由、叙述描写的自由。没有特定的话题，信马由缰，到哪座山唱哪首歌，在乡土这个特定的背景上，将情绪体验细密而有层次地展开：关于中国梦与遵义这个被经典照亮的城市间的歌与画；余而富足、庆而欢唱的乡村祝福；振奋发力的梯子岩寓言；雀鸟鸣唱的自然风光；

---

① 周作人：《民俗学论集·地方与文艺》，上海文艺出版社 1999 年版，第 302 页。

箱子岩、柜子岩的人文景观；河滩抓鱼的儿时记忆；坚硬的石头铺成而又在岁月中被磨得像"镜子一样透着光亮"的石板街；成群集队的"水民"排队等候取水的老井，民歌唱得好、做最好吃包谷粑的老祖母……所有的情绪体验，化为作家深邃绵长的心灵积淀，最后形成一种感性的、审美的、诗意的表达。

另一方面，"黔北作家群，当然也包括仡佬族作家，他们的成功，归根结底，都得益于黔北地域文化。"（《序〈新时期中国少数民族文学作品选集·仡佬族卷〉》）对文化的自觉关注，力图阐释文化在这片土地上留下的深刻印记，努力追寻黔北文化的来龙去脉，希望创造新的地域文化，成为赵剑平散文创作中表达的又一种审美情绪。

我们知道，审美情绪是艺术表现中最基本的情绪，是在现实生活中，每一个作家甚而读者都无时无刻经历的感情过程，它构成了生活的色彩和生命的意义。感性的生活，带有作家强烈的个体体验，创作时总会自觉和不自觉地让情感的脉络渗到自己的作品之中，就如杜甫登泰山而小天下，心胸豁然开朗，"会当凌绝顶，一览众山小"；李白临桃花江而忆友人，"桃花潭水深千尺，不及汪伦送我情。"作家总是在自己的生活经验中，传达自我的审美趣味和文化素养，不由自主地将爱恨情仇流露于笔下，从而形成美感。赵剑平同样如此，在黔北自然景观、人文地理、历史现实的书写中，我们看到古朴自然的传统生活及摇曳多姿的情感体验。在秀美而又神秘的乡土自然背景中，赵剑平自由地驰骋于家乡的山地，不仅对山山水水充满着爱，并极力调动整个心灵，发现乡土，引导人们走进这片不太为人所熟的地域，了解这片土地的昨天与今天，梯子岩的劈山修道，李书祥的天生桥之梦，余庆的乡村建设，茅台的高粱种植，茶汤中倒映的民族影像……所有的真实与故事，在赵剑平散文中并非仅仅是客观地记录，而是将生命融入乡土，感知着家乡在时代剧变中发生深刻的嬗变。"生活中，有些力量是你始料不及的，而一旦意识，就会化作一种精神能量，并熔铸进你的血液里，使你面对艰难困苦，能够乐观向上。"（《小说的辉煌》）黔北乡土社会经济在时代推动下不断发展，曾经自由存在的生命状态正在向着更自由的高度进发，赵剑平在叙述一个古老而经典的寓言时，更注重了古老的黔北面临着新的蜕变。

赵剑平生活的黔北，"祖母是仡佬人，祖父是汉人"（《一个民族茶汤里的影子》），他的身上流淌着的是融合了两个民族的血液，从他祖母的民歌民谣中，我们可以听到一个民族智慧而幽默的声音，在他祖父的围鼓声中，我们可以看到川戏锣鼓下的折子戏起伏跌宕。他在这种独具魅力、自由自在的氛围中，又坚守在自己的小路上，肩负着一种神圣的使命，自觉地将"黔北、仡佬族"作为他书写的两个关键词。黔北是一块具有地域性、时代性、民族性等独特的历史和独特的气质的土地。这里曾经是川之南，向来被视为蛮荒之地，历史文献对之记载太少。在明万历平蕃之前，居民大都为土司统治下的少数民族，平蕃后，大量的汉移民迁入，逐步改变了本地的民族构成。清雍正六年，这块川南的属地才划为黔北。他散文的许多篇目中，向世界讲述偏远的黔北，讲述仡佬族，讲述祖母，不仅是要艺术上的审美愉悦，还自觉地承担一个民族作家的使命，确实，"一个当代作家总会跟传统文化、传统思想有些血缘关系"。[①]这种血缘关系，使他的文学审美观念充满着社会责任感。

赵剑平是黔北作家，而且是《遵义文艺》的编辑，后来又当了遵义市文联主席，对黔北文学创作状况的关注不仅是他的工作，更是一种责任。《赵剑平文集》中的 80 多篇散文随笔中就有五分之二是写与文学相关的感悟与评论，这些感悟和评论，大都记述了他对黔北文学、文化的观照，表达了他对文学的理解和观念。他在评价胡长斌的《沃野》时，强调"人与自然的高度统一和默契"，强调"对自己的土地、自己的民族有深刻的理解"。(《沃野》及其他) 在《激发原创力，重塑文学尊严》中更是结合贵州的历史文化和地理特色、文学传统，指出贵州作家既要突破地域限制，又要真正理解乡土。"语言不是简单的词句间的意义相加，它所承载的背景、情味虽然是抽象的，却是可以感知的。语言本身应该成为你表达的那一方乡土的符号。用在学校里学习的普通话来表现独特的民族民间生活，这是贵州作家的尴尬。"真是真知灼见。"文学产生于人类生活，自然反映人的命运、人的喜怒哀乐，像我们老田老土年年长出新苗新谷一样，本身是一种生命的形式。" 强调文学是生命存在的自由形式。"文学的特质是真、善、美"，(《文学的理喻》) 在城镇化、市场化的今天，"多元的文化会导致生活的复杂化"，"乡土文学面临创作主体的重新审视和确定，"(《读一位新人的两篇小说》)只有立足于乡土，才能洒脱一些，做到真正的自由书写，才能做到 "一个真正的文化人是地方上的一道风景"。因此，他希望黔北的作家都成为黔北一道亮丽的风景，让人们通过作家了解黔北，也希望黔北能走出自我；特别是在文化背景发生了大变化的环境中，他力图发现黔北的特殊性，阐释黔北文化的内涵。认识到"贵州作家只有通过自己的良知，进行锲而不舍的文学追求，成为贵州文化的代言人，贵州文学才有真正的尊严，真正的繁荣。"

赵剑平一人是立足在黔北的山头上。

作者简介：

黎洌，女，遵义师范学院讲师。

---

① 李辉：《汪曾祺自述·我的创作生涯》，大象出版社 2002 年版，第212页。

如宋诗般隽永的赵剑平小说

罗筱娟

《远树孤烟》写于 1984 年，那时我两岁，自然感知不了生存着的世界有多艰难。物资的匮乏、生活条件的艰苦似乎与我没有多大的关联。如今读这 31 年前的文字，跳出故事之外，很心疼和感谢我的父母，把我养育成人，这其间不知经历了多少艰难与困苦，凭想象，或许没有小说中的情节那么惨烈，也是非常不容易。

读过赵剑平先生的文字后，我想写一写自己的感想，于这应是一篇读后感，而不是文艺评论。因为我不想用理性的视角来表达我翻涌的情怀。

之前读过《大鹏一日同风起》，觉得先生之文沉稳大气，于错综复杂中僻一条整洁平顺的路，偶尔游离于故事外又能顺利归来，或许情节没有武侠小说般扣人心弦，也没有言情小说般让人心潮起伏，亦稍嫌其故事性不强，在这浅阅读的当下，更是让人会放于案头搁置。庆幸是的我没有，在静静的时光中缓缓地阅读，收获不小。世人爱读唐诗，因为朗朗上口，欣然会意，会偶然吟哦。其实宋诗也很美，只是需要一种厚积与沉淀方可体味其中的理趣。《诗词散论·宋诗》中说："唐诗以韵胜，故浑雅，而贵蕴藉空灵；宋诗以意胜，故精能，而贵深折透辟。"而剑平先生的文字，犹品宋诗，恬淡隽永，意味深长。

对先生文字的欣赏有三，一为言语轻畅，二为叙事沉着，三为景色幽美。

一

语言，特别是方言，是深入骨髓与血液的情愫，与我们的生命紧紧相连以至于我们的思维都形成一种常态，那就是方言的阅读习惯，仅指默读。所以在读剑平先生的文字时，觉得十分上口，那脱口而出的方言词汇，生动鲜活让人酣畅淋漓。

如《利刃》中"大家都离开学校了，张品夫才阴悄悄从校长那里在拿到毕业证书。"这"阴悄悄"就是黔北方言，比神不知鬼不觉更有味道，更加生动形象。当张品夫无故失踪后，大家惶恐地进他的房间查找，当看到书桌下面鬼魅一样的麻袋时，内心更是害怕，于是"老辣的一位猫了胆子"去把麻袋拖了出来，老辣有点"姜还是老的辣"，意为经验丰富老成一些的人，"猫了胆子"就是说大着胆子鼓起勇气。当发现麻袋里全是书时两个人长吁了一口气，"脸上松活了一些"，"松活"一词将处于恐惧中的人突然释然的表情描写得相当到位，内心松下来脸色活一点，这就是方言词独具的魅力，更多需要意会。后面写到全校师生集体去山野里呼唤张品夫，"此起彼伏，喊魂一样的"；张品夫回来后校长听了他的话"便不再吭气",都写得很生动。后来写到张品夫被记者关门问话后出门"蔫奎奎地靠在门框上",更是将泄气的状态描画出来,而人们却是"很展劲地吼着",形成强烈的对比,"展劲"就是很卖劲儿的意思。

而在《事故》中,ABB格式的重叠词更是把描写对象的性状、颜色、声音、情态等生动形象地表现出来。如"鬼戳戳""惊炸炸""笑扯扯""悬吊吊""黑摸摸"等。这些都是日常生活中习以为常的话语,但似乎都不用来写作,觉得无从发音。而剑平却用得相当自若,读的人也不觉得突兀,欣然接受。这就是语言的魅力所在,当你把它换成类似的书面文字时,就觉得不够味儿,甚至觉得索然无味。和外省的朋友交流过,问他对这方言表达的感受,他说读起来十分舒服。看来我的担心是多余的,即使没有遵义方言阅读习惯的人,也能读其中的味道,只能说明作家的功力是深厚的。将养育他的这方土地,土地上的人们,人们的语言习惯和情感表达方式深深交织在一起,在本色化的叙写中,鲜活之至。

二

或许是黔北的大山涵养了作家沉稳的个性。文如其人。赵剑平的小说透露出与贵州女性作家创作截然相反的风格。黔北的女子,热情、泼辣,如崇山峻岭里行走的风,率直有个性,因此女作家的小说反而情节跌宕起,使人读得伏荡气回肠。而赵剑平的小说,一以贯之的是那沉着的叙事口吻,最初读的时候觉得不痛不痒,慢慢地感受到在波澜不惊的故事下面的暗潮涌动。

在读《黑色伏尔加》时,秦盛昌和儿子新华对话结束后,看着儿子那不依靠自己的权力的决绝态度,文中的描写是"他有些陌生地望着儿子,胸中有一股激情莫名地涌动着。但他克制着自己,好一阵工夫,才沉重地叹出一口气来。"那些本应该十分激烈的矛盾与对话都硬生生被压下来,不给读者一个爆发的痛快,然而这才是最真实的感受。在生活中,作为社会人,必然要经历这种情绪的抑制和那痛不能喊痛、笑不能笑、哭不能哭的隐忍,所以才能修炼为一个成熟的个体,即"拙朴",然而"拙朴的背后却往往句容硕大的智慧。"作家的高明之处就在此,让读者的体验很深刻,感觉内心钝钝的,找不到出口去宣泄。

读《远树孤烟》时,这种感觉更明显。面对生活的艰难于是一些人成了挖瓢匠,在深山里伐木挖瓢打猎,条件十分艰苦却并觉得心灵疲惫,因为有希望在,只要挣够了钱就够交副业钱,然后有人可以与妻女团圆,有人可以向着娶媳妇的人生目标更近,亦有小冬哥或许可以重新进入学堂读书。文中有一段描写:

> "唉哟——"每一肩停下来,那背杆刚靠在唢呐背篼底下,下力人都要这么叫一声,以吐淤积的劳累,爽心清肺,同时也给这艰难的路程带来了生命的节奏,让人感到泥泞又少去一段,从中得到鼓舞而执着地前行……仿佛森林的阴影已散去,正沐浴着一片浩荡的光明……

这是师徒四人去往山阳溪分销店的路上，心中抑不住的喜悦，因为他们肩上背着的是满满的期待，这些汗水与辛劳的成果终究要换成钱，然后去实现自己的愿望。然而师傅川胡子收到那封信却是个转折，"那时候，师兄弟三人都没有觉察出什么异样，也没有估计到在这收头结瓜的最后几个日子，川胡子会绝师徒之情，做出那样狠心的事情来。"后来得知川胡子一个人悄悄结了账把大家的钱全部卷跑了。"大头猫和小冬哥一下像掉进了冰窟，毫无反应地坐在那里。好久好久，才听见那压抑着的啜泣声。""骆驼失神地望着他。""大头猫沉重地叹息一声，一躬腰，双手扣住了川胡子使用的马桩，牙齿咯咯打着，猛地，他那敦实的身子弹了起来，栽得深深的骑马桩便撬着一块巨大的泥土倒了下去……"在这巨大的打击面前这三人并没有暴跳如累，也没有过激的反应，一切都是那么的沉闷。老实巴交的庄稼汉们，没有出过远门，无从去追讨。读到这里，心里升腾起缓缓的疼痛，那么一点一点地侵噬撕咬着身体，除了接受这事实，似乎也不能做什么。作家用白描的手法，将现实一点点剖开，如同"挖刀抠进湿木料的声音，谷谷谷的声音，既钝滞又黯淡。"这样的文字，入了心同，似乎不需要任何评论。然而朴实的挖瓢匠们并没有屈从于现实，他们压下各种念头，拼上性命似的急急地挖起瓢来。

《远树孤烟》中对于情谊的描写也是极其含蓄内敛，骆驼对小冬哥的怜爱，小冬哥对骆驼的依赖，两人有滋有味地一起抽叶子烟，当小冬哥无助时，骆驼对他说："我这一回把事情搞成了，小冬哥！你不用拼命，人磨过头了是长不高的，副业钱的事情，到时候我来帮你抵扛……"并不觉得是有多么义薄云天的气概，而感受到的是一种温情。故事的叙述一切都那么的从容淡定。

三

看小说时，我们常常将描写景色的文字一略而过，因为情节的张弛才是吸引人的内心之所在，然而景色的铺写却为故事做了绿叶托红花的事。平时我们写散文写心情都会写景色，以景色来带出心境，寥寥几句也是挖空心思，可剑平先生小说中大量的景色描写每一句话都那么精美，却断然寻找不到精雕细琢的痕迹，这就是大师了，胸中有丘壑，信手拈来即是好文。

以《远树孤烟》为例：

1. 夏天的森林里，晚阳的光辉透过茂密的叶子落下来，还像针尖那样在林间小路闪烁，而黑影就在簇簇草丛中开始滚动，开始在伞盖般的树下聚集起来……

2. 太阳坠入了青绿的林子，黑雾即在密匝的树盖下面膨胀，但是在遥远的天空，还有紫红的光亮挣扎似的跳动……凉浸浸的气流漫出了湖南洞口，抚摸上脸来，让人感到清爽惬意。

3. 一片小小的空地，在这无际的大森林，有如湖泊中一个水涡。那直透下来的阳光，把这个绿色的水涡盛得满盈盈，那光辉便四溢出去，在树梢上滚动，在叶子上闪烁，空地和空地四周的林子，都成了绿亮亮的一片……

4. 仿佛是水墨在纸上洇开去，夕阳归山，整个森林又被夜岚渗浸。过不久，空地边上那棵大水杉梢头，挂了一缕寂静的光华，月亮在另一边又冉冉升起。

5. 灰蒙的烟气沉重地停在林子的上空，稀疏的树盖闪着模糊的光泽，厂棚在浓雾中瑟缩，草茎被裹浸湿透，在一个地方经久凄凉地响着水珠下坠的滴答之声……

6. 雾气已经散尽，森林里一道道的亮线拉开了。可是天空中看不见太阳，一块宽阔而稀薄的云霭遮罩在上面。树之上天之下，偶尔滑着一只寒鸟的影子，怯冷似的叫一声……

7. 辽阔的天幕即如深秋霜后的林子，重岭叠峰，明艳照眼。红光在那上面闪耀，斜斜地透过稀疏的树盖射下来，散开在草丛中，把一颗颗秋露水映得火焰般炽热，又水晶般莹洁。

8. 阖家都来到阳光下，那么安谧充足，那么毫无挂牵的样子，那情那景恍若到了另外一个世界……

9. 响亮的笛声和阳光紧紧抱在一起，在林子里滚动，那样肆无忌惮，那样一往无前……

《白羊》中有一段：

> 夜空里，灿烂的星辰退隐到一边去。月亮弯弯，钩住深邃的天幕，把一片清冷的光辉抛洒。

《灰楼》里也有：

> 一弯月亮刚刚离开黑黑的山脊，两角银尖刚刚戳进黑黑的穹窿。

语言很优美，景色很幽美。作家似乎喜欢写月光、日光、树林与天空，时而明朗时而幽冷的意象组合叠加后，以独到的优美的语言，将场景铺写得活灵活现，让读者置身一个很熟悉场景。情与景水乳交融，在读景色描写的文字时，其实心中已经有了预感，觉察着接下来会怎样发展。不用刻意推波助澜，只静静等待，作家与读者于文字间共鸣。这是作家生长的黔北土地，一草一木都是那么熟悉，赵剑平先生用一双赤子眼睛将其审视，把自己对故乡山水的挚爱化作了作品中的浓郁诗情。

赵剑平小说，如宋代诗歌般，哲理寓于形象之中，感性的形象与理性的情感完美融合。他语言精致隽永，言有尽而意无穷，待细细品味之后，体悟越发深刻。

黔北仡佬族作家作品语言的比较分析

蓝卡佳

语言是文化的载体，仡佬族作家作品的语言也记录着仡佬族地区人们的语言生活和语言选择，通过对三个不同历史时期的仡佬族代表作家作品语言的分析研究，分析仡佬族语言生活的演变发展。黔北仡佬族地区老一辈的申尚贤（寿生）、中年一代的赵剑平、青年一代的王华、肖勤，他们用仡佬族自身转用的汉语方言来叙写仡佬族人民的生活，尽显仡佬族地区方言的语用特征和语言民俗，展现了仡佬族的语言生活现状。

近年来，少数民族地区语言生活的调查研究，是城镇化建设中，民族文化和民族语言保护的一个重点。仡佬族是民族语言濒危的少数民族之一，为此，仡佬族言语社区的语言生活状况是我们研究的重点。众所周知，黔北地区的务川、正安、道真县历来是仡佬族的主要聚居区。调查发现，这些地区的仡佬族在 20 世纪初就开始转用汉语方言西南官话，但是其民族文化和民俗特征依然因袭和保留在语言生活中。语言是文化的载体，仡佬族作家的作品是我们研究仡佬族语言生活的重要途径之一。通过对黔北几位不同时期的仡佬族作家的作品语言的认真研读，我感觉，他们的作品记录着仡佬族地区人们的语言生活和语言选择，同时也记录着仡佬族生产生活方式的变迁。黔北地区老一辈的申尚贤（寿生），他的作品语言是对 20 世纪二三十年代仡佬族语言生活的叙写。中年一代的赵剑平，他的作品语言是对 20 世纪七八十年代仡佬族语言生活的叙写。青年一代的王华、肖勤，她们的作品是对世纪之交至今的仡佬族语言生活的叙写。不同年代的仡佬族语言生活叙写，实际是对不同历史阶段仡佬族语言生活的记录，这一历史阶段，正好是仡佬族生产生活方式发生重大变化的时期，其作品语言自然地以仡佬族自己转用认同的汉语方言反映仡佬族人民的生活，尽显仡佬族言语社区方言的语用特征和语言民俗。陶立璠在其《民俗学概论》中说，"语言现象本身也是民俗现象。某一地区，某一民族操某种方言和民族语言，它本身就体现了这一地区和民族的民俗特点。"[1]

一、寿生的作品语言

我曾经在 2011 年写过一篇文章——《寿生作品语言的双重文化表征》。申尚贤（笔名"寿生"）先生是贵州现代文学史上一位优秀的仡佬族地区乡土小说家。二十世纪三十年代他的小说以其"清楚明白说平常话的好文字"的特殊风格受到胡适的赏识，被誉为有才华的"贵州籍青年作家"。其作品语言的特殊风格，是对黔北仡佬族务川方言的娴熟运用和对仡佬族地区民俗生活的真实叙写。寿生的作品语言，从显层表征看，一方面运用了大量务川县地域方言词语，生动形象而乡土民俗韵味浓郁，细腻而富有地域特色。另一方面还运用了许多带有特定地域语境色彩的话语形式，叙写仡佬族地区的生活情状。从深层表征看，在他那方言韵味极浓的叙述中，隐现着自己那份对当时仡佬族民众“哀其不幸，怒其不争”的乡愁。

寿生的作品语言具备两大特点，一是对务川方言的娴熟运用。很多方言词现在都不为今人而用了。如：（1）乡空子（方言，粗鲁而蛮横的乡里人），我杆子（方言，无赖而耍横的人。一说来源于李自成的“杆子军”而得名），现在是——哼！《凭藉》

（2）他们先让五个逵手（匪中最强悍，打得战火者，尊称曰逵手。）《求生的协力》

（3）不用说还得你硥（方言动词，扛）大锤（扛大头）。《新秀才》

这些文本语言，方言词语反映的是务川仡佬族的地域民俗，文本语言保存的是仡佬族当时被称为“蛮子、蛮夷、南蛮”的民俗生活。还有一些文本语言，反映的是务川仡佬族当时真实的生产生活方式，简陋的生产条件，单一的劳作方式，充满仡佬族泥土般的生活气息。

二是对古典文学作品的深刻影响，书面语言经典，白描手法消极修辞居多。经典而准确。另外，“ABB”式地域方言词语的生动形式是语言地域特殊性表现之一，寿生小说语言的生动形式，主要表现为 ABB 式。如：阴梭梭的（阴悄悄）赶快走开。《乡民》阴拖拖（阴悄悄）是单丝丝（孤孤单单）的苦痛。《求生的协力》一座四列三间的茅草房，单痴痴（孤孤单单）的屯（坐落）在山腰里。《过去、现在、将来》。

同样，在这两例中，主体语素也相同，都有“孤孤单单”的意思，但是由于叠音后缀的不同，语义的细微差别也表现出来了。“单丝丝”是有主观心理描写的，把痛苦的滋味具象化；而写房子的“单痴痴”则有拟人化的修辞色彩。诸如：“气腾腾（热气）、气愤愤（气愤）、水济济、黑涂涂、毛耸耸、死木木、滑滋滋、神斗斗、黄森森、白亮亮”等词语，主体语素是民族共同语都常见的，但是对于搭配的叠音后缀不同，其方言表意特征则丰富多彩，在寿生作品的言语叙写中，尤为突出，表意性极强，当地仡佬族生活气息浓厚，新奇而趣味性极强。

三是方言俗语的选用。寿生作品生动的方言熟语言语模式，具有强烈的讽刺意味和浓厚的幽默滑稽感，也再现了仡佬族言语社区生活的现实感和社会性。

作品中大量俗语的应用再现文本语言的地域性，寿生对仡佬族务川方言俗语的随手拈来，出神入化，婉转讽喻，叙写了当时的社会现实，增强了作品的时代感、生活化、社会性。

二、赵剑平的作品语言与仡佬族语言生活

赵剑平是当代著名的黔北仡佬族作家，20 世纪 70 年代末开始创作。他有根植于仡佬族正安县乡村生活的经历，耳濡目染于祖母和祖父的仡佬族山歌俚语，正如中国科学院关继新先生所言，要了解黔北，要了解仡佬族，其实只要读赵剑平的小说就可以了[2]。他的小说语言可以说是近代黔北仡佬族生产生活和仡佬族文化的语言生活档案。索绪尔曾

经说过："一个民族的风俗习惯常会在它的语言中有所反映，另一方面，在很大程度上，构成民族的也正是语言"[3]。赵剑平小说中的方言土语表述的是土生土长的黔北仡佬族农民、小作坊生产者的生活，其娴熟的方言土语运用，自然地记录着仡佬族的语言生活。

（一）赵剑平对仡佬族民俗的真情叙写

2010 年，正安作家作品研讨会，我认真阅读过赵剑平的作品和王华的作品。参会论文《正安小说语言的地域性特征》主要讨论了赵剑平的作品语言，同时也选用了王华的作品语言。他们以其对黔北仡佬族心态流变的全身心感知，反映了黔北仡佬族的历史变迁，作家形象地再现富于黔北特色的地域文化，展现黔北高原的阳刚气质，在言语行为中在对同义词语和同形词语的选用上，体现出作品的地域性特征。

赵剑平对仡佬族地域的风俗描写极具生活化。如文中写建筑物的"楼扶"和"檩条"，选用量词时，选用了"根"，而不用"条"。动词"开裂""吊""捆"的语境意义，也注重仡佬族地域的习惯而准确运用。在普通话中，一般会说成"裂开"或选用"提""拴"等同义词语。文中的"陔沿坎儿""涝（醪）糟甜酒""外乡人的生诧""青皮的果子打着红闪""大甑子、大茅盖"等都是我们非常熟悉的生活语言，正是这些细节的语言处理，才真正反映作品的地域特色和作家语言的专业。

（二）赵剑平的语言细腻、深刻、经典而严谨

赵剑平的作品语言很美，这种美是需要咀嚼的。所以才有十七年的陈酿《困豹》。如果说寿生的语言是方言和古白话书面语的结合，而赵剑平则是用现代方言在重塑经典。在修辞运用上，准确和地域特征的结合是一大亮点。如《困豹》中的描写"隔着断层，看见村庄不过几步路，等兴冲冲走到崖边，看清楚那一上一下的冤兜（箢篼）圈儿，顿时就眼发黑，头发昏。"文中的"冤兜（箢篼）圈儿"，这是一个对贵州特有的环形山道的比喻。而"冤兜"一词，也是黔北方言特有的方言词语。因为这一实物也是南方特有的劳动工具，在普通话词汇中是没有的，普通话中或称为"簸箕"。而文中的这一比喻，喻体的选用也带有明显的地域性，因为这是当地的人们熟悉的喻体，在当地"冤兜（箢篼）"是人们再熟悉不过的事物。可以带来丰富的仡佬族地域联想和民族文化意义的联想。

（三）言语行为中常用某些具有地域特色的谚语、民谣、顺口溜

赵剑平丰厚的文学素材的积累表现在大量的具有地域特色的谚语、民谣、顺口溜的娴熟运用。如："搞烂就搞烂，搞烂就朝贵州搬。"《青》

1. 她一个人送旧岁迎新春，<u>一鸡二犬三猪四羊五牛六马七人八谷九豆十棉花</u>，这样就到了正月十一。 《青》

这一则熟语是南方习惯对农历正月初一至正月初十的每一日的风俗称谓，意思是世间万物都要过年，初一至初十每天过年的事物不相同。

2. 草鞋棒棒倒起梭，耗子落窝不落窝？/一年十二抱，抱抱都落窝。/一年十二抱，抱

抱铺上厕。 《青》

3. 拿香不拿烛，耗子满堂屋，细的在梁上走，大的在屋角扑。 《青》

这两则民谣是当地过年时上门拜年讨钱所用的风俗式顺口溜。

4. 嫁出门的姑娘，泼出去的米汤。 《困豹》

这则谚语带有地域性，意思是出嫁的女儿再也不能管娘家的事，嫁出去也后就是外人了，带有典型的重男轻女风俗。

5. 矮子王来矮子王，矮来矮去没模样。三寸麻布缝裤子，又嫌宽来又嫌长。去到菜园摘海椒，海椒树下来乘凉。去到菜园摘茄子，拖住茄子一样长。去到菜园摘黄瓜，见到黄瓜哭一场。扛起麻网去打猎，错把蚂蚁当黄羊。担起水桶去挑水，错把龙泉当长江。

《困豹》

歌谣中的事物都是生活化和地域性的，人们喜闻乐见。

6. 山潮水潮不如人潮。赶场天人气有多旺啊，哪样事情做不成啊。 《困豹》

7. 跑得过初一，跑不过十五。政策面前，人人平等。 《困豹》

8. 肉烂了在锅头，我看你经历挺好的，你把村长兼起来好了。 《困豹》

文本中的"山潮水潮不如人潮"，"跑得过初一，跑不过十五"，"肉烂了在锅头"都是地域性谚语，带有很强的生活哲理，在普通话中可以有另外的表述方式，如把"肉烂了在锅头"表述为"肥水不流外人田"。可见方言语用与地域特征是一脉相承的。

9. 村长有哪样？倒大不细，两头受气。 《困豹》

10. 《爱恨》小调：爱想你想你想死你，找个画家画个你，把你画在砧板上，天天拿刀剁死你。想你想你想死你，找个画家画个你，把你画在杯子上，天天喝水亲死你。

《困豹》

这则歌谣也是当地很流行，既质朴生活化，又生动传情。

三、王华和肖勤对仡佬族民俗语言的大胆创新

王华和肖勤的语言是大刀阔斧的，尤其表现在语言修辞手段的使用上，常用具有地域特点的表达方式。作为新一代的仡佬族代表作家，王华和肖勤的语言各有特色。印象最深的是王华的《天上没有云朵》

1. 大强守在床边，很好奇地盯着他爸的坏腿，好像他爸那支腿上正在生一只鸡蛋。

文本中的喻体"那支腿上正在生一只鸡蛋"与本体的相似性选择体现了当地物质生活的贫乏和孩子对于物质的期盼，地域性特征间接表现了出来。

2. 他的哭声很干很粗糙，像木匠在锯一条很苍老的木头。王华《天上没有云朵》

文本中的喻体用"木匠在锯一条很苍老的木头"来形容孩子眼中"傻弟弟"的哭声，既带有地域性，也能刻画孩子的内心活动。可见女性对事物的观察仔细和丰富的情感联想。

3. 张芽爸的头给打破了，右边脸青紫得像贴了茄子皮儿，头上裹了很厚的白布，不注意还以为他顶着个莲花白。 王华《天上没有云朵》

文本中的喻体"贴了茄子皮儿""顶着个莲花白"都是当地熟悉的生活画面，富有形

象性和地域性。

4. 我们村的秧苗子全长在坡上，一层一层的，近处看如登黑溪山的梯子。远处看，像黑溪山皱纹。

文本中的喻体"黑溪山的梯子""黑溪山皱纹"体现当地的地理特征。

5. 回家的路上，妈就被一脸的愁思扭紧了眉头，一张脸苦得像只晒干了的苦瓜。

文本中的喻体"像只晒干了的苦瓜"既抓住了人物的外形特征，也刻画了人物的内心愁苦，而且喻体的选择也是具有地域特征的事物。

以上文本，其比喻辞格的喻体是寻常化的事物，而且都具有地域性特征。

继王华之后，肖勤是又一位才华横溢的仡佬族女作家。一个有趣的现象，是王华、肖勤两位仡佬族女作家，她们都有在相对封闭的仡佬族聚居地度过的生活经历。肖勤的《暖》《一截》很让人感动。记忆深刻的是"她的身子薄得像一片秋天的柿子叶，傍晚的阳光那么虚弱，却能从容穿过她的身体，不曾遇到任何阻力。"肖勤的语言感染力很强，风风火火的感觉，但是，可能是仡佬族生活环境变化的原因，文本中更多的是现代汉语书面语的语言形式更多。对当地民俗的叙写缺乏统一格局，有时是地域性的，有时又是书面语，语言的地域性特征可以进一步仔细推敲，文学的地域性有所减弱，这也提醒我们，仡佬族的语言生活发生了根本的变化，更多受普通话书面语言的影响，所以如此。但是我以为，作为地域作家，还是应该坚持作品语言的地域性特征的弘扬，坚守一方特色，坚守古老的仡佬族遗风，否则这方水土这方风俗就将消失。作为文学和语言工作者，更应该在民族文化和民俗文化的保护和传承上做更多的努力和坚守。因为从某种意义而言，黔北作家群，当然也包括仡佬族作家，他们的成功，归根到底，都得益于黔北地域文化。仡佬族文学是生长在仡佬族文化土壤及黔北地域文化土壤里的一棵树。作品的言语表达，在本地人和异乡人的眼里，这种话语形式能显示出地方风韵，传达出乡土的情趣，而独特的乡土情趣恰恰是文学意境所珍视的，追求的。仡佬族作家们的语言呈现出来的，正是他们所热爱的这片土地的风情。尽管这里的生活贫困，精神贫乏，但他们还是以他们充满激情的言语行为，我手写我口，寂寞地去写，呕心沥血地去写，以方言的语用特征，凸显仡佬族文学语言独特的地域特色。

作者简介：

蓝卡佳，女，遵义师范学院教师工作处处长、教授。

农民形象的沿袭与变革

——中国乡土小说对赵剑平农民形象塑造的影响

王清敏

在中国现当代文学史上，塑造了许多鲜活的农民形象。形象塑造的成功，是写作取得成功的必要条件，故而研究这些成功的典型，可以为当代写作的借鉴。

一

自五四以来，鲁迅、蹇先艾、赵树理、高晓生、赵剑平等作家塑造的农民形象构成了一个纵横交错的比较。鲁迅笔下塑造了闰土、七斤、九斤老太、祥林嫂、阿 Q 等经典形象。在当时的时代背景下，国家衰弱，亟须奋起抗争，然而国人精神麻木。为了唤醒人们，打破这"铁屋子"，鲁迅写出了当时农民的生活压抑乃至绝望，"哀其不幸，怒其不争"是其作品的感情基调，他刻画了农民的不幸与不争：生活在旧时代，生存环境阴郁压抑，遭受着封建思想的迫害，愚昧麻木，农民没有自我。所以"鲁迅笔下的农民满含苦涩的泪水，绝望地挣扎着"。

20 年代的乡土小说作家，很多都继承了鲁迅描写农民的叙述典范，比如蹇先艾。《盐巴客》《贵州道上》《渡》《水葬》等作品讲述的都是故乡。他沿袭鲁迅的风格，着重刻画乡土农民的精神的麻木，达到批判国民性目的。《在贵州道上》老赵的悲哀是一种可以触摸的真实。他是一个"干人"，无父无母永远漂泊不定，沉迷于"一口烟"，为了多讨一文赏钱，低三下四，他与老婆打架、被讨债的老婆婆揪住讨债，像乞丐一样挣扎着生存。这是底层劳动人民的一种真实的生存状况。《水葬》中的桐村村民对为了生存而偷窃的骆毛展现了人性中最冷酷无情的一面：眼睁睁地看着他被淹死，作为枯燥生活的娱乐，这是最典型的鲁迅式的冷描摹。他写乡间的悲剧，乡民的麻木和苦难，在乡土生活画面中"真正地直面人生，直面更为广阔的社会生活现实"。但是，蹇先艾的形象刻画并不丰满，且具有模式化和概念化倾向。

中华人民共和国成立后，赵树理在长期与农民接触的基础上，开始塑造较为多元的农民形象：有落后人物的塑造：如"三仙姑""二诸葛""吃不饱""小腿疼""常有理"等。也塑造了小二黑、小芹等鲜活的农民新形象。这些农民新形象在生活中遭遇挫折，但他们都能够以积极的态度去面对，他们心中有对美好生活的向往，他们追寻属于自己的权利与幸福，遗憾的是两相比较，赵树理塑造的农村新人因缺乏生活细节略显模式化，让读者难以产生共鸣；旧式农民形象因为许多精彩细节的描写而鲜明生动。但是，与鲁迅塑造的农民形象不同：他们虽然都受封建思想的影响，但赵树理笔下的农民形象没有丝毫悲剧色彩，"新时代赋予旧式农民向传统告别的可能"。

新时期之初，高晓声所塑造的农民形象开始展现农民形象的多层心理，典型是陈奂生。高晓声把陈奂生脱离贫苦的愉悦描写得得淋漓尽致，"一阵寒潮刚过，天气已经好转，轻风微微吹，太阳暖烘烘，陈奂生肚里吃得饱，身上穿得新。"①自然环境描写是暗示崭新的社会环境，白描手法真实细腻地写出了陈奂生在新时代的物质生活状况和精神生活状况。刚刚获得物质生存的保障，陈奂生身上还存在消极的一面，"小农心理"极为突出：如"算计心理"。他时时都在做一些可怜的计算，五块钱等于两顶帽子，等于几天的做工；在付完五块钱的房费后回房间尽情地使用房间内的物品，突出了他"不够本"的心理；对吴楚书记的崇拜，也是处于普通人对于权威的一种无意识的臣服。他这些弱点是当代农民身上普遍存在的，作者在塑造陈奂生这个形象时，不仅仅只把他当作一个农民，更是当作一个实实在在存在的人。因此作者描述陈奂生形象时不是简单的批判，更多的是感同身受的理解：穷苦农民有自己的生存法则，生活困顿之人有计算心理。值得一提的是，高晓生揭示出陈奂生在物质需求得到基本满足之后，产生了精神需求。"提到讲话，就触到了陈奂生的短处，对着老婆，他还常能说说，对着别人，往往默默无言。他并非不想说，实在是无话可说。"或许不知道话语权这个名词，但陈奂生真切地产生了这一精神需求，这是对自己过去沉默生活的一种告别，也是在新的时代生活中获得存在感的一种需求。

陈奂生与鲁迅、蹇先艾、赵树理笔下的农民形象的区别在于：不仅有细腻的细节描写，丰富的多层性格，更重要的是作者对人物形象的态度。鲁迅虽然家道中落，但他依然是留学日本，接受系统高等教育的知识分子，是以俯视的姿态认识农民。他看到农村的落后与农民生活的悲惨，萌生出"揪出伤痛，以引起疗救的注意"的理念，他的创作姿态是启蒙，他塑造的农民形象是落后国家里那众多落后的人。蹇先艾作为受鲁迅重视的边远地区的作家，深受鲁迅的影响，基本顺承了鲁迅对农民的认识和鲁迅的创作态度。赵树理是农村干部，他的创作姿态是教育农村中深受封建思想影响的旧式农民，希望他们能够在新社会里摆脱封建思想的影响，接受新的生活方式。高晓声在1957年被打成"右派"之后他一直生活在农村，对农民是一种平视的态度。他说："回顾这些年来，我完全不是作为一个作家去体验农民的生活，而是我自己早已是生活着的农民了！"他能体会农民生活和农民心理，从而创作出生活中本真的农民形象。鲁迅和蹇先艾笔下的农民形象是"泪水涟涟"的，赵树理的农民形象满含着新社会的"欢声笑语"，他们的创作都蕴含着时代任务，高晓声的陈奂生形象展现农民崭新的精神面貌，饱含着对农民艰难生活的理解。

二

赵剑平作为黔北的一名本土作家，基于已然的生活环境，乡土小说在其作品中占据相当篇幅，农民也经常成为其小说中的主角。作为一个类型的塑造，赵剑平塑造的农民形象难以避免地在纵向和横向上受到影响。从纵向看，赵剑平笔下的农民形象中有着鲁迅作品中类似的惰性强，思想麻木的典型，也有赵树理所塑造的新时代追求新生活的新农民形象；从横向看，作为贵州乡土作家的翘楚，蹇先艾笔下的农民形象特征在赵剑平所塑造的农民形象中是沿袭下来的。时代在发展，作家的题材有所承袭，但主题却在发生改变。对赵剑平影响更多的，是同时期作家高晓声。因为受着众多作家的影响，又有着自己的独特生活体验而对农民有着深厚的情感，既看到农民的许多消极的个性，又因着自己的情感不愿疏离他们，总是饱含深情的目光去寻找他们身上的人性光辉，这就在赵剑平的作品中形成了一个二元对立的农民形象系列。

（一）勤劳与懒惰的二元对立

赵剑平塑造了一群勤劳的，渴望通过自己的努力过上幸福生活的农民形象：《敲锣的人》中何顺老头不愿跟着当了领导的儿子进城享福，留在乡里勤劳耕作，最后为了维护自己认定的真理而丧生；《初雪》中的春明和水容尚未组织家庭，但为了将来的美好生活满怀憧憬的劳作；《竹女》中的竹女抛开世俗的眼光，离开了利用自己劳力的大学生秋生，嫁给对自己付出真心的小裁缝，用自己的双手共同营建一个幸福的家。也塑造了这样一群惰性极强的人：《穷人》中的唐二从小吃百家饭长大，把吃集体作为理所当然，甚至无耻地以告发家庭联产承包为要挟，每年白白要得 360 斤米谷，后来为了省钱自己挖煤取暖因塌方而被压死。

（二）精明能干与懦弱无能的二元对立

赵剑平描写了这样一些精明能干的人：《响水溪》里办起笋厂让乡亲们每年增加几百元收入而获得大家拥戴的"省长"杨金谷；《细长的山路》里有魄力，有胆识，敢实干的惠芬带领大伙架起来电，为了报答在架电中死去的新强，去给新强妈做儿子。也描写了这样一些无能懦弱的形象：《冲嫂和半截男人们》中的男人不仅是身材矮小，更因为满足于生活现状不思进取而成为遭人不耻的精神残疾；《羊肉》中的男人牺牲妻子，只为了换得自己少做点重活，最终遭到妻子的鄙视和抛弃。

（三）淳朴善良与唯利是图的二元对立

赵剑平笔下有这样一些淳朴善良的人：《白羊》中雨山爷一定要归还别人的白羊，找到自己的黑羊；《天边那颗黄星宿》中树诚大爷在深夜忠诚的替肇事司机照看化肥旧病复发；《养蚕人的故事》里的外公为了集体改田计划，放弃了几十年的营生，烧掉青杠树，不再养蚕；《银水流》中为了大家能挖矿石获利，把自己的房子拆了搬迁到别处；《两个贩牛人》中的老炳奎似乎为了一点经济纠纷和高中生二狗矛盾不断，然而在洪水来临之际，却因自己已经年高而二牛尚且年轻把水牛让给二牛，把生存的机会让给二牛，牺牲了自己；《河水清清亮》中的德厚同情处于困境中的人，冒着风险隐瞒下了"罪证"，事后坚决拒绝了回报。也有这样一些为利所惑，牺牲他人利益的农民：《事故》中眯老汉儿子因事故身亡，二叔、长庚等人陪着眯老汉去讨说法，却在得到红包后立刻转向，唯有长庚得到红包后若有所悟，替眯老汉争取了最大化利益。

（四）拒绝城市与向往城市的二元对立

城市与农村作为两种生活方式的反映，农民对城市的态度也有所不同。在赵剑平笔下，有着两种典型：一种是作为年轻农民，对城市生活向往与渴望。如《龙的故事》里的春容，看到神气得像龙一样的火车，对火车将抵达的城市充满向往，终于乘上火车去城市闯荡；《六月》中的黑黑在农村通过烧窑有着固定的收入，但枯燥的生活模式让黑黑向往更精彩的城市生活，最终突破了父亲的约束，去城里看看。而老一辈的农民，因为一种习惯和情感，对自己的土地难分难舍，如《六月》里的灰包守着自己的石灰窑非常满足，不仅自己不愿进城，也竭力阻止儿子儿媳进城；《我们都是木偶人》里的福顺在儿子劝说下，因为进城后还能帮助乡亲们销售手工制品才答应了进城。

（五）保护生态与破坏生态的二元对立

赵剑平笔下的农民，或许不懂得"生态"这个词的含义，但有的农民因为与自然的长期依存，有着特殊的情感而在现实生活中竭力去维护生态：《鼠患》中老岩豆深受鼠害，坚决制止了猎手杀蛇；《祖婆的仓房》中祖婆用自己智慧治蛇治树；《响水溪烟雨》中杨金谷在娃娃鱼急剧减少后不愿傻傻奉承，爱惜娃娃鱼，想方设法保护娃娃鱼。有的农民基于自己的生存只能向大自然涸泽而渔的索取，《獭祭》中满水为了进工厂工作，借老荒的刀取自己曾经心爱的毛子的肝送给王乡长做药的满水，老荒则为了生存，不择手段，残忍地杀掉了河里最后一只毛子。

作为一名与农民有着密切联系的作家，在写作中必定受到中国现当代作家的影响，去审视农民身上的人性缺陷，有着揭示病痛、引起疗治的内涵，但是，通过对现实生活的仔细观察与思考，赵剑平所塑造的农民形象与时代紧密衔接，摆脱了应启蒙教育的类型化的束缚，创造了更丰富的二元对立的农民形象，由于多层次的二元对立，使得赵剑平短篇小说里的人物丰满多姿，避免了扁平化的趋势。这就使得农民形象不再与传统作品中的较为单一的自私、狭隘、因缺乏学识而目光短浅直接对应，而成为生活中的血肉饱满的、有多重性格的、实实在在的"人"。

三

中国乡土小说中的农民形象，由不同作家在不同时代，以不同的思路与目的创作出来，展现出了随着时代的变化，生活内容的丰富。为了更深刻地揭示人物形象的特征，写作的要求也在发生变化：塑造成功的艺术典型，读者能更深刻了解社会生活中的这一类人。这是文学的魅力所在。赵剑平在纵向和横向上都受到中国现当代作家的影响，他的突破在于：在中国历史转折和农民文化转型的时空中，真实描写了中国普通农民的生存状态。这要归功于作者独特的创作策略。从理论上深究，这种策略渊源深厚。

黑格尔《精神现象学》中提出"意识只是一个纯自我，或者说，在这种认识里，我只是一个纯粹的这一个，而对象也只是纯粹的这一个。"即是指事物和现象的"绝对个别的存在"，但同时，他通过一系列严密的理论分析后又指出："这一个是一个共相。"可以看出，黑格尔所谓的"这一个"，是有双重含义的的存在，"这一个既有个别性，又有普遍性，是个别性和普遍性的有机融合。"黑格尔在《美学》中谈到人物性格时这样为性格定义："我们原来的出发点是引起动作的普遍的有实体性的力量。这些力量需要人物的个性来达到它们的活动和实现，在人物的个性里这些力量显现为感动人的情致。但是这些力量所含的普遍性必须在具体的个人身上融会成为整体和个体。这种整体就是具有具体的心灵性及其主体性的人，就是人的完整的个性，也就是性格。"接着他又指出，"但是真正的自由的个性，如理想所要求的，却不仅要显示为普遍性，而且还要显现为具体的特殊性，显现为原来各自独立的这两方面的完整的调解和互相渗透，这就形成完整的性格。"在这里，黑格尔所说的"完整的性格"，也是"这一个"的意思。

恩格斯的典型人物的理论，便是吸取了黑格尔"这一个"理论的合理内核，并进行了唯物改造后得出的。恩格斯在《致敏·考茨基》中说："每个人都是典型，但同时又是一定的单个人，正如老黑格尔所说的，是一个'这个'，而且应当是如此。""也就是说，人物所具有的代表性、普遍性与个性、特殊性，这两者互相融合渗透、统一，方才构成典型人物，即黑格尔所说的'这个'。"正如黑格尔在《美学》中指出的那样，"我们的出发点是引起动作的普遍的有实体的力量"，强调了普遍性的意义，"但是真正的自由的个性，如理想所要求的，却不仅要显示为普遍性，而且还要显现为具体的特殊性"，又阐述了作为个体的特殊性的重要地位，所以根据恩格斯的理论，典型形象，它绝不是某种抽象观念的形象体现（即仅仅是"单个的人"），也绝不是某种抽象型的类型的化身（即仅仅具有普遍性），它应该"是一个体现了某种代表性、普遍性的活生生的'单个人'。"

赵剑平塑造的农民形象有着乡土作家笔下农民的"共性"，这正是恩格斯在信中所说的"每个人都是典型"。"共性"引起读者的共鸣，这个文学形象所展现出的性格特征及思想倾向等，也许与读者身边的人抑或读者自己相近和相似，从而具有了普遍意义，那么读者由于发自本能的对自我的观照，也就会移情于这个文学形象。与此同时，赵剑平笔下的农民形象有着时代的烙印，有着自己的个性："个性"负责维持读者的兴趣，正是文学形象的鲜明个性特色，才会使读者延续对作品的好奇心，产生继续阅读的欲望。随着时代的进步，经济的发展，许多类型化的分野在现实生活中逐渐模糊。而基于贫困和没有学识的农民，随着经济的改善，文化的习得，让社会更多反省自身，改变对传统和对农民的轻视。正是从实际情况出发，赵剑平笔下的农民既有着人类所共有的自私、懒惰、贪小便宜等缺点，也有着人类所共有的无私、勤劳等美德。他们是个性与共性的统一，既是"这一个"也是"每一个"。

成功的艺术典型，能够使整部文学作品真实丰满，生动并具有说服力和可信度。通过对艺术典型的阅读和评判，读者能够更加深入地认知生活，也能更公正地对生活中的善恶美丑进行辨别。通过对艺术典型的研究，可以判断该作家的创作观是否与我们关于"人"的观念相一致，是否遵循了"文学即人学"的创作原则。当代的文学创作，必须沿袭这一创作规律。不同的生活环境，人生经历，是人物个性的重要根据，要写出有时代感的人，就必须立足于如实摹写，在沿袭前人之长的基础上有所变革，才能获得创作的成功。

作者简介：

王清敏，女，遵义师范学院人文与传媒学院副教授。

黔北地域文化的修复与重构

——赵剑平地域写作初探

谢启义

应该说，赵剑平是一个地域感比较强烈的人。"地域"作为一种符号，也是赵剑平现实主义小说创作的一大特色，其主要表现在于缩短、弥合甚至消除了与时代的距离。那么，文学作为一种表现形式，到底有没有地域之分呢，应不应该有地域之分呢，能不能成为一个地方区域的文化标志呢，甚至能不能更多地吸纳历史、贮存文化呢？从这一点儿来说，虽然历来是见仁见智，然而在具体创作中描述生存的真实状况和人的命运的真相时，正视文学所应该具有的地域特色，应该是不可否认的，没有什么异议的。

中国几千年来的德性文化、性情文化发展到今天，作为参照物，这些都构成了赵剑平地域写作的起源或者说落脚点。比如说《困豹》中的"困"，和那些在他的作品里随手可触的意象，以及他所塑造的那么多的小人物，都可以看出，他的目光习惯于在民间思考，但他的精神却始终是向上的。同样，他也在向历史和传统表达着自己的敬意。

说起中国文化，很多人动辄就是五千年如何如何，这是一块好招牌，也是一种惯性使然，但是否有更多的人从情感上由衷地为这块土地上的悠久历史感到过自豪、感到过欣慰呢？这是一个与时俱增的巨大的疑惑，一个需要很多人的努力去解构的疑惑。我们的文学创作，究竟需不需要本土文化的支撑，究竟需不需要根性文化的接续，也就是说地域性的文学书写，究竟价值几何？

价值，作为文化的心态，在中国真的太过于矛盾和复杂了，有妄自菲薄的，有妄自尊大的。而在大多数向城镇化快速迈进的地域里，这种文化心态多数情况下是向另一种文化模糊地倾斜，这就造成了今天我们价值观的丧失。价值，已经到了一种模糊的可有可无的境地。

因此，在城镇化强势的极端的大面积的覆盖下，故乡的价值与本土文化的走向似乎就有点渐行渐远了，地域风俗之类的人文，有时就成了猎奇，成了附庸风雅的点缀，有时又是尘封的历史，有时又是一些嫁接的说法。

在读了赵剑平新近出版的《赵剑平文集》六卷后，我们应该都会不约而同有了这样的一种感觉。那么，是不是我们真的错过了一个好的作家了呢？错过，或者说是由于个人的迟钝与美学兴奋点的错位，而未能及时地识别并预见其应有的价值罢。

从赵剑平早期的《远树孤烟》开始，到后来的《困豹》，到现在的《赵剑平文集》六卷，我们感觉到一个正在自己的一方土地上，默默地构建着残损的、地域文化的好作家真的不易啊。对于赵剑平来说，更是不易。他发表于2006年《民族文学》上的《大鱼》，有评论家撰文说，那是那一年中国农村题材小说创作的重要成果之一。好，我们来看看《大鱼》。《大鱼》是一个具有长篇格局和长篇气势的中篇小说，主要是写了两个家庭四代人之间的恩怨纠缠。但赵剑平别出心裁，用一条金甲大鲤鱼作为联结两家恩怨的关键物事。这就使得这条"大鱼"有了链条，有了抓人的地方。小说的情节结构模式和推进动力似乎并不新鲜，但是因为融进了特定时代与特色民族地域的背景，而饶有趣味。尤其值得称道的是，其充盈着的象征与寓言带着无处不在的机巧充实于并不靠情节取胜的这篇小说之中，这就使它具有了无比强烈的诗性。

应该说，文学是文化中最忠实的、最有效的守护者。而对于地域文学书写的态度，又意味着一方区域是否拥有了自身的文学符号，是否建立起了自身的文学形象。假如对故土没有历史的荣耀感，假如没有对本土文化的热爱以及投入，没有发自内心的认同感和责任感，那么，所谓的地域书写，充其量只能是成为个人的抚慰品、物化的敲门砖、时尚的记录者，或者说是追逐潮流的代言人。文化的不纯粹，很容易导致"本土言说"的貌合神离，甚至走音走样。

关于地域文学的创作规律、本土性格、时代潮流，其中都大有说法，人性基因、情感方式、文化性格等独特的东西，这些都是无法言尽却又如空气般无处不在的。有什么样的姿态与立场，自然就会有什么样的书写及收获。

那么，地域文化写作有没有难度呢，或者说是不是存在难度呢？所谓的地域文化的书写，大多都有一方水土作为创作的资源和文化的支撑，其特色与气质，是独特的，充满刚性的，是寻常不见却又无处不在的，并且是可以真切感受的，于表象是存在，于深层却抽象。这是因为面对传统时，与出发点是有相承关系的。那么，唯一的出发点能否聚拢到传统上而供我们挖掘？这其中最重要的资源归属到地域文学的写作上，就有着很多的言说与实践空间了。《困豹》就是属于这样的。

《困豹》之所以在赵剑平的创作中不能够一气呵成，其中一个最重要的原因，就是他在变革时代的巨轮下，始终怀有一种无比尖锐的矛盾和困惑感，城镇化道路上的各种生活、情感、价值、观念等都极大地挑战着他混乱的思索，他需要重新思考。《困豹》的文本构思凝练而放达，寓意着人在困境中艰难的突围。让我们感到震撼的是，《困豹》这部作品的写作时间竟然长达十七年。十七年，在时间的长河中算不了什么，但作为个体的人，在其中要经历多大的苦痛、悲伤和煎熬啊。十七年，他终于熬成了这样一部长篇巨制，这部长篇巨制以民族化、东方化的哀歌与赞歌相交织着时代的和声，并对现代人的追梦历程和生态家园的破坏进行了沉郁、漫长的咏叹与批评，其平缓、细致入微的笔触，黏附于人性、世事和历史的地质层而蜿蜒伸展，堪称黔北地域文化写作的史诗性作品。缘此，这部作品也让赵剑平的身上承载了巨大的气节傲骨、意志强度和文化底蕴。

一、地域写作的重要元素之：民俗

自 20 世纪 80 年代中期以后，赵剑平在黔北文学界逐渐开始脱颖而出，他一出来就以其独有的大山般的质朴、厚重的文学特征崛起。尤其是他作品中焕发出来的阳刚之气，"改变着黔北文学既定的柔美格局，充实着黔北文学风格的内涵"（王刚语）。他两次获得过中国少数民族"骏马奖"。自 1985 年至今，从短篇写作到长篇写作，这其中艰苦的、寂寞的创作历程记录下他三十多年来对文学孜孜探求的足迹。三十多年来，他虽然离开正安来到遵义，但对于自己的家乡，他的笔触始终没有离开过，那些正安乡村的小镇始终在他的笔下，笔走神移地勾勒出黔北这块土地上那些小镇乡民们的点点滴滴的生活，这块厚重而神秘的土地上的一草一木、一风一俗都成为了他所描写的对象。

作为植根于黔北这块沃土上的有着自觉地域性创作的作家，赵剑平的小说"深刻地反映了黔北农村的历史变迁，他全身心地感知着黔北农民的心态流变，形象地再现那些富于黔北特色的地域文化，努力去展现黔北高原的阳刚气质。"（王刚语）他笔下的黔北朴实，风土民情厚实，他是这样描述的：山高路险，民风淳朴，山远林深，僻远隔绝。一些古老而落后的民风民俗束缚着乡民们前进的步伐，当改革的春风越过高原吹进这一方河湾峡谷，人们世代享用和传承的生活方式及生产文化在逐渐地发生着变化。赵剑平抓住了这个顺应时代发展的潮流的变化，自觉地以文学的方式来表现乡民的困苦、困顿、困境，并希望在文学创作中为他们寻求到一条通往世界的出路。

赵剑平生长于正安庙塘的古老山镇，据说那是一条挂在悬崖上的街，那里乡风纯朴。这也注定他小时候生活的环境给他日后的创作提供了丰富的素材，加之他个人对民间文化的强烈兴趣，使得大量民俗描写进入到了他的创作文本之中。王刚教授曾说："民俗是小说表现的内容之一，在评论家的眼中，在读者的心目中，民俗描写是小说独具特色的主要因素之一，也是作家艺术个性的重要组成部分。在一些作品中，民俗甚至成了作品的中心内容，如将之抽去，小说的基本架构就不复存在。"赵剑平的小说恰是如此。正是由于他对黔北的风土人情铭熟于心，并自觉地承担起了传承黔北民俗文化的责任，不使传统的民俗文化随着社会的发展而流失于无形。因此，在他的作品中，就显示出与其他作家不一样的风情。有人研读他的作品时也做过这方面的研究，算是具有慧眼罢。这里，我们大致可从两个方面来探讨。

1. 语言中的民俗

现代语言学的重要奠基者，瑞士语言学家费尔迪南·德·索绪尔曾指出："一个民族的风俗习惯常会在它的语言中有所反映，另一方面，在很大程度上，构成民族的也正是语言"。而"语言民俗主要表现在方言土语中，负载着民俗文化因子和种种深刻意义的方言土语不仅是民俗学家的考察对象，也是当代作家极感兴趣的东西，它们常被作家当作创作素材，纳入小说之中。"赵剑平小说中的人物大多是土生土长的黔北农民（如冲嫂）、小作坊生产者（如顺风爷），其方言土语的运用俯拾皆是，在其谈吐之中，自然也就打上了浓浓的地域色彩。

黔北大地山高峻险、峡谷幽深、巨石林立、森林密布、溪流纵横，丰富的自然资源极大地给人们提供了衣、食、住、行、乐等方方面面的生活原料。比如过去农民们习惯于烧柴来取暖做饭，一般在五月里砍下生柴，在烈日下暴晒一个月就成了"爆蔫"（近似干柴），"那一坡晒柴五月里砍下，过去一个六月，才成为爆蔫（《远树孤烟〈峡谷人家〉》）"，这种木柴扛在肩上既"松活"（方言，轻松），燃起来又接火，人们将烧后留来下的柴灰称为"子母灰"，山里一年四季农事繁忙，有时为求方便经常在"子母灰"里煨红薯、洋芋等来充饥，"要去找哪一家的子母灰煨来吃（《远树孤烟〈峡谷人家〉》）"。腊月间乡民还将多余的干柴背到集市上卖给有钱人家，换几个零用钱。一方水土养一方人，一方人则说一方话，黔北的方言词汇里大多与"高山""峡谷"相关。如"顺风心中格地一沉，像一只闷头狮子似的，往半坡扑爬跟斗地奔跑下去。（《远树孤烟〈红月亮，白月亮〉》）"。"扑爬跟斗"的意思跟"三步并作两步走"差不多，由于黔北这块土地的特殊地形特征，人们出行半步即遇坡，后退一步即下坎，稍不留神就会摔跤翻跟斗。用这样的方式来表现黔北农民的强壮和野性，强悍得就像一头闷头狮子一般。但在强大的自然环境面前，人们有时也表现出力不从心，《山雪》中山民讲述他遇到豹子时的恐惧，"要不是老子先看到它，晚一步又遭它'下火'了（《远树孤烟〈山雪〉》）"。即使是现在看来我们仍然能够感觉到他那种心有余悸以及大难不死的侥幸心理。这样，我们还可以从这些方言中获知到黔北地方的人文地理风貌，以及这地理风貌中所承载的民俗文化。比如贵州的地貌属于喀斯特地貌，山多山洞，许多地方都还有一种洞口朝上的地貌景观，本地人称之为"硝坑"（书面语为"天坑"）。因此，本地就流传有一种古老的习俗，就是人们常往里面扔一些死猪死羊或不幸夭折的小孩，"硝坑"的"硝"和"消解"的"消"谐音，所以认为那里什么都可以消除掉，甚至认为只要运势不好的人往硝坑前一站，身上所有的晦气都会消解掉。

《峡谷人家》中许闰桃跟茂林说，"你以后不要我了，就不如掐死我，摔在哪个硝坑头（《远树孤烟〈峡谷人家〉》）"，这一方面是在撒娇，乡下女人的撒娇没有城市女孩那般娇滴滴，却很实在，很天然；另一方面也是因为她认为自己是一个晦气的女人（有夫之妇），希望心上人别沾染晦气。从这里我们可以看到乡下女子坦荡荡、清澈澈的善良心灵，干脆而纯洁。她害怕自己失去心中的所爱而焦躁不已，但潜意识里残存的一些陈旧观念又束缚着她趁势蔓延的爱情火苗，使其不敢过分放荡。

黔北是国酒之乡，对黔北人来说，酒文化也是一种引以为荣的文化，但是黔北乡民们对酒的称谓却并不那么中听，如"一定是喝醉了，吃马尿醉在哪个垭口了。（《远树孤烟〈远树孤烟〉》）"，这里的"马尿"即"白酒"。徒弟们（小冬瓜、大头猫）担心挖瓢匠师父半路醉酒，所以将师父醉酒的不满就转移到酒上来，认为没有酒就不会醉酒，所以把白酒说成是"马尿"。也有当着对方这样骂人的，除了有些是劝阻其少喝酒，注意身体的意思外，其他的就有些恶意了，如"你屙白尿淋人了，贾发感到那唾沫星子溅上了脸来。（《远树孤烟〈在两岔河湾中〉》）"

赵剑平小说中这些独具特色的黔北方言可谓不胜枚举，这些方言俗语的大量运用是记录和保护民俗的活档案，其中记录着世世代代黔北人生活的足迹。民俗语言的大量使用还增强了小说的文化氛围。

2. 民歌中的民俗

在赵剑平小说里，插入了大量的民歌民谣，仅《远树孤烟》中就有24首（段）之多。黔北乡民们日出而作、日落而息的农耕生活常常使他们疲惫不堪，而民歌民谣则成了他们苦难生活的调味剂，"男女有所怨恨，相从而歌，饥者歌其食，劳者歌其事"（《春秋公羊传》）。在这些民歌中，劳动歌算是最多的，有的还是山民自编的打油小调，他们在劳动中发泄着怨气，如顺风爷榨油时唱到：哟——/斑竹林来苦竹林/一网麻雀闹沉沉/铿喳——/哟——/问你麻雀闹哪样/留起喉咙好哭灵/铿喳——（《远树孤烟〈红月亮，白月亮〉》）。许闰桃推豆腐时哼起：推磨嘎 押磨嘎/推粑粑 熬些菜/公一碗 婆一碗/幺儿媳妇没得吃/磨子旮旯还有碗/猫打倒 狗舔碗……（《远树孤烟〈峡谷人家〉》）。比起劳动歌的怨声载道，情歌对唱则显得饶有趣味，呈现出黔北青年男女恋爱时那种火辣辣情真意切的浪漫爱情场景：

这山有得那山高/那山顶上好葡萄/一心想颗葡萄吃/人又矮来树又高//这山有得那山高/那山顶上好海椒/一心想个海椒吃/辣乎辣乎唡开交//胭脂梗儿节节多/对门幺妹爱哥哥/只要哥哥人品好/不图哥哥银钱多//远看情妹在上坡/大喊三声等情哥/有心等来坐下等/要等情哥慢上坡

——（《远树孤烟〈峡谷人家〉》）

黔北民歌在文化上相对于中原文化来说它自有一番别样的天地。物质生活的贫乏没有使乡民们失去对生活的乐趣，相反他们通过对唱山歌的方式来表达着自己的内心世界。无论是发泄心中的不满，还是男欢女爱时的互相爱慕挑逗，都在山歌中大胆地表达出来了，显示出山里人的乐观的心理。

民歌中有一种"诀术歌"，被认为是具有法术作用的民间咒语。乡村教师令狐荣的娃儿睡不好，夜里总是哭，他便趁赶场天在路边墙上、树上贴上这类歌，希望过路的人路过时能大声地念出来，这样小儿便能安然无恙。如："天皇皇，地皇皇，我家有个哭儿郎，过路诸君念一念，一觉睡到大天亮。"（《困豹》）。民歌中常常具有相当强的传承力。人在童年时候，民歌的传承者主要是母亲、祖母、外祖母等。据说赵剑平的祖母就是仡佬族的一位歌手，赵剑平从小受到传统民俗文化的熏陶，在他创作小说的时候，对于民歌他就常常信手拈来，灵活运用，这使他小说的意境充溢着一股子野味。

赵剑平小说中涉及的民俗描写还有很多，比如反映黔北农民生产生活的物质民俗、反映其婚丧嫁娶的人生礼仪民俗、反映春节期间小娃儿"撵耗子"的游戏活动民俗、因抽掉牛圈上的木料就动了母牛胎气的禁忌民俗等。

赵剑平之所以不厌其烦地亮出黔北大地上乡村小镇的种种民俗世象，是源于他对这片土地的热爱，他要描写黔北的农民，就一定无法避开描写黔北的民俗。"黔北的山村是贫穷的、落后的，因偏僻而不乏愚昧的弥漫，对此，赵剑平在小说中没有作任何方式的有意回避；相反，他以'卷入现实'的创作姿态，在小说中传达了一种既安于现状又企求经由抗争而赢得新的人生的独特生存景况"。因此，在赵剑平的眼中，这些乡风民俗就是黔北农民们亘古以来一天天形成的，已经成为了日常生活的一部分，习惯了。农民们依赖于这些习惯，践行着哪怕是落后的乡规。然而，要摆脱贫穷就必须打破陈规，即使牺牲一代人、两代人，换来的就是新的希望。

二、地域写作的重要元素之：文化

实际上，我们今天来讲地域文化，其实是带有很大的盲点。拿赵剑平的地域写作来说，他与纯粹的乡土写作是有着本质上的区别的。地域写作是带有一方文化的，乡土写作只是表达了这一方文化的一个点。就说黔北这块地域罢，它本身已经具备了上千年的文化历史，只不过在历史的烟尘中不断地被战乱等人为因素毁坏掉了，湮灭掉了。因此，从文学来说，任何文化的积淀以至主流特征的形成，都是与地域性的不断被描述有关。按照这种观点，一个地方的地域文化，一座城市的特色文化，都是可以在地域性写作当中加以凸显的，其内涵也是可以在地域性写作当中得到确立的。从这一点来说，赵剑平的《杀跑羊》这样的作品就具有典型的地域文化特征。

应该说，但凡新时期以来有较大成就的小说家，大多都拥有一方水土作为自己创作的资源、文化的支撑与作品的特色。有这样一种说法，文化是在历史中形成的，也必然在历史中凝结着。然而，那些凝结着文化精髓的悠古的事物，在今天城镇化的强制格式中已经近乎销声匿迹了。我们可以仔细去想想，正是这些悠古的事物才是我们真正的根本，才是我们不至于被文化殖民的微弱的火种，才是我们知道自己今生前世的血脉指纹。当然，民俗也是属于这个范畴。

如此看来，关于本土性、地域性，或者说是一方地域文化的情怀，其实就是古老与现实的关联，是个体的命运或者群体的命运对传统的承袭体验。而古老的既离不开历史，也离不开记忆。这种地域文化的情怀也可看作是对精神故园的寻找。

在沉闷滞重的时代里，我们求新求变的文化书写是一种武器，有着可贵的品质；而在迅猛多变的时代里，在一个以创造新奇来主导来哗众取宠的时代里，新奇与否就成了物质商品社会的游戏规则了。这时候，如果再创作求新求变的文学作品，就容易显得流于浮躁和浮泛了，这是一个作家他自身已经缺乏自觉的质疑和反思了。因此，他也就不可能再提供真正的有价值的探索。依此逻辑反思，更为恒定的东西，无疑是和根性相关联的，万变不离其宗，有着根源接续的生长，才能在时风势雨中成长得更为根深叶茂，同时，亦才有可能重构那一方水土的文化，那一方水土的生息。

只有那一方文化的滋养以及情韵的流播，才是一方地域真正的指认。没有这些经年累月的浸泡，没有一种由衷的认同，没有地域文化归属的责任感与使命感，那么，因为在文化上的差异性或者生存上的差异性所带来的开启，一个作家的那些浮光掠影蜻蜓点水式的所谓地域书写，必然就是浮泛的、似是而非的。

缘此，任何社会生态下的人，要想真正成为一个地域的或者是某个民族的一分子，其总是需要诸多因素配合的，绝不可能是天权神授或者自然而然形成的，而是离不开地域文化的熏陶和养育，尤其是在这种滋养中天长地久地形成的认同，这种认同是滋养后的认祖归宗，小至一个家庭，大至一个民族，这种文化传承在认同中起到了不可替代的作用。

赵剑平作为仡佬族后裔的一员，生息成长在这一方土地之上，"仡佬族"就成了他最为明显的地域文化符号。而地域文化恰恰是包含了一个人安身立命最需要的东西，不仅决定了一方地域的气韵格调，也决定了一方风物人性的情趣。只要一个地方有了它自己的一方文化体系，有了它自己的相对独立的地域文化，比如自成一体的风俗，那么，时风势雨对它的侵蚀相对就会减少。进一步说，只要一个地方有了自己的地域文学符号，有了自己的地域文学形象作为文化的代言，那么这个地方存在的地域文化清晰度就会增强，就容易得到指认，就不至于面目模糊，就不会在所谓的城镇化道路的大潮中被轻易地淹没。

黔北这地方的原居民是仡佬族，尤其是正安、务川、道真这一块，仡佬族比较集中。仡佬族是一个有着自己文化历史的民族，虽然从人口上来说在全国所占的比例很小，但作为地域文化的代言人，仡佬族无疑是根源。

仡佬族最早的先民叫濮人，在远古的时候是一个人口众多、支系纷繁、分布辽阔的庞大族群，有"百濮"之称。殷周时期，定居在今西南、中南地区的濮人已经进入到部落联盟阶段，形成了强大的民族集团，与氐羌、百越、南瑶并称"四大族系"。周武王伐纣就联合有濮人参加。春秋时期，西南地区的濮人曾建立牂牁、鰼、鳖等奴隶制邦国。战国时，牂牁国衰裂，濮人另建起南越、夜郎、僰、莫、且兰、句町、毋敛、漏卧、同竝、滇等地方邦国。其夜郎国势力迅速扩张，征服了周围许多邦国。形成了史称的"大夜郎"局面，雄长一方。所辖疆域，约今贵州大部，云南东北部，广西西北及四川南部部分地方。公元前221年，秦灭六国，建立起中央集权的封建制国家，濮人地区纳入了秦王朝统一的郡县建制之中。秦二世时全国大乱，濮人地区夜郎诸国又纷纷恢复原建制。直至汉武帝遣唐蒙通夜郎后，于元光五年（公元前130年），置犍为郡，夜郎及其旁小邑再一次纳入中央王朝统治。元鼎六年（公元前111年），夜郎侯受封夜郎王。据《史记·西南夷列传》记载："西南夷君长以什数，夜郎最大"，反映了夜郎国在西南地区的历史地位，亦反映了夜郎在汉代的特殊政治地位。秦、汉以后，川、湘、滇、桂相继开发，氐羌、苗瑶、百越等民族先后涌向西南濮人地区，贵州成了四大族系交汇的结合点，由于历史的种种原因，促使四大族系逐渐分化、融合。与此同时，汉武帝开发"南夷"，巴蜀之民随军屯驻，汉族人口源源进入，逐渐形成一批夷、汉大姓。其中土著僚人发展突出的有牂牁、夜郎谢氏，从汉至唐，谢氏皆雄据僚人地区。自唐蒙通夜郎后，中央王朝逐渐加强了对濮人地区的统治，屡次对"南夷"用兵，灭且兰，伐夜郎，攻句町、漏卧等，濮人大受其挫，趋于衰落。汉武帝河平二年（公元前27年）夜郎覆灭，这是濮民族发展史上的一大转折，此后累遭征伐和摧残，每况愈下。此后，由于历代封建王朝对西南各地的少数民族不断进行武力征伐，兼之利用"以夷治夷"等奴役措施，致使各少数民族在政治、经济和社会地位诸方面发生长时期的动荡与剧烈的变化。仡佬族是遭受灾难最为深重的一个民族，生存维艰，致使族属、习俗等演变加剧，人口趋减，严重影响了仡佬族的正常发展。直至新中国的建立，仡佬族始才走上复兴、发展与繁荣的康庄大道。

由此而言，文学地域性的价值如何就不言而喻了，而对于一个作家来说，"本土言说"的传承真的是任重道远啊。

这个时候，赵剑平出来了。他从边远的正安走了出来。

地域文学创作需要确立一种"原乡精神"。

> 凭着豹子特有的坚韧和别的动物望尘莫及的爆发力，疤疤老山终于走到了乌江。看着清澈的江水，它奔下山岗，把一张又短又宽的脸浸在水里，一边咕嘟咕嘟地喝着，一边用露在水上的两只眼睛警惕地注视着江面。现在，那个毒辣的火球已经沉在了水底。随着波浪的掀动，那些罪恶的光焰徒然地挣扎着。疤疤老山感到了一种快意。这些天来，它一直昼夜兼程地赶路。只是悬在头顶上的那个火球，挥动长长的金鞭，抽得它头昏脑胀，连身上美丽的金钱斑，都被烤化了一样暗淡下去。它抬起头来，喉头那儿的皮毛颤动着，发出一声模糊的低啸。接上晃了晃脑袋，抖落胡子上那些亮晶晶的水珠，便伸出腿来，挖挖开尖锐的爪钩，自得其乐地摆弄摆弄。随后，它离开长江干流，从西向转南方，沿着乌江往上走着。

> ——《困豹》

"原乡"的"原"就是要找寻精神里的本根属性。《困豹》就是这样具有了本根属性中的"原乡精神"。

缘此，地域文学创作假如不深入触碰到土壤里真正的存在奥秘，把握这种经年累月积淀下来的底气与内涵，创作就很容易产生漂离感或者游离感。所以，发现与张扬地域文化的品格和气质就显得尤为重要。也就是说，写作题材的视角是本土的，但审美风格以及价值观则是具有普遍意义的。所谓传统与现代的关系，就是看你有没有能力、有没有感情以及有没有深入地去开掘对传统的东西进行必要的推陈出新，这是一个发展理念的问题，也是一个艺术功力的问题。如何让传统的东西随着时代的发展，以鲜活的生命力满足时代的审美和情感需要，并不断散发出新的独有的魅力。因为地域题材的写作不仅仅是属于地方的，它的丰富的地域文化内涵应该具备更深远的影响力。归根到底，怎样将地域文化中的个体命运与民族情怀结合起来，这才是既能体现地域文学创作的特色，又能呈现民族精神的写作课题。

因此，地域文学的写作也需要一种城市精神，去追问这块土地上发展的真相。而那个原乡里的"原"，就是要找回精神史和文化史里面的根性。假如不去追问地域文学创作里的原乡精神，不对本土民族的文化有一种信任感，尤其没有勇气去探索生活在这块土地上的文化的力量，就很难在其作品中指认出深厚的地域文化特色，就很难成为反映与再现生存真相与社会发展的载体，从而很难把握住它的精神血脉。从这一点来说，赵剑平是在干着黔北地域文化的修复与重构的工作。

但愿赵剑平能找到更好的契合点。

作者简介：

谢启义，男，遵义市文艺理论家协会副主席。

参考文献：

［1］赵剑平．远树孤烟[M]．贵阳：贵州人民出版社，1986．

［2］赵剑平．困豹[M]．北京：人民文学出版社，2006．

［3］赵剑平．赵剑平文集六卷[M]．北京：人民文学出版社，2015．

［4］王刚，曾祥铣．20世纪黔北文学史[M]．贵阳：贵州教育出版社，2001．

［5］王丰飞．黔北民俗文化[M]．贵阳：贵州民族出版社，1993．

［6］钟敬文．民俗学概论[M]．上海：上海文艺出版社，1998．

［7］刘丽．仡佬族民间文学的区域特征[J]．贵州民族研究，2005，25（4）．

《大鹏一日同风起》的审美批评

孙建芳

【摘　要】赵剑平的短篇纪实文学作品《大鹏一日同风起》，以黔北重镇正安县城的改扩建为核心内容，通过一个主要人物李广勤，一个主要事件"城市改扩建"，一个主要道具"凤凰"（"大鹏"），真实地刻录了正安城镇化过程中的重重困难及卓越成效，唱响了一曲凤凰浴火、大鹏展翅的时代赞歌，也留给广大读者和未来历史审美批评的广阔空间。

【关键词】赵剑平；纪实文学；人；事；道具

　　著名仡佬族作家赵剑平，是中国作家协会会员、遵义市文联主席、贵州省文联副主席。他从 20 世纪 70 年代末开始文学创作，迄今已出版短篇小说集《小镇无街灯》、中篇小说集《远树孤烟》、中短篇小说集《赵剑平小说选》及长篇小说《困豹》等。毫不夸张地说，自登陆文学创作的舞台，赵剑平从一个文学青年"变身"国家一级作家，走过了一条漫长艰辛的"进化"之路，付出了无尽的心血和汗水，也收获了曼妙的鲜花与荣誉——两度斩获全国少数民族文学创作"骏马奖"，还获得"人民文学特别奖"、首届贵州省人民政府文学奖、贵州省"山花文学奖"等各大奖项，成为当之无愧的黔北文坛领军人物，也是跻身国内一流作家行列的优秀作家。

　　数十年的潜心笔耕，赵剑平创作了一部又一部思想性、艺术性、观赏性俱佳的精品力作，如今结集为厚重精美的六卷本《赵剑平文集》。除传统的小说、散文之外，还有一类"以非虚构方式反映现实生活或历史中的真实人物与真实事件的文学作品"，包括报告文学、纪实小说、回忆录、散文等多种文体。"非虚构"类作品在赵剑平的创作中独具一格，占据了文集第六卷的全部篇幅，包括其获奖名篇《雪花不是花》《巴拿马诱惑》等。

　　以正安城建为表现内容的《大鹏一日同风起》，有一个限定明确的副标题"正安县主城区改扩建纪实"，在"文艺范"的同时，也明示其文的"纪实性"特征。这篇纪实文学的典范之作，以其体裁的敏感吸引眼球，以其语言的老辣赢得喝彩，更以其结构方式的巧妙和表现手法的细腻"叫好又叫座"——《中国作家》2014 年 7 月首发，次月便被《中华文学选刊》全文转载。

　　李克强总理在 2014 年 3 月的《政府工作报告》中说"引导约一亿人在中西部地区就近城镇化"成为这篇纪实佳作的核心与灵魂。本文抛开内容的生动翔实，单说艺术手段的鲜明突出：一个人、一件事、一个道具就很好地结构了全篇，不枝不蔓，简明扼要，人物突出，主题鲜明，显示了一个成熟作家的强大"内功"，正如陈建功在文集序言中所言："剑平生活积累厚重、艺术功底扎实，已经是一个成熟的作家。"

一、一个人与一群人

就文学艺术而言，人物形象的塑造是作品成败的关键。但凡优秀的传世之作，必定有着令人过目难忘的人物形象，即所谓的典型形象，无论被读者喜爱还是憎恶，其鲜明的性格特征，包括外形、动作、语言和心理，在共性与个性即普遍性与特殊性的展示中，都只能是独一无二的"这一个"。《大鹏一日同风起》以不长的篇幅，着力塑造了两次担任正安城建指挥部指挥长的李广勤。

身形瘦弱的李广勤，普普通通，平平常常，是千千万万个中国基层干部中的平凡一员，没有惊天动地的丰功伟业，没有惊世骇俗的冒险传奇，却曾是广获百姓认可的正安县城南大门的"守门员"。他以一种文化气度，一种民间情怀，在千头万绪、千姿百态的城镇改扩建过程中，硬生生地创造了一个令人咋舌的奇迹：取得"零强拆，零上访"的巨大成功。

作为一个有思想的"文化人"、有担当的"领导者"，李广勤身正影直，公正无私，在拆迁工作最艰难最僵持的时候，在深感内心最孤独最无助的时候，亲笔手书"天下为公"的大字条幅，悬挂在办公室正面的墙上，以此戒骄戒躁，自勉自励。这种"悬梁刺股"、对镜正冠的做派和勇气，正是李广勤的一贯风格：说话硬邦邦，做事响当当；交友论文字，说话立街头。

作为正安城建的总指挥，李广勤必须运筹帷幄，把握全局。他可以不在拆迁现场巨细靡遗，事必躬亲，但必须高瞻远瞩，深谋远虑，站在理性的高度审视和决策。他和他的团队最终确立了"整体拆迁，统一规划，统一招商，统一建设，一步到位"的思路，大力强化地方决策层跟进时代、升级城市的意志，集中体现正安县跨越发展、勇敢崛起的主题。他对实战经验的即时总结和对城镇化进程的深入思考，化作一篇八千多字的论文《新型城镇化，新在哪里？》，这是笛卡尔唯理主义"我疑故我思，我思故我在"的极佳注脚。都说细节决定成败，赵剑平这样的"纪实"手法，可谓神来之笔，一个善于思考、勤于动脑的基层领导形象就此跃然纸上。

"作为一个地方领导人，只有时刻倾听老百姓的呼声，急民之所急，想民之所想，才能把握时代前进的方向。"李广勤从自己的亲身体验出发，对正安旧城改造拆迁作了一个形象的概括：在骂声中开始，在吵闹中进行，在欢笑中结束。

常言道：一个篱笆三个桩，一个好汉三个帮。又道：独木难成林；红花还需绿叶扶。《大鹏一日同风起》在浓墨重彩渲染核心人物李广勤的同时，像舞台出场般纷纷登台亮相的有县长陈长旭、县委书记刘兴万（今遵义市副市长）、新上任的县委书记王忠，虽然他们都是"打酱油""跑龙套"的，被一笔轻轻带过，却更好地衬托了第一线冲锋陷阵的战斗者——李广勤。

副指挥长郑继奎，"紧急关头总是冲在最前面"；人称"青幽幽"的招商局局长青林森，"始终保持一种特有的幽默感和乐观向上的活力"；行伍出身的原县武装部部长张先仲"自学成才"，"成了地地道道的城建工作法律法规专家"；"算是正安当代城建的见证人"的原县人大常委会办公室主任李祖泽，"凡事亲历亲为的，又仔细，又认真"；当过文化先贤尹珍故里新州镇镇长的骆科茂，擅长"田坎文化"，"民间俚语，乡间歌谣，雅的俗的，素的荤的……话丑理正，语俗情真"；工程师祝恒雁"全身心扑在工程上"，"不兼职、不兼薪"……还有一批脚踏实地、兢兢业业的老同志，像陈绍武、朱应举、韦复召、张毅等，都是德高望重的地方名流，"说话有人听，办事有人跟"，不图名不图利，只为家乡父老倾尽绵薄之力。

这是英雄群像的彩绘，寥寥几笔却栩栩如生。西方文学擅长写"孤胆英雄"，从普罗米修斯到哈姆雷特到浮士德，再到钢铁侠、蜘蛛侠、绿巨人等，一个个侠肝义胆，独行天下，悲悯苍生，除暴安良。而中国文学则长于群雄谱的雕琢，无论《封神演义》《三国演义》还是《水浒传》，众英雄都各自从属于自己的利益集团，忠诚于自己的君主帝王，演绎了一曲曲可歌可泣的英雄悲歌，惊天地泣鬼神，荡气回肠，令人难忘。《大鹏一日同风起》的人物处理深得中国传统文化的精髓，李广勤在接手城建工作时，从无从下手、孤掌难鸣到振臂一呼，群雄响应，无疑是全文的点睛之笔，有极好的舞台效应。

最后，市长王晓光出场。王晓光说：城镇化建设，要体现尊重自然、顺应自然、天人合一的理念，依托现有山水脉络等独特风光，让城市融入大自然，让居民望得见山、看得见水、记得住乡愁，要融入现代元素，更要保护和弘扬传统优秀文化，延续城市的历史文脉……赵剑平深谙中国古典戏曲表现手法的精妙，就像中国的饭局和会议，最重要的角色总是在最后的时刻闪亮登场，他的现身本身便是高潮。这种"亮相"犹如一曲高歌，曲毕，一直紧绷的弦骤然松弛，干净利索，戛然而止，画上一个漂亮的休止符，却余音袅袅，余韵悠长。

当然，就此篇而言，人物群像的处理，亦有不尽如人意之处：走马灯似的人物出场，一口气介绍了十来位，让人眼花缭乱，目不暇接；再者，作者视野略显狭隘，缺乏底层描写，百姓失语。毕竟，高屋建瓴的上层建筑，需要多层次、全方位的立体视角，需要疾风骤雨与和风细雨的和合共鸣，这才是真正的和谐社会，真实的百姓生活。

二、一件事与一场战争

人物形象的塑造离不开事件的烘托，人物性格最终在矛盾冲突中得以实现和完成。对于当代国人来说，"城镇化"是一场轰轰烈烈、波及全民的大事，一场新与旧、历史与未来的裂变："旧的不去，新的不来"，既要破旧立新，鼎新革旧，又要守护传统，传承文化，这便带来时代变革中的隐隐阵痛——农业人口的大量流失与自然村落的快速消失，城镇人口的急剧膨胀与城市规模的急遽扩张。残酷的现实环境再次证明：在旧貌新颜的转换之间，伤了骨头连着筋，有太多的磕磕绊绊，太多的剪不断理还乱。然而，有多少汗水就有多少心血，有多少委屈就有多少喜悦。

哲学家说，凡是存在的都是合理的。是的，数千年的历史沉积，形成了中国依山而建、临水而居的自然村寨和城镇格局，且都有其厚重难解的文化因素和神奇奥秘的科学依据。因此，以人的城镇化作为新型城镇化的核心，科学有序引导转移农业、农村转移人口，便是当务之急。地方政府的一个个拆迁，一步步重建，就是一场场没有硝烟的战争。"中国西部工业化、城镇化、农业现代化，而三'化'比较，只有城镇化可以说搞得风生水起，如火如荼，其根本原因就是城镇化直接关系老百姓生活水平的改善与提高，切合民本、民生，因而得到热烈而持续不断的响应。"

就目前而言，规模空前的城镇化方兴未艾，虽然还是在"摸着石头过河"，但从中央到地方，一级级政府反复论证了其科学性与必要性，遵义市刘兴万副市长在其洋洋万言的论文《关于全市城镇化推进工作的思考》中一再强调[1]：

（1）城镇化是人类现代社会发展的必然趋势。推进城镇化加强城乡建设管理是经济发展和社会文明进步的重要标志，社会发展现代化的过程也是城镇现代化的过程。在经济全球化、一体化、社会化的今天，城镇化已成为不可逆转的趋势。

（2）城镇化是加快经济社会发展的现实选择。城镇是资源要素集聚的平台，是展示对外形象的窗口。城镇化是"三化互动"的依托，是推动经济社会发展的引擎，是扩内需、调整结构的抓手，是促进经济增长的持久动力。城镇化必将带动工业化、信息化和农业现代化，抓城市建设和管理就是抓经济发展、就是抓民生改善、就是抓提升管理水平。

（3）城镇化是加快工业化的重要载体。从某种意义上讲，城市建设就是经济建设，城市投入就是产业投入。城镇化和工业化是现代化的两个车轮，缺少工业化，城镇化就没有发展动力；缺少城镇化，工业化就失去发展载体。

（4）城镇化是解决当前突出问题的重要抓手。当前，交通拥堵、空气污浊、垃圾围城等"城市病"日益显现，城市建设仍滞后于城市功能的需求，城市管理仍滞后于城市规模的拓展，城市服务仍滞后于市民追求品质生活的需要，城乡环境、市民素质离卫生城市、文明城市、环保模范城市的要求还有较大差距；城市化的过程就是减少农民的过程，就是解决农民问题的过程，就是解决"三农"问题的最好抓手。

对于正安城建的总指挥李广勤长来说，"城建"其实就意味着要拆房建城，意味着无穷无尽的扯皮麻烦，意味着一个又一个的挑灯夜战。"我不下地狱谁下地狱？"他只能挺身而出，与战友研究政策和对策，最终确立了旧城改造的十六字方针：政府引导，市场运作，配套建设，综合开发。不仅要惠及民生，还要塑造形象。而"手里有钱心里发痒的农民，是中国当前城镇化的坚强柱石，他们提供了需求，保证了市场的饥饿，才有接连不断的商机。"在最大限度满足农民迫切需求的同时，再与开发商密切合作，这就有了"你帮我发展，我帮你发财"的清晰思路，有了洋洋数千言的宏文《正视旧城改造中的拆迁问题》。所以，一条"文化路"的开通，不说"完工"，也不说"修通"，人人都说"打通"，几多艰辛，几多酸楚，一个"打"字，酸甜苦辣诸般滋味尽在其中。

---

[1] 此处四点均引自刘兴万副市长的报告《关于全市城镇化推进工作的思考》。

旧城改造从新千年开始，到 2013 年年底，整个县城从 20 世纪 80 年代的二点五平方公里将扩大到六点五平方公里；不到两万人的凤仪镇也将扩容增量，一下突破十万人，成为名副其实的城市。而城市人口数量增加后居住品质的提高和生活条件的改善，将是下一个或许更加持久的攻坚战。

2011 年年底，中共贵州省委书记栗战书在中共贵州省委常委、中共遵义市委书记喻红秋与遵义市人民政府市长王秉清陪同下对正安城建工作进行调研。栗战书书记特别指出：加快推进城镇化是解决经济社会发展慢的问题，实现经济社会加快发展的重要路径，是"加速发展、加快转型、推动跨越"的重要载体和支撑。城镇化一头连着工业化，一头连着农业农村现代化，具有重要的双向带动作用和重要的节点作用。一个地方要发展，未来最具潜力的发展动力在城镇化，最雄厚的内需潜力也在城镇化，抓城镇化就是抓住了加速发展的牛鼻子。从做好"三农"工作和扶贫开发的需要来看，贫穷，表现在农村，根子在城市，脱贫的根本出路在城镇化。适度合理科学地建设一批中小城镇，不仅可以优化资源配置，提高产业集中度，而且可以较快缩小城乡贫富差距。

是的，随着城镇化进程的加快，城镇化为群众提供了更多的就业机会、更大的发展空间、更强的增收手段。如何坚持以人为本，大力推进保障性住房、农村危房改造、生态移民搬迁、村庄整治等建设？如何有效改善居住条件与生产环境，稳步提高城乡居民生活水平？新的问题接踵而来，新的矛盾层出不穷，李广勤们肩负使命，任重道远。

艾略特说："批评家必须具有非常发达的事实感，这绝不是一个微不足道的或常见的才能，它也不是一种赢得大众称赞的才能。事实感是一种需要很长时间才能培养起来的东西。它的完美发展或许意味着文明的最高点。"[2]这哪里只是批评家的事，更是一个写作者"最重要的条件"。

三、一个道具与一种传统

道具是源于西方戏剧艺术中最为常用且相当重要的一个概念术语，系指舞台上供人物表演所用的器物如桌椅、茶杯、衣饰等。道具的设置，往往是艺术匠心的一种外化及物化：一件极为普通的寻常之物，到了高明的艺术大师手里，却能化腐朽为神奇，出神入化，妙用无穷，演绎出千古不朽的戏剧精品。

中国传统戏曲中的道具每每小巧而含蓄：一卷书，一支簪，一方手帕，一柄折扇，却是贯穿全剧、必不可少的一条暗线，隐隐约约，时隐时现，不可或缺，不容忽视。它能彰显人物身份，标识人物性格，揭示前因后果，组织篇章结构，可谓见微知著，"功勋"卓著。而且，它还能突出"玩物"之人，暗示读者观众去挖掘隐身其后的"文化"内涵。可以说，正是这些不起眼的小小道具，为中国戏曲艺术的精深精妙立下了汗马功劳。

《大鹏一日同风起》虽非戏剧作品，却是巧用道具的成功之作。全文道具是凤凰"造像"与大鹏"意象"。从开头的"引子：消失的凤凰"，到结局的"尾声：大鹏"，凤凰造像与大鹏意象贯穿始终，首尾照应，彼此呼应，结构上堪称完美。

凤凰故事是中国民间最悲壮、最浪漫的神话之一，这种古代传说中的百鸟之王，品性高洁，气度高雅：非晨露不饮，非嫩竹不食，非千年梧桐不栖。古人认为时逢太平盛世，便有凤凰飞来。因此，凤凰成为象征祥瑞的不死鸟：凤凰涅槃，浴火重生。她的高贵引得"百鸟朝凤"，她的罕见谓之"凤毛麟角"，而一旦"凤凰来仪"，则蓬荜生辉，天花乱坠，昭示着风调雨顺、国泰民安。而正安县城所在地名叫"凤仪镇"，是否暗合了古人的这种理念？同样，传说中的大鹏鸟"绝云气，负青天"，气冲霄汉，扶摇直上九万里，有一种响遏行云的凌然霸气，一种遨游苍穹、俯瞰众生的神光与悲悯。

然而，神话中的凤凰毕竟太虚幻太遥远，现实中的"金属凤凰"却几度亮相：莫名而来，立于"膨胀"的县城路口，阳光下熠熠生辉；不几年便蒙尘纳垢，灰头土脸；最终无影无踪，不知所终，真真个"落地凤凰不如鸡"。这大起大落的几喜几悲，像极了正安城建的几反几复，是象征，是暗示，也是寓意：种得梧桐引凤来。在拆迁的混乱无序之后，一座朝气蓬勃的正安新城傲然屹立，犹如凤凰的涅槃重生，犹如鲲鹏的振翅翱翔。这是一种历史自豪，也是一种民族自信，更是一种对未来鹏程万里的美好祝愿和期许。

先知先觉的作家往往能够预测社会发展的未来走向，他们站在时代的制高点上回身遥望，概括总结，然后向前瞻瞩，迎接太阳。所以但丁被誉为"中世纪的最后一个和新时代的最初一位诗人"。关注芸芸众生，探寻社会出路，这是作家的终极使命，一切优秀的、有良知的作家都责无旁贷。

伊格尔顿认为，现代文学理论大致可以分为三个阶段："全神贯注于作者阶段（浪漫主义和 19 世纪），绝对关心作品阶段（新批评），以及近年来注意力明显转向读者阶段。"[3]因此，评论家的任务之一就是对于作品评价的'公正无私'，只有做到'无私于轻重，不偏于爱憎'"，才能如刘勰《文心雕龙》所言"平理若衡，照辞如镜矣"。

细读文本是审美批评的起点。认真阅读作品是文学研究最起码的要求，也是批评主体对作品、作家和文学的必要的尊重。车尔尼雪夫斯基指出："要把随便什么意见，即使是最单纯和最公正的见解在公众中间传播，也必须抱着热烈向往的激情，既很坚定，又很顽强，把它说出来，——这种向往的激情，不会给一种在批评家看来是沉闷的，而在读者却是必需的重复弄得疲倦起来；它并不忽略详细分析那些只有就外在意义说来——就对于公众的影响说来才是重要的，而不是根据它们对艺术的内在利益而说的书本和议论。"[4]

《大鹏一日同风起》以一个人、一件事、一个道具，合成一篇有力度、有深度，但同时亦有瑕疵的"非虚构"纪实文学作品。在文学现实的维度下，仅仅是城镇化前期的拆迁工程，就有多少纠葛，多少利害，多少"门道"，多少私心；有多少权与钱的纠缠，名与利的互惠。这成为一种文化生存方式。但文学的维度不等于历史的刻度，作者在弘扬"正能量"的同时，过于"淡化"了其间的矛盾冲突，也过于"美化"了人与事，这就弱化了本该强调突出的诸多问题，如屡见不鲜的"钉子户""上访户"等，都被轻描淡写，一笔宕开，显得轻松而美满。只不过，话又说回来，城镇化本身就是一种探索，即便"交学费"，也是必要的代价和必须的付出。

作者简介：

孙建芳，女，遵义师范学院地方文化研究中心副主任、教授。

参考文献：

[1] 赵剑平．赵剑平文集[M]．第六卷．北京：人民文学出版社，2015：20-38．

[2] T．S．艾略特．批评的功能[M]．美国作家论文学．北京：三联书店，1984：100．

[3] 特里·伊格尔顿．二十世纪西方文学理论[M]．伍晓明，译．西安：陕西师范大学出版社，1987：58．

[4] 张友文．聚焦公安文学[M]．珠海：珠海出版社，2010：3．

浅谈赵剑平"动物小说"的思想、艺术美

马 果

【摘　要】作家赵剑平的"动物小说"《獭祭》《第一匹骡子》，以沉着稳健的笔触把握住动物的个性、生命性，对与我们同生同长的有生命的动物进行了人文主义的关照，同时，带着哲学的思辨品质关注并审度人性。而在表达对生命尊重的思想内容上，显露了作家独特的审美追求，给人以启悟、享受，闪耀着思想艺术美的光芒。

【关键词】现实主义；审美理想；生命价值；人性

《獭祭》《第一匹骡子》是作家赵剑平《小镇无街灯》《赵剑平小说选》里的作品。雌性水獭不认旧主人老荒，老荒记恨于心，加之在利益引诱之下老荒嗜杀成性，将河中的水獭斩尽杀绝，当河里的最后一只水獭（雌性水獭的配偶）遇难后，雌性水獭以其独特的方式倾泻它对人类的愤慨。（《獭祭》）丧失了性功能的骡子仍然依恋着同类，马匠缺缺为了不危及到自身利益，残忍地设下圈套，将刚烈的黑毛骡子引下深渊。（《第一匹骡子》）两篇小说以动物水獭和骡子为主要描写对象，作品中人物的呈现和塑造被所聚焦的动物所牵引。因此，我们将《獭祭》和《第一匹骡子》界定为"动物小说"。笔者试着从思想、艺术两个层面分四个方面来加以论述。

一、深沉的现实主义笔触

如同《赵剑平小说选》《小镇无街灯》中很多作品一样，这两篇动物小说同样是属于现实主义的。"不管是写'巨人''夜郎'，还是写'动物'，都是作者透视现实的另一种形式。"[1]

首先，作品深沉的现实主义是由"动物小说"的内在属性决定的。动物小说和童话不同，童话里的动物可以是一种符号，写的其实是人的世界，因而可以有种种写作的自由。而"动物小说"写的是动物世界，必须忠于事实，必须真实地加以反映，这种内在需要的科学态度就决定了其现实主义特性。加之这两篇"动物小说"又都是悲剧性的，所以，作家的构思行文表达都不免带给阅读者一些不能轻快的沉重感觉。

其次，小说围绕着动物来展开，说明了作家对要描写的动物有着深入的了解、研究。作家出生在一个古老山镇，是山里长大的孩子。下乡插过队，学习毕业后又去偏僻山区任教。丰富的成长阅历，使得山区小镇古老的青石板街，歪歪斜斜地挂在悬崖上的街，

枝叶四张的老古树，以及生活其中的人们的人性特质，在他产生创作冲动之时，无不生发着一种深沉的吸引力。而动物，特别是有着灵性的动物，更能够牵动作者的怜悯之心，更能够让作者从中透视人性的本质。因此，在"动物小说"中，作者寄寓了对人类社会的深沉的现实主义的思考。

再者，《獭祭》里，老荒嗜杀成性的矛盾痛苦，满水在最终忍无可忍地出手阻挡，以及"女毛"与人类的最后对峙，无不给人以沉重之感。《第一匹骡子》里作家能读懂骡子的所思所想，成为其"代言人"；茅草爷爷与骡子的同病相怜，最终让茅草爷爷触摸到生命的尊严："骡啊，去……去高兴高兴……你喜欢白马就去，我不为难你……"这些描写也都是作家贴近现实、介入生活、深入人性的思考，而这些贴近与介入，需要的是一种对生活的深邃穿透力和审美张力。也正显示了作家对生活现实的认识判断的知觉能力。正如恩格斯所强调的，"思维着的悟性成了衡量一切的尺度。"作家在作品中对这一思维意识的认同和身体力行，体现了作家继承现实主义的自觉性。

关于现实主义的真谛，恩格斯在《致玛·哈克斯》的信中说过一段著名的话："现实主义的意思是，除细节的真实外，还要真实地再现典型环境中的典型人物。"这就是说作品的真实性，还要通过创造典型环境中的典型性格来完成。而这两篇"动物小说"呈现给我们的也是有着地域烙印的人和动物，作者很好地把握了动物的个性、生命性及由此引来的对人性的客观审度。在《獭祭》中，高原山地的河流，特有的五板船与水毛子，以及高原山地里应有的朴拙的人物——老荒、满水。那个地方的地理现状，那个时代的生产谋生现状，都是特定的。就在这样的特定中，人物所产生的举动及后果也就成为一种必然。如果老荒不是因生活的压迫，抵挡不了对贩卖"毛子"肝儿利益的诱惑，他也不会那般痛心地杀戮"毛子"。同样，在《第一匹骡子》里，"第一匹"便是特定环境下的必然产物。憋屈的山坝终年烟笼雾罩，马匹没有驰骋的场所，沦为邋遢矮小的土马，与关中驴的交配势必难以成功。而骡子的死去，与马匠缺缺的特定性也有着直接关系，即是，一个特定环境中的一个特定的人物的所作所为虽不近情理，却也合情合理。

二、浓郁的悲壮美、象征美

美从何而来？简单地说，就是从现实生活中来。车尔尼雪夫斯基说："真正的最高的美是人在现实生活中所遇到的美，而不是艺术所创造的美。"[2]我们认为，这种理解虽然不那么准确，但根据这种理解，有理由确认，一个真正的艺术家，应该大胆而又深入地到现实生活中去探索美，到充满着矛盾和斗争的现实世界里去发掘美。这种发掘美的能力与作家自身的审美理想、人生修养是难以分开的。读《獭祭》《第一匹骡子》，给人留下的就是在人与动物矛盾斗争中所产生的那种化不开的悲壮美、象征美，传达出的是作家带有强烈主观性的审美修养。

《獭祭》中，雌性水獭的配偶被桡片残害的过程，透着令人揪心的悲壮感："在沙碛上剧烈地挣扎，一会蜷曲，一会伸弹，并伴着急促的致命的喘息，与其说是哀嚎，勿如道是抱憾。"动物也有灵性有情感，在生命不得不完竭之时，还有最后的牵挂完成不了。

是不忍女毛孤独地生存下去吗？凶残的人类不动任何怜悯，硬是要斩尽杀绝。水毛子死得壮烈，衬托出人类的可悲。在《獭祭》中，悲壮之美得到最为淋漓尽致体现的是作品最后的"祭"，十来条大小不等的鱼一溜摆着，一条一条排开，犹如祭祀似的，但此刻的水毛子却没有了，乃悲情壮美的渲染。"女毛"衔着"男毛"是与人类对峙后离去的，一向俯视动物的人类，此时却深刻地被震撼着，抬不动"高贵"的头颅。"半浸水中的高崖燃烧了起来，兀立河心的灰色的巨石燃烧了起来，那只女毛背驮着那只仿佛睡熟了似的男毛，从大石堡的那面爬了上来，像一团黑红的火焰，高高地窜上天空，面对河滩，面对船，面对人，面对铁套和桡片，面对一溜儿还未来得及享用的祭鱼，她斜斜地站了起来，长长的躯体，仿佛连接住云天，叽叽呜呜的呻唤，仿佛细细绵绵的诉说。不过瞬间功夫，她便沉重地倒了下去，那只男毛从她的背上翻落下来，并排着躺在她的身边。大石堡上，也就燃烧起两团火焰来了。"激烈的冲突对峙斗争，一切似乎凝结停滞无声，以悲剧显示了崇高的悲壮美，呼唤着人类对生命的尊重。

文中的高崖、巨石，乃至男女毛的"燃烧"，产生出巨大的象征意义，是作家对生命意义的看重、精神高地的升华、生命境地的提升。同时，也在这剧烈燃烧的火焰中，形成有力的对生命本源的精神回响。著名作家张之路曾说过，热爱生命，不仅要热爱自己的生命，也要热爱别人的生命。不但要热爱人的生命，也要热爱在这个世界上与我们同生同长的一些有生命的东西。人类的残忍，对生命的漠然，可以说，在这种悲壮之美、象征之美中得到有力地回击和严肃的审判。彰显了作家对生命尊重的追求，对生命力量的敬畏。

如果说在《獭祭》中的这种悲壮美象征美犹如高山大海、百马奔腾般壮烈，那么，在《第一匹骡子》中的表现则显得犹如蒲丝般安详而坚韧。

读完《第一匹骡子》，我想留给读者印象深刻的应该是作品中反复出现的对骡子的某些细节刻画，在"H"形吊杠旁，是昂首空中的骡子。即便是最后被设下圈套摔断两蹄而不能跨出槽栏一步、性命难保之时，"它的头颅始终高扬着，一前一后两只蹄子硬铮铮挺在地上。"再接着，消瘦得像一架风车，"但那头颅依旧高扬，……，一前一后两只铁铮铮的蹄，也依旧象两颗实在的铆钉，稳稳铆在地上……"。

鲁迅先生说："悲剧将人生的有价值的东西撕毁给人看。"（鲁迅：《坟·再论雷峰塔的倒掉》），作者在塑造骡子的艺术形象时，更多地采用了悲剧手法来表现其性格情操的。它是立过功的大功臣，却遭如此残毁，它仅是忠实于自己的情感，却不被理解接受。美好的东西也就此消逝，留下无言的坚忍。冯至在四十年代创作小说《伍子胥》时说过："因为一种生活，不管了爱还是为了恨，不管为了生还是为了死，都无异于这样一个抛掷：在停留中有坚持，在陨落中有克服。"[3]他也说：日常生活中无不存在取决的问题，只有取舍的决定才能使人感到生命的意义。"[4]正是在所谓的"坚持""克服""取舍"中，骡子才显现出自己真实的存在，它有自己的情感追求，有自己的原则坚持，有自己的价值取舍，从而赢得了生命在陨落中的过程性意义。

再者，也就在展开悲壮美的同时，作家介入另外的叙述："这一天，那匹漂亮的白马生下了一匹漂亮的马儿，耳朵长长的，很有些象骡子。"从而获得了一种象征之美，实乃爱情的最终胜利，骡子与其喜欢的白马通过小白马的诞生实现了爱的愿望。这种象征，一方面表现出的是作家高尚的审美理想，另一方面，通过这种象征迸发出的是生命巨大张力产生的生命尊严的力量。

三、强烈的生命价值取向

两篇"动物小说"直接关乎性命，直接切入生命。雌雄水獭死了，骡子死了，茅草爷爷也死了。作品流露着悄无声息的沉重。在生命的搏斗挣扎中，各自给自己的生命有了一个交代，无论是活着的生命，抑或是死去的生命；无论是人类的生命，抑或是动物的生命。这一视同仁、无法分割的融合，恐怕也是一种胸怀的体现，或许这也是作家在艺术上和美学上的刻意追求吧。

它悲伤，又美丽着，又崇高着，触及生命层面，使人感叹，发人深思。《獭祭》中，女毛在生命最后的坚强抗争中确定了其生命价值，向人类宣告，生命与生命的存在是平等的。打鱼们呢，和水毛子打交道乃是为了生活，是最低的生存物质需要，但在其精神世界里，空白贫瘠得令人可怜。或许因了生活的压迫，致使其生命中温情之光越发黯淡，而只能机械而单调地日复一日地过活。作家在作品中正是凭借雌雄水獭的生命点亮了黯淡的心灵世界，使人物作出深刻的反观："老荒蜷缩躯干，感到阵阵烧心的疼痛…""满水闭上眼睛，感到一种坚韧的痛楚。"动物给人类上了生动的一课。沉睡无觉的混沌好像被什么一击即中，似乎什么都将醒来。老荒对其妻儿的冰冷，满水的浑噩漂浮无定便在动物给人的震撼中得以拷问而渐渐消解，平整。

在《第一匹骡子》中，我们首先来看茅草爷爷的死，作品中有这样的描述："难怪你总惯着那畜生！原来……你们是一样货……一匹下霉种的老骡子……""仿佛传说中依靠一道谜语作法的魔鬼，谜底戳破，法力就消失了。现在老茅草的谜底也被戳破了。他整个身体又干枯又空荡，轻飘飘的直往下坠……"我们要知道，在坠下之前，他曾让拴骡子的麻绳从掌心滑脱出去，说过"骡啊，去……去高兴高兴……你喜欢那白马就去，我不为难你……"一次无法丈量的生命与情感的放逐，一生无法磨灭的憾缺，在骡子那里，有所安慰。茅草爷爷死了，可他心里是畅快的。在这里，可能就与作品中共出现两次的"人比兽同"相一致，他，茅草爷爷与动物骡子的形象已经有所重叠，同样的孤独荒凉。而骡子的最后之死，也在后来小白马的出生中显得有意味、有价值。

另外，文中还有描述，当年轻主人拿着烧得通红的铁篦凑近时，骡子发出了暗哑嘶嘶声，眼睛晶亮，伸手抹去，一片濡湿。这样的嘶嘶声及眼睛里晶亮的泪水，我们该如何解读，当然可以依据作品中之前的描述：村人的误解，让其心中憋屈，渴望年轻主人能够看出它的委屈，能够读懂它的心思，就像那坟头的茅草爷爷那样……。我们可以理解为，在结束生命之前也无法被人理解的无奈，当然有其对自己喜欢的白马的不舍。但无论怎样去解读，在"黑毛骡子就埋在老茅草坟堆旁，仿佛那老人仍旧放牧着它。"的交代中，我们能看到作家对生命意义的深层触及与体悟。

总之，在强烈的生命价值取向表现上，着实体现了作家自己对生活、生命的感受和判断。同时，也使得作品在思想内容上生发着迷人的力量。

四、人性写真的艺术呈现

正如张时荣评《第一匹骒子》《獭祭》所说，是"人性与兽性的搏杀"，而也正是在这搏杀之中，将人性中的兽性、兽性中的人性显露无疑，人性中的兽性促使人性趋向全面完整，兽性中的人性则从某种层面促使人性实现再度完整。

人是复杂的，更何况人的本质属性是社会性，即人不可能摆脱纷繁多变的个体之外的外界。一部耐人寻味的作品必然是体现人性的丰富，而人性太丰富就说不清楚，正因为说不清楚，它才能给人以无尽的回味。恰如批评家所言"文学在任何时候，都是人类心灵里一种隐秘的奢侈念想。"[5]"隐秘""奢侈念想"，在对人类心灵的把握上却也够精辟。

在作家赵剑平笔下的《獭祭》《第一匹骒子》，我们可以一见，在人物情绪频闪中完成的形象雕塑，呈现的也是非扁平的确定性与模糊性相融相通的人性复杂性。

我们来看《獭祭》，在作品中主要表现了老荒和满水两个人物。两个均是在对水毛子的态度上，表现了一种动态变化轨迹。首先，老荒对水毛子的态度是有情有义的。在他因事而被判三年徒刑临走时，"对女人，对两个未成人的娃儿，竟然没有一句软心柔肠的话。但是对那条船，对那只拴在船上的毛子，却痛惜地望着，落下两行心酸的泪。"刑期已满，老荒得以释放，而毛子习性决定了毛子此时已认不得老荒了，这是无可指责的，可老荒却记恨于心，可能真的像人们通常所说的"爱之深，恨之切"吧，"心胸落到条缝隙里，……心中骂着那忘情忘恩的东西，……"之后，他也想重整旗鼓，置备家当，可河中的鱼少了，估摸成本与收益也不划算，于是在外界"毛子皮、肝儿能卖好价钱"的利益驱动下，将人性滑入到另一个端点：开始发狠发狂，对毛子血腥的捕尽杀绝，人心冰冷铁硬，但同时却"眼泪婆娑"，"疯疯傻傻，喝得烂醉，便抱了捆毛子皮子在地上打滚……"在这里，可能从某种程度上讲，作家已触及到了在人类普遍境遇中所存在的身不由己的"堕落"这一主题的高度。虽这般矛盾痛苦地挣扎着，但人性仍煎熬地在善恶两端来回停靠，到最终还是继续发狠，残忍到顶点，杀害男毛（他之前有情有义的女毛的配偶），于是又在外界："满水阻挠其恶行并打在一起"的作用下，终于"胆怯、孤独凄凉""烧心的疼痛""我不过……为一幅药肝……"其中的无奈苦楚，其中的"身不由己"，随着"喊号子般的叫唤"，使得曾经的缺失，变得有所找回起来，带给读者的不免是一种不能释怀中的释怀却也是一种释怀中的不能释怀。

老荒如此，满水也不例外，在一篇文章里能同时照顾到两个人物的动态表现，真要说是作家文学艺术表现功力的深厚了。满水主要表现在"该不该、能不能将女毛肝送人入药治病"的这件事情上。对毛子的态度：起初他还在这种摇摆中挣扎："但是人对毛子有恩，毛子对人有义，风雨河上浪中，相依相傍的，已经结下深厚的情份，要毁它取一副药肝，那是无论如何也下不去手的。……要进厂子，心一横，反正从此不再做打鱼子，就借刽子手的手取了那药肝。"而在外界"老荒残杀男毛"的刺激作用下，终于由挣扎历练成了："他的脸颊胀成了紫红色，心底里感到一种被人捉弄的羞辱，感到一种沦丧的颓唐和怆凉，一种无地自容的愧恨。"若是我们能试着凭借生活阅历堆积下的生活经验，深入到满水的内心，恐怕，此时此刻的他已经在是否要毁毛子取药肝的不确定中变得确定起来，女毛她已有身孕，怎么还能够再杀了河中最后的一只男毛，她的配偶呢？而这种动态变化，到此并没有画上句号，又在女毛对死去男毛的壮烈反应作用下，满水越发确定了之前的那种不确定，他终于忍无可忍，出手阻拦，和老荒痛打在一起，之后，再次感到痛楚。"不是一种遗憾，也不是一种沮丧。"到此，满水的人性实际上得到了一次彻底的洗礼。

以上是我们分析的《獭祭》，而在《第一匹骡子》里，相对《獭祭》而言没有那么的波涛汹涌，而相对冷静。但同样有着人性的动态变化显现，这主要集中在茅草爷爷身上。简单地说便是其对春桃的放弃态度上和对骡子喜欢白马这件事的支持上，在作品中分别是这样表现的："你走，春桃！我……我无能……做个人都做不起，你去找个有本事的……"男人抓着头发，对着灰蒙蒙混沌的天空吼着……""骡啊，去……去高兴高兴……你喜欢那白马就去，我不为难你……"仿佛在这反差矛盾中，在这一次尽情的生命与情感的难得放逐中，不动声色地突显了人性的力量，人性的完整。

综上所述，这两篇"动物小说"所闪耀的思想艺术美的光芒是迷人的。作家带着读者一起在艺术的世界里重新审视自我、认识自我、领悟生命，并努力向美好的人性境地近靠。

参考文献：

[1] 王刚，曾祥铣．黔北 20 世纪文学史[M]．贵阳：贵州教育出版，2001．

[2] 车尔尼雪夫斯基．生活与美学．人民文学出版社，1959．

[3] 钱理群，吴福辉，温儒敏．中国现代文学三十年[M]．北京：北京大学出版社，1998．

[4] 冯至．决断．文学杂志[J]，1947（8）：2-3．

[5] 陈思和，周立民．2003 文学批评[M]．山东：书报出版社，2004．

[6] 吴士余．中国小说美学论稿[M]．上海：复旦大学出版社，2006．

[7] 缪俊杰，何启治．美的探索[M]．湖南：湖南人民出版社，1984．

[8] 陈果安．小说创作的艺术与智慧[M]．长沙：中南大学出版社，2005．

[9] 费孝通．乡土中国[M]．上海：上海人民出版社，2006．

[10] 何光渝．20 世纪贵州小说史[M]．贵阳：贵州人民出版社，2000．